GERD SEYERL

Erlebnisse und Gedanken eines alten Kinderarztes

Machen wir nicht vieles falsch mit unseren Kindern?

VINDOBONA
VERLAG SEIT 1946

Bibliografische Information
der Deutschen Nationalbibliothek:

Die Deutsche Nationalbibliothek
verzeichnet diese Publikation in
der Deutschen Nationalbibliografie.
Detaillierte bibliografische Daten
sind im Internet über
http://www.d-nb.de abrufbar.

www.vindobonaverlag.com

ISBN 978-3-946810-97-1
Lektorat: Dr. Annette Debold
Umschlagfoto:
Butterfly8807 | Dreamstime.com
Umschlaggestaltung, Layout & Satz:
Vindobona Verlag

Gedruckt in der Europäischen Union
auf umweltfreundlichem, chlor- und
säurefrei gebleichtem Papier.

Meiner Familie

Inhalt

VORWORT

Die allerletzten Minuten in meiner Ordination. Eben hat eine Mutter mit ihrem Buben die Ordination verlassen. Er war mein letzter Patient. Einen *schweren* Asthmaanfall vor einer Woche hat der brave Clemens mit seiner tüchtigen Mutter vorbildlich mit Geduld und Disziplin überstanden.

Ich war alleine in meinem Ordinationsraum. Würde ich, allein und in Gedanken versunken, länger dasitzen, würde ich mich wehmütigen Erinnerungen, Erinnerungen an die vielen schönen und die wenigen unerfreulichen Erlebnisse in der Ordination hingeben, würde ich … Nichts dergleichen. Ich packte meinen persönlichen Krimskrams zusammen und sperrte die Türe hinter mir zu.

Nachdem ich mich mit der Medizin insgesamt vierundvierzig Jahre (die Studienjahre mitgerechnet) sehr intensiv beschäftigt habe, hatte ich eigentlich vor, mich anderen interessanten Themen zuzuwenden, außer es kämen ganz besondere Neuigkeiten in der *Ärztewoche* dahergeflattert. Man lebt ja nur einmal und darf sich auch für andere Wissensgebiete interessieren. Sehr gerne lese ich über geschichtliche Themen. Während der Geschichteunterricht, meist trocken, langweilig vorgetragen, lähmte (So erklärte unser Schulfreund Ugge einmal ganz sachlich: „Frau Professor, ich weiß alle Jahreszahlen haargenau, aber was damals passierte, merke ich mir nicht!“), fesselten mich die detaillierten Schilderungen moderner, junger Historiker: Vom Ende des Weströmischen Reiches mit dem belächelten Kaiser Romulus Augustulus (das -ulus bei Augustus ist geringschätzig gemeint, es bedeutet ‚das Kaiserlein‘), den Odoaker verschonte, einfach absetzte und auf ein Landgut nahe Neapel in die Rente schickte. Dieser Odoaker konnte sich seiner Macht in Oberitalien nicht lange erfreuen, weil ihn der König der Ostgoten, Theoderich, eigenhändig ermordete, nachdem die von ihm gedungenen Mörder nicht in der Lage waren, den zum Abendessen geladenen Gast umzubringen? Oder vom Investiturstreit: Stand Heinrich IV. wirklich drei lange Tage und Nächte *im härenen Kleid des Büßers* vor der Pforte der Burg Canossa? Mitten im Winter? Und durch welch unglückliche Umstände die Pest nach Europa kam: Als die Hunnen im Jahre 1347 einen genuesischen Handelsposten auf der Krim belagerten, brach unter ihnen die Pest aus. Mit Katapulten schleuderten sie die Seuchenopfer über die Mauern – das muss man sich erst einmal bildlich vorstellen –, worauf die geschockten Genueser in Panik auf ihre Schiffe flohen und die tödliche Krankheit nach Italien brachten. Die Seuche kostete in den folgenden Jahren einem Drittel der Europäer das Leben. Richtig aufregend ist auch die Geschichte der erbarmungslosen Eroberung der beiden Amerikas, empörend die *Behandlung* der Indianer und der Indios durch die Europäer. Und der arrogante König Wilhelm von Preußen, der empört zurückwies, der neue *Kaiser der Deutschen* zu sein. Er blieb ja im Gottesgnadentum seiner Dynastie gefangen. Oder sein Enkel Wilhelm II., der mit seinem nassforschen, protzigen Auftreten und den taktlosen Äußerungen viel Antipathie gegen die Deutschen geschaffen und damit sicher zum Ersten Weltkrieg beigetragen hat.

Die Schulmedizin beiseitelegen, das geht leicht, die Sozialpädiatrie aber nicht! Die psycho-soziale Situation der Kinder heute, hier in Österreich, wie auch in weiten Teilen Europas, beschäftigt mich erheblich. Sie könnte nämlich die beste aller Zeiten sein: Nie waren Kinder so gut ernährt, so gut gekleidet, so gut durch Impfungen und moderne Medizin geschützt, so gut ausgebildet wie heute in den modernen Ländern. Sie könnte … aber irgendwo sitzt ein böser Geist oder sonst ein Teufel und neidet diesen materiell weit über das Notwendige hinaus versorgten Kindern ihr Glück. Und das geht so: Dieser Bösewicht hat es geschafft, dass die Familie – wir lernten noch, dass sie *die kleinste Zelle der Gesellschaft sei* – nicht mehr das ist, was sie noch vor einer Generation war. Viele Väter verdienen zu wenig, die Mütter müssen dazuverdienen – viele wollen das auch tun –, Großfamilien gibt es immer seltener, die Großeltern wohnen meist viel zu weit entfernt, die kleinen Kinder – oft sind sie noch Säuglinge! – müssen in Kinderkrippen oder Kindergärten betreut werden, also von fremden Frauen viele Stunden am Tag. Das ist aber für die kleinen Kinder einfach falsch, weil sie schon vor ihrer Geburt eine intensive *Bindung* mit ihrer Mutter – später mit dem Vater und weiteren vertrauten Personen – eingegangen sind und diese erhalten wollen, um sich in ihrer Nähe, Liebe, Wärme, Vertrautheit, Sicherheit ihrem Vorbild gemäß bestmöglich entwickeln zu können. Die Folgen dieser frühen Trennung können schlimm sein. Ein *Viertel* oder sogar mehr dieser in zu frühem Alter in Krippen oder Heimen in viel zu großen Gruppen untergebrachten Kinder entwickelt sich nicht so gut, wie wir es ihnen wünschen, sie entwickeln unter anderem die *Deprivationstrias* (Deprivation meint hier den psychischen Zustand der Kinder, die unter einer ungenügenden Befriedigung ihrer grundlegenden seelischen Bedürfnisse leiden) in verschiedener Ausprägung: Sie leiden unter vermehrter *Angst*, weil sie viel zu viele Situationen ohne Mutter und Vater erleben mussten, reagieren zu oft, zu leicht *aggressiv*, weil sie immer wieder glauben, sich verteidigen zu müssen und weil sie die beruhigende Lösungskompetenz bei Konflikten der Familie zu wenig erfahren und übernommen haben, und sind *kontaktscheu,* weil sie zu wenige erfreuliche Erfahrungen mit anderen Menschen gemacht haben. Und auch, weil einige Kinder ausreichende Umgangsformen nicht erlernt haben. Ein Schlaumeier schlug einmal vor, eben dieses Viertel der Kinder zu Hause bei den Eltern zu lassen, das Problem wäre gelöst. Wie und woran aber erkennt man diese sensibleren, weniger resilienten (psychisch weniger widerstandsfähigen) Kinder rechtzeitig, um Schäden zu vermeiden? Man erkennt sie meist erst nach Jahren, und dann kann schon vieles falsch gelaufen sein!

Warum erkennt man nicht endlich, dass unser derzeitiger Weg, die Kinder auf das Leben vorzubereiten, nicht ganz der richtige sein dürfte, wo doch die vielen Schwächen viel zu vieler junger Leute nicht mehr übersehen werden können: Die zunehmenden Depressionen, die erschreckende Tatsache, dass an die 80% der Kinder schon ab dem Alter von 12 Jahren Erfahrungen mit Kopfschmerz haben, die mangelhafte soziale Einpassung, ihre ausgeprägte Egozentrik, die Wehleidigkeit, das zunehmende ADHS (das Aufmerksamkeits-Defizit-Hyperaktivitäts-Syndrom), die verbreitete Konzentrationsschwäche, die geringe Frustrationstoleranz, die Essstörungen, das Übergewicht, die Haltungsschäden (alle nehmen zu!) und auch die Tatsache, dass bis zu einem Drittel unserer Schulabgänger mit etwa 15 Jahren nicht ausreichend lesen, schreiben und rechnen können! Und, dass abermals bis zu einem Drittel der jungen Männer bei der Musterung zum Wehrdienst als untauglich abgewiesen werden müssen. Sie bringen fast fünf Kilogramm mehr auf die Waage als ihre Vorgänger vor wenigen Jahrzehnten. Das Suchtverhalten mit Drogen und an den elektronischen Spielzeugen nimmt dermaßen zu, dass *die psychotherapeutischen Kassenplätze verdoppelt werden mussten*, wie die engagierte Ärztin und Psychotherapeutin Martina Leibovici-Mühlberger aus Wien in ihrem alarmierenden Buch *Wenn die Tyrannenkinder erwachsen werden. Warum wir nicht auf die nächste Generation zählen können* neben vielen weiteren Fakten schreibt. Ältere Leute beklagen auch immer seltener anzutreffende Sekundärtugenden wie Ordnungssinn, Verlässlichkeit, Treue, Pünktlichkeit, Konsequenz. Und die USAmerikanische Psychologin findet, dass ‚junge Leute heute selbstbewußter, durchsetzungsfähiger und ehrgeiziger sind – aber unglücklicher als frühere Generationen'.

Ist nicht jeder Einzelne dieser bedauernswerten Jugendlichen einer zu viel?

Muss man nicht endlich eine energische Kurskorrektur vornehmen? Ja! Und wie muss diese aussehen? Nach eingehender Beratung in einem familienfreundlichen Klima sollen die jungen Mütter, die jungen Eltern, entscheiden, ob die Mutter zu Hause bei ihren Kindern bleiben kann, bis die Sprösslinge mit 3, besser aber mit 4 Jahren in den Kindergarten gehen können. Auch danach sind die meisten nicht so weit, 8 Stunden am Tag dort zu verbringen, daher sollte man sich um die Schaffung von Halbtagsjobs für ihre Mütter bemühen. *Alle* Mütter, die bei ihren Kindern bleiben, sollen ein Gehalt bekommen, sind sie doch die Einzigen, die die Arbeit mit den Kindern umsonst, um *Gottes Lohn* leisten, während alle anderen, Hebammen, Kinderschwestern, Ärzte und Ärztinnen, Kindergärtnerinnen, Lehrpersonen, bezahlt werden! Das alles, Halbtagsjobs, Müttergehalt, Mütterpension kostet viel Geld und ist wohl schwer zu organisieren, ist aber die Mühe, den Aufwand, wert, kommt mit gesunden, fröhlichen, leistungsstarken jungen Leuten, die in ihren Berufen kräftig zupacken und Steuern zahlen, längst wieder herein.

Nach viel zu vielen Jahren verantwortungsloser, aber umso egoistischerer Ausbeutung der begrenzten Ressourcen auf unserem kleinen Planeten – besonders durch die reichen Nationen! – gibt es immer mehr Menschen, die „Halt!" zu dieser Ausbeutung sagen, ja schreien. Wir wollen weniger Luftverschmutzung, weniger Plastik, weniger Raubbau, weniger Schäden! Wollen wir unser Augenmerk aber nicht auch auf Schäden an unseren Kindern richten?

Wir haben viel gearbeitet, waren aber oft mit einem Wohnmobil unterwegs. Im Sommer 1983 hatten wir einen Kastenwagen gekauft, den ich zum Wohnmobil ausbaute. Von Fachleuten ließen wir uns ein Hubdach einbauen, ich entfernte die blecherne Trennwand zwischen Fahrerkabine und Laderaum, legte einen Boden, baute Betten und Kästen ein, auch eine kleine Küche mit Gasherden und Abwasch. Eine Heidenarbeit.

Aber im Sommer gab es weniger zu tun, die Kinder waren gesund oder auf Urlaub oder bei den Großeltern. Es hat sich gelohnt. Wir waren je einmal in Irland, Schottland, England, Dänemark, Schweden, Norwegen, Frankreich, in der Schweiz, in der Tschechischen Republik, in Ungarn, ein paarmal in Griechenland und in Deutschland, viele Male in Italien und Jugoslawien, später bevorzugt Kroatien. Unter dem Hochdach gab es Platz für unsere zwei Töchter. Auf Campingplätzen schlief ich oft vor dem Auto, im Freien, unser Hund vor dem Beifahrersitz. Wenn wir heimkamen und Verwandten und Freunden berichteten, fragten sie immer, ganz unbefangen: „Habt ihr viel Verkehr gehabt?“ Wir schmunzelten und antworteten: „Ja, regen.“ „Ach wirklich, hat es geregnet?“ Jetzt gingen wir lieber zum Reisebericht über.

Wenn einer eine Reise tut, dann kann er was erzählen. So abgedroschen dieser Zweizeiler auch sein mag, ich verwende ihn dennoch, und zwar mit Verlängerung: Nachdem dies kein Bericht ist, sondern ein Roman mit autobiografischen Anteilen, kommt allerhand darin vor, was reine Fantasie, pures Wunschdenken ist. Man kann mich gerne einen *Münchhausen* schimpfen, wenn ich in Gedanken, in Wachträumen allerhand erlebt habe, was ich gar nicht erlebt habe. Vielleicht wird es gar nicht so leichtfallen, die Wahrheit von Erfundenem zu unterscheiden. Das allerdings würde mich sehr freuen. Leicht soll die Unterscheidung ja gar nicht fallen. Ein großer Erfolg, ein Kompliment wäre es, wenn man, mit den Italienern, sagen könnte: „Se non è vero, è ben trovato.“ Wenn es schon nicht wahr ist, ist es doch gut erfunden.

1

Erinnerungen

Jetzt also bin ich also in der Rente, in der Pension. Ich habe immer gerne gearbeitet, die Freude verging mir allerdings dann, wenn es zu viel wurde: Mein Rekord während der sieben Jahre im Landeskrankenhaus waren einmal 407 Arbeitsstunden in einem Monat bei 16 Nachtdiensten. Bei dem damaligen Mangel an Ärzten und Ärztinnen ging das *Nachtdienst-Radl* ja so: Nachtdienst am Montag, Mittwoch, Freitag – Samstag – Sonntag, Dienstag, Donnerstag, Montag … Der Wochenenddienst zum Beispiel begann am Freitag um halb acht, und wenn es viel zu tun gab, konnten wir das Krankenhaus erst am Montag zu Mittag, also nach fast 80 Stunden, verlassen. Und es gab immer viel zu tun. Im Nachtdienst schlief ich selten mehr als drei Stunden. Wenn ich dann heimkam, verließ meine gute Frau unsere kleine Wohnung mit den Kindern für zwei, drei Stunden, damit ich etwas Schlaf nachholen konnte. Später, als Kinderarzt in der Ordination, freute ich mich auf eine geregelte Arbeitszeit. Irrtum. Schon um bald nach sechs, wenn ich beim Frühstück saß, meine Frau und die Töchter waren noch im Bad, klingelte oft das Telefon. Manchmal musste ich schon um diese Zeit zu einem kranken Kind hinfahren, lieber bestellte ich es aber in die Ordination: Da konnte ich es besser untersuchen, meine brave Assistentin Maria half mir routinierter als die Begleitperson. Um drei viertel sieben ging ich auf die Geburtenstation des Krankenhauses der Barmherzigen Brüder St. Veit, untersuchte die Neugeborenen, sprach mit den jungen Müttern und berichtete anschließend den Geburtshelfern und Hebammen. Um 8 Uhr ging's in die Ordination. Nach einer kurzen Mittagspause kam ich oft um

6 Uhr abends, manchmal später, heim. Aber gibt es dann den ersehnten Feierabend? Nicht oft. Denn was mache ich mit Katrin oder Kevin, die ich um 17 Uhr in der Ordination gesehen habe, mit 40,0° Celsius oder mehr Fieber? Der Mutter hatte ich ja erklärt, was sie machen musste, und gebeten, mich anzurufen, wenn die beruhigende Besserung ausgeblieben war.

Also, wenn es dem Kind nicht besser ging, dann hinein ins Auto und hinfahren. Die Hausbesuche waren wichtig und notwendig, und eine Beruhigung für die Eltern, für mich aber anstrengend und oft wenig beruhigend: Denn mit den bloßen Händen untersuchen, mit dem Stethoskop abhören und mit dem Otoskop in Rachen und Ohren schauen kann sehr wenig ergeben. Holen wir modernen Mediziner uns doch gerne Unterstützung und Absicherung mit modernen Hilfen, wie Blutbild, Entzündungswerte, Blutzucker, Elektrolyte, Harnuntersuchung, manchmal mit EKG, Spirometrie und Ultraschallgerät. Trotzdem machte ich diese Visiten ganz gerne, sah ich doch, wie die Kinder leben. Richtig lustig war es, wenn viele Kinder da waren. Die standen dann mit großen Augen um den Patienten herum und lachten dankbar, wenn ich mir irgendeinen Spaß einfallen ließ. Und steckten das kranke Kind mit ihrer Fröhlichkeit an. Halfen eilfertig und hilfsbereit beim Untersuchen. Viele Kinder gibt es aber fast nur noch bei den Zuwanderern aus dem Kosovo und Albanien.

Ein großes Problem besteht darin, dass die Eltern ihr krankes Kind meist nicht so geschickt ablenken oder halten wie meine *Perle* Maria in der Ordination. Es ist normal und verständlich, dass kleine Kinder Angst vor dem fremden Mann haben, der an sie heranwill, um sie zu untersuchen. Auf die Entfernung kann man die Diagnose nicht stellen. Doch, einmal riss sich ein zweijähriger Bub im Wohnzimmer von den Großeltern los und türmte über eine Couch. Dabei zog er sich den Pyjama beinahe aus, und ich konnte auf seinem Rücken seine Varicellen (Schafblattern, Windpocken) erkennen. Wie oft musste ich die seltenen gemeinsamen Stunden mit meiner

Familie unterbrechen und zu Visiten wegfahren. Ärgerlich war es, wenn das kranke Kind gar nicht in der Wohnung war, sondern noch im Garten beim Spielen. Da musste ich oft länger warten, bis die laut protestierende Patientin vom Fahrrad geholt und in die Wohnung gebracht wurde.

Die meisten Kinder waren aber richtig krank und im Bett. Markus ist fast fünf. Seine Mutter rief mich am Sonntagvormittag an: „Der Bub hat hohes Fieber, es geht ihm mies." Ich setzte mich ins Auto und fuhr los. An einer Kreuzung stoppte mich Rüdiger und wollte ein paar Auskünfte über seine kleine Tochter. Nach ein paar Minuten verabschiedeten wir uns, ich fuhr die etwa neun Kilometer zu Markus. Er war wirklich krank, schwer krank. Über 40° Fieber, blassgraue Hautfarbe, aber, kein roter Hals, keine entzündeten Ohren, also wenig an Befunden. Ich dachte an eine schwere Virusinfektion, war mir aber überhaupt nicht sicher, fühlte mich nicht wohl mit dieser Verdachtsdiagnose. Doch ich empfahl Bettruhe, Tee, Doktorsuppe, fiebersenkende Mittel. Und dass mich die Mutter bei jeder kleinsten Veränderung anrufen müsse, spätestens aber in drei Stunden. Ich verabschiedete mich und stapfte die dreißig Meter durch matschigen Schnee zurück zum Auto. Die Mutter rief mich zurück: „Kommen Sie bitte zurück, Markus hat einen Ausschlag bekommen!" Tatsächlich war der Bub mit blaugrauen Flecken, die meisten etwa linsengroß, übersät. Ich hatte ihn doch von oben bis unten genau angeschaut und keinen einzigen dieser Flecken gesehen. Anschließend hatte ihn seine Mutter wieder angezogen, dann hatten wir die Lage besprochen. In diesen paar Minuten war es zur Aussaat gekommen. Hätte mich Rüdiger nicht ein paar Minuten aufgehalten, wäre ich schon wieder im Auto gesessen und auf dem Heimweg. Damals, vor fünfunddreißig Jahren, ohne Handy, hätten wir folglich viel Zeit verloren. Und die hat man bei dieser lebensgefährlichen Infektionskrankheit überhaupt nicht. Ich erklärte ihr, dass es sich eindeutig um eine Meningokokken-Sepsis handelte. Da überschwemmen Bakterien den kleinen

Körper, sie verdoppeln sich rasch, vermehren sich also rasend schnell, die Blutgerinnung ist gestört, Blutgerinnsel verlegen feine Blutgefäße. Das führt zu den blaugrauen Flecken, aber auch – nicht rechtzeitig und richtig behandelt – zum Tod. Sofort ins Krankenhaus, riet ich der beherrschten Mutter. Wir würden nur Zeit verlieren, wenn ich die Rettung zum Transport holte. Sie fuhr die paar Kilometer selbst. Am Eingang zum Krankenhaus wurde Markus – auf meine telefonische Ankündigung hin – von zwei Ärzten und zwei Krankenschwestern erwartet, sie begannen sofort mit der intensiven Behandlung, behandelten ihn antibiotisch, gaben ihm einen Gerinnungshemmer und Infusionen streng nach einem Therapieschema. Er erholte sich rasch und wurde nach zwei Wochen gesund nach Hause entlassen.

Wie wichtig waren die Hilfe, die Aufmerksamkeit und die *Antennen* meiner tüchtigen Mädels in der Ordination: Einmal, das Wartezimmer ist voll, stellt sich ein älterer Mann mit einem kleinen Buben in den Armen geduldig an. Meine Frau in der Aufnahme sieht die zwei, lässt alles liegen und stehen und stürmt in meinen Ordinationsraum: „Draußen ist ein Kind, das schaut ganz schlecht aus!“ Ich rufe den guten Opa sofort herein, sehe diese verdammten Flecken, die grauen Lippen, den elenden Zustand des Buben und frage: „Sind Sie mit dem Auto da?“ „Ja!“ „Dann fahren Sie zügig in das Landeskrankenhaus, dort werden Sie erwartet!“ Der gute Opa fährt los, ich rufe meine Kollegen an, sie erwarten den Patienten am Portal der Kinderabteilung. Keine Minute zu früh: Zweimal in den folgenden zwei Tagen war der Bub klinisch tot, wurde mir berichtet, wurde aber durch hervorragende Arbeit des Ärzte-Schwestern-Teams ins Leben zurückgeholt. Drei Wochen später kam er, munter und fidel, zu einer Kontrolle und schenkte mir ein kleines Spielzeugauto aus Plastik. Um den Eltern zu dieser wichtigen, eiligen Selbstdiagnose zu verhelfen, habe ich der Begleitperson kranker, hochfiebernder Kinder mit dem Kugelschreiber solche blaugraue Flecken auf den

Unterarm gemalt und gemahnt, sofort ins Kinderspital zu fahren, wenn ihr kleiner Patient einen solchen Ausschlag zeigte. Der Erfolg war gemischt: Ein Mädchen kam rechtzeitig mit der Meningokokkeninfektion ins Krankenhaus, ein kleiner Bub mit einem – harmlosen – Nesselausschlag. An den Nachmittagen, wenn meine Frau zu Hause, bei unseren Töchtern, war, *fischte* meine Assistentin Maria manch beunruhigendes Kind aus der Reihe der Wartenden.

Eine Visite blieb mir in unangenehmer Erinnerung: Die schöne Mutter eines kleinen Patienten fiel mir auf. Ihre großen Augen blickten traurig, sie lächelte selten. Eines Abends rief sie mich an: „Daniel gefällt mir nicht, er ist so unruhig." Ihre weiteren Auskünfte passten nicht zusammen, ich konnte mir keinen Reim darauf machen, ich fuhr hin. Ein schönes Haus in einer modernen Siedlung, die Haustüre angelehnt. Ich ging die Stiege hinauf in den ersten Stock, sie kam mir im seidenen Schlafmantel mit ein paar Schritten entgegen. „Er hat sich beruhigt, schläft." Im Wohnzimmer bot sie mir einen Platz auf der Couch an, setzte sich neben mich. Dann stand sie auf und brachte eine Flasche Rotwein, die bereits entkorkt war. Goss in zwei Gläser ein. Ich wollte wissen, was mit ihrem kleinen Sohnemann los war, sie aber lächelte: „Später, später." Sie suchte nach Worten, lächelte immer wieder nervös: „Es ist niemand da, wir sind ganz allein." Ich nippte vom Wein. Er war vorzüglich. Dann stand ich auf, nahm meine Arzttasche, dankte für den Wein und ging zur Türe. Ihr ebenmäßiges Gesicht verfiel, als ich mich verabschiedete: „Ich bin so wenig zu Hause, ich muss zu meiner Frau und den Kindern." Sie flüsterte so leise, dass ich kaum verstand: „Ja, fahren Sie nur zu Ihrer Frau. Mein Mann ist nie hier, bei mir, bei seiner Frau."

Ein bezaubernder Fünfjähriger war bei einem Autounfall ums Leben gekommen. Die trauernde Mutter kam zum letzten Mal in die Ordination, um mit mir noch einmal über ihren lieben Sohn zu sprechen. Es war schrecklich! Ich bemühte mich, sie zu trösten, aber was sage ich zum Tod eines kleinen Buben? Ich kämpfte mit meinen Emotionen, war ihr wohl keine große Hilfe. Sie erkannte meinen elenden Zustand sicher, wo doch Frauen Emotionen besser erkennen als Männer, beherrschte sich aber großartig. Tagelang sah ich den Buben vor meinen Augen.

Manche Hausbesuche haben mich weniger berührt. So der, als ich die angelehnte Wohnungstüre aufschob, in ein dunkles Wohnzimmer tappte, dessen einzige Lichtquelle ein Fernsehgerät war, davor ein Mann in einem Lehnstuhl, umnebelt von Zigarettenrauch. Aus einem angrenzenden Raum war das Schreien eines kleinen Kindes zu vernehmen. Ich stolperte über eine Bierkiste, die Flaschen schepperten, jetzt drehte sich der Mann unwirsch um und schnauzte mich an: „He, pass doch auf, dort is die Ålte mit dem Popper, hörst dås nit?“ Oder die Visite bei einem etwa 11-jährigen Buben, der Halsweh hatte und hohes Fieber, aber partout den Mund nicht aufmachen wollte. Seine Eltern unterstützten ihn dabei, standen mir verärgert, ja empört, gegenüber. Und als ich sie vor Kurzem wiedersah, schauten sie gleich empört wie damals zu mir her! Das ist doch der böse Kinderarzt, der unserem Sohnemann – gegen seinen Willen! – in den Hals schauen wollte. Na sowas!

Dabei ist die genaue Untersuchung von Mund, Rachen und Ohren sehr wichtig. Gibt es Entzündungszeichen? Die Entzündung wurde bereits vor 2000 Jahren vom römischen, heute würde man sagen, Medizinjournalisten, Celsius, beschrieben. Vielleicht war er auch Arzt, das aber ist fraglich. Er fand vier Veränderungen, nämlich *dolor* (Schmerz), *calor* (Erwärmung), *rubor* (Rötung) und *tumor* (Schwellung) als wichtige Zeichen einer Entzündung. Sie kann von Krankheitserregern (Bakterien, Viren, Pilzen, aber auch Protozoen, tierischen Einzellern, z. B. Geiseltierchen, und weiteren Parasiten, wie Würmern) ausgelöst werden, aber auch durch Dauerdruck und Reibung (enge Schuhe), Hitze und Strahlung und chemische Substanzen wie Laugen und Säuren und vieles mehr. Der griechische Arzt Galen, dessen Daten genauer bekannt sind, nämlich

129–216, fügte als fünftes Zeichen die ‚functio laesa' hinzu. Damit bezeichnete er die eingeschränkte Funktion des entzündeten Körperteils.

Wichtig ist die Abgrenzung zur eitrigen Entzündung, weil die den Einsatz eines Antibiotikums fordert.

Ich denke auch an den Hausbesuch bei einer Frau, die sich wirklich aufopfernd um ihre vier Kinder kümmerte, von ihrem Mann aber sehr viel alleingelassen wurde, wie sie gelegentlich klagte. Drei davon, im Alter zwischen zwei und fünf Jahren, waren krank, hatten hohes Fieber, Erbrechen, auch Durchfall. Schreiende Kleinkinder, überall Erbrochenes, volle Windeln, umgeworfene Tassen mit Tee, da wurde es dem Großen, dem Elfjährigen, zu chaotisch, er nahm sein Fahrrad und haute einfach ab. Nachdem ich mit dem medizinischen Teil fertig war, fragte ich die erschöpfte Frau, ob ihr Mann im Dienst – bei der Eisenbahn – war. „Nein, der sitzt im Gasthaus, gleich hundert Meter weiter in unserer Straße, da vorne, links!" Na bravo! Ich fuhr hin. Da saß der feine Herr, umnebelt von Zigarettenrauch, an einem Tisch mit seinen Tippelbrüdern. Ich fixierte ihn scharf, unfreundlich, ein paar Sekunden lang. „Herr T., Ihre Frau ist ganz schön schlimm dran mit den drei kranken Kindern!" „Na und, dås is jå ihr G'schäft!" Er schaute nicht auf. „Das sind ja auch Ihre Kinder, deshalb werden Sie jetzt zusammenpacken und nach Hause gehen und ihr helfen, Herr T.!" Er schaute mich noch immer nicht an, starrte vor sich hin, verzog sein Gesicht zu einer verdrossenen Grimasse, stand auf, tötete seine Zigarette aus, zahlte und fuhr mit dem Fahrrad heim. Toll war aber das Verhalten des Wirts: Der funkelte mich an, schwer verärgert. Wollte etwas Grobes sagen, unterließ es aber. Besser so, ich war eben in der richtigen Laune, mich mit ihm anzulegen.

Auch wenn man es noch so genau nimmt, die Begleitperson gut ausfragt, das Kind genau untersucht – das geht bei kleinen Kindern manchmal schlecht –, kann man nicht sicher voraussagen, wie die Krankheit verlaufen wird. Daher ist die

Rückmeldung durch die Betreuungsperson so wichtig, daher die vielen Anrufe am Abend. Ist das Fieber auf die Gabe eines fiebersenkenden Mittels gesunken? Wie benimmt sich das Kind? Hat es eine unerwartete Veränderung gegeben? Hat sich ein Ausschlag eingestellt, der die Diagnose eines Dreitagefiebers sichert, eines harmlosen Virusinfektes. Allerdings kann der rasche Anstieg des Fiebers einen Fieberkrampf auslösen. Da verliert das Kleinkind das Bewusstsein und krampft, oft mit dem ganzen Körper. Schrecklich anzusehen für die Angehörigen, leicht zu behandeln. Man injiziert ein Benzodiazepin, ein krampflösendes Medikament in eine Vene und kann zuschauen, wie sich das Kind in wenigen Sekunden entspannt, in einen tiefen Schlaf fällt. Jetzt aber ist zu überlegen, ob das Kleinkind nicht zur weiteren Abklärung in ein Kinderspital kommen muss. Dort muss die Ursache des Krampfanfalls gefunden und behandelt werden, Epilepsie, Gefäßanomalien, alle möglichen Infekte kommen als Ursache infrage.

Mädchen und Frauen haben Harnwegsinfekte viel häufiger als Buben und Männer, weil ihre Harnröhre kürzer ist. Einige können sich an Brennen beim Harnlassen, Kreuzweh, Schüttelfrost in ihrer Kindheit erinnern, haben inzwischen kaputte Nieren, gehen drei Mal die Woche zur Dialyse und warten auf eine Spenderniere.

Man muss auch Glück haben dürfen, oder ist es der berühmte *Riecher?* Mario kam erst nach sechs Uhr am Abend dran, vor ihm waren sage und schreibe achtzehn Kinder mit den gleichen Symptomen, Durchfall und Erbrechen, da gewesen. Es ging ihm nicht gut. Er war müde und übel gelaunt von der Krankheit und vom Warten. Auch ich war etwas verdrossen von den immer gleichen Ratschlägen, Soletti, Zwieback, schwarzer Tee, dünne Suppe, all das in winzigen Mengen, dafür aber oft. Die übliche Therapie vor dreißig Jahren. Irgendetwas, ein ‚sechster Sinn' vielleicht, drängte mich, von dem sechsjährigen Buben eine Harnprobe zu verlangen. Die Mutter protestierte, er sei schon so müde, er wolle heim, ins Bett. Ich bestand auf der Harnprobe, da es ja kein großes Problem für einen Volksschüler sein sollte, ein paar Tropfen abzuliefern. Während die Mutter Mario anzog und ich mit der nächsten Patientin beschäftigt war, unterbrach mich meine Laborassistentin mit der Mitteilung, der Schnelltest auf Zucker im Urin sei hoch positiv. Die anschließende Bestimmung des Blutzuckers ergab einen Wert, der achtmal höher war als erlaubt. Also ab ins Kinderspital, wo man meine Diagnose Diabetes mellitus bestätigte. Mario war zuckerkrank. Unter ungünstigen Umständen hätte er die Nacht, zu Hause, ohne Behandlung, nicht überlebt.

Alina stammt aus dem Kosovo. Immer wieder hat sie Oberbauchschmerzen und Sodbrennen. Sie hält die Hände auf den Oberbauch gepresst und blickt mich mit ihren großen Rehaugen traurig an. Im Krankenhaus gibt es einen Test auf Helicobacter pylori, wir machen ihn, er fällt bei ihr positiv aus. Ich frage die Eltern, ob es noch jemanden in der Familie mit Oberbauchschmerzen gibt. „Ja, fast alle." Der Hausarzt schickt die Großen, ich die Kinder zu diesem Test in die Ambulanz: Alle haben den Helicobacter, den verursachenden Keim. Eine Kombination aus zwei Antibiotika und einem Säurehemmer ein paar Wochen lang, und die *Magenfamilie* ist gesund, ist den lästigen Keim, Schmerzen und Sodbrennen los.

Ein Urlauberkind hatte sich mit heißem Tee Unterbauch und beide Oberschenkel verbrüht. Der alte, gewissenhafte Hausarzt fuhr s o f o r t hin. Das war der erste Teil der Tragödie. Er sah einige wenige kleine Blasen auf der geröteten Haut, empfahl kühle Umschläge und viel zu trinken. Dem Kind ging es immer schlechter. Es nahm keine Getränke zu sich, erbrach sich. Große Blasen mit Flüssigkeit hatten sich gebildet, diese fehlte jetzt dem Kreislauf, auch auf dem Bauch. Die Eltern erreichten den Hausarzt nicht. Bis sie sich entschlossen, etwas zu unternehmen, und bis die Rettung kam, krampfte das Kind schon. Ins nahe Krankenhaus kam es zu spät.

Was war falsch gelaufen? Wie konnte es zu dieser Tragödie kommen? Der brave alte Hausarzt war sofort zu dem Kind geeilt und hatte sich ein falsch günstiges Bild von der Verbrühung gemacht. Der Gewebeschaden durch die heiße Flüssigkeit ist oft erst nach einer halben Stunde oder sogar später zu beurteilen. Schon die Verbrennung in der Größe der kindlichen Hand kann gefährlich werden. Hier aber waren der Unterbauch und beide Oberschenkel schwer verbrüht. Es kam zu Salz- und Wasserverlusten in die riesigen Brandblasen, zur Entgleisung des Flüssigkeits- und Elektrolythaushalts und zum Tod. Die Eltern müssen mit der Kühlung des verbrannten, verbrühten Areals sofort beginnen. Kühles, nicht kaltes Wasser auf die verbrühte Stelle. Große Flächen dürfen allerdings nicht gekühlt werden, weil es zu einer Unterkühlung des Kindes kommen kann, die die Überlebensaussichten senkt.

Infektionskrankheiten beschäftigen uns am meisten. Fast alle beginnen gleich: Glänzende, fiebrige Augen, kein Appetit, Erbrechen, das bei kleinen Kindern so häufige Bauchweh, schlechte Laune und Fieber sind Krankheitszeichen, auf die die Eltern reagieren müssen. Mütter, die viel Zeit mit ihrem Kind verbringen, haben unglaublich gute Antennen, ihr Kind zu beurteilen. Sie erfühlen Fieber, messen es dann und geben einen fiebersenkenden Saft (Ibuprofen) oft schon, bevor sie den Arzt anrufen. Damit gewinnt man etwas Zeit. Jetzt aber sind ärztliches Wissen und Erfahrung gefragt, sie sollen zur richtigen Diagnose verhelfen. Sie ist die Voraussetzung für die Wahl der nötigen Medikamente und der weiteren Maßnahmen sowie die Prognose des Verlaufs. Wenn diese nicht zutrifft, dann zurück zum Start! Einige Krankheiten klingen schon in wenigen Tagen ab, andere stellen sich als lebensbedrohend heraus.

Mir fällt ein kleiner Bub ein, der an einem Dienstag in die Ordination kam. Er war krank, hohes Fieber, sonst nichts. Kein Ausschlag, keine eitrigen Mandeln, nichts an den Ohren, kein auffälliges Geräusch über den Lungen, kein Befund im Harn. Er war brav und stolz, einmal aus dem Schatten seines größeren Bruders zu treten, genoss die volle Aufmerksamkeit aller Großen. Am nächsten Tag telefonierte ich noch mit seiner Mutter, sie sagte, er käme mit dem hohen Fieber gut zurecht. Dann hörte ich nichts mehr. Zwei Tage später meldete ich mich telefonisch an, fuhr hin und sah das Vollbild eines *Kawasaki-Syndroms*, das sich inzwischen ausgebildet hatte: tagelanges hohes Fieber, rote Augen, knallrote, geschwollene *Lacklippen*, geschwollene Hand- und Fußflächen, vergrößerte Lymphknoten am Hals. Buben sind öfter betroffen als Mädchen. Ein Antibiotikum hatte ich ihm nicht gegeben, da ich ursprünglich an ein *Pfeiffersches Drüsenfieber* oder einen anderen Virusinfekt gedacht hatte. Unbehandelt kann diese Krankheit leicht zum Tode führen, es kann zum Herzinfarkt oder zu Rissen der großen Blutgefäße mit tödlichen Blutungen kommen. Natürlich musste er auf die Kinderabteilung, wo ihm die gediegene Behandlung zur völligen Genesung verhalf.

Ein Syndrom ist eine Gruppe von Krankheitszeichen, die für ein bestimmtes Krankheitsbild charakteristisch ist. Allgemein bekannt ist wohl das *Down-Syndrom*, auch bekannt als Mongolismus: Die Kinder sind klein, haben einen runden, kleinen Kopf, breite Nasenwurzel, meist offenen Mund mit großer, gefurchter Zunge. Viele weitere Zeichen, wie die breite *Sandalenlücke* zwischen der 1. und der 2. Zehe, können dazukommen. Auch Herzfehler kommen vor. Aber auch eine geistige Behinderung. Diese führte früher – wirklich nur früher? – dazu, dass man diese Kinder irgendwo, in Heimen, unterbrachte, ablegte. Darunter litten sie ebenso wie ihre Entwicklung, dann konnten diese Raben sagen: „Siehst du, aus diesen Tschapperln wird ja nichts." Energisch musste ich anfangs der Meinung entgegentreten, diese Kinder *gehörten doch weg!* Es geht aber auch anders, und zwar so: Von den Eltern liebevoll aufgezogen, unterstützt von allen notwendigen Institutionen unseres Sozialstaats, können diese Kinder später eher einfache Arbeiten leisten, Berufe unter Aufsicht ausfüllen und zufrieden leben. Ihre fröhliche Art, ihr Talent zu Clownerien, macht sie zu beliebten Mitgliedern eines erfolgreichen Teams.

Der Zufall führte oft Regie. Ich hatte bei einem Medizin-Verlag in Wien um hübsch einige tausend Schillinge einen ganzen Karton voll Fachbücher bestellt. Am späten Abend blätterte ich einen Bildband durch und sah eine Fehlbildung, die ich am vergangenen Morgen im Krankenhaus, auf der Neugeborenenstation, gesehen, aber nicht erkannt, weil nicht gekannt, hatte. Es handelt sich um das *Poland-Syndrom*: Eine Hand ist mangelhaft entwickelt, die Finger zusammengewachsen, auf derselben Seite fehlt ein Brustmuskel, oft auch die Brustwarze. Mängel an der Lunge, den Nieren oder der Wirbelsäule können dazukommen. Wenige Jahre und abermals 20 Jahre später sah ich noch zwei dieser seltenen Fehlbildungen. Sie soll damals, 1980, weltweit in der Größenordnung von unter hundertmal beobachtet worden sein. Aber auch andere Zufälle gab es. Eine deutsche Schönheit und ihr stattlicher Mann, ein Norweger aus Bergen, auf Urlaub an einem unserer Seen, bringen ihren Säugling, sieben Monate alt. Das Problem, eine Darmgrippe, war rasch besprochen und erledigt. Dann greife ich dem Mädchen, so aus Gewohnheit, noch an die Hüften und stelle eine krasse Seitendifferenz fest. Im Ultraschall finde ich eine schwere Hüftdysplasie, eine viel zu flache Pfanne. Die Gelenkskugel würde später einmal aus der flachen Pfanne gleiten, das Bein wäre kürzer als das gesunde, es käme zu einem schweren Hinken, einer schweren Behinderung. Diese Hüftdysplasie hätte man viel früher feststellen und behandeln müssen. Ich habe den Eltern eine Vorstellung bei einem Kinderorthopäden zu Hause empfohlen, das war's.

Die Untersuchung mit Ultraschall war nicht nur bei den Hüftgelenken eine große Hilfe, sie brachte uns auch bei anderen Organen *in eine höhere Liga*. Wir konnten Veränderungen am Gehirn, an der Leber, den Nieren, der Milz, den großen Gefäßen finden und rechtzeitig zu weiteren Maßnahmen in die Krankenhäuser schicken. Ein bosnischer Bub wird als müde und lustlos vorgestellt. Mir fällt gleich seine blassgraue Gesichtsfarbe auf. Sein Puls ist hart, sein Blutdruck hoch. Wer denkt da nicht an die Nieren? Ich suche sie mit dem Ultraschallgerät … und finde sie nicht! Doch, ganz schwach kann ich ihre Konturen ausmachen. Die Mutter ergänzt noch, dass er „immer auf Klo rennt". Das Kinderspital bestätigt den Verdacht auf *Nephronophthise.* Nephron ist die Niere, Phthise der Schwund. Beide Worte kommen aus dem Griechischen. Unbehandelt kommen diese Kinder nicht einmal bis in die Pubertät.

Sogar aus dem fernen Omsk in Sibirien hatte ich eine Patientin, etwa fünfzehn Jahre alt, auf Besuch in unserer Stadt. Ich kann mich nicht mehr erinnern, was sie zu mir führte, aber ihr eigenartiger Gang veranlasste mich, sie zu bitten, sich auf die Untersuchungsliege zu setzen und den Kopf zwischen ihre Knie zu beugen. Wenn ich dann entlang der Wirbelsäule abwärts schaue, müssen beide Seiten des Rückens schön symmetrisch abfallen. Aber hier herrschte eine arge Asymmetrie! Jetzt rief ich den hervorragenden Radiologen in unserer Stadt an: „Lieber Josef, das Mädel ist aus Russland und hat weder Geld noch irgendeinen Krankenschein, bitte mach ein Röntgenbild von der Wirbelsäule dieser Olga W." Der gute Mann stimmte zu. Nach einer Stunde war sie wieder da, mit einer Wirbelsäule auf dem Röntgenfilm, gekrümmt wie eine Schlange, nur mit der Kraft der Jugend und der Elastizität der Mädchen ertragbar. Ich empfahl der Mutter, unbedingt eine ordentliche Orthopädie zu Hause zu kontaktieren, sonst wäre das Mädchen mit einer entstellenden und schmerzhaften Kyphoskoliose ihr Leben lang geplagt.

Wissen kann aber auch *schaden:* Ein kleiner Bub hat an beiden Unterschenkeln blassrote Flecken, teigig erhaben, leicht druckschmerzhaft. Dieses *Erythema nodosum* ist bei Kindern ungefährlich und geht von selbst zurück. Der Hausarzt aber erzählt der Mutter allerhand von Tuberkulose und ein paar anderen gefährlichen Krankheiten. Das beindruckt sie. Und, drei Geschwister essen ein Tiramisu und bekommen eine Darminfektion mit Salmonellen. Schon nach wenigen Tagen geht es ihnen unter einer Diät besser, der Vater will aber eine antibiotische Therapie. Ich rate davon ab, weil die Salmonellen auf die meisten Antibiotika resistent sind, aber auch, weil diese die Darmflora schädigen. Der Vater glaubt mir nicht. Er kommt wohl von dem Reflex: wenn Infektion, dann Antibiotikum, nicht los. Er bekommt sein – überflüssiges – Antibiotikum. Alle vier Kinder sehe ich nie wieder.

Aber jetzt habe ich die Ordination zugesperrt. Neben dem weinenden Auge um die bezaubernden kleinen Ritter und die reizenden kleinen Prinzessinnen und die vielen hingebungsvollen, klugen Mütter und Väter gibt es auch ein lachendes: Die Freiheit lacht uns an. Eigentlich habe ich schon lange vorher gewusst, wie die letzten Minuten in meiner Ordination ablaufen werden: In Gedanken, in Erinnerungen versunken, dasitzen, Emotionen niederkämpfen. Aber es kam ganz anders: Ich verabschiede mich von meinem allerletzten Patienten, einem hübschen, fröhlichen Volksschüler. Clemens war mit seiner Mutter am Nachmittag zur Kontrolle gekommen. Vor einer Woche war ich noch am Abend bei ihm in der Wohnung gewesen, weil er schlecht Luft bekam. Tatsächlich aber kriegen die Patienten mit Asthma die Luft nicht aus den Lungen heraus, weil die feinen Atemwege verengt, verkrampft sind. Und weil die alte Luft nicht herauskommt, kann keine frische hinein. Er musste im Bett sitzen, atmete mühsam und angestrengt. Über der Lunge die typischen Atemgeräusche. Er inhalierte brav und war schon drei Stunden später deutlich besser. Davon hatte ich mich bei Kontrollen in der *Ordi* überzeugt. Jetzt war er mein letzter Patient gewesen. Ich war alleine in meinem Ordinationsraum.

Locker, entspannt, auch erleichtert saß ich da, aber nur kurz. Keine Emotionen. Ich war eigentlich überrascht von meiner Kaltschnäuzigkeit! Aber, ich rechtfertigte mich, fast vierzig Jahre Medizin sind genug. Vorher hatte ich ja in einem Krankenhaus gearbeitet. Außerdem, wer war es, der feststellte? „Die Lücke, die wir hinterlassen, ersetzt uns vollkommen!“ Der Urheber eines weiteren Zitats ist der bekannte, aber äußerst ungeschätzte italienische Diktator Benito Mussolini: „Tutti siamo utili, ma nessuno è indispensabile." Alle sind wir nützlich, aber niemand ist unersetzlich. Ich verabschiedete mich von Maria und Ute, meinen tüchtigen Assistentinnen, mit denen alles Weitere längst abgesprochen und erledigt war, und fuhr heim. Von meiner dritten Hilfe brauchte ich mich nicht zu verabschieden, das ist meine Frau. Und die bleibt mir ja erhalten.

Schon eine Woche später verabschiedeten wir uns von unseren Töchtern, Schwiegersöhnen und den fünf Enkelkindern. Sie könnten, so fürchtete ich, die Reisedauer von mindestens fünf Wochen abkürzen. Ob meine Frau so lange ohne ihre Lieblinge aushalten würde? Dieses Problem haben wir zwar ausdiskutiert, aber so ganz sicher war ich mir nicht. Beim geringsten Anlass wird es meine Frau im Norden, fern der Kinder, nicht mehr aushalten. Da verkümmert sie, welkt dahin. Und welcher Unmensch will so was seiner Angetrauten schon antun? Und letztlich sich selbst. Also, lieber zu viel (Groß-) Mutterliebe als zu wenig.

2

Das Wohnmobil

Die Fahrten in den Sommerurlaub mit dem Wohnmobil waren immer ein Erlebnis. Die Töchter waren brav und geduldig, verschwanden im Fond des Kombis unter Barbie- und anderen Puppen, Büchern, Musikkassetten. Alle paar Stunden machten wir eine Pause mit Gehüpfe und einer kleinen Stärkung.

Es war ganz schön spannend, als wir mit defektem Motor in den Hafen von Livorno geschleppt wurden. Eine Reparaturwerkstatt in der Stadt aufzusuchen war die Zeit zu knapp. Unsere Fähre fuhr in einer guten Stunde, die nächste erst nach vier Tagen. Meine Italienischkenntnisse haben sich da, wie so oft, ausgezahlt: Ich sprach einen Bären von Hafenarbeiter an und bat ihn um Hilfe, das Wohnmobil die Rampe auf die Fähre hinaufzuschieben. „Dov'è la macchina?" Ich zeigte hin, meine Frau und die Töchter blickten hoffnungsvoll her. Er schnitt eine Grimasse: Unser vollgepacktes Wohnmobil wog wohl an die eineinhalb Tonnen. Aber, ein Pfiff, drei weitere Bären kamen, und in einem Schwung war die *Kiste* oben auf der Fähre und ein sattes Trinkgeld bei den Männern. In Olbia wechselte ein flinker *meccanico* das durchgebrannte Kabel aus. Die Ferien auf Sardinien waren gerettet. Zwei Jahre später gab es einen Streik, die letzte Fähre sollte in ein paar Minuten Livorno verlassen. Unsere Aussichten, mitzukommen, waren schlecht, viele Fahrzeuge wollten noch auf die Fähre. Ich musste die *Notbremse* ziehen: Ich sprach einen eleganten älteren Herren an, der sich gerade noch mit dem Kapitän unterhalten hatte. Was, wenn wir nicht nach Sardinien kämen? Der hilfsbereite Mann erklärte mir, mitten im lauten Tumult der Touristen und *camionisti*, der Fernfahrer, dass ich auf sein dezentes Zeichen flott losfahren sollte. Wieder waren die Ferien auf Sardinien gerettet. Dieses sehr gut gelungene Auto haben wir nach über zwanzig Jahren einem Studenten gegeben.

Das Nachfolger-Auto sollte größer sein und nicht selbst ausgebaut. Ein neues war uns doch zu teuer, wir suchten ein gut erhaltenes, wenig gefahrenes Modell. Meine Frau fand ein Wohnmobil, das zum Verkauf stand. Der Besitzer verlangte – am Telefon – ziemlich viel Geld, trotzdem fuhren wir hin und schauten uns das Gerät einmal an. Es hat alles gepasst, Größe, Zustand, wenige Kilometer gefahren, keine Schäden. So beiläufig verplapperte sich der Mann und verriet, das er das Geld brauche, jetzt, zu Beginn der Sommersaison, er wolle sich ein Cabrio zulegen, na ja, um bei den Mädels am Wörthersee Eindruck zu machen. Das war ein Fehler: Seine Frau stand abseits, Schürze, Stiefel, Gummihandschuhe, und arbeitete im gut gepflegten Garten. Das Haus aber war in schlechtem Zustand, einige Bretter der Verkleidung hatten sich geworfen, überall blätterte Farbe ab, ein Fensterladen hing schief. Das Gartentor ließ sich nicht zumachen. Ja, aber der feine Herr muss ja mit dem Sportwagen auf Aufriss fahren. Da habe ich meine Frau *von der Leine gelassen*. Sie kann hartnäckig und energisch feilschen. Wir haben das Wohnmobil bekommen, billiger als erwartet.

Ich nahm kleine Ergänzungen vor, dort ein Haken, da eine Leiste, ein paar Zwischenfächer in den Wandkastln, eine Halterung für Gitarre oder Banjo. Gewand, Geschirr, alles gut verstaut, und schon geht es los, nach Norden. Wir haben uns am Steuer wohl abgewechselt, meine Frau fährt aber den weitaus größeren Teil. Sie fährt besser als ich, ruhig, konzentriert, außer, wenn Dunkelheit, Nebel, starker Regen, Schnee oder Eis ihr die Freude verderben. Dann fahre ich.

Seit vielen Jahren wünschen wir einander beim Losfahren „Trevlig reise“, das ist norwegisch und leicht zu übersetzen, treffliche, also gute, Reise. Irgendwo nördlich von Nürnberg tanken wir. Eine ältere Frau sitzt uns beim Kaffeetrinken am selben Tisch gegenüber. In ihrer linken Ellenbeuge hat sie eine ovale Rötung mit zentraler Abblassung. Ich will mich zurückhalten, muss sie aber schließlich doch fragen, ob sie mit dem *Erythema migrans* schon beim Arzt war. „Was ist das denn?“, fragt sie leicht irritiert. Es gelingt mir dann doch, mithilfe meiner Frau, ihr die Sache zu erklären. Wenn man eine solche Infektion der Haut, das erste Zeichen einer Borreliose, nicht erfolgreich behandelt, kann es zu einer chronischen, sich elend lange, in Stadien hinziehenden Infektion kommen, zu Hautveränderungen, Hirnhaut- und Nervenentzündungen, auch Herzmuskelentzündungen, Gelenksentzündungen, Hirnnervenausfällen, Lähmungen. Aber bei dieser typischen Rötung muss man die Diagnose stellen, denn die Behandlung ist umso erfolgversprechender, je früher sie erfolgt. Da es sich um Bakterien handelt, gibt man ein Antibiotikum. Hoch genug dosiert und lang genug genommen führt es zur völligen Heilung.

Überträger der Infektion sind Zecken, auch Stechfliegen, vielleicht auch andere Insekten.

Die Zecken lassen sich nicht, wie gelegentlich behauptet wurde, von Bäumen und Sträuchern herunterfallen, wenn ein Warmblüter daruntersteht, sondern abstreifen. Und sie stechen meist nicht gleich, weil sie Zeit brauchen, eine günstige Stelle zu finden, dünne, weiche Haut. Daher muss man sich nach Ausflügen im Wald, auch auf der Wiese, gründlich absuchen (lassen), um sie rechtzeitig zu entfernen. Nicht überall in Europa gibt es diese Parasiten. Jeder Arzt kann eine Europa-Karte der befallenen Regionen zeigen. Sie scheinen immer weitere Teile des Kontinents zu erobern, es gibt sie schon auf den Åland-Inseln zwischen Stockholm und Finnland, auch in Norwegen. Offensichtlich ist es dort auch bereits warm und trocken genug. Nicht gibt es sie in Höhen über 1200 Metern, dort ist es diesen Viechern einfach zu kalt. Wir haben diese Hauterscheinungen – das Erythema migrans – vor vierzig Jahren schon gut gekannt und den Patienten oder ihren Angehörigen tapfer erklärt, dass sie nach Wochen von selbst abklingen. Und dass Antibiotika, ob man sie deshalb oder aus einer anderen Ursache gab, die Heilung beschleunigten. Mehr wussten wir damals einfach nicht.

1977 fiel einem US-amerikanischen Arzt, W. Burgdorfer, auf, dass in einem Gebiet um die Stadt Lyme im US-Bundesstaat Connecticut (nordöstlich von New York City, am Atlantik) viele solcher Erkrankungen auftraten, auf der anderen Seite des Flusses aber, in Old Lyme, keine einzige. Dort gibt es nämlich keine Zecken mit den Krankheitserregern, den Bakterien. Sie können oder wollen weder fliegen noch schwimmen. Er machte die richtigen Rückschlüsse und fand die Borrelien. Diese sprechen auf Antibiotika an.

Viel länger (erstbeschrieben von einem Neurologen aus Wr. Neustadt in der Wiener Klinischen Wochenschrift 1931) schon bekannt als *tick borne*, also von Zecken übertragene Krankheit, ist die Frühsommer-Meningoenzephalitis, FSME, auch CEE, Central European Encephaphalitis, eine Viruserkrankung. Sie führt in unseren östlichen Nachbarländern zu je etwa 800 Erkrankungen im Jahr. In Österreich, wo sich sehr viele Menschen impfen lassen, erkranken nur um die 60 im Jahr.

3

Unterwegs nach dem Norden

Ich habe während meiner Studentenzeit vier Sommer in Schweden gearbeitet, weil die Bezahlung wohl sechs- bis siebenmal besser war als zu Hause. Jedes Mal, wenn ich nach zehn Wochen harten Frons, also nach dem Sommerjob in der Fabrik oder im Krankenhaus, aus dem ernsten, strengen Schweden mit seinen festen Regeln und Verboten auf dem Weg heim nach Österreich war, taten mir ein, zwei Tage im südlich anmutenden, fröhlichen Dänemark gut. Dort lacht man viel, nicht laut, aber verschmitzt. Die Menschen, viele mit ihren freundlichen Bauern- und Fischergesichtern, brauchen offensichtlich ja gar nichts Lustiges, um vergnügt auszusehen. Ich hatte immer wieder den Eindruck, dass man in Dänemark freier, selbstbestimmter, weniger kontrolliert, lebt: Zwei Installateure führten ein wohl acht Meter langes Kanalrohr, jeder hielt es auf der Schulter, auf ihren Fahrrädern durch Esbjerg. Niemand scherte sich darum, niemand hielt sie auf. Das Zauberwort dort heißt *Selbstverantwortung*. Eine Reihung der Lebensqualität in den verschiedenen Ländern weist Dänemark fast immer als Sieger aus. Zu den Gott sei Dank verstrichenen Zeiten der Sowjetunion, dem Paradies aller Werktätigen, war diese auf Platz 45 und schlechter anzutreffen. Und die Vereinigten Staaten von Amerika, Land der Freiheit und der unbegrenzten Möglichkeiten? Waren meistens nur wenige Ränge besser, so um 40. Und Österreich? Wir liegen gut, um den 5. Platz. Small is beautiful!

Aber jetzt war ich mit meinem Eheweib Gabi da und übernachtete am Charlottenlund, einem schönen, grünen Campingplatz im Norden von København, wie die Dänen ihre schöne

Hauptstadt nennen. Also Kaufhafen. Auf schwedisch Köpenhamn. Mit den Fahrrädern machten wir Ausflüge. Wieder einmal besuchten wir den lille havfrue, die kleine Meerjungfrau. Eine Menge, eigentlich eine Horde von Chinesen drängte uns grob weg. Ich flüchtete leicht verärgert ein paar Meter weiter auf einen Felsen und breitete meine Arme aus: „Free Tibet!", rief ich dreimal so laut, wie ich konnte. Einige blickten gelangweilt her, andere ignorierten mich. Vielleicht haben sie meinen Aufruf gar nicht verstanden. Oder aber es waren Koreaner. Die dürfte die Untat der Chinesen – *sie machen immer mehr China aus diesem Land,* aus diesem unterdrückten Volk – wenig berühren.

In dieser herrlichen Stadt Kopenhagen gibt es pro Jahr um die sechs Morde, im etwa gleich großen Amsterdam über 200! Die dänische Königin Margarethe spaziert morgens oft zum Bauernmarkt und kauft Blumen und Gemüse. Ohne Polizeischutz, ohne Leibwache. Verwunderte Fremde erhalten die Antwort: „Ja, das tun wir doch alle so!"

Wir setzen von Fredrikshavn nach Oslo über. Oslo ist eine sehr gemütliche Stadt, klein, etwa 700 000 Einwohner. Die Hauptstraße, die Karl-Johans-Gate, zieht sich vom Bahnhof, der Sentralstasjon, zum Königlichen Schloss. Auch dieses reißt uns nicht von den Sitzen. Eine Art griechischer Tempel mit acht dorischen Säulen, drei Stockwerke. Das Storting, das Parlament, auf der südwestlichen Seite der Karl Johans würde in Wien, auch in Linz oder Graz mit seinen bescheidenen Ausmaßen nicht auffallen, eventuell durch seinen eigenen, nordischen Baustil. Aber wahrscheinlich ist es diese für die Norweger typische Zurückhaltung, Bescheidenheit, die auch in ihrer Hauptstadt zu erkennen ist. Norwegen war ein Teil Schwedens – Oslo hieß damals Christiania – der König ehrte die Norweger durch seine dreimonatige Anwesenheit jeden Sommer. Das ging so lange, bis die Norweger der Dominanz ihrer östlichen Nachbarn überdrüssig wurden. Sie wollten die Trennung. Die Schweden sagten Nein. „Darauf reparierten und verstärkten die Norweger ihre Grenzbefestigungen", wie mir ein verschmitzt lachender norwegischer Kollege einmal erzählte. Allerdings, es fiel kein einziger Schuss! Diese kühlen, vernünftigen Leute lösten das Problem in aller Ruhe am grünen Tisch. Norwegen wurde ein eigenes, souveränes Königreich. Aus Christiania wurde Oslo als Hauptstadt. Beinahe wäre Norwegen eine Republik geworden, der beliebte Forscher und Friedensstifter Fridtjof Nansen war als Präsident (Staatsminister) dazu im Gespräch. Schließlich entschloss man sich aber doch für einen König und holte ihn sich aus Dänemark. Das alles geschah im Jahre 1905. Wenige Jahre später zerfleischte sich halb Europa im Ersten Weltkrieg. Hätten sich unsere Säbelrassler nicht etwas bei den besonnenen Nordlichtern abschauen können?

In Oslo besuche ich immer gerne das Edvard-Munch-Museum, ein Pflichtbesuch. Er gehört zu meinen Lieblingsmalern. Meiner Frau sind seine Bilder zu trist, zu düster. Sie setzt sich stattdessen gemütlich in eine *kaffe stua*. Dann fahren wir mit der Fähre vom protzigen Rathaus die etwa drei Kilometer nach Westen zur Museumshalbinsel Bygdøy. Das Nationalmuseum dort ist einen Besuch wert. Aus allen Teilen Norwegens hat man alte Häuser zusammengetragen und wieder aufgebaut. Beachtlich, wie die Norweger mit Holz umgingen, mächtige, schwere Holzkonstruktionen an jedem Bauernhaus. Kaum anders als bei uns in den Alpen, aber wuchtiger. Viele Schnitzereien zeigen meistens die typischen nordischen Bänderornamente. Thor Heyerdal hat seine schneidigen Fahrten mit Kon Tiki und Ra gemacht, die Fahrzeuge sind in Museen ausgestellt. Ich habe seine Bücher verschlungen, besonders Kon Tiki. Dass ein paar Norweger und ein Schwede auf einem Balsaholzfloß die Fahrt über den Pazifik wagen, fast 8000 Kilometer, ist einfach unglaublich. Und wie ihr Floß, kurz vor dem rettenden Land, in der Brandung auseinanderfällt. Zu dieser mehr als riskanten Reise überredete er seine Freunde, um seine These zu beweisen, dass die Inseln im

Südpazifik von Südamerika aus besiedelt wurden. Inzwischen dürfte er widerlegt worden sein, genetische Untersuchungen sprechen dafür, dass es Menschen aus Taiwan und Festlandchina waren! Thor Heyerdal habe ich, wann immer ich konnte, in Fernsehberichten gesehen und bewundert. Als er vor wenigen Jahren, todkrank, ins Rikshospital in Oslo eingeliefert wurde, beruhigte er seine besorgten Leute: „Jeg er seig“, ich bin zäh, ihr braucht mich nicht abzuschreiben. Er irrte, wenige Tage später war er tot. Er war ein großartiger Mensch, Völkerkundler, Abenteurer. So schade um ihn.

4

Kjetil, Venke und der Orient

Am folgenden Tage verlassen wir Oslo, weil wir schon ein paar Male dort gewesen waren und andere Teile des Landes sehen wollen. Es geht nach Südwesten, durch Tönsberg, vor Sandefjord fahren wir durch Gokstad, wo man eines der drei Wikingerschiffe ausgegraben hat, gut erhalten. Die beiden anderen fand man bei Oseberg und Tune. Weiter geht es nach Larvik, Kragerö, Risör, dann Arendal. Dort leben Kjetil – wir hatten ihn in einem Jazzkeller in Wien kennengelernt – und Venke mit ihren drei Mädeln. Wir waren einige Jahre gute Freunde, haben sie ein paar Mal besucht. Sie waren ebenso oft bei uns. Er ist ein tüchtiger Diplomingenieur der Elektronik. Weil er, bedingt durch den Zweiten Weltkrieg, kein schönes Familienleben hatte, bemüht er sich sehr um seine Familie. Ich meine, sehr erfolgreich. Schöne Frau, drei bezaubernde Töchter.

Wir haben sehr gerne diskutiert. Er ist ein Linker, hat mir weiszumachen versucht, dass *sosialist venstre* nicht linkssozialistisch heißt. Aber Sosialist ist klar, venstre heißt links. Das ist für mich überhaupt kein Problem, ich habe viele Freunde mit einer anderen politischen Meinung, mit denen ich mich in disziplinierten Diskussionen gut unterhalte. Ebenso diszipliniert besprach ich mit Kjetil viele strittige Themen. Oft waren wir sogar einer Meinung. Naturgemäß gab es Differenzen, nie aber Streit. Die vor etwa 30 Jahren vergleichsweise bescheidene Zuwanderung fand er bereichernd. Oft hat er mich schief angeschaut und den Kopf geschüttelt, zum Beispiel, als ich ihm eine interessante Theorie vorstellte: „Du kennst ja die Kelten." Sie waren mutig, ja tollkühn. Mit nacktem Oberkörper, ihre meist roten Haare mit Lehm zu einer Turmfrisur aufgepappt, stürmten sie mit wildem Geheul auf ihre Feinde zu und knüppelten sie nieder. Es war kein Geringerer als Alexander der Große, der sie fragte, ob sie sich wirklich vor nichts fürchteten. „Vor nichts und niemandem!“, prahlten sie stolz. Nach ein paar Humpen Wein, den sie pur, unverdünnt – anders als die Kulturvölker am Mittelmeer – tranken, wurden sie doch etwas nachdenklich und gaben zu, sich davor zu fürchten, „dass das Firmament auf sie herabstürzte“. Allgemeines Kopfschütteln der griechischen, römischen oder arabischen Besucher. Das Firmament herabstürzen? Doch, beharrten die jetzt recht kleinlauten Helden. Nämlich dann, wenn die Widder weg sind. Die Widder – in ihrer Mythologie – stützten das Firmament. Aber als die Widder weg waren, waren auch die Kelten weg, ja, nicht gerade weg, aber ihre Ära war vorbei. Dafür kamen die Fische. Merkst du es? Wir sind bei den Sternzeichen. Die Widder stehen für die keltische Ära, die Europa von Irland und Schottland bis nach Anatolien prägte, und die Fische sind das Symbol für das Christentum. Und was kommt nach den Fischen? Der Wassermann. „Was macht der, wofür steht der?“, fragte Kjetil eher lustlos. „Der ist das Symbol für den Islam, für die Moslems!“ Kjetil war gar nicht beeindruckt. „So was nimmst du ernst, du fürchtest dich davor?“, fragte er mit überlegenem Lächeln. „Nein, ich nehme so was weder ernst, noch fürchte ich mich.“ Das war im Jahre 1990, also 25 Jahre vor der Masseneinwanderung von überwiegend Moslems, die weit mehr als drei Millionen Fremde nach Europa gebracht hat und noch lange nicht zu Ende geht.

Dabei kann ich die echten Flüchtlinge gut verstehen. Wer will schon in umkämpften Städten in Ruinen hausen, ohne fließendes Wasser, ohne Strom, ständig in Angst vor Bomben und sonstigen Mordwerkzeugen. Überall Tote, Verwundete, Blut. Diesen Menschen müssen wir helfen! Wer mit Frau und Kind(ern) solche Strapazen auf sich nimmt, hat Asylstatus! Wie aber werden wir die große Zahl an Muslimen integrieren, zu Nachbarn, Mitarbeitern, Freunden machen, wie?

Dieser Vorgang ginge im *Einzelunterricht* besser und leichter. Jeder kennt Zugewanderte, die hervorragende Arbeit leisten, tüchtige Anwälte, Facharbeiter, Ärzte, Unternehmer, die sich gut eingelebt haben. Massen, die in Lagern zusammengepfercht leben müssen, werden leicht unzufrieden sein, lassen sich leicht radikalisieren. Die klugen Bedingungen des Thilo Sarazzin überzeugen doch: Jede/r, die/der hierbleiben will, muss arbeiten, die Sprache erlernen und sich an Gesetze, Sitten und Gebräuche halten. Aber es sind u n s e r e Gesetze und Bestimmungen, die die Flüchtlinge untätig herumsitzen lassen! Und, alle reden von der Beseitigung der Fluchtursachen, aber da sehe ich – bei meinem bescheidenen Überblick – keine Bemühungen und folglich keine Fortschritte.

Wenn es nicht gelingt, den Zustrom zu drosseln, in eine geordnete Zuwanderung umzuformen, dann allerdings sehe ich große Probleme auf die Kinder, nicht nur in unserem schönen Österreich, sondern in ganz Europa zukommen. Und um die Kinder geht es, diese offenen, unkomplizierten jungen Menschen, denen jeder Rassismus fremd ist, die ‚Fremde' unbefangen akzeptieren, sie verdienen es, dass sie weiter in einer freien Gesellschaft zusammen mit den Eingebürgerten leben können, zusammenarbeiten. Zur Zusammenarbeit gehören aber Anerkennung und Wertschätzung des Gegenübers, korrekte Geschäfte, Ehrlichkeit. Doch da lief wieder einmal das übliche Programm ab, nach dem die Kolonialmächte die unterlegenen Völker kerzengerade betrogen, hintergingen, zum Beispiel gleich nach dem Ersten Weltkrieg. Da hatten die Briten den Arabern dabei geholfen, endlich die türkische Herrschaft abzuschütteln. Der Film *Lawrence von Arabien* schildert die Geschichte ziemlich authentisch. Nach dem Sieg über die Türken aber erhielten die arabischen Stämme keineswegs die versprochene Freiheit und Souveränität, denn die beiden Diplomaten François Georges-Picot und Mark Sykes hatten bereits im November 1915 in streng geheim gehaltenen Verhandlungen i h r e Interessensphären abgesteckt, oft geradlinig mitten durch alte arabische Stammesgebiete hindurch! Nichts wurde aus der versprochenen Souveränität der arabischen Völker, sie kamen unter die *Schutzherrschaft* der beiden Mächte Frankreich und Großbritannien und wurden schamlos ausgebeutet. Und seit Jahrzehnten sehen sie in ihrem Fernsehen, wie vergleichsweise nobel wir in Europa leben, wie gut es uns geht, während sie sich mit meist bescheidenen Unterkünften begnügen müssen. Dass *unser* Wohlstand auf *ihrem* Erdöl schwimmt, wird leicht unter die Leute zu bringen sein. So was kann Hass schaffen, und den bekommen wir da und dort zu spüren. Zur Illustration möchte ich folgendes E-Mail an die Polizei einer Stadt in Deutschland wiedergeben: „… ist *unser* Stadtteil. Wir verbieten allen Ungläubigen, ihn zu betreten. Alle Polizisten, Journalisten und auch weitere Ungläubige werden wir mit Waffengewalt vertreiben oder töten. Bei uns gilt die radikale Scharia. Wir haben 2000 AK47-Sturmgewehre … Allahu Akbar."

Der Orient hatte mich schon immer interessiert, ja fasziniert, die Menschen dort, ihre Lebensweise. Auf die mörderischen Temperaturen haben sie sich sehr klug eingestellt: Die weißen Häuser, die die Hitze kaum aufnehmen, die engen, daher schattigen Gassen, die schönen Brunnen in den Innenhöfen, deren Böden mit kleinen Rundsteinen gepflastert sind, daher viel mehr Wasser erst aufnehmen und dann abgeben als glatte Flächen – und kühl halten. Vieles habe ich von ein paar Studienkollegen erfahren, von Alireza aus dem Iran, von Hussein aus Syrien, einen stattlichen Kollegen aus Ägypten nannte ich zum Spaß Abu, obwohl das Vater heißt. Ich sah die islamischen Länder als interessante, aufregende Bereicherung auf unserem Planeten. Der geheimnisvolle Orient. *Ex oriente lux,* aus dem Osten war das Licht gekommen. Zwar hatten die vorwärtsstürmenden Krieger die Bibliothek in Alexandria, die im 3. Jahrhundert vor Christus gegründet worden war, mit ihren Hunderttausenden Schriftrollen um das Jahr 48 vor Christus zerstört, arabische Gelehrte, aber auch persische, indische und weitere hatten, zusammengehalten durch den gemeinsamen

Glauben, das Wissen ihrer Zeit erhalten und gemehrt: Der Inder Aryabhata hatte Bahnbrechendes in der Mathematik geleistet, es wurde von den wissbegierigen Arabern übernommen und an Europa weitergereicht. Das Wort Algorhythmus bezeichnet exakte Arbeitsanweisungen zum Lösen von Rechen- – inzwischen aber auch weiteren – Aufgaben. Syrische Gelehrte hatten viele griechische Werke übersetzt, Sergius von Reschaina die des Aristoteles und des Galen. Der Dichter Harun al Raschid pflegte einen freundlichen Gedankenaustausch mit dem christlichen Kaiser Karl dem Großen! Die Kalifen von Bagdad förderten die Übersetzungen aus alten Schriften, die Gelehrten ruhten nicht, bis sie alle Schätze der Naturwissenschaft, die sie in den eroberten Ländern angetroffen hatten, übersetzt und angeeignet hatten, schreibt Hans Joachim Störig in seiner *Weltgeschichte der Wissenschaften*, und damit für die Nachwelt, also auch für uns in Europa, retteten und erhielten! Al Khwarizmis verdanken wir nicht nur das Wort Algebra nach *Al Dschebra*, sondern auch Fortschritte in diesem Teilgebiet der Mathematik. Damals, vor tausend Jahren, konnte man noch in mehreren Wissensgebieten auf der Höhe der Zeit stehen, so war Ibn Sina (Avicenna) Naturforscher, Arzt und Philosoph. Omar Khayyam wurde vom Sultan beauftragt, den islamischen Kalender zu reformieren: Sein Vorschlag, unter anderem alle 3770 Jahre eine Korrektur um einen Tag vorzunehmen, wäre genauer als unser heute geltender Gregorianischer Kalender. Auch in Physik, Alchimie, Optik und Astronomie, Biologie und Medizin gab es hervorragende Köpfe, so den nahe Teheran geborenen Abu Bekr Muhammad al Razi mit seiner originellen Schrift: Über die Tatsache, dass auch geschickte Ärzte nicht alle Krankheiten heilen können.

Und die Großen Reisenden Ibn Battuta, Al Massudi und Al Edrisi, auf dessen *Weltkarte* Friesach, aber weder Klagenfurt noch Wien eingezeichnet ist. Letzterer machte so ausgedehnte Reisen, wie sie bis dahin keinem Sterblichen gelungen waren. Er starb trauernd im Exil in Kairo: Seine Gedanken, dass eine Evolution vom Mineral zur Pflanze, von der Pflanze zum Tier, vom Tier zum Menschen stattgefunden habe, waren mit dem islamischen Glauben wohl nicht vereinbar. Gehört nicht Abubakari II. zu diesen Größen, der vielleicht reichste Mann wenigstens seiner Zeit, der um 1310 wahrscheinlich, fast 200 Jahre vor Columbus, (Süd)amerika erreichte? Und, viele Begriffe stammen aus ihrer Sprache, so Alkohol, Admiral, Atlas, Azimut, Benzin, Droge, die Obstsorten Orangen, Aprikose, zu der wir allerdings in Österreich Marille sagen, Zwetschgen, Pfirsich und Zitrone, die Gitarre und die Laute, der Kaffee und der Mokka, Safran und Zucker.

Ich erinnere mich gerne an die noch vor wenigen Jahren oft gelobte gleiche Augenhöhe der drei monotheistischen Religionen, der drei Buchreligionen, an die Hoffnung auf einen liberalen, europäischen Islam. Inzwischen ist es aber zu einer erheblichen Radikalisierung gekommen, immer strenger, fundamentalistischer wird der Koran ausgelegt. So verbieten einige Suren Freundschaften mit den *kuffrs*, den Ungläubigen. Der 2. Vers der 4. Sure befiehlt sogar: „Und wenn ihr die Ungläubigen trefft, herunter mit dem Haupt, bis dass ihr ein Gemetzel unter ihnen angerichtet habt!" Immer härter wird die Sharia durchgesetzt, die im Jahre 1990 bei einer großen islamischen Konferenz in Kairo zur alleinigen Grundlage der Menschenrechte erklärt wurde. Sie sieht die Enthauptung, das Auspeitschen, die Amputation der Hand, mit der ein Diebstahl begangen wurde (wenn der Dieb und seine Familie aber hungern, werde er pardoniert!), Steinigen, Hängen und weitere drakonische Maßnahmen vor. Daher beruht die Frage eines naiven Interviewers, was denn falsch sei an der Idee eines friedlichen Miteinanders, auf beschämender, verantwortungsloser Unkenntnis. Remi Brague, Professor für arabische Philosophie an der Sorbonne in Paris, hält z w e i Kulturen und zwei Rechtssysteme in e i n e m Land für unmöglich: Da verliert doch der eine Dieb seine Hand, während der andere unversehrt eingesperrt wird.

Nach diesen sachlichen Feststellungen lasse ich – im Kontrastprogramm – die Träumer, die Visionäre mit ihrem Wunschdenken zu Wort kommen: „In der Heimat des Täters werden ihre Opfer zum Tode verurteilt. Deswegen musste er sie töten!" Ein ebenfalls eigenartiges Verständnis kommt von einer Grünen: „Nur weil jemand vergewaltigt, raubt, hochkriminell ist, ist das kein Grund zur Vertreibung … es gibt Menschenrechte!" Und „schuld an der höheren Kriminalität der Zuwanderer seien die Einheimischen, weil ihre Spendenbereitschaft sehr zu wünschen lasse." Die Grüne Claudia Roth, bekannt für ihren Herzenswunsch *Frankreich muss an Polen grenzen!*, Deutschland also von der Landkarte verschwinden, beklagt, dass „die Flüchtlinge sich von den deutschen Frauen ausgegrenzt fühlen." Frau Renate Kienast meint, „dass Integration damit anfange, dass wir als Deutsche erst mal Türkisch lernen müssen", also Integration andersrum? Warum nicht auch Arabisch, Farsi und Suahili lernen? Wieder eine *Grüne* verlangt, „dass die Leute endlich Abschied nehmen müssen von der Vorstellung, dass Deutschland den Deutschen gehöre!" Die ehemalige Präsidentin des italienischen Parlaments erklärte, „dass der Lebensstil der Migranten unserer sein wird!"

Ich lese mit Interesse ein Buch, *Genpool Party,* und freue mich, dass der junge Autor Österreicher ist. Dann aber stolpere ich über die Kapitelüberschrift Fremdenhass und Parasiten. Da stellt eben dieser Martin Moder fest, dass Menschen, die sich besonders infektionsgefährdet einschätzen, anderen Ethnien gegenüber fremdenfeindlicher eingestellt sind! Einmal abgesehen von der eigenartigen Aussage stört mich die großzügige Verwendung des Totschlagvokabels Fremden h a s s , das ja jeder an den Kopf geworfen bekommt, der nicht zu jeder Einwanderung laut „Hurra!" schreit, sondern mitdenkt und sich Gedanken über die weitere Entwicklung mit über 200 000 Migranten fast ausschließlich islamischen Bekenntnisses in unserem kleinen Staat macht. Außerdem bin ich etwa zweieinhalbmal so alt wie der flotte Biologe und offensichtlich nicht so indoktriniert wie er und viele seiner Generation, die gutmütig bis hilflos der *offenen Gesellschaft* zustimmen und nicht erkennen, dass zu befürchten ist, dass diese Bereicherung durch den Multikulturalismus bei uns in Europa wohl *Islamisierung* bedeutet! Mich erstaunt schon, welche Wissenschaftler, Künstler und wer sonst noch sich anbiedern oder aufgeboten werden, um uns Hass auf fremde Menschen zu unterstellen. Dabei hegen wir niemals Hass, wohl aber kritische Beurteilung, vorsichtige Abschätzung, *wohin die Reise gehen soll*, wo wir doch unsere schöne Heimat, unser herrliches, vielseitiges Österreich unseren Kindern und Enkelkindern möglichst unversehrt erhalten und übergeben wollen. Aber viele Menschen sind so gleichgültig geworden, dass sie sich von solchen Problemen nur belästigt fühlen.

Auch mich frustriert dieses Problem zutiefst, besonders aber unsere Ineffektivität in Europa, hätte ich doch gerne, dass sich unser reicher Erdteil viel mehr an Hilfen für die hungernden, durstenden Menschen in Afrika beteiligen würde, auf dass sie in ihren Heimatländern, in ihren Dörfern, bei ihren Familien bleiben können. Dort fehlen jetzt die jungen, gesunden Leute, jetzt müssen die Alten die Knochenarbeit auf den Feldern verrichten, schwere Wasserkanister schleppen und vieles mehr. Dort würden jedem Menschen zusätzliche 1 bis 3 Euro pro Tag im Durchschnitt reichen, das Leben entscheidend zu verbessern, hier, bei uns, kostet ein Migrant angeblich über 40 Euro pro Tag.

Das Hauptproblem ist aber die *Bevölkerungsexplosion*, die Afrika in zwei Wochen um eine Million Menschen wachsen lässt, sodass man um die Jahrhundertwende mit 4 Milliarden Afrikanern rechnen muss. Was immer aber auf unserem Kontinent oder in Afrika und Asien geschieht, Europa muss um den Fortbestand seiner Kultur und seiner Lebensweisen, die auf der griechischen Philosophie, dem römischen Recht, dem Christentum, der Aufklärung und weiteren Errungenschaften beruhen, entschlossen kämpfen!

Was würde Kjetil zu den Massen sagen, die seit dem Herbst 2015 über die Grenzen strömen? Aber damals, als Jörg Haider kam, große Erfolge bei den mit den einzementierten Machtverhältnissen unzufriedenen Menschen in Österreich erzielte, wurde Kjetil immer strenger, unfreundlicher. Und als dann die Briefbomben Österreich zu internationalen Schlagzeilen *verhalfen*, warf er mir in mehreren Briefen vor, dass Österreich wieder auf dem Weg in den Braunen Terror sei. Ich war sehr erstaunt über diese verdrehte Sichtweise und verteidigte mein Land energisch. Ich konnte ihm kontern, dass der Briefbomber, Franz Fuchs, aus einem sozialistischen Elternhaus – wie Kjetil selbst – kam. Das alles half nicht. Ein Brief kam noch, er war noch giftiger. Unsere schöne Freundschaft zerbrach.

Der Hintergrund seines Verhaltens ist aber leicht erklärt: Sein Vater, Arne, aus dem hohen Norden, von Tromsø, stammend, war im Zweiten Weltkrieg im norwegischen Widerstand. Das deutsche Schlachtschiff *Tirpitz* hatte sich in einem der unzähligen kleinen Fjorde versteckt und eingenebelt. Er habe es nach langem Suchen gefunden und die genaue Position nach London gefunkt, erzählte Kjetil. Jetzt konnten es die Briten finden und versenken. Mein Vater, selbst Soldat in Norwegen, wo er, von der Reichspropaganda irregeführt, zu seiner herben Enttäuschung von einem norwegischen Bäcker hören musste, dass die deutsche Invasionsarmee unerwünscht war, bezeichnete diese Tat des norwegischen Widerstandskämpfers anerkennend als patriotische Leistung und war, bei Besuchen der Norweger bei uns, freundlich und höflich zu Kjetil.

Uns ging es allerdings ganz anders beim Besuch bei Kjetils Eltern. Wir waren zu Kaffee und Kuchen eingeladen. Der alte Arne konnte nicht mehr gehen, saß in einem Lehnstuhl, hörte schwer, sprach aber freundlich mit uns in dem klangvollen, singenden Tonfall der Norweger, auch recht gut auf Deutsch. Es war nett und gemütlich, die bezaubernden Mädchen lachten und blödelten am und unterm Tisch. Dann aber führte uns Kjetils Mutter in einen Nebenraum. Seine Wände waren förmlich tapeziert mit Fotos aus dem Krieg. Arne im Wald, Arne auf Langlaufskiern, das deutsche Schlachtschiff, Arne bei der Verleihung von Orden nach der Versenkung. Plötzlich reichte mir Gabi etwas her, ich ergriff es, ohne zu schauen, es war ein Würfel aus Stahl, etwa sieben Zentimeter Seitenlänge. Hinter uns stand Kjetils Mutter. „Das ist von die Tirpitz", brachte sie mühsam heraus. Ihr Blick sagte alles, er war voll Hass. Die freundliche Stimmung war dahin, wir verabschiedeten uns bald darauf.

Nach unserer Rückkehr aus dem Norden brachte ich etwas Ordnung in meine Bücherwände und schmökerte dabei. In Heyerdahls *Kon-Tiki* las ich zu meiner Überraschung eine ganz andere Geschichte: Da hatte sich ein gewisser Torstein Råby in die Nähe ebendieser Tirpitz geschlichen und ihre Position nach London gefunkt. Wörtlich schreibt Thor Heyerdal: „Es waren seine regelmäßigen Berichte, die schließlich dem stolzen Schiff den Garaus machten." Aber wie kam Thor Heyerdahl zu diesem Mann? Es suchte für sein tolles Abenteuer auch einen, der funktechnische Fähigkeiten hatte. Råby kabelte umgehend: „Bin dabei. Torstein." Später erfuhren wir von Karin und Tore aus Trondheim, dass das Wort für Hund, das uns Kjetil beigebracht hatte, gar nicht so freundlich war: Bikkya, wenn ich es richtig schreibe, heißt nämlich Köter. Und so was sagen wir zu unseren Hunden nie!

5

Ferialjobs in Schweden

Als Student hatte ich vier Sommerferien in Schweden gearbeitet, zuerst zwei in einer Fabrik, im Süden, später in Krankenhäusern. Da zeigten uns die Vormänner, Stig, Sture oder Kjeld, was wir machen mussten. Sprachkenntnisse zur Arbeit am Fließband, wozu? Um aber später in Krankenhäusern arbeiten zu können und etwas für meinen zukünftigen Beruf zu lernen, musste ich mein Fabrik-Schwedisch aufpolieren. Schwedisch ist eine s e h r schöne, klangvolle Sprache, sie zu lernen machte mir viel Freude. Dazu besorgte ich mir eine einfache schwedische Grammatik, schwedische Bücher und Zeitschriften und hörte schwedische Nachrichten von einem Sender in Warschau um 22:30 Uhr. Und prompt verlangte das *personalbyrå* bei meiner Bewerbung um einen Sommerjob in einem Krankenhaus in Stockholm einen Beweis meiner Sprachkenntnisse. Ich sollte mich einer Prüfung unterziehen und das Zeugnis, das *betyg*, an die Personalstelle schicken. Ich fragte schwedische Studenten, ob sie mir helfen könnten. „Warum rufst du nicht Ragnar an?" „Wen?" „Ja doch, Ragnar Svensson, den schwedischen Honorarkonsul." Seine Nummer fand ich im Grazer Telefonbuch, rief an und bat um einen Termin. Zu dem erschien ich in meinem besten, weil einzigen, Anzug, sogar mit Krawatte. Eine Flasche guten steirischen Weins überreichte ich ihm mit höflicher Verbeugung. Der Herr Konsul war ein älterer Herr, ganz alte Schule. Klein, etwas steif, aber freundlich und sehr gewinnend. Ragnar Svensson, also wie Ola Nordmann und Jürgen Deutscher bei unseren großen Nachbarn oder Franz Österreicher bei uns. Wir hatten ein sehr nettes Gespräch über Schweden, den dortigen Ärztemangel – ob ich in Schweden bleiben würde? – und vieles andere. Nach über einer Stunde zwangloser Unterhaltung stellte er mir ein sehr gutes Zeugnis aus, „... att jag, undertecknad Ragnar Svensson, vid samtal med hr. G. S. kunnat konstatera dennes förmåga att fullt förstå och tala svenska språket". Also, dass ich Schwedisch kann. „Was bin ich schuldig?", fragte ich in nagender Sorge, dass er schwedische Tarife verrechnete. Immerhin war ich über eine Stunde sein Gast gewesen. Er aber, freundlich und großzügig, sagte: „Du betalar ingenting, det var ett stort nöje att prata med dig!" Also musste ich null und nichts ausgeben, er hatte sogar Freude am Gespräch. Damit hatte ich den Job in Stockholm. Meine Sprachkenntnisse waren auch außerhalb der Arbeit von Nutzen: Ich wurde eingeladen zu Kaffee und Spetekaka (einem Kuchen), zu einer Fahrt ins nahe Malmö, zu einer Segelpartie im Kattegatt, zu Fahrten mit dem Kanu, zu einem gut besetzten Leichtathletik-Meeting in Kristianstad. Da sah ich schwedische Weltklasseathleten aus nächster Nähe, Bo Axelsson, Karl-Åke Nilsson und Bo Forssander, die ich später, bei den Olympischen Spielen in Mexico City, auf dem Bildschirm bewundern konnte.

Vor meiner Fahrt nach Stockholm hatte ich allerdings noch das Rigorosum aus Chemie zu bestehen. Der Stoff war der blanke Horror. Er wurde uns trocken und theoretisch präsentiert, obwohl der große Professor nicht nur Chemiker, sondern auch Doktor der Medizin war. Er müsste eigentlich wissen, wie wenig Chemie der Mediziner in seinem Beruf braucht. Ich verstand viele Lerninhalte einfach nicht, wusste aber, dass sie gnadenlos abgefragt würden. Ich holte mir Erich, einen ehemaligen Schulfreund und Studenten der Chemie. Er sollte mir dieses chemische Zeugs erklären, immerhin bekam er dafür zwei Selchwürste mit Senf und ein Bier. Weit kam er allerdings nicht. Aus Ärger über meine hilflosen Antworten auf Fragen in seiner Chemie verschluckte er sich, musste einen großen Schluck Bier nachspülen, und schnaufte und schnaubte verärgert und verstimmt. „Du hast ja keine Ahnung von der Chemie, die Prüfung schaffst du nie!", hörte ich von ihm, und das nur zwei Wochen vor dem Termin. Das Schlimme daran war, dass ich ihm recht geben musste. Ich war richtig niedergeschlagen, fertig. Da sitze ich jede Nacht bis um zwei oder auch drei – es gab nämlich erst um 9 Uhr 15 die Vorlesung in Chemie, gefolgt von zwei Stunden Anatomie. Nachmittags Übungen und Kurse – und jetzt muss ich einsehen, dass ich mir vieles angebüffelt, aber eigentlich nichts verstanden habe. Ich sah mich schon an der schweren Prüfung scheitern. Einer spontanen Eingebung folgend packte ich meine Sachen am nächsten Morgen auf meinen alten Puch-Roller, um nach Hause zu meinen Eltern zu fahren. Ich startete den Roller, ließ ihn eine halbe Minute laufen, dann zog ich den Zündschlüssel wieder ab. Trug meine Tasche in mein Zimmer, packte alles wieder aus. Setzte mich zu meinen Büchern und Skripten und lernte.

Walter, Assistent am Chemischen Institut, half mir da besser. Er lachte locker über meine Ahnungslosigkeit und erklärte mir in einfachen Worten, was ich bislang nicht begriffen hatte. Ein paar Tage später kommt es bei der Prüfung, nach ein paar schwachen Antworten meinerseits, zur alles entscheidenden Frage. Der Herr Professor mit schlohweißem Haar, ein stattlicher alter Herr und ehrwürdiger Repräsentant der Akademischen Schule, blickt mich streng, bohrend an und stellt fest: „Jetzt müssen Sie wenigstens diese eine Frage richtig beantworten, ohne Herumgeschwafel, sonst kann ich Sie nicht pardonieren!" Und jetzt kommt es: Er fragt mich haargenau das, was mir Walter vor ein paar Tagen erklärt hatte. Ich sprudle die richtige Antwort nur so heraus, er gibt mir ein *genügend*. Und atmet resignierend tief durch: „Gehen Sie, gehen Sie, und zwar flott, bevor ich es mir anders überlege!" Selten so schnell draußen gewesen.

Ein paar Tage später fuhr ich zu meinem dritten Sommerjob nach dem Norden. Der Zug war überfüllt. Ein junger Ägypter verkürzte die langweilige Fahrt, er erzählte lebhaft von seiner Heimat, vom Koran, von den Bräuchen. Ein Stück in Südschweden mussten wir auf dem Boden am Gang schlafen. Der Bursche war so lang, dass er mit seinen Socken meiner Nase sehr nahe kam, ich wollte mich revanchieren, kam aber nur bis zu seinem Hals. Zwei Tage und zwei Nächte, mit minimalen Waschungen am engen WC, da kann man sich wohl unsere Ausdünstungen vorstellen. Ein stattlicher Beamter am schwedischen Zoll dürfte die Flasche Inländerrum unter den Hemden im Koffer ertastet haben, er starrte mich verärgert an, etwa „Bist du irre, eine ganze Flasche Schnaps?", ließ mich aber mit einer knappen, eher verdrossenen Geste passieren. Nachdem ich bald erkannt hatte, dass es zwei liebenswürdige reifere Damen waren, bei denen ich in der Grev Ture Gatan in Stockholm ein Zimmer bezogen hatte, überreichte ich ihnen den Rum. Ihre Dankbarkeit war so groß, dass ich etwa drei Wochen lang fast jeden Tag eine Schüssel mit Erdbeeren bekam, oft mit *grädde*, also Schlagobers.

Ich arbeitete ein paar Tage auf der Seniorenstation, musste die alten Männer von den vollen Windeln befreien und unter der Dusche reinigen, igitt, igitt. Einem Oberarzt gefiel mein Schwedisch, und als er erfuhr, dass ich Medizinstudent war, kam ich auf die Postnarkose. Bis auf ein paar arrogante Ärzte erlebte ich ausnahmslos freundliche, höfliche Menschen, in den Geschäften, auf der Bank, in der Wäscherei, auf der Aufwachstation. Bei den vielen Kaffeepausen war ich einer von ihnen. Die makellos asphaltierten Straßen mit den leuchtenden Markierungen, die modernen Ampeln unterschieden sich schmerzhaft von unseren Rumpelpisten mit den Schlaglöchern und den abgebrochenen oder fehlenden Randsteinen, den rostigen Verkehrszeichen. Ist das nicht ein großartiges, modernes, reiches Land?

Ich war in Windeseile ein Schwedenfan geworden.

Bald aber folgte die Ernüchterung: Die gewaltige Zuwanderung in dieses Vorzeigeland führte zu Unmut, Verdrossenheit, Ablehnung der vielen Fremden. Auch mich traf sie. Eine

Zeitung, die ich mir von einem jungen Chirurgen ausgeborgt hatte, wischte er vom Tisch, als ich sie dankend zurückgab. *Sydlänning* (Südländer, gemeint sind alle, die aus Deutschland und südlicher kamen) kann gut gemeint sein, *svartskalle* (Schwarzschädel) sicher nicht.

In einem Park gab es an einem Nachmittag Kaffee und Kuchen von ein paar freundlichen Nachbarinnen. Ich setzte mich zu zwei älteren Herren, die auf Geige und Akkordeon schöne Weisen spielten. Ein junger Schwede kam mit einem Banjo nicht zurecht, es ist anders gestimmt als die Gitarre. Der Geiger bot mir das Banjo an: „Vill *du* spela på banjo?" Ich spielte mit dem vertrauten Instrument. In einer Pause wollte ich mich mit dem Burschen unterhalten, er starrte mich aber frostig an und ging weg.

Zwanzig Minuten vor dem Ende unsere Platzmiete stellten sich zwei stämmige Wikinger auf *unseren* Platz und spielten trotz unserer Proteste ihr Tennis. Wir zeigten auf unsere Uhren, dass sie noch nicht an der Reihe waren. Sie blieben und knallten uns die Bälle um die Ohren. Uns blieb nur der Rückzug. In der Tageszeitung, die die freundlichen Damen jeden Tag auf mein Nachtkästchen legten, las ich immer wieder unfreundliche Leserbriefe über die viel zu vielen Fremden. Solche Erfahrungen trübten unsere Freude an diesen Menschen, diesem modernen Land. Gustl drückte sich gar nicht druckreif aus, Willi wollte es nie wieder mit Leuten zu tun haben, die ihm nicht in die Augen schauen (können), ein paar Männer erklärten, dass sie nur der beachtlichen Löhne – und der schönen Frauen – wegen hier seien. Aber auch der Britische Economist schrieb, dass die nordischen Nachbarn ein Land love to *denigrate,* anzuschwärzen, und das sei Schweden! In einem prachtvollen Bildband fragt der deutsche Autor, warum es mit dem Spott ausgerechnet die Schweden treffe? Sie seien oft abweisend, überheblich und arrogant aufgetreten. Viele Schweden, ich vermeide das Wort alle, denn wir haben einige wenige Ausnahmen erlebt, *har svårt att konversera,* tun sich also schwer mit einer gemütlichen Unterhaltung in Augenhöhe. So sieht der beliebte Autor Herman Lindqvist seine Landsleute im unterhaltsamen Buch „Europa är vi allihopa, Europa sind wir alle miteinander".

Aber sogar die Norweger, mit ihnen so nahe verwandt wie kein anderes Volk, werden von vielen Schweden als rückständig bezeichnet: „Wenn die Welt untergeht, übersiedeln wir nach Norwegen. Die sind fünfzig Jahre hinter uns." Auch gegen Finnen hegen viele Schweden erhebliche Vorbehalte. „Finskar sopar och slåss" stand auf einem Zettel, den man Pekka, inzwischen Kinderarzt in Kärnten, an die Türe geklebt hatte, als er abends von seiner Arbeit in einem Krankenhaus in Stockholm heimkam. Finnen saufen und prügeln sich. Stimmt das wirklich, und wenn, tun das alle?

In der Sauna sitzen und schwitzen ein paar Männer. Ein Handy in der Ecke klingelt. Sie blicken einander fragend an. Schließlich klappt einer es auf: „Ja?" „Stell dir vor, Herzipinki – auf Finnisch heißt das anders, vielleicht uusikaupunki oder so –, es gibt einen Maserati, wenig gefahren, Ledersitze, um nur 57.000 Euro, was sagst du? Kaufst du ihn mir?" „Ja, wenn er soooo günstig ist, dann kauf ihn doch, Schatzi, kauf!" „Und einen Nerzmantel, echt, um 19.000, stell dir das vor!" „Toll Schatzi, kauf!" „Und eine todschicke Goldkette mit Rubinen ... um 14.000, was sagst du dazu?" „Großartig, so günstig, ja Schatzi, kauf!" „Du bist der Beste, der Liebste, Herzipinki! Danke, Bussi! Ich muss jetzt auflegen, baba!" Der Mann nickt, klappt das Handy zu, legt es zurück, blickt fragend in die Runde: „Wem eigentlich gehört denn das Handy?"

Im Krankenhaus hatten wir nicht viel zu tun, nur drei der fünf Stationen waren belegt, niemand ist da, im Sommer ist Schweden ja *semesterstängt*, *semester* heißt Ferien, *stängt* geschlossen. Die Menschen sind auf Urlaub im Süden oder in ihrem Wochenendhaus, der *sommarstuga*, am Land. Da kam es oft zu einem gemütlichen Plausch mit Patienten. Was ich da an Manieren, an Niveau, an Freundlichkeit erlebte, war schon herzerwärmend. Mit zwei alten Patienten hielt ich Briefkontakt über einige Jahre, einer hatte den etwas antiquierten Vornamen Leander. Sie erzählten von den harten Zeiten ihrer Jugend, der Arbeit in den Papierfabriken, beim Straßen- und Eisenbahnbau im Norden des Landes. Und, mit listigen Blicken und gesenkter Stimme, vom illegalen Schnapsbrennen. Nicht überall hin in diesem großen Land reichte der Arm des Gesetzes. Und vom Wildern von Elchen. Rentiere sind fast ausschließlich Besitz und Nutztiere der Samen ganz im Norden, nur vereinzelt gibt es wilde Exemplare, die bejagt werden dürfen.

Schwedische Forscher und Forscherinnen haben auf vielen Gebieten, besonders in der Medizin und der Technik, Großartiges geleistet: An international anerkannten Studien haben Ärzte und Ärztinnen einen hohen Pro-Kopf-Anteil erarbeitet, bei den Patentanmeldungen liegen schwedische Erfinder mit 2% unter den besten zehn Nationen weltweit! Schon 1661 gab als erste in Europa die Bank von Schweden das erste Papiergeld heraus. Wieder als Erstes führte Schweden ab 1749 regelmäßige Volkszählungen durch. Der Chemiker Svante Arrhenius definierte schon 1896 den Begriff *Treibhauseffekt*: „Das Verbrennen fossiler Brennstoffe wird die Menge des Kohlendioxids erhöhen, was zur Erwärmung des Weltklimas führen wird!" (Nicht ganz so präzise hatte ihn das deutsche Universalgenie Alexander von Humboldt bereits hundert Jahre zuvor beschrieben). Per-Ingvar Brånemark setzte seinem Patienten Gösta Larsson als erstem weltweit 1965 ein Zahnimplantat ein, Volvo und Saab bauen solide Autos, Saab sogar Düsenflugzeuge! Jeder kennt die Hasselbladkamera, jeder kennt Alfred Nobel und seinen Preis, Astrid Lindgren, Ingmar Bergman? Im Kraftwerk Forsmark, gerade 20 Kilometer nördlich von Stockholm, erkannten die Fachleute – als erste auf unserem Kontinent –, dass die radioaktive Strahlung nicht hausgemacht war, sondern von Tschernobyl kam. Beethovens Symphonien, dirigiert von Herbert Blomstedt, gefallen mir am besten. Er lässt sie etwas langsamer spielen.

Freunde und Bekannte mit Schwedenerfahrung erkennen einen beträchtlichen Unterschied zwischen den älteren und den jungen Schweden. Ist es der Reichtum, ist es ein soziales Programm, die Gleichmacherei, die von der prominenten Familie Myrdal ausging? „Vi vill inte ha en äng, vi vill ha en gräsmatta!" war ihr Kampfruf. Wir wollen keine Wiese, wir wollen einen Rasen haben: Alle Halme sollen gleich sein. Dazu gehörte ein flottes sexuelles Ziel, nämlich die strikte Trennung von Liebe und Sex. (Da kopierte man wohl Aleksandra Michailowna Kollontai, sie gehörte als einzige Frau Lenin's Regierung an, die sich nicht damit begnügte, als Frau auf politischer Ebene zu wirken, sondern auch auf einer weiteren: Sie wollte, dass sich jede und jeder ohne Bindung sexuell befriedigen können sollte). Die Behörden hatten keine Bedenken gegen 13 –jährige Beischläfer, in den Schulen gab es Kondomautomaten in den Gängen, Krankenschwestern halfen halbwüchsigen Mädchen beim Einsetzen des Pessars. Und, Sex mit Geschwistern und sogar mit Leichen forderte der LUF, Liberala Ungdomsförbundet, der liberale Jugendbund!!! Inzwischen fordert der FDP-Nachwuchs in Deutschland ebenfalls die Abschaffung des Inzest-Verbots! Breitet sich diese Krankheit immer weiter aus?

Viel wahrscheinlicher erscheint mir als Ursache des auffallenden Unterschieds zwischen den Generationen die Tatsache, dass die kleinen Kinder, ja sogar Säuglinge, heraus aus den Familien in staatliche Betreuungseinrichtungen gebracht werden. Dort werden die Mädchen von entschlossenen Kampfemanzen gedrängt, mit Baggern und Lastwagen zu spielen, die Buben mit Puppen. Also gleich zwei schädigende Einflüsse: Zu wenig Familie plus falsche Orientierung! Wohl ein bisschen viel für zarte Kinderseelen. Mehr darüber im Kapitel Bindung, Bindung, Bindung.

Eine besondere, philanthropische Idee dürfte sich besonders unter vielen schwedischen Frauen ausbreiten, nämlich die einer nordisch-muslimischen Gemeinschaftskultur. Sie erwarten ein gemütliches Zusammenleben mit den Zugewanderten. Eine gefährliche Idee, denn der Islam verbietet eine Unterordnung unter den Protestantismus, in seiner strengen Form sogar ein gedeihliches Nebeneinander. Der Islam sei ja die überlegene Konfession und müsse den ganzen Erdball umfassen, dann erst werde es den ewigen Frieden und das Paradies geben. Diese Vision ist wohl außer Reichweite, weil die verschiedenen Auslegungen miteinander nicht gut auskommen, sich oft bekämpfen, wie die Sunniten und Schiiten.

Kommt es zur Selbstislamisierung Schwedens? Christliche Zuwanderer werden eher abgelehnt als muslimische. Ein Mann wurde, nachdem er eine Specksemmel, also Schweinefleisch, in der Nähe von muslimischen Frauen verzehrt hatte, von einem schwedischen Gericht verurteilt. Ein anderer, nachdem er nahe einer Moschee gehupt hatte! Untaten von Zuwanderern werden oft mit der Zahl 291 markiert, sie werden nicht verfolgt.

Der wirklich unglaubliche Anstieg der Vergewaltigungsrate seit der Massenimmigration vor ein paar Jahren auf 1400 Prozent scheint wenig Mitleid, wenig Hilfe für die bedauernswerten Frauen auszulösen: Angeblich führen nur 5% dieser Untaten zu einer Verurteilung! Die Ermittlungen seien unterpriorisiert, die Wartezeiten zur Ausforschung der Täter sehr lang. Eine Pensionistin wurde zur Zahlung von 440 –, Schwedenkronen, ein Mann zu 1200 –, verurteilt, weil sie sich darüber schriftlich beschwerten.

Inzwischen gibt es im ganzen Staatsgebiet 61 No-go-Areas, *utsatta områden* (Rosenborg in Malmö, Rinkeby bei Stockholm zum Beispiel), die autochthone Schweden und Schwedinnen, schon gar in Uniform, besser nicht betreten. „Wir sind zu einem Häuserkampf zur Rückgewinnung dieser Stadtteile nicht vorbereitet", beteuern Politiker, „Wir sind im Krieg", beklagen die Anwohner. In Trollhättan, in dessen *lasarett* ich zwei interessante Monate arbeitete, brannten nächtelang Autos. Die Feuerwehr kommt erst zum Löschen, wenn die Polizei sie schützt. Sonst fliegen Steine.

Warum halte ich mich so lange mit diesem Volk im Norden, so weit weg, auf, warum sehe ich erhebliche Probleme, die sich auch auf den Rest Europas auswirken können? Besteht meine leise Sorge nicht zu Recht, dass dieses große Land bei der Gutmütigkeit seiner Bewohner und der Hilflosigkeit seiner Behörden dereinst von den islamischen Zuwanderern übernommen werden kann? Spielt der oft masslose Stolz vieler Schweden auf ihr Land; ihre oft gehörte Überheblichkeit, eine Rolle, haben sie das rechte Mass verloren? Kommt es gar zu einem Domino-Effekt, einer Kettenreaktion? In B e l g i e n hat die muslimische Fraktion im Parlament immerhin schon angekündigt, „den Staat ab 2030 zu übernehmen“. Dazu schlagzeilte eine österreichische Tageszeitung: „Partei will islamischen Staat in Belgien.“ Solche Ansagen sind ja nicht selten zu hören, wie die, dass der dritte Versuch, Europa für den heiligen Islam zu erobern (nach den Belagerungen Wiens durch türkische Heere 1529 und 1683) diesmal erfolgreich sein werde! Was werden unsere Kinder sagen, die *heute* freundlich, offen, unbefangen auf die ‚Fremden‘ zugehen und in nicht *ferner Zukunft* – vielleicht – in einem *islamischen Kalifat* aufwachen werden?

Meine Dankbarkeit nach der oft harten, aber lukrativen Arbeit in diesem schönen Land ist aber groß, ich gehörte zu den *reichen* Studenten mit einem netten Konto auf der Bank nach meinen vier Sommern in Fabriken und Krankenhäusern. Seitdem begehe ich nicht den Fehler unserer Politiker und Medien, die interessanten, fortschrittlichen Länder im Norden, von denen wir sehr viel abschauen sollten, zu ignorieren.

Das kleine Dänemark bemüht sich um effektivere Maßnahmen, denn das Integrationsbarometer, das den Grad der Assimilation zeigt, berichtet, dass fast ein Drittel der 18–29-jährigen Migranten glaubt, dass Gesetze n i c h t eingehalten werden müssen, auch wenn sie dänisches Recht sind. Die Kriminalität der Zuwanderer soll im Jahre 2018 um unfassbare 230%

höher sein als die der gesamten Bevölkerung! Seit Februar 2019 habe es zehn Bombenanschläge gegeben. Und, 2016 waren es noch 86%, zwei Jahre später nur mehr 79% unter den Zugewanderten, die die Demokratie positiv sehen! Jetzt geht man mit den vielen muslimischen Zuwanderern ganz anders um: Der Ministerpräsident verkündete das *Ende der Parallelgesellschaften*, schloss alle 25 Bezirke, die als Getto definiert werden: Mindestens 1000 Einwohner, mehr als 40% Arbeitslose, mehr als 50% moslemische Bewohner. Kinder lernen ganze 25 Stunden in der Woche die dänische Sprache und ihre Kultur, Burka und Niqab sind verboten. Delikte werden viel strenger bestraft, der einseitig viel bejubelte ‚weiche' Strafvollzug wird härter. Die neue Ministerprädidentin Mette Frederiksen von den Socialdemokraterne! will die Zuwanderung gegen Null bringen! Dänemark verkündet energisch:

„Wir sind es, die in unserem Land bestimmen!"

6

Weiter an der norwegischen Südküste

Heute ist es trüb, windig. Bevor es zu regnen beginnt, packen wir unsere Sachen in das Auto und fahren gegen Westen, Richtung Flekkefjord. Es geht durch Vigeland, das uns an den Monumentalbildhauer Gustav Vigeland erinnert, der aber nicht aus dem gleichnamigen Dorf, sondern aus Mandal, dem südlichsten Ort Norwegens, stammte. Seinen riesigen Skulpturenpark in Oslo habe ich nur einmal besucht, weil mich diese mächtigen, plumpen Körper nicht ansprechen. Weiter nach Lyngdal, leider immer weiter vom Meer weg. Wir biegen wieder nach Westen ab und sehen nach einer knappen Stunde wieder das graue Meer zur Linken. Es sieht aber nach Wetterbesserung aus, der Regen hört bald auf, die Sonne kommt immer wieder durch. Wir stellen unser Auto auf einem kleinen, abschüssigen Parkplatz ab, ein paar schlanke Birken, daneben ein kleines Kaffeehaus, eine *kaffestua*. Wir bestellen jeder einen Kaffee, man kann aus einer bauchigen Glaskanne selbst nachschenken. Fünf Tische weiter in dem schmucklosen Raum sitzt ein Mann in meinem Alter, schlürft seinen Kaffe und isst einen Kuchen, liest eine Zeitung. Ich grüße den Kaffeetrinker:

„Unnskyld meg", entschuldigen Sie, „kann ich Sie kurz stören?" Er schaut von der Zeitung auf, ein breites, männliches Gesicht, getrimmter Vollbart: „Ja, gerne, in der blöden Zeitung steht sowieso nicht Gescheites. Was willst du wissen?" Wieder das freundliche, verbindende Du, ich muss mich doch endlich umstellen, diese Leute mit Du anzusprechen, das ‚Sie' kann leicht unfreundlich, distanziert wirken. Man wendet es nur an bei den Mitgliedern des Königshauses. Ich frage also den Kaffeetrinker, ob er einen Campingplatz in der Nähe weiß. Ja, gleich am Ende des Ortes, links, zum Meer hin. Da hält uns nichts mehr, wir trinken unseren Kaffee aus und sind schon unterwegs zum Platz. Vorbei an bunten Holzhäusern, einer Tankstelle rechts, dann sind wir am Ortsende und sehen … nichts. Wo ist der Campingplatz? Keine Tafel, kein Hinweis. Zu unserem Glück kommt ein Jogger daher, läuft mir auf meiner rechten Seite entgegen, ich halte ihn auf, frage ihn nach dem Platz. Er zeigt nach vorne: „Du ser vel skiltet der fremme?“ Siehst du das Schild da vorne? Jetzt sehen wir eine kleine, verwitterte Tafel, halb von Zweigen verdeckt, und finden den Campingplatz. Und der gefällt uns auf Anhieb.

Nachdem wir eine Gasse zwischen Rezeption, einem kleinen Supermarkt und Waschanlagen passiert haben, sehen wir eine leicht fallende Wiese, auf kleinen Terrassen stehen ein paar Zelte und Wohnwagen, von Buschreihen und Birken abgegrenzt. Die letzten Meter zum Wasser bestehen aus groben, runden Steinen. Wir stellen unseren *Howdy,* unser Wohnmobil, ab und gehen in die *Reseption,* grüßen eine freundliche Rezeptionistin. Sie ist die Besitzerin, leicht angegraut, schlank, große Brille. Sie spricht zuerst meine Frau an, die optisch makellos hierherpassen würde: groß und blond. Dann freut sie sich aber über mein Norwegisch. „Wo hast du Norwegisch gelernt?“ Es ist eine sehr klangvolle Sprache mit einer schönen Melodie, leicht zu erlernen, wenn man Deutsch, Englisch und Schwedisch kann. (So heißt das deutsche Wort Fenster auf Schwedisch *fønster*, auf Norwegisch *vindu*). Die üblichen Formalitäten, Pass, einen Meldezettel ausfüllen, ein bisschen Hausordnung, aber eher augenzwinkernd, sie ist nicht so streng. Wir erwähnen, dass man die Hinweistafel kaum sieht, so kann man leicht den Platz verfehlen und einfach vorbeifahren. Ja, sagt sie, da muss sie ihren Bruder bitten, die verwaschene Schrift nachzumalen und die Zweige zu kürzen. Aber der lebt in Stavanger und kommt nur selten her.

Wir checken ein und freuen uns, dass wir einen Platz keine zwanzig Schritte vom Ufer aussuchen können. Nicht immer kann der Gast den Stellplatz selbst wählen, oft wird ihm einer zugewiesen. Aber hier passt alles, wir stellen das Wohnmobil hin, Vordach heraus, Tisch und Sessel her, und schon fühlen wir uns sehr gut. Sogar den kleinen Griller dürfen wir aufstellen und ein paar Schnitzel grillen. Toll, so ein herrlicher Platz und halb leer. Jetzt, in der Rente, schmökere ich besonders gerne in Fachzeitschriften. Eine Studie einer Uni aus London zeigt, dass der IQ während des Lebens nicht – wie bislang angenommen – gleich bleibt. Jugendliche wurden mit 14 Jahren und wieder mit 18 untersucht: Das intellektuelle Potenzial lässt sich steigern. Das sollten wir den jungen Leuten ins Stammbuch schreiben, die ihre schulische Ausbildung abbrechen: Einheimische 4%, Zuwanderer an die 50%, wenn nicht mehr, weit mehr, wie andere Quellen sagen!

Folsäure ist ein wasserlösliches, hitze- und lichtempfindliches Vitamin, das wir mit Leber, Eidotter, Getreide, Gemüse, Nüssen einnehmen. Längst bekannt ist, dass ihr Mangel zu einer Reihe von Krankheiten, Blutarmut, Schleimhautveränderungen, Arteriosklerose führt. Schwangere mit diesem Mangel können ein Kind gebären, das an einer *spina bifida*, Spaltbildungen der Wirbelsäule und Lähmungen unterhalb der Gürtellinie leidet. Neu und interessant ist, dass Kinder, deren Mütter während der Schwangerschaft rechtzeitig und ausreichend Folsäure eingenommen hatten, später weniger Sprachverzögerungen hatten!

Wenn es sich bestätigen lässt – die Studie ist noch nicht abgeschlossen –, dann steigert flottes Wandern das *gute*, das „high density cholesterol", Cholesterin, also das HDL, während gemächlicheres Gehen das LDH, das „low density cholesterol" senkt, beides günstige Effekte. So sehr unterschiedlich sind die Geschwindigkeiten nicht, gut 5 km/Stunde gegen 3–4. Allemal aber gilt, was ein alter russischer Langlauftrainer gesagt hat: „Fisch muss schwimmen, Vogel muss fliegen, Mensch muss laufen!" Die maximal zwei Stundenkilometer, mit denen unsere italienischen Freunde nach dem *pranzo*, dem

Mittagessen, ihre *quattro passi,* ihren Verdauungsspaziergang, absolvieren, haben vielleicht einen Effekt auf die Verdauung, nicht aber auf die Kondition.

7

Der Unfall

Beim Frühstück am nächsten Morgen sind wir schnell einig zu bleiben. So ein schönes Fleckerl verlassen wir nicht so schnell. Die Sonne scheint schon seit 5 Stunden, einige wenige Wolken sind da, es sind 22 °C, ist fast windstill. Da sitzen wir gerne in unseren gemütlichen Campingsesseln, eine Tasse Kaffee vor uns auf dem Tisch.

Gabi kommt von der Dusche zurück und sagt, dass Thyrild – so heißt die nette Besitzerin des Platzes – i h r Angebot dankend angenommen hat, die Hinweistafel aufzufrischen. Da muss ich wohl an die Arbeit. Ich hole mir die Stehleiter, löse zwei Schrauben, reiße die dritte, eingerostete, ab, schleife die Tafel glatt, pinsle die Worte nach und schraube das Brett wieder an. Mit der Gartenschere schneide ich die Äste großzügig weg. Fertig. Inzwischen liest Gabi ein dickes Buch über die Frauen der europäischen Dynastien, ich habe einen Packen Zeitschriften und Magazine mitgenommen. Eine davon blättere ich durch, bleibe an der Überschrift *Riechen wie ein alter Fisch* hängen: Ein 45-jähriger Mann roch, nein, stank, immer mehr nach altem Fisch, was seine Ehe gefährdete und seine sozialen Kontakte massiv einschränkte. Großzügige Anwendung von Parfum half wenig, sein bevorzugter Aufenthalt bei offenen Fenstern oder überhaupt im Freien ebenso wenig. Er wurde letztlich depressiv. Seine Ärzte fanden einen sehr seltenen Enzymmangel. Den kann man nicht beheben. Hilfreich ist aber eine Diät, die Eier, Meeresfisch, Leber und Hülsenfrüchte ausschließt.

Wind aus Südwesten kommt kräftig auf. Da packt mich die Freude am Surfen. Ist mir auch viel lieber, als solche grauslichen

Sachen zu lesen. Ich klettere auf das Dach des Campers und reiche Gabi Surfbrett, Segel, Masten und Gabelbäume herunter. Jetzt ziehe ich ein Segel mit 5,5 m^2 Fläche auf. In fremden Revieren wähle ich lieber kleinere Segel, eine zu große Segelfläche kann zu Problemen führen, wenn der Wind stärker wird. Und die hatte ich ein paar Male schmerzhaft erlebt.

Einmal, vor wohl fünfunddreißig Jahren, in Grado, surfte ich mit einem zu großen Segel zu weit hinaus. Es war das erste Surfen im April nach einem langen, anstrengenden Winter mit viel Arbeit, ich war ungeduldig und viel zu gierig auf diesen herrlichen Sport. Im Besonderen war ich darauf aus, das Springen zu erlernen. So sprang ich über eine Welle, über die nächste, über noch eine, fiel hinein, kletterte auf das stark schwankende Brett, griff die Startschot und zog und zog und zog ... und schaffte es nicht, das Segel aus dem Wasser zu ziehen. Die Bora, in Ufernähe von den Hotelbauten der Stadt abgeschwächt, blies draußen, wohl fünfhundert Meter vom Ufer entfernt, viel zu stark. Mir schwante: „So kommste nicht zurück ans Ufer!" Ich schaute nach Südsüdwesten, wohin mich der peitschende Wind trieb, und sah nichts als Wasser, Wasser, dunkelgraues Wasser mit weißen Schaumkronen. Jetzt richtete ich mich auf, kniete auf dem schwankenden Surfbrett, fiel ins Wasser, kämpfte mich wieder auf das Brett, drehte mich zum Land hin und machte das internationale Notsignal: beide Arme seitlich über den Kopf führen und wieder herunter. Ich wusste aber, dass jetzt, Anfang April, wohl kein Boot zur Verfügung stand. Es wurde auch schon dunkel, immer mehr Lichter gingen in Grado an. Inzwischen wohl einen Kilometer vom Ufer entfernt, der heulende Wind, das kalte Wasser, die kurzen, harten Wellen, die mich immer wieder umwarfen, da musste ich leichte Anfälle von Panik niederkämpfen.

Nach ein paar weiteren, aber erfolglosen Versuchen, das Segel aus dem Wasser zu kriegen, zerlegte ich das Rigg, also all das, was oberhalb des Bretts ist, rollte das Segel um den Mast, band alles auf dem Brett fest, legte mich drauf und schwamm mit dem Wind von rechts zur Küste, in Richtung Lignano. Die kurzen, harten Wellen peitschten an meine rechte Seite, warfen mich immer wieder um. Es war schon eine rechte Mühe, ich hatte nicht den Eindruck, näher ans Land zu kommen. Gott sei Dank war ich im Winter ein paarmal Ski langlaufen, die Bewegung beim Paddeln war ganz ähnlich dem Antauchen mit den Skistöcken, ermüdete mich also kaum. Immer wieder verfluchte ich aber die Italiener, gleich alle 60 Millionen, weil niemand auf mein internationales Notsignal hin ein Boot bestieg und mir zu Hilfe kam. Der Satz des berühmten Wiener Journalisten Karl Kraus fällt mir erst jetzt dazu ein, weil ich ihn damals noch gar nicht kannte: „Wenn alle Stricke reißen, dann hänge ich mich auf!“ Da ich von dem starken Wind und den Wellen weit abgetrieben worden war, brauchte ich fast zwei Stunden, einen kleinen Leuchtturm auf einer künstlichen Insel zu erreichen. Ich musste einen wilden Endspurt zum allerletzten Steinblock hinlegen, an dem ich mich festhalten konnte, um an den Strand zu kommen. Meine Frau war schon längst zur *Capitaneria del Porto* geeilt und hatte den Hafenkapitän um Hilfe gebeten. Der tat nichts. Doch! Als ich, schwer atmend, aus dem Wasser stieg, kam er mir entgegen, besorgt, dass seine schönen schwarzen Schuhe nicht schmutzig würden im nassen Sand, angetan mit der schönsten Uniform Italiens, sogar ein paar Orden blitzten auf seiner Brust, salutierte und fragte mich: „Tutto a posto?“ Ich wandte mich ab und ließ ihn stehen. Natürlich war alles in Ordnung. Aber erst jetzt.

Ein anderes Mal, in Istrien, musste ich das Segel im Meer lassen. Eine starke, böige, Bura, so sagt man dort zum selben Wind, hatte mich immer weiter hinaus aufs offene Meer getrieben. Die Bergung des Segels war bei dem Sturm unmöglich. Drago tauchte am nächsten Tag hinunter und holte es aus etwa acht Meter Tiefe wieder herauf.

Deshalb also das kleine Segel. Ich ziehe Surfanzug, Schuhe, sogar Surfhaube an, das Wasser ist sehr frisch. Die 4–5 Beaufort machen keine Schwierigkeiten. Diese Beaufortskala war im Jahr 1805 von dem britischen Kapitän Francis Beaufort erstellt worden, um die Unklarheiten von Windangaben zu beseitigen. Jeder Segler, jeder Matrose, verstand etwas anderes unter leichter Brise (light breeze), mäßiger Brise (moderate breeze) und auch starkem Sturm (strong gale). Genau hundert Jahre später verbesserte ein Meteorologe namens George Simpson das System. Inzwischen wird die Beaufortskala überall verwendet.

Ich bin in den letzten Jahren so wenig zum Surfen gekommen, dass ich einige Manöver nicht mehr so sicher und flüssig bewältige wie früher. Außerdem, man ist ja nicht mehr der Jüngste. Viele meiner Freunde haben das Windsurfen überhaupt aufgegeben, zu steif, zu alt. Nach einer guten Stunde habe ich genug und schleppe das Brett zurück zum Campingbus.

Nach dem Mittagessen und einem erholsamen Schlaf hat der Wind zugelegt, 6 Beaufort, auch sind die Wellen ein bis zwei Meter hoch. Und zwar lange Wellen, nicht solche kurzen Dinger wie in der oberen Adria. Da muss ich hinaus! Weit draußen sausen zwei junge Surfer, halsen, wenden, springen über die Wellen wie die Götter. So gut war ich nie. Aber auch so macht es mir große Freude. Ich segle nicht weiter hinaus als 500 m vom Ufer. Ein *Optimist*, das sind die kleinen, flachen Segelboote, sie haben nur ein Großsegel, leicht zu bedienen, gut für Anfänger, klebt fast an mir, ich möchte schon hinrufen, er möge mehr Abstand halten. Der kleine Kapitän dürfte hier zu Hause sein, hat also Vorfahrt, *fortrinnsrett*. Der blonde Bub mit seiner orangen Schwimmweste sieht nach zehn Jahren aus. So fahre ich weiter hinaus, um mehr Platz zu haben. Wenn ich bei Wende- und Halsemanövern ins Wasser falle, komme ich mit dem Wasserstart leicht wieder hinauf. Den kann ich inzwischen sehr gut. Ist ja auch logisch: Je öfter ich hineinfalle, umso öfter muss ich den Wasserstart praktizieren: Schwimmend drehe ich das Brett quer zum Wind und bringe den Mast in Richtung zum Wind. Dann muss ich die Mastspitze mit einer kurzen Kraftanstrengung aus dem Wasser drücken, der Wind kommt unter das Segel und zieht mich aus dem Wasser heraus auf das Brett.

Bald habe ich genug und will zum Strand zurück. Da sehe ich, wie, 30 m vor mir, eine Welle den Optimisten erfasst und dreht. Der Großbaum schlägt dem Buben voll auf den Hinterkopf, er kippt über Bord. Das sieht nicht gut aus. In wenigen Sekunden bin ich bei ihm, sehe, dass er mit den Beinen im Boot, mit dem Oberkörper, mit dem Gesicht im Wasser liegt, aus einer Wunde am Hinterkopf rinnt Blut. Er rührt sich nicht, schwingt nur mit den Wellen auf und ab. Ich schreie um Hilfe, niemand hört mich. Aber dann gelingt mir etwas ganz Besonderes – ich hatte oft spielerisch geübt und den Gabelbaum mit nur einer Hand gehalten: Ich fahre ganz nahe zu ihm hin, fast fahre ich ihm über den Kopf, der im Wasser liegt. Die rechte Hand hält den Gabelbaum, mit der linken greife ich mir seine Schwimmweste und ziehe, ja zerre den bewusstlosen Buben auf das Surfbrett, eine Windbö und eine Welle tragen uns ans Ufer. Knirschend landen wir auf dem Schotter, ich zerre den Buben ein paar Meter auf die Wiese, lege ihn auf den Bauch, damit Wasser aus den Atemwegen rinnen kann. Ich starre ihn an und hoffe, dass er ein Lebenszeichen von sich gibt. Nichts, er atmet nicht.

Ein paar Leute schreien und eilen her, meine Frau hat den orangefarbenen Notfallkoffer in der Hand. Alles ist griffbereit, jeder Handgriff sitzt. Im Krankenhaus und in der Ordination haben wir solche Situationen geübt, und einige Male bei echten Notfällen praktiziert: Brille auf, ich wähle einen Tubus in der Dicke des kleinen Fingers des Buben, reiße die Verpackung auf und halte den Schlauch in der rechten, nehme das Laryngoskop in die linke Hand, das Licht leuchtet, ich sehe gut in den kleinen Rachen, meine Frau hält den Kopf in die richtige Position, also leicht gestreckt, ich drücke die Zunge weg und schiebe den Tubus in die Luftröhre. Schon hat meine Frau den Sauger in der Hand, saugt etwas Seewasser aus den Atemwegen. Dann aber setze ich den Beatmungsbeutel an und pumpe kräftig Luft in die Lunge, der kleine Brustkorb hebt sich deutlich. „Das Stethoskop!“ Sie steckt mir das Stethoskop in die Ohren, ich möchte das Herz schlagen hören! Nichts. Totenstille über dem Brustkorb. Die Zeit läuft, niemand hat gestoppt, wie lange der Kleine schon ohne Atmung ist. Seine Lippen färben sich blassblaugrau. „Gib mir Adrenalin!“ Gabi reicht mir die kleine Ampulle, ich breche sie auf und schütte sie in den Tubus, 4 Milliliter. Wenn ich jetzt weiter Luft in den Tubus pumpe, verteilt sich das lebensrettende Hormon auf der Schleimhaut der Atemwege, wird resorbiert und treibt das Herz an, wieder zu schlagen. Ich drücke kräftig mit dem Handballen auf das untere Drittel des Brustbeins, in rascher Folge, Herzmassage.

Die Empfehlungen der Notfallmediziner ändern sich immer wieder: das Verhältnis Herzmassage zu Beatmung und ob überhaupt Beatmung notwendig ist, da ja durch die Herzmassage Luft in die Lunge kommt. Aber gerade bei Kindern gibt es Empfehlungen, nach 20 bis 30 Herzmassagen einmal kräftig Luft in die Atemwege zu pumpen. Eine andere Untersuchung zeigte aber bessere Überlebensraten ohne Beatmung, nur mit Herzdruckmassage (13,3% zu 7,8% Erfolgsrate). Wieder andere empfehlen, nach 30 Herzmassagen 2-mal Luft in die Lunge zu pumpen. Auch die Menge des Adrenalins wird kontroversiell diskutiert. Einige Spezialisten empfehlen hohe Dosen, andere niedere. Wir Ärzte sind vom Ärztegesetz – und natürlich unseren ethischen Verpflichtungen – verpflichtet, immer auf dem letzten Stand des medizinischen Wissens – des *state of the art* – zu sein, aber oft ist dieser nicht ganz klar.

Ich horche wieder, ob das Herz anspringt, nichts! Ich drücke noch ein paarmal, auskultiere, da, ein Geräusch, noch eines, stolpernd springt das Herz an, dann rast es los, 100-, nein, über 200-mal in der Minute! Ich starre mit aufgerissenen Augen auf den Buben, der Kleine hustet krampfartig, dann atmet er, zuerst unregelmäßig, flach, dann immer tiefer und regelmäßig, spontan! Ich fordere eine junge Frau und einen älteren Mann auf, die Hände niederzuhalten, damit der Patient sich nicht den Tubus in einem Reflex zu früh entfernt. Jetzt reißt er die Augen auf, blickt uns wirr und erschrocken an, dann verzieht sich sein Gesicht zu einem stummen Weinen. Seine Stimmbänder sind ja durch den Tubus auseinandergespreizt, bringen keinen Ton hervor. Aber er atmet rasch und tief, die Totenblässe weicht einer gesunden Färbung der Haut. Der kleine Segler wird leben! Erleichterung, überwältigende Freude kommen auf. Alle reden durcheinander, ein paar Leute schreien vor Freude, ein paar Männer schlagen, eher dreschen mir auf die Schulter, ein paar Frauen umarmen uns, einige mit Tränen in den Augen. Die zwei Helfer rufen und zeigen, dass der Bub sich zu wehren beginnt, er will nicht gehalten werden. „Haltet ihn weiter fest!“ Ich befürchte, dass jetzt noch irgendein Fehler passiert. Nichts ändern, bis der Notarzt kommt! Der Notarzt. Hat jemand danach gerufen? Ja, es waren sogar mehrere Helfer, die schnell reagiert haben. Und tatsächlich, die Rettung rast mit lautem Alarmhorn und Blaulicht heran, schert sich natürlich nicht um die Geschwindigkeitsbeschränkung von 10 km/h auf dem Campingplatz. Zwei junge Norweger überblicken die Situation sofort, sehen, dass der Bub den Tubus im Mund hat, spontan atmet und sich freikämpfen will. Der mit der randlosen Brille stellt sich als Doktor Soundso vor, horcht über Herz und Lunge mit dem Stethoskop, nickt zufrieden, erleichtert, nicht einen Ertrunkenen anzutreffen. Wie lange war der arme Kleine im Wasser, wie lange ohne Atmung und Herztätigkeit? Notarzteinheiten haben oft einen Helfer, der den zeitlichen Ablauf festhält und dann sagen kann, wie viele Sekunden und Minuten der Verunfallte apnoisch, also ohne Atem, war. Einige Umstehende einigen sich auf zwei Minuten, „i all fall mindre enn tre minutter“. Sicher weniger als drei Minuten.

Da stürzt eine junge Frau herbei, schreit: „Atle, Atle, hvor er han?“ Es fällt ein paar Campinggästen gar nicht leicht, ihr zu erklären, was geschehen ist und dass es gut aussieht mit ihrem Buben. Es ist seine Mutter. Sie beruhigt sich einigermaßen, als sie hört, dass Atle außer Gefahr ist, aber sie will mit aller Macht zu ihm. Sie hatte in der kleinen Cafeteria eine Freundin getroffen und sich einen Kaffee genehmigt. Atle segelt seit Jahren gut und routiniert wie Tausende Kinder hier am Meer. Außerdem, wie hätte sie ihm helfen können, wenn sie vom Strand aus gesehen hätte, wie der Bub bewusstlos mit dem Gesicht im Wasser liegt

Wir konnten uns nicht um die kleine Platzwunde am Hinterkopf kümmern, der Bub liegt in seinem Blut, es ist nicht viel, wohl nicht mehr als ein paar Esslöffel voll, und das bei einer Gesamtblutmenge von 75 Milliliter pro Kilogramm Körpergewicht, also wohl über zwei Liter. Somit nicht lebensbedrohlich. Einen Druckverband legt der eine Notfallmediziner an. Die weitere Versorgung, reinigen, Wundränder ausschneiden, vernähen, Tetanusschutz, erfolgt im nahen Bezirkskrankenhaus. Und schon sind sie mit Blaulicht und Horn davon.

Wir beruhigen, entspannen uns, klauben das Notfall-Werkzeug zusammen, eine Frau trägt es zum Auto, ein paar Burschen schleppen das Surfbrett her zum Wohnmobil. Sie bedauern, dass das Segel eingerissen ist. Die Wellen haben es ruiniert. Das ist wohl das geringste Problem. Auch den Optimisten, der von den Wellen auf den Strand geworfen worden war, bergen sie. Meine Frau und ich fallen uns in die Arme, stehen einfach da, jetzt erst überkommen uns die Emotionen. Dann aber schäle ich mich fröstelnd aus dem nassen Surfanzug und den Schuhen und stelle mich ein paar lange Minuten unter die heiße Dusche.

Wie schrecklich wäre es wohl gewesen, wenn wir hätten erleben müssen, wie ein kleiner, kalter, totenblasser Körper weggebracht wird. Das habe ich in meinen Jahren im Kinderspital einige Male erlebt, erleben müssen. Es ist schrecklich. Sich von einem alten Menschen verabschieden zu müssen, ihn zu begraben, ist schlimm, aber man kann sich selbst und die weiteren Trauernden trösten, er/sie hat gelebt, so ist es, niemand lebt ewig, und so weiter mit ein paar mehr oder weniger tröstenden Gedanken. Aber was sagen wir zum Trost beim Tod eines Kindes?

Zwei Polizeibeamte kommen, um den Unfall aufzunehmen. Eine norwegische Schönheit und ein stattlicher Mann in ihren feschen Uniformen befragen uns, ruhig, höflich, wollen unsere Pässe sehen, Autokennzeichen, Telefonnummer des Handys meiner Frau. Machen sich Notizen. Bestellen uns in einer Stunde auf die Wachstube. Bedanken sich sehr freundlich und verabschieden sich. Es gibt ein kleines Bezirksspital in wenigen Kilometer Entfernung, dort haben ein paar Leute schon angerufen und erfahren, dass der Kleine sich gut erholt und bereits geweint und geschimpft hat, dass er im Krankenhaus bleiben muss. Die Freude und die Erleichterung sind gewaltig! Jetzt gleich sind genaue Untersuchungen notwendig, die zeigen sollen, dass er außer Gefahr ist. Dazu wird er natürlich überwacht, an alle möglichen Geräten ist er angeschlossen. Diese Untersuchungen werden hoffentlich ergeben, dass er den Atemstillstand gut, ohne Schäden, überstanden hat. Wir fahren zur Polizeistation, der Vorfall wird protokolliert. Zurück auf dem Campingplatz setzen wir uns zum Essen. Meine Frau hat etwas Speck, Wurst, Käse und Brot hergerichtet, dazu einen heißen Tee, weil mir doch ein wenig kalt geworden ist. Der Wein aus dem Schapp unter dem Bett kommt erst abends dran. Wir reden über den Vorfall, denken, dass wir alles richtig gemacht haben.

Thyrild trinkt Kaffee mit uns. Sie kennt den Buben, er heißt Atle. Elf Jahre ist er alt. Die Eltern sind Lehrer in der örtlichen Schule. Sie haben ein nettes, kleines Haus, nicht weit von hier, über der Straße, auf einem Hügel. Etwas Grün, einige Birken, die sich an den großen Granitblöcken festklammern.

Der nächste Tag schon bringt schlechtes Wetter. Eine Windbö vertreibt uns vom Frühstück im Freien, Regen wird bald folgen. Thyrild weiß, dass es ein paar Tage schlechtes Wetter geben wird. „Was sagst du, wenn wir weiterfahren?“, schlägt

Gabi vor. Schade um den schönen Platz, aber die Idee ist richtig. Wir wollen noch so viel sehen, Norwegen ist groß. Wir verabschieden uns von unseren Nachbarn. „Hei, ha det" und „Grüß euch" und „Happy travelling and goodbye!" Wir holen noch eine lokale Zeitung ab, wo ein recht aufgedrehter Bericht mit zwei Fotos zu lesen ist. Wir gondeln ganz gemütlich im Nieselregen dahin, unterhalten uns, hören Musik aus der CD-Anlage, ich habe auch lokale Sender gefunden und versuche die Nachrichten zu verstehen. Natürlich reden wir über die Aktion vom Vortag und freuen uns, dass alles gut ausgegangen ist. Am späten Nachmittag halten wir vor einem Postamt, gehen hinein und rufen Thyrild an. „Weißt du mehr darüber, was gibt es Neues von Atle?" Sie hat sich schon erkundigt. Er wurde heute nach Hause entlassen, alles ist in Ordnung. Ich will ihr für diese erfreuliche Auskunft danken und auflegen, da sagt sie noch schnell: „Die Familie von Atle will Kontakt mit euch aufnehmen, sich bedanken und so, über den Unfall reden. Und, pass auf, der Großvater ist bekannt hier, ein großer Reeder, so was wie ein Patriarch!" Beim Wort Patriarch kann sie sich ein kurzes Kichern nicht ersparen. Patriarchat, also männliche Dominanz, so was gibt es hier im Norden schon lange nicht mehr. Aber: „... ihr werdet ja sehen!"

Nach einer knappen Stunde fahren wir durch ein kleines Dorf, am Ortsanfang ein hellblaues Holzhaus, zweistöckig, im Erdgeschoss eine Vaskeri, also Wäscherei und eine Kaffestua. Wir können vor dem Haus unter einem großen Regenschirm sitzen, vor uns die kaum befahrene Straße, dann eine Reihe Häuser aus Holz, gelb, grün, rot, hellblau. Wir glauben, hier in Norwegen gibt es mehr Häuser in verschiedenen Farben, während in Schweden das Rotbraun überwiegt. Diese rotbraune Farbe stamme vom Blut von Schlachtvieh, damit habe man die Holzhäuser angestrichen, haben wir früher immer gehört. Wir haben das nie glauben wollen. Inzwischen wissen wir, dass die Farbe – das Falun-Rot – von Abfallprodukten der Kupfergewinnung herrührt. Und früher einmal gab es viel Kupfer hier im Norden. In der EU ist diese Farbe von den Bürokraten in Brüssel inzwischen verboten worden. Schweden, die auf sie aus Gewohnheit und Tradition nicht verzichten wollen, müssen sie in Norwegen kaufen. Immer wieder Birken. Dahinter das Meer, darüber ein grauer Himmel, leichter Regen. Aber im Westen scheint es schon aufzuklaren, bald haben wir wieder Sonnenschein. Wir haben schon ganz schön Glück mit dem Wetter. Hier im Norden ist es wunderschön, wenn, ja wenn es sonnig und warm ist. Von Venke, Karin oder auch Tore wissen wir, dass es oft weniger als zehn schöne Tage im ganzen Sommer sind. Das ist uns *sydlendinger* doch ein bisschen zu wenig. Zu Hause gibt es fast hundert Abende im Jahr, die so warm sind, dass wir draußen auf unserer Terrasse sitzen können.

Der Regen hat aufgehört, die Sonne kommt zwischen den weißen Wolken, die nach Südosten ziehen, durch. Schlagartig bezaubert das Land uns wieder, die bunten Häuser, nein, bunt sind sie nicht, bunt heißt ja mehrfärbig, eines ist rot, das nächste hellgrün, dann kommen Hellblau oder Gelb, die rotbraunen Ställe, die grauen Granitblöcke, die weißen Birken. Dahinter das blaue Meer, vor ein paar Minuten noch grau. Und immer wieder diese *holmen*, kleine, flache Inseln, darauf da und dort eine kleine „hytta", davor schaukelt ein Boot. Wir kommen an einem wunderschönen Strandstück vorbei, gleich links von der Straße. „Dieser Meeresteil ist der Skagerrak", erkläre ich Gabi. Dieser Name reißt meine Frau nicht vom Hocker, die berühmte Seeschlacht im Ersten Weltkrieg interessiert sie nicht. Eher aus Höflichkeit hört sie zu, wie ich ihr erzähle, dass die deutsche Flotte der weit überlegenen, viel stärker eingeschätzten britischen Flotte einen Achtungserfolg abgerungen hat.

Freier Blick auf das Meer, der Strand senkt sich allmählich zum Wasser. „Da müssen wir doch hinein!", fordere ich. Gabi würde lieber draußen bleiben und eine rauchen, ich aber dränge. „Gabi, wir müssen da hinein!" Das kalte Wasser nimmt uns fast den Atem.

Die Situation erinnert mich an meine vorletzten Sommerferien als Student. Ich war in Graz in meiner Bude geblieben und hatte mich bemüht, für die Prüfung aus Pathologie zu lernen, für die man acht bis zehn Monate büffeln muss. Ich kam aber nicht weiter, stand völlig an. Es gab eine wochenlange Hitzewelle, die feuchte Luft war zum Schneiden, ich erwachte jeden Morgen schweißgebadet. Dabei hatte ich etwa 800 Seiten aus einem dicken Buch und weitere Hunderte Seiten Skripte zu lernen, war aber nach ein paar Wochen nur bis Seite achtundzwanzig gekommen!

Frustriert beschloss ich, eine Auszeit zu nehmen. Ich dachte, nach so einer Pause sollte es mit frischem Mut weitergehen. Ich wollte sie zu einer Fahrt per Autostopp durch Irland nützen. Ein Freund, Maxe, nahm mich mit seinem alten Opel nach Düsseldorf mit, es war eine gemütliche, behagliche Fahrt. Ich musste ihm alle zwei Stunden seine Pfeife stopfen, durfte mich an seinem vorzüglichen Mischtabak aus einem Münchener Spezialgeschäft bedienen. Der Flug nach Dublin war sehr billig. Von dort autostoppte ich durch die Grüne Insel. Auf dem Weg nach Connemara im Nordwesten der Republik Irland hatte mich ein eleganter englischer Wagen mitgenommen. Die beiden feinen englischen Damen hatten, nach ein paar höflichen, oberflächlichen Floskeln, kein weiteres Interesse an einer Unterhaltung mit dem Autostopper vom Kontinent, was mir nicht wehtat. Weh tat mir allerdings die hohe Temperatur in der überheizten Luxuskarosse. Die Ladys leerten mich unmittelbar vor der Jugendherberge aus. Ich brauchte dringend eine Abkühlung. Ein kühles Bier kam nicht infrage, in den Jugendherbergen herrscht striktes Alkoholverbot. Da blieb mir nur ein Sprung ins Meer. Ein paar Mädels standen herum, fröstelnd, in warme Pullover und Karodecken gehüllt. Ich fragte forsch, ob man da in das Meer gehen könnte, nur so, zur Abkühlung. Sie nickten eifrig, ja, selbstverständlich soll man da hinein. Ja, wenn die Mädels sagen, dann muss ich wohl. Ich nichts wie hinein in die Badehose und mit einen Hechtsprung von der Mole in den Atlantik. Die Fluten schlugen über mir zusammen, ich spürte nur kalt, eiskalt. Die Kälte raubte mir den Atem. Ein verstohlener Blick zurück an die Mole bestätigte das belustigte Interesse an dem dummen Alpenmenschen, der Ende September in den Atlantik springt. Schadenfreude, kaum Bewunderung, meinte ich, auszumachen. Ich machte ein paar Tempi im Delfin-Stil, um Unbekümmertheit vorzutäuschen. Insgeheim hatte ich aber Zweifel, ob ich überhaupt wieder an Land kommen würde. Erstens war ich bald steif vor Kälte, zweitens hatte ich gar nicht aufgepasst und geschaut, ob und wo es eine Leiter gab. Es gab eine. Mich schüttelte es vor Kälte wie einen Eisbären ohne Fell, ich erholte und erwärmte mich erst bei der zweiten Tasse Tee. Heimlich hatte ich die Flasche mit dem irischen Whisky aus dem Rucksack geholt und den Tee aufgebessert.

Über Nordirland und Südwestschottland ging es nach London, wo ich keine Galerie, kein Museum ausließ. In Spittal an der Drau verließ mich die Lust am Autostoppen, ich fuhr mit dem Zug heim, vorbei an der Kaserne, wo im Gras noch meine Schweißtropfen aus meiner Zeit in der Jägerkompanie glitzerten.

Mit der Pause hatte ich recht gehabt, denn tatsächlich haute ich nach dieser Auszeit so richtig hinein und bestand die schwerste Prüfung des Medizinstudiums nach weniger als fünf Monaten Büffelns. Der alte Professor lobte mich mit seiner hohen, gequetschten Stimme und fragte mich, ob ich nicht als Assistent an seiner Abteilung arbeiten wollte. Das wäre allerdings so ziemlich das Gegenteil von dem gewesen, was ich mir vorstellte, drum sagte ich, noch zurückhaltend: „Nein danke, eher nicht!“ Er setzte nach: „Ja, warum denn nicht?“ Jetzt hatte ich aber schon beobachtet, dass er das Prüfungsprotokoll fertig geschrieben hatte, das *ausgezeichnet* lachte mir entgegen, daher sagte ich grinsend: „Ich bedaure, mir sind Ihre Patienten zu tot!“ Mit einer sauren Miene und einer ebensolchen Handbewegung entließ er mich.

In Südnorwegen wollten wir auch ins Meer. Es wurde eine schlimme Prozedur, weil wir wohl hundert Meter waten mussten, bis wir untertauchen konnten. „Ist dir nicht kalt nach diesem Kälteschock in der Nordsee?“, frage ich Gabi. Sie antwortete mit einem Satz, der bei uns seit Jahrzehnten Kultstatus hat: „Herbert, dir ist kalt! Zieh die Jacke an!“ Wer die Vorgeschichte nicht kennt, versteht die Situation nicht. Die muss man wissen. Ich habe meinen alten Onkel immer wieder besucht, er trauerte seiner Studentenzeit nach, ich brachte ihm Erlebnisse und Geschichten, verhalf ihm zu wehmütigen Erinnerungen. Einmal standen wir im Garten, im Sommer, die Sonne senkte sich. Er hatte seine alte, verwaschene Trainingshose an und ein nicht mehr frisches Unterhemd. Meine Tante, also seine Frau, rief ihm aus zwanzig Meter Entfernung zu, er solle seine Jacke anziehen. Er rief zurück, dass es doch so schön warm sei. Das war überzeugend, es waren mindestens fünfundzwanzig Grad, er hatte Bluthochdruck und Übergewicht, beide wärmen. Sie wiederholte ihre Anregung, eher schon eine Anordnung. Er widersetzte sich glatt noch einmal. Darauf folgte der Befehl, an Kürze und Schärfe unverkennbar: „Herbert, *dir* ist *kalt!* Zieh sofort die Jacke an!“ Es war schon schlimm genug, zusehen zu müssen, wie *sie* festgestellt hat, dass *ihm* kalt war. Ich staunte nicht schlecht, als der bedauernswerte Onkel achselzuckend, resignierend, sich die Jacke anzog.

Wir fahren weiter. Wenige Kilometer sind wir gefahren, da sehen wir eine Ansammlung von Zelten, Wohnanhängern und Wohnmobilen. „Den Campingplatz schauen wir uns an“, meint Gabi. Er gefiel uns. Wir blieben die Nacht dort. Es gab eine ziemlich hohe Dünung, aber zu wenig Wind zum Surfen. Die kurzen Sonnenstunden nützten wir zu Ausflügen, zu Fuß oder mit den Rädern, sonst saßen wir in unseren gemütlichen Campingsesseln und lasen: „Auf High Heels den Krampfadern entgegen.“ Je höher die Stöckelschuhe, umso eher kommt es zu Krampfadern. Einfach, weil das in kompletter Beugung fixierte Sprunggelenk die notwendige Pumpfunktion der Muskeln an den Unterschenkeln nicht zulässt.

Dass Milch die Entstehung von Akne begünstigen kann, war mir nicht ganz neu. Übergewicht, besonders bei Buben, verstärkt diesen Effekt, reichlicher Verzehr von Fisch mildert ihn. Und dass die Harnsäure, auch wenn sie noch im Normbereich liegt, also eine Gicht noch nicht vorliegt, die Nieren schädigen kann, worauf der Blutdruck ansteigt, Atherosklerose und Herzinfarkt drohen, ist noch nicht gesichert. Weitere Studiendaten *seien erforderlich.*

8

Political correctness

Ich bin neugierig auf fremde Menschen aus allen Erdteilen. Ins Münchner *Hofbräuhaus* ging ich nicht nur zum Bier, sondern um mich zu möglichst exotischen Gästen zu setzen. Oft gab es fröhliche Unterhaltung bei kurzlebigen Bierfreundschaften. Bei den meisten ‚Negern' gewann ich den Eindruck, dass sie eine unfreundliche Geste, eine abweisende Bemerkung befürchten und daher dem Blickkontakt ausweichen. Da musste ich mich schon hinsetzen und sie freundlich und interessiert anreden. Und dann hörte ich bis jetzt schon dreimal, dass sie sich wundern, wenn sie keine ‚Neger' mehr sein dürfen! Einmal im Taxi vom Flughafen nach Wien, ein weiteres Mal im Zug von Wien nach Kärnten, einmal im Warteraum beim Arzt. Auch der US-Schauspieler Samuel L. Jackson ärgert sich: „Ich bin doch ein Neger! Warum bin ich kein Neger? Nur, *nigger* bin ich keiner!" *Nigger* war und ist immer herabsetzend, beleidigend gemeint! Das korrekte Wort für die gewaltsam nach den Amerikas verschleppten und oft schlecht behandelten Afrikaner wäre aber *negro,* dieser Begriff kommt in älteren englischen Büchern immer wieder unbefangen, sachlich vor. *Nigger* mit Neger zu übersetzen ist falsch! Selbstverständlich ächten wir, zusammen mit den politisch Korrekten, das Schimpfwort „nigger" und nehmen es niemals in den Mund! Warum aber den Begriff Neger? In unserer mitteleuropäischen Kultur ist das Wort wertneutral, die Bezeichnung für die dunkelhäutigen Menschen in Afrika südlich der Sahara, und kein Schimpfwort, keine Beleidigung. Mit Wortspielen lösen wir die Selbstverständlichkeit, mit ihnen in Augenhöhe umzugehen, aber nicht. Oder, geht es Behinderten besser, seitdem sie *Menschen mit Handicap* genannt werden sollen? Geht es Manisch-Depressiven besser, seitdem wir sie *Menschen mit bipolarer Störung* nennen? Und hilft es Fremden, wenn wir sie *Migranten* nennen? Warum so streichelweich *Mitbewerber* statt Konkurrent oder Rivale, gerade jetzt, wo die Sitten angeblich immer härter werden? Ist der Begriff *Nafri* im Polizeijargon für Nordafrikaner wirklich so böse, so verletzend? Kann man uns nicht ein geringes Selbstbewusstsein unterstellen, wenn wir uns sprachlich so leicht manipulieren lassen? „Muss sich eine aufgeschlossene und tolerante Gesellschaft wirklich von einigen selbst ernannten Sprachen- und Sittenwächtern verhöhnen und manipulieren lassen?", fragt eine verärgerte Frau in einem Leserbrief. Gehen doch andere Nationen recht locker mit ähnlichen Worten um, so die selbstbewussten Italiener, die zu den Deutschen gerne *Nibelungi* sagen und zu uns Österreichern *cruchi*. Und die uns den Witz nicht übel nehmen: „Warum sind viele Italiener so klein? Weil sie als Kinder hören: Wenn du groß bist, musst du arbeiten!" Dabei ist diese Behauptung gemein und auch nicht zutreffend! Und was sagen wir zu dem kaum freundlichen Wort *aliens*, mit dem die Briten uns Kontinentaleuropäer bezeichnen?

Dabei hat die *Politische Korrektheit* ja gut angefangen: Frauen, Menschen anderer Rasse, aus anderen Kulturen, anderer Konfession, anderer sexueller Orientierung, Kranke und Behinderte schlechtzureden ist mies und schäbig, so was darf es nicht mehr geben. Interessant, der erste nachgewiesene Beleg für Gebrauch und Bedeutung der PC stammt vom 1. September 1945, dem Vorabend der Kapitulationsverhandlungen mit den Japanern. Telegrafisch fragte General McArthur bei US-Präsident Truman an, ob es dafür noch irgendwelche Anweisungen gäbe. Er sprach dabei schäbig von den *yellow bellied bastards*, den gelbbäuchigen B., Truman wies ihn zurecht, „tone down your obvious dislike of the Japanese … because some of your remarks are fundamentally not *politically correct!*" Nicht einmal die Härte der Kämpfe darf so eine Ausdrucksweise erlauben.

Aber wir sind Gott sei Dank weit davon entfernt, daher geht die Empfindlichkeit, die Hypersensibilität für bestimmte Bezeichnungen, die irgendjemanden verletzen könnten, vielen Menschen einfach zu weit. Wem tun denn Worte wie *Negerschweiß* oder *Moor im Hemd* wirklich weh? Ärgerliche Auswüchse wachsen auf dieser übertriebenen Empfindlichkeit und verlangen, dass wir das Kinderlied *Zehn kleine Negerlein* nicht mehr singen. Außerdem kommt mir mein liebstes Palindrom abhanden: *Ein Neger mit Gazelle zagt im Regen nie.* Es ergibt auch von hinten gelesen den gleichen (Un)sinn. Was machen wir mit dem grandiosen Film *Orfeu Negro?*

Wie die Political Correctness unsere freiheitliche Gesellschaft zerstört ist der Untertitel des mutigen Buches von Daniel Ullrich und Sarah Diefenbach mit dem Titel: Es war doch gut gemeint. Sie bringen viele Beispiele, wie jeder Meinungspluralismus ad absurdum geführt wird, Vertreter unerwünschter Meinungen mundtot gemacht werden, was das Schlimmste ist, das in einem freiheitlichen, demokratischen Gemeinwesen geschehen kann: Ein einziges politisch inkorrektes Wort kann zum Ausschluss eines Diskutanten aus einer Gesprächsrunde führen!

Ernsthaft irritiert und verärgert bin ich allerdings, wenn ich den Begriff *Idiot savant* lese: Er meint damit Menschen, die auf einem speziellen Gebiet überdurchschnittliche Fähigkeiten (Savant ist französisch und bedeutet Wissenschaftler) aufweisen, im Übrigen aber geistig behindert sind. Dustin Hoffman stellt im Film *Rain Man* so einen Mann dar, ebenso der jugendliche Banjospieler im Abenteuerfilm *Deliverance.* Vor sechzig Jahren haben wir Schüler uns – bei der entwicklungsgerecht verminderten Sensibilität der Pubertierenden – über einen Mittvierziger lustig gemacht, der in den damals kalten Wintern – mein persönlicher Rekord waren minus 28 °C – in Villach in kurzer Hose, einer knappen Joppe und dünnen Sandalen durch die Straßen huschte und gelegentlich hektisch, stotternd, erzählte, dass er sich am nahen Ossiacher See barfuß einen Weg durch den Schnee zum Ufer schaufelt, um dann genussvoll in die eiskalten Fluten zu steigen. Er wurde mit diesem beleidigenden Begriff bedacht! Er machte aber Buchhaltung, Bilanz und Lohnabrechnung für ein paar Großkaufhäuser in der Stadt! Ist es wirklich in Ordnung, diesen Mann mit der Bezeichnung *Idiot* zu beleidigen? Nein, wir überlassen die Beurteilung, die Entscheidung, diesen selbst ernannten politisch Korrekten nicht, ich halte diese Bezeichnung für gemein, schäbig, fies! Ob die zwei folgenden Beispiele dazu passen, weiß ich nicht, ich halte sie aber für sehr interessant, wert zu erzählen: Ein 40-jähriger obdachloser US-Amerikaner verspürte nach einem Schädelhirntrauma das dringende Verlangen nach einem Klavier. Vor dem Unfall völlig unmusikalisch, ist er inzwischen ein gesuchter Konzertpianist! Und, der 49-jährige Jason Padgett ist nach einem ähnlichen Trauma ein mathematisches Genie! Jetzt aber an die Arbeit, geschätzte Hirnforscher, und findet die Stellen am Kopf, wo und wie man hinschlagen soll.

Wieder einmal will Schweden ganz vorne sein: Frische Vorschläge wollen die Worte *han* und *hon* beseitigen. Sie bedeuten schlicht *er* und *sie*, beleidigen aber die vielen weiteren *genders*, die frei wählbaren Geschlechter. Man möge sich folglich auf *hen* für beide beschränken! Noch einmal, wer wagt es, diese Entwicklung zu bremsen? In Deutschland ist es leider eine Minderheit von Städten, zum Beispiel Münster, dessen Oberbürgermeister Genderstern, Unterstrich (Schüler_innen) und Binnen I (SchülerInnen) in amtlichen Schriftstücken einfach verbot: Sie sind mit den Regeln der deutschen Sprache nicht vereinbar. Dasselbe geschah bei unserem Bundesheer. Die Stiftung Deutsche Sprache schloss sich an, ebenso die Universität Vechta.

Die Rache, die Strafe bei Fehlverhalten kann hart sein: Der herausragende Student James Dewey Watson verließ die USA, um mit dem Molekularforscher Francis Crick in England weitere Forschungen zu betreiben. Und, tatsächlich, gelang es den beiden im Jahr 1953, die Doppelhelix zu postulieren, die die

Vererbung mit der Vereinigung der zwei halben Genome zu einem Ganzen erklärt. Watson wurde überall gefeiert, erhielt zahlreiche Doktorhüte und 1962 den Nobelpreis. 2007 konnte er seinen Mund nicht halten, er äußerte ein paar besorgte Bemerkungen über die Fähigkeiten der Schwarzafrikaner, die wachsenden Probleme auf ihrem Kontinent bewältigen zu können – besonders die Tatsache, dass die Gesamtbevölkerung Afrikas in 100 Tagen um 7 Millionen wächst! Watson hatte also schlechte Zukunftsaussichten erkannt, er bedauerte die Schwarzafrikaner, er machte sich Sorgen um ihre Zukunft! Trotzdem wurde er flugs entlassen, verlor seine Auszeichnungen und Doktorhüte und musste, weil verarmt, seine Nobelmedaille verkaufen. Der anfangs anonyme Käufer, ein reicher Russe, gab sie ihm allerdings zurück: „Es ist eine Schande und inakzeptabel, dass so etwas einem herausragenden Wissenschaftler geschieht!"

Gerne hätte ich, wenn unsere Regierungen, NGOs und Vereine viel mehr persönliche, freundschaftliche Kontakte mit Menschen aus allen möglichen Ländern fördern würden. Die Idee ist ja nicht neu: Der berühmte Psychiater Paul Watzlawick, der, in Villach aufgewachsen, dieselbe Schule wie ich, das Gymnasium in der Peraustraße, durchlitten hat, hatte schon vor Jahrzehnten vorgeschlagen, die Jugend kreuz und quer in Europa, und auch darüber hinaus, zu verschicken, damit sie andere Menschen, Kulturen, Sprachen kennenlernten und Freundschaften heimbrächten. Wenn man das vor über hundert Jahren in großem Umfang durchgezogen hätte, wären im Ersten Weltkrieg solche bösartigen Reime wie „Jeder Brit, ein Tritt, jeder Franzos ein Stoß, jeder Russ ein Schuss" wohl energisch abgelehnt worden. Oder das Programm „Serbien muss sterbien!" Hätten nicht Millionen Freundschaften über die Grenzen hinweg die kriegerischen Katastrophen des vergangenen Jahrhunderts verhindert?

Ich muss bei manchen Völkern, einige haben erst in den letzten Jahrzehnten ihre wohlverdiente Souveränität errungen und bekommen, einen erheblich übersteigerten Nationalstolz, einen Chauvinismus diagnostizieren, benannt nach Nicolas Chauvin, einem Soldaten in Napoleons Armee. Er stürzte sich in glühender Begeisterung für La France und in seinem Hass auf andere Nationen dermaßen in die Schlachten, dass er angeblich 17-mal verwundet wurde, und überlebte! 17-mal? Ich kann so was nicht glauben. Viel mehr Soldaten starben damals, 50 Jahre vor Henry Dunant und dem *Roten Kreuz*, der Antisepsis des Joseph Lister, und 130 Jahre vor dem Penicillin des Schotten Alexander Fleming, an den Folgen oft banaler Verwundungen, am Blutverlust, am Wundfieber, als an tödlichen Verletzungen. Und da will dieser Held 17 Verwundungen überlebt haben? Chauvinismus? Da gefällt mir der Patriotismus viel besser, den wir doch als Liebe zum eigenen Land, ohne jegliche Geringschätzung anderer, verstehen. Also Anerkennung, Wertschätzung der anderen Nationen, niemals Geringschätzung, Ablehnung oder gar Hass!!!

9

Thorbjørn und Ragnhild

Wir hatten eben den Kaffee genossen und ein paar Kekse dazu schnabuliert, da klingelt Gabis Handy. Die tiefe Stimme eines älteren Mannes fragt, ob er „mit Dr. Gerd sprechen könne?“ Gabi reicht mir das Telefon, stellt es aber noch rasch auf laut. „Ja, das bin ich!“ Er stellt sich höflich vor, so was wie Torben Larsen habe ich verstanden. Er ist der Großvater des kleinen Atle. Er ist erleichtert und dankbar. Bleibende Schäden nach dem Herz- und Atemstillstand seien mit großer Sicherheit nicht zu erwarten. „Können wir uns nicht treffen, wir sind voll mit Fragen und wollen Sie gerne kennenlernen, geht das?“, fragt er, aber ja, gerne, antworte ich „Und bedanken!“, legt er nach. Er will wissen, wo wir gerade sind. „Das ist ja gar nicht weit von meinem Haus“, sagt er, der Patriarch. Etwa zwanzig Kilometer. Ob wir ihn dort besuchen? Wir denken daran, der Hausfrau Blumen mitzubringen, wäre doch eine nette Geste. In den kleinen Weilern, durch die wir fahren, finden wir kein Blumengeschäft. Was tun? Ohne Blumen ungern, sehr ungern! Dann kommen wir an einem kleinen Feld mit Sonnenblumen vorbei. Kein Mensch in Sicht, den wir fragen können. Ich schneide eine lange Sonnenblume ab und fühle mich viel wohler. Ein paar Minuten später finden wir sein Haus. Rechts vom Riksveien, ein riesiges Areal, hohe Natursteinmauer, schweres schmiedeeisernes Tor. Wir fahren durch das Tor in einen Park. Leicht wellig steigt das Gelände an, große Granitblöcke unterbrechen den makellos getrimmten Rasen, immer wieder kleine Gruppen weißer Birken mit hellgrünen Blättern.

Das Haus ist eine prachtvolle Villa, fast ein Schloss im neugotischen Stil, zwei Stockwerke, Backsteine, großes, schweres, geschnitztes Tor, schlanke, hohe Fenster, im ersten Stock ein großer Balkon. Rechts, also im Osten, ein großer Erker mit spitzbogigen Fenstern. Viel Efeu an den Mauern. Ein toller Anblick. Wir stellen unser Auto auf einen Parkplatz rechts vom Haus, richten uns ein wenig her. „Ist das nicht eine bescheidene Bleibe?“, frage ich meine Frau. Sie macht große Augen, bläst die Luft hörbar aus, zustimmend, beeindruckt. Aber da steht schon der Hausherr vor uns. Er dürfte die siebzig überschritten haben. Groß, hager, graublaue Augen unter schütterem, leicht ergrauten Haar. Große, leicht ausgefahrene Ohren, mächtige Nase. Erinnert mich stark an Roald Amundsen, den Erstbezwinger des Südpols. Leger ein offenes hellblaues Hemd und kurze Hose. Sicher kein schöner Mann, aber auch hier in Norwegen gilt, ein Mann muss nur so schön sein, dass sein Pferd nicht scheut.

„Ja, da seid ihr ja, wir freuen uns! Velkommen!“ Mit einer leichten Wendung seines Kopfes weist er unsere Blicke zur Haustüre. Dort steht, freundlich lächelnd, seine Frau. „Das ist Ragnhild, und ich bin Thorbjørn, und ihr seid?“ Aha, Thorbjørn, nicht Torben. Damit meint er, dass wir uns mit unseren Vornamen vorstellen, das tun wir auch. Sie muss einmal eine Schönheit gewesen sein, groß, immer noch schlank. Hellblaues Kleid. Eine Perlenkette um den Hals. Schulterlange Haare mit grauen Strähnen. Bezauberndes, einladendes Lächeln. „Auch ihr liebt Blau“, stellt sie fest, weil Gabi ein hellblaues Kleid und ich ein blitzblaues Hemd angezogen haben. Ich überreiche ihr die mannshohe Sonnenblume, mit Verbeugung. Sie lacht herzlich und bedankt sich. Sie fragen uns über unsere Reise, freuen sich, dass wir so viel Freude mit Norwegen haben. “We are so happy you could help, you rescued our Atle.” Sie haben sich, typisch für diese Menschen im Norden, etwas zurückgehalten, aber jetzt bricht die Freude über den guten Ausgang des Unfalles ihres Enkels doch durch. Wir alle sind froh und erleichtert, dass wir gerade dort campiert haben, dass ich Atle so nahe war und den Wind im Rücken hatte.

Sonja, die Köchin, bringt Kaffee und Kuchen. „Wir haben so viel zu reden, ihr wollt doch zum Abendessen bleiben?" Gabi und ich blicken uns an, wir nicken einander zu, nehmen die Einladung dankend an. „Ist es euch wohl recht, in einer Stunde kommt unser Sohn mit seiner Frau, Wencke, die Eltern von Atle, sie wollen euch sehen und alles von euch erfahren, dann erst werden wir uns ausführlich über den Unfall unseres Atle unterhalten." So sitzen wir bei Kaffee und Kuchen, der Hausherr bietet mir feine Zigarren an. Bald führen wir getrennte Gespräche, die Damen über ihre Kinder, über die königliche Familie. Das war doch aufregend und belastend für die Monarchie, als der Kronprinz mit einer wilden Partytaube antanzte. Sie gab zu, über *Grenzen gegangen zu sein*. Nach diesem öffentlichen Geständnis erklärte Håkon, jetzt verstehe wohl jeder, warum er diese prächtige Frau liebe. Ragnhild weiß aber auch eher erheiternde Hintergründe: Als man dem Thronfolger nahelegte, seine Mette-Marit zu vergessen und sich nach einer anderen, einer ‚ordentlichen, standesgemäßen' Frau umzusehen, drohte Håkon, auf den Thron zu verzichten und ihn seiner Schwester Märtha zu überlassen. Das wäre ja kein Problem, in den Niederlanden, Britannien, Dänemark und wer weiß wo noch gibt es Frauen auf dem Thron. Hier aber gab es eines, ein erhebliches. Die gute Märtha ist nämlich mit einem ehemaligen Lastwagenfahrer verheiratet, der inzwischen so was wie Dokumentarfilmer ist. In einem seiner letzten Filme zeigt er kokainschnupfende Liebesdienerinnen in Las Vegas. Da war wohl die fröhliche, unkonventionelle Mette-Marit das kleinere Übel. Wenn man bei so einem Prachtweib überhaupt von Übel reden kann.

Thorbjørn steht auf und schlägt einen kleinen Rundgang durch den Garten vor. Er hat den Betrieb von seinem Vater übernommen und, den Aufschwung nach dem Krieg nützend, zu einer beachtlichen Reederei ausgebaut. Er musste viel arbeiten, seine Frau machte seine Sekretärin. Zuerst stellten sie die Hartschalen für Jollen und Jachten her, dann bauten sie sie aus, bis sie das komplette Boot bauten. „Alles über Deck haben wir zuerst zugekauft, Mast, Baum, Segel. Nach wenigen Jahren haben wir aber die alte norwegische Tradition wiederbelebt und Boote aus Holz gebaut. Kennst du die Klinkerbauweise?“ Ich nickte und stellte fest, dass mir diese Boote sehr gut gefallen. „Wir sind ziemlich erfolgreich, nicht nur hier im Norden“, erzählt Thorbjörn mit sichtbarem Stolz.

Inzwischen haben sich die Frauen durch die Familien und die Dynastien durchgearbeitet und sind zu einem unerfreulichen Punkt gekommen. Ihr Sohn, Espen, war sehr schwierig, nässte bis in das Schulalter ein, lernte sehr ungern und schlecht. Ihr Kinderarzt erklärte den irritierten Eltern, dass sie zu viel Beruf, zu wenig Familie gelebt hätten. Sie wollten diese Erklärung anfangs nicht hinnehmen, besuchten eine Psychologin, die ihnen aber etwa dasselbe sagte. Sie schlug eine Psychotherapie vor. „Die war sehr teuer, aber das konnten wir uns leisten. Nur, zweimal die Woche musste ich fast eine Stunde hinfahren, eine Stunde Sitzung, eine Stunde zurück. Auch zeigte sich kein Fortschritt. Espen wehrte sich immer energischer, er lehnte die Frau schließlich ab. Da mussten wir die Therapie abbrechen“.

Ich könnte die weitere Geschichte eigentlich selbst weitererzählen. Wie oft habe ich doch selbst in der Ordination erlebt, wie schwer es die Kinder, besonders die Buben haben, wenn sie nicht genug Familie, Betreuung, Hilfe, männliches, väterliches Vorbild bekommen. Der bedauernswerte Bub hatte natürlich Schwierigkeiten in der Schule, er erntete Rügen, Tadel, Strafen. Er suchte und fand Freunde, die nicht gut für ihn waren, Zigaretten, Alkoholexzesse schon mit 13 Jahren, auch Rauschgift. Er flog von der Schule, ja, von den Schulen. Mühsam schaffte er, mit erheblicher Verspätung, eine Privatschule und schloss mit dem *studentexamen*, es entspricht unserer Matura, dem Abitur, ab. Da atmeten die Eltern erst einmal auf und wollten, dass er an einer technischen Hochschule studierte, um den Betrieb der Eltern zu übernehmen.

Nach über zwei Jahren aber stellte sich heraus, dass er null und nichts weitergebracht hatte. Darauf brachen seine Eltern sein Studium ab. Seine große Bindung an den Großvater, den Vater seiner Mutter, der Lehrer gewesen war, rettete ihn: Er besuchte eine pädagogische Ausbildung in Flekkefjord, lebte bei seinen Großeltern, entkam damit den Spannungen im Elternhaus und den eingefahrenen Differenzen mit den Eltern, besonders dem Vater. Dieser hatte einfach kein Verständnis dafür, dass der Sohn die großartige Zukunftsaussicht, eine florierende Reederei zu übernehmen, nicht erkannte, nicht erkennen wollte. Irgendwie ging ihm dann doch der berühmte Knopf auf. Er wurde Lehrer an einer Volksschule und sei, wie Ragnhild erleichtert erzählt, sehr zufrieden mit seinem Leben.

Weiter kommen wir nicht, durch die Birken sehen wir, wie das schwere Tor sich öffnet und ein Pkw hereinfahrt. Keine Luxuskarosse, ein kleiner *Japaner*. Wie wir später erfahren, hat Espen jegliche Unterstützung durch seine Eltern zurückgewiesen, sie kommen einigermaßen mit ihren zwei Gehältern in diesem sündteuren Land zurecht. Die hintere Türe springt auf, Atle rennt auf seine Großeltern zu und in die Arme von Thorbjørn, dann drängt er zu Ragnhild. Große, herzliche Begrüßung. Die Eltern kommen her zu uns. Seine Mutter haben wir ja schon ganz kurz gesehen, als sie vor ein paar Tagen auf dem Campingplatz verzweifelt nach Atle schrie. Eine leichte Beklommenheit kommt auf, wie geht man mit fremden Leuten um, zwischen uns steht der nahezu ertrunkene Atle, bildlich wie real. Wir aber gehen rasch auf die beiden zu und begrüßen sie mit Schwung, um das Aufkommen jeglicher Verlegenheit zu unterbinden. „We are so grateful you helped our Atle!", dankt Wencke. Wir freuen uns über ihre Dankbarkeit, nehmen sie dann aber beim Arm und schieben sie zu den Großeltern, die sie in die Arme schließen. Espen kommt nach. „Gabi og Gerd fra Østerrike, Espen og Wencke", stellt uns Thorbjørn vor. „Schön, dass wir uns wiedersehen und dass alles gut ausgegangen ist", freut sich Ragnhild.

Es ist früher Abend, nach 19 Uhr, aber die Sonne steht noch hoch am Himmel. Kurz vor Mitternacht wird sie untergehen, doch so richtig dunkel wird es nicht werden. Bald nach zwei Uhr wird sie wieder aufgehen. Viele Menschen vertragen die dunklen, langen Nächte im Winter besser als die ewige Helligkeit im Sommer. Da können sie oft nicht schlafen. Sie kommen aus dem Rhythmus. Norwegische Freunde holen sie um fünf Uhr zum Fischen oder zu einer Radtour. „Schlafen kannst du im Winter", hören sie dann zu ihrer Beruhigung.

Nach dem Frühstück gehen wir hinunter zum schweren schmiedeeisernen Tor, überqueren die Straße, den *riksveien*, also die Reichsstraße, und folgen einer schmalen, gut befestigten Straße nach Süden, zum Meer. Dort steht ein Bootshaus. Ein großer, viereckiger Kasten, zweckmäßiger als schön, in diesem Rotbraun, das fast jeden Stall, oft auch Wohnhäuser in Skandinavien schmückt. Ein Mann erwartet uns offensichtlich, öffnet eine Türe. Stattlicher Bursche, wohl eins neunzig groß, schlank, muskelstark, hellbraune Haare. Stahlblaue Augen mustern uns eher streng. Gut in den Fünfzigern. „Das ist Terje, mein bester Mann, mein Vormann", stellt uns Thorbjörn vor. Terje gibt uns die Hand so, dass wir sie am Handgelenk schütteln, er ist gerade beim Anstreichen, seine Hände kleben vom Lack. Er weiß offensichtlich schon von uns und grüßt knapp, sehr knapp. Wir haben weder Zeit noch Lust, uns über diese kühle Distanz Gedanken zu machen, der Hausherr führt uns zu drei Kajütbooten, die leise und leicht im Bootshaus schaukeln. Eines schöner als das andere, nur aus Holz, Klinkerbauweise, Einmaster, Kajüte, großes Steuerrad im Cockpit. Alles makellos, gut gepflegt, glänzend honigfarben. Zum Niederknien schön.

„*Åsa* ist 48, *Marit* 35 und *Solveig* 24 Fuß, alle sind eigentlich überkomplett, Dieselmotor, Autopilot, Radar und, und, und. Machen bei gutem Wind 10 bzw. 7,5 bzw. 6 Knoten. Was sagt ihr zu so einem Boot?" Wir sind keine großen Kapitäne, sind ein paarmal auf Segeltörns mitgefahren, mehr war nicht drin.

Haben uns einmal, vor vielen Jahren, überlegt, ob wir uns so eine Jolle oder kleine Jacht zulegen sollten, haben aber abgewunken. Zu wenig Zeit dafür, zu teuer, zu viel Aufwand. Wir betreten das kleine Boot, das mit den 24 Fuß Länge. Makellose Arbeit, alles Holz. Eine Wonne, ich streiche mit meinen Händen über das gut gefügte Hartholz, bestens erhalten, die Beschläge aus Messing glänzen im Dämmerlicht des Bootshauses. „Mein Firmling Rainer, ein tüchtiger Zahnarzt, guter Familienmensch, und begnadeter Segler, würde diesen Bootstyp als Colin – äh, wie noch? – bezeichnen", will ich mit meinen dürftigen Kenntnissen der Bootstypen angeben. Drüben, an der großen Schiebetüre, lehnt Terje und grantelt her: „Colin Archer, ein norwegischer Schiffsbauer aus Larvik!" Ragnhild signalisiert mit gefurchter Stirne und geweiteten Augen, dass Terje sich zusammenreißen soll. Mich beschäftigt das Boot aber mehr als dieser Grantscherben. Steiler Bug, lange Kiellinie, der Mast weit vorne angesetzt. Daher braucht man kein Segel, das vom Mast an den Bug zieht, ein Focksegel. Also nur ein Großsegel. Und einen Großbaum, der nicht über das Kabinendach nach hinten ragt. Diesen Großbaum kann man also nicht so leicht auf den Kopf bekommen. Einfach, weil er dorthin, wo wir stehen, nicht hinreicht.

Segeleigenschaften und Geschwindigkeit leiden etwas unter der fehlenden Fock, dafür braucht man weniger Aufwand, weniger Hände bei den Segelmanövern. Das Heck ist offen, fast zwei Meter Platz mit einer Sitzbank und einem edlen Steuerrad aus glänzendem, honigfarbenen Eichenholz. Durch eine schmale Türe mit einem runden Bullauge betreten wir die Kajüte. Ich kann eben noch gerade stehen, Thorbjörn muss seinen Kopf schon einziehen. Beiderseits an der Wand die Betten, die auch als Sitzbänke dienen, ein schmaler Tisch in der Mitte. Rechts gleich nach der Türe ein kleiner Kartentisch, links eine einfache Küche.

„Vielleicht ist die Elektronik überkomplett, aber ich, als alter Segler, Betonung auf alt, wollte nichts riskieren und habe lieber zu viel als zu wenig technisches Zeug drauf! Seht her: Echolot, Funk, Kurzwellenradio, einen Wetterkartenschreiber, sogar einen kleinen Fernseher kann ich anschließen. Und oben da, seht her", er zeigte zum Masttopp und streckte sich mühsam nach oben, „da gibt es ein Radar! Es gibt sehr oft Nebel in unseren Gewässern. Ist ja nicht schlecht, wenn man sich vor allen möglichen Überraschungen schützen kann." Wie wir so dastehen und schauen und sein Boot bewundern, legt Thorbjørn nach: „Die gefällt euch, ja?" Jetzt blickt er zu Ragnhild, sie nickt ihm zu. Wir wissen nicht, was jetzt kommt, aber da hebt Thorbjørn seine Stimme und bittet um Ruhe: „Wir wussten nicht, wie wir euch danken können für die Rettung unseres einzigen småbarn Atle", so sagt er, weil ihm Enkel oder *grandson* gerade nicht einfällt. „Seht euch die *Solveig* nur gut an. Wir sehen, sie gefällt euch gut, sehr gut. Das ist uns recht, denn sie gehört jetzt euch. Sie ist unser Geschenk an euch! Zum Dank …" Seine Stimme versagt, er wendet sich ab. Wie vom Blitz getroffen stehen wir da, haben wir richtig gehört, was sollen wir darauf sagen? Ich starre Gabi an, sie mich. "Dear Thorbjørn, dear Ragnhild, we were lucky we could help Atle, we did, what we had to do, we are happy to …!", bring ich heraus, Gabi nickt. „Nein, nein, wir wollen euch nicht mit ein paar Flaschen oder auch Kisten Wein abspeisen, nehmt doch das Boot!" Wir sehen, dass Ragnhild und ihr Mann fest entschlossen sind, uns so großzügig zu beschenken. Verwirrt stehen wir da und suchen nach Worten und Argumenten, dieses Geschenk abzulehnen. „Ich bin Arzt und bin ausgebildet, Menschen zu helfen. Außerdem war sehr viel Zufall, ja Glück, im Spiel." Gabi erinnert noch daran, dass wir an diesem Campingplatz beinahe vorbeigefahren wären, er war nicht so leicht zu finden. Der einsame Jogger hat uns das verwitterte, halb hinter Ästen versteckte Hinweisschild gezeigt. Die großzügigen Gastgeber stehen da, lächeln uns an, weder konsterniert noch gekränkt von unserer – echten – Verweigerung, das Boot anzunehmen. Wir zieren uns nicht, meinen im vollen Ernst, dass wir so ein Geschenk nicht annehmen können. „Wir werden uns eine Bedenkzeit erbitten, können wir uns in ein paar Tagen melden? Wir fahren einfach weiter nach Westen, eigentlich wollten wir nach Stavanger. Vielleicht plagen wir uns wieder den Prekestol hinauf?“ Das ist der tolle Felsen, der sechshundert Meter senkrecht über dem Lisefjord hinaufragt. Den sind wir vor etwa zwanzig Jahren hinaufgekraxelt. Oben angelangt, geht man ein paar Schritte herunter auf eine schräge Fläche. Dort liegen, sitzen die vielen Wanderer herum. Ganz an die Kante wagte ich mich zuerst nicht heran. Aber dann sah ich einen kräftigen Stab aus Eisen, den ein Schlaumeier in eine Felsspalte geschlagen hatte, etwa einen Meter vor der Kante. Jetzt legte ich mich auf den Bauch und robbte hin, hielt mich am Eisennagel fest und blickte hinunter: Ganze 600 Meter geht es da senkrecht hinab. Ich bin nicht mehr, wie früher als Bergsteiger und Kletterer, höhentauglich und schwindelfrei, beneide daher die jungen Leute, die an der Felskante sitzen und gemütlich ein Jausenbrot verdrücken. Ein Akrobat stand sogar einen Handstand an der Kante, sechshundert Meter über dem Fjord! Nein danke!

Den Vorschlag mit der Bedenkzeit nehmen Thorbjørn und Ragnhild an, eher augenzwinkernd, sie zweifeln ja nicht daran, dass wir wiederkommen und das Boot annehmen werden. „Ihr kommt wieder! Und holt euch das Boot!“, lächelt Ragnhild, und ihr Mann steht schmunzelnd daneben. Wie können diese beiden so sicher sein?

10

Gabi muss heimfahren

Wir sind wieder alleine, im Campingbus. Gabi fährt gleichmäßig, selten schneller als achtzig Kilometer in der Stunde, ich sitze rechts auf der Beifahrerbank. Da habe ich die Straßenkarte vor mir und weiß, wo wir sind und wohin wir wollen. Es geht nach Westen. Nach Flekkefjord. Dort wo das schöne Sørland endet. Wir einigen uns bald, nicht vom Boot zu reden. Aber so leicht geht das ja wieder nicht. Toll wäre es schon, mit so einem schönen Boot aus Holz in einem kleinen Hafen in Dalmatien einzulaufen, da würden den Seebären aus Europa wohl die Augen herausfallen. Umziehen, spazieren gehen, einen Kava für Gabi, einen Prošek für mich? Dann in eine Taverne, zu Jože oder Jadranka oder Milenko oder wie sie alle heißen. Gabi nimmt Špageti (so schreiben es die Kroaten) oder ein odrežak, ein Schnitzel, ich einen branzin, einen Wolfsbarsch mit viel česnjak, Knoblauch, dazu dva dezi – 0,2 Liter, es kann auch mehr werden – vom Vino Malvasija. Dann gemütlich auf unser Booterl zurück. Diese Vorstellung ist doch verführerisch, ja?

Da klingelt das Telefon. Ich hebe ab, so hieß das wohl früher, jetzt drücke ich auf die grüne Taste. Lena, unsere älteste Enkeltochter ist dran. „Pietsch, ich bin es, die Magdalena! Die Minnie ist schwer krank", schreit sie ins Telefon. Das ist ihre Hündin, die sie sehr liebt, verlässlich und gut auf sie schaut. Gabi hat mitgehört, weniger die Worte, mehr den Notruf, sie fährt rechts an den Straßenrand. Jetzt ist weniger der Pietsch, sondern die Oma gefragt. Ich reiche ihr das Handy. Die Hündin hat irgendetwas im Bauch, erbricht, hat unregelmäßig Stuhl, oft ist Blut dabei. Meine Frau, die wiederholt anklingen hat lassen, dass ihr ein Urlaub von sechs Wochen zu lange ist, die lange Trennung von den Enkelkindern unerträglich, lässt sich die schlimme Sache schildern, voll Mitgefühl. Dann beendet sie das Telefongespräch und blickt mich gerade an. Streng, entschlossen. Ich weiß schon, was jetzt kommt. Sie will heim. Ohne den Kummer unserer ältesten Enkelin hätte sie es noch zwei, drei Wochen ausgehalten, aber jetzt?

Ich bin da nicht ganz unvorbereitet, habe gelegentlich an so eine Wendung gedacht. Ich möchte hierbleiben, das steht fest, und nicht, wie vor ein paar Jahren, nach zwölf Tagen in rasender, fast Nonstop-Fahrt heimkehren. Damals gab es einen Kaltwettereinbruch, wir hatten morgens drei Grad mit leichtem Schneetreiben und mittags nie mehr als zwölf. Die Wetterprognosen in den Zeitungen und im *Fjernsyn* stimmten überein, dass dieses Schlechtwetter mindestens acht Tage anhalten würde. Diese Vorhersage traf dann tatsächlich zu. Als wir nach drei Tagen daheim waren, verfolgten wir das Wetter im Norden in unserem Fernsehen und konnten eine deutliche Besserung des Wetters erst nach einer weiteren Woche feststellen. Diesmal war es aber nicht das Wetter.

Auch ich habe eine Riesenfreude mit unseren Enkeln, aber ich möchte die Freiheit in diesem letzten Lebensabschnitt nützen. Wohl das letzte Mal. „Ich fahre nicht zurück, ich bleibe!“ Auch mir fehlen die Kinder, vor allem mein Enkelsohn, der mir besonders viel Freude macht. Wenn ich so etwas sage, werde ich von Frauen, weniger von Männern, sofort zurechtgewiesen. Wie kannst du nur einen Buben bevorzugen? Und das heutzutage? Ja, doch, ich bevorzuge ihn gerne, weil ich mit dem Buben viel mehr machen kann. Ich kann mit ihm meine – immer noch – abenteuerlichen Vorstellungen und Fantasien leben. Wir fechten („Opa, gehen wir kämpfen!“), spielen Fußball, machen Ausflüge in den Wald, fahren mit dem Kanu, sitzen am Lagerfeuer, grillen ein paar Würstel. Seit Jahren gehen wir oft auf ein *Kakaobier*. Er bekommt einen Kakao, ich ein Bier. Inzwischen kann es auch ein Eis sein. Da können wir uns ungestört unterhalten, große Freude, große Übereinstimmung. Ich überlasse ihm sehr viele Entscheidungen, solange sie im Rahmen bleiben. Wir gehen dann in ein Buchgeschäft, da kann er sich ein Buch aussuchen. Diese schäbigen Schundhefte mit irgendeinem billigen Plastikspielzeug, sosehr sie ihn auch anziehen, bekommt er nicht. Ich habe ihm auch schon so ein paar Schwerter, Schilde, einen Ritterhelm aus festem, hellgrauen Bodenbelag und, später, einen aus Blech, silbrig glänzend, mit dem Visier aus rotem Kupferblech, gemacht. Mit einem roten Helmbusch obendrauf. Auch Pfeile und Bogen. Die Pfeile sind aus Schilf, mit einer Spitze aus Schaumgummi. Das geringe Gewicht und die weiche Spitze machen sie völlig ungefährlich. Aber jetzt will der *böse* Opa in Norwegen bleiben.

So biete ich Gabi an, sie zum nächsten Flugplatz zu bringen, von dort geht es nach Oslo, dann weiter nach Wien. Dort lebt unsere ältere Tochter mit ihrer Familie und arbeitet als Hautärztin. Nach Graz, zur jüngeren Tochter mit den drei Kindern und dem kranken Hund, ist es dann ja nicht mehr weit. Gabi braucht ein wenig Zeit, diesen Vorschlag zu verkraften, aber dann hat sie akzeptiert. Wir fahren in der nächsten Stadt zu einem kleinen Reisebüro, buchen einen Flug. In der Cafeteria des kleinen Flugplatzes sitzen wir uns gegenüber, jeder ein wenig traurig, dann ein herzlicher Abschied und ein gegenseitiges „Pass gut auf dich auf!" Und „Trevlig reise!". Dann blicke ich ihr nach, bis das Flugzeug sie verschluckt. Schade, es wird nichts aus ein paar weiteren gemeinsamen Wochen in Norwegen.

Während der Rückfahrt vom Flugplatz von Sola, gute zehn Kilometer südlich von Stavanger, rufe ich bei Larsens an: „Hei Thorbjørn, takk for sist!", beginne ich. Die höflichen Norweger bedanken sich immer zuerst für das letzte Treffen, die letzte, *siste,* Einladung. „Det er snill at du ringer", nett dass du anrufst, was gibt es? Ich erkläre ihm, dass ich, wie versprochen, zurückkomme, um über das Boot zu reden. „Ich wusste", er bessert sich aus, „wir wussten, dass ihr zurückkommt." Wir werden das Boot nicht in Besitz nehmen, sind Gabi und ich in den letzten Tagen einig geworden. Aber ich habe da so eine Idee, eine Vorstellung, von der ich nicht loskomme: Vielleicht kann ich einen Ausflug, eine klitzekleine Reise machen. Allein traue ich mir so was nicht zu, ich kenne das Boot nicht und noch weniger die tückischen Gewässer hier an der Küste. Der große Tidenhub, Strömungen, wechselndes Wetter, plötzliche Stürme, sogar Eisregen und Schneefall im Sommer sind mir einfach zu viel. Aber ob Thorbjørn mit Terje ein Wörtchen redet, dass er mit mir diese Segelfahrt unternimmt? Dieser drahtige, erfahrene, tüchtige *Eingeborene* wäre mir eine große Beruhigung. Wenn er nur ein wenig freundlicher würde, mehr braucht es nicht.

Ich tingle zurück, es sind gute hundert Kilometer, ich habe es nicht eilig. Der Hausherr hat mich kommen gesehen und das schwere schmiedeeiserne Tor geöffnet. „Wo ist Gabi?", fragt er verwundert. „Schon unterwegs nach Graz, das erkläre ich euch gleich. Und wo ist Ragnhild?" Sie ist in der Stadt, Friseur, Einkäufe. „Aber du musst Gabi anrufen, sie ist ganz alleine unterwegs." Ich beruhige ihn, Gabi schafft so was locker. „Ja, aber derzeit sitzt sie im Flugzeug nach Oslo, in gut einer Stunde wartet sie auf den Anschluss nach Wien, da kann ich sie erreichen." Jetzt erst habe ich genügend Zeit, ihm alles zu erklären. Geduldig, ruhig hört er mir zu, nickt immer wieder verständnisvoll. Ein angenehmer Zeitgenosse. „Ich habe einen kühnen Plan", beginne ich. Ja, wie sieht der aus? Es fällt mir leicht, ihm klarzumachen, dass ich alleine mit dem Boot überhaupt nichts machen kann. „Du bist eine, ah, *landlubber* heißt es auf Englisch?" Ja, er meint Landratte. Meine dürftigen Erfahrungen als Segler und Surfer reichen für diese Küsten niemals aus. „Glaubst du, dass Terje mit mir ein paar Tage in Richtung Bergen fährt?"

Er steht auf, geht zu einer Stilkommode, kommt mit einer Zigarrenkiste zurück. Bietet mir eine Havanna an. „Ich muss dir eine kleine Indiskretion, ein Geheimnis, verraten: Terje war deshalb so unfreundlich, weil er scharf auf das kleine Boot ist. Fast zwanzig Jahre war er im Dienst ein verlässlicher, kundiger Verwalter, Vorarbeiter, Berater." Thorbjörn macht eine kleine Pause und holt tief Luft. „Er ist ja schon längst ein Freund unserer Familie. Umso mehr war er enttäuscht, ja gekränkt, als ich ihn vorgestern beauftragte, das Boot zu kontrollieren, zu überholen, um euch die *Solveig* in bester Verfassung als Geschenk anbieten zu können. Darauf aber hatte er selbst gehofft, wollte es kaufen." Dass ich jedoch das großzügige Geschenk zurückweise, versteht Thorbjörn erst einmal nicht. Gar nicht. Er ist enttäuscht. Ich muss alle meine Argumente auffahren. Als Küstenbewohner, als Angehöriger einer alten, sehr tüchtigen, aber kleinen, und deswegen weniger bekannten Seefahrernation kann er mich nicht verstehen. Wo doch so viele Norweger ein Boot besitzen. Noch mehr als bei seinen Landsleuten hat sich sein ganzes Leben um Segelboote gedreht. Eigentlich kann er sich ein Leben im Binnenland, ohne Boot, nicht vorstellen. „Ich habe mit Ragnhild auch diese Variante ausdiskutiert: Wir werden Terje das Boot schenken. Er hat so viel Gutes geleistet, dass er so ein Geschenk verdient!" Ich nicke, erstaunt, aber erfreut. So geht man mit tüchtigen Mitarbeitern um. „Aber erst", Thorbjørn steht auf und winkt mir, ihm zu folgen „musst du Gabi anrufen! Jetzt wartet sie auf dem Flugplatz Gardemoen auf den Weiterflug, und du kannst sie erreichen." Alles ist bestens, Gabi hat eben einen Kaffee getrunken und ist o. k.

Inzwischen ist Ragnhild gekommen und setzt sich zu uns. Wir drei freuen uns auf Terjes Gesicht, wenn er das Boot bekommt. Tatsächlich erscheint Terje, im Overall. Er streicht noch immer an, seine Hände sind notdürftig vom Lack gereinigt. Abermals werde ich den unangenehmen Eindruck nicht los, dass er mich streng abschätzend mustert. Er grüßt knapp, auch Thorbjørn bekommt nur ein knappes „Hei" zu hören. Dieser erklärt ohne Umschweife:

„Terje, Gerd og Gabi vil ikke ha båten! Og, du er ikke bare vår første mann, du er vår venn. *Solveig* er din!" (Und, du bist nicht nur unser erster Mann, du bist auch unser Freund, die *Solveig* gehört dir!) Terje steht in der Türe, in seiner Arbeitskluft will er offensichtlich diesen schönen Raum nicht betreten. Eigentlich kommt keine Reaktion auf diese wichtige Feststellung. Thorbjørn zeigt ihm, dass er am Tisch Platz nehmen soll. „Kaffe?" Terje nickt, blickt fragend von Thorbjørn zu mir und zurück. Der Chef macht den Sack zu, erklärt dem völlig verdutzten Mann: „Ja, de vil ikke ha båten, men det finns en annen, en ny idè", sie wollen das Boot nicht, aber es gibt da eine andere Idee. Und so erfährt er von meinem Plan. Gespannt sehe ich ihn an. Wenn sich Terjes Laune und Meinung über mich nicht bessert, möchte ich mit diesem finsteren Gesellen nicht auf ein Boot. Aber er lächelt mir zu, tatsächlich, ich irre nicht, er lächelt. Offensichtlich ist er von der Last befreit, ein so wunderschönes Norwegerboot so einem Binnenländner übergeben zu müssen. Ermutigt von dem Wandel seiner Stimmung lege ich nach und frage ihn, ob er mit mir ein paar Tage ausfahren würde, so eine Woche, Richtung Bergen oder weiter nach Norden. Das ist wohl zu viel für diesen ruhigen, zurückhaltenden Mann. Seine Kinnlade schlägt hörbar an seinem Brustbein auf, der Mund bleibt offen, er starrt mich an. „Du vill seile med meg?" Ich nicke, eine Segeltour hier an Norwegens Südwestküste würde mir schon gefallen, natürlich nur mit einem Experten. Das hört er gerne. Wir sprechen Norwegisch, wenn ich es schaffe, helfen sonst auf Englisch aus. "When would you like to sail?", wann? So bald wie möglich. Gabi ist unterwegs, bald schon daheim. Er entschuldigt sich, muss aufs Klo.

„Das war wohl zu viel für ihn, zu direkt?", frage ich Thorbjørn? Der grinst und meint, „das wird er schon aushalten", und nützt die kurze Abwesenheit Terjes und erklärt, dass Terje Meteorologie studiert und ein paar Jahre auf einer Wetterstation gearbeitet hat. Dort gab es aber Schwierigkeiten.

Terje wurde sogar entlassen. Dann kam rechtzeitig das verlockende Angebot von Thorbjörn, für ihn zu arbeiten. Und so hat er Boote, frische Luft, Segeltouren bis nach Oslo oder Göteborg oder Kopenhagen oder Bergen oder Trondheim, mit der Arbeit auf der Wetterstation mit den vielen elektronischen Geräten, Computern und sonst noch was getauscht. Tatsächlich nickt Terje und schlägt vor: „Wir müssen morgen die *Solveig* testen und ein paar Manöver üben, außerdem muss ich das Wetter checken. Weißt du, dass ich eigentlich Meteorologe bin?" Ich spiele den Überraschten und lasse ihn munter planen. Jetzt kommt er so richtig auf Touren, seine Augen leuchten, er spricht schneller, oft schneller, als ich verstehe. „Aber übermorgen kann die Reise losgehen!"

11

Auf nach Bergen

Terje und ich hatten den halben Tag auf dem Boot verbracht und geübt, ablegen, hinaussegeln, Wende, Halse, alle Instrumente im Auge behalten, Motor starten für den Notfall, Autopiloten einsetzen, die verschiedenen Segel aufziehen und reffen, und sonst alles, um uns vorzubereiten. Auch muss ich seine Kommandos kennen. Diesel, Wasser, Proviant für eine gute Woche. Wir sind mit allem fertig, morgen, sehr früh, wollen wir auf große Fahrt gehen, nach Bergen. Und, wenn alles klappt, blickte er mich listig an, weiter nach Norden, Ålesund, gar nach Trondheim? Das ist mir aber zu weit, so lange will ich mein teures Weib und den Rest der Familie nicht vermissen.

Dann sind wir in ein *vertshus* gegangen. Dieses Wirtshaus ist nicht so gemütlich und einladend wie viele bei uns zu Hause, ein großer Gastraum, Tische und Sessel, nahe dem Eingang eine Bar. Auf der Wand ein Poster mit dem Rat: „Den som tenker, drikker ikke, den som drikker, tenker ikke!“, also, wer denkt, drinkt nicht, wer trinkt, denkt nicht, ein anderer verspricht: „Vad som gøms i snø, kommer opp i tø“, was im Schnee verborgen ist, kommt beim Auftauen ans Licht. Wir bestellen bei einer freundlichen Kellnerin aus Südostasien einen Teller *pølser*, serviert mit süßlichem Senf und Ketchup und Weißbrot, und ein paar Biere.

Terje ist ein anderer, wie ausgewechselt, er ist freundlich, unterhaltsam, hilfsbereit. Und, er diskutiert gerne. Ich kann mit ihm über alles reden. Er ist unglaublich belesen, verbringt viele Stunden mit seinen Büchern. Er hat ja keine streng geregelte Arbeitszeit. Oft gibt es einfach nichts zu tun, dann haut er sich im Bootshaus in eine Hängematte und liest. Gleich daneben, in einem Schrank, hat er seine Bücher. Und in Flekkefjord gibt es eine große Bibliothek. Zwischendurch teste ich Terje mit der Frage, warum man einer Blondine nicht mehr als 20 Minuten Mittagspause zugestehen darf. „Weil man sie sonst neu einschulen muss!" Er reagiert mit einem missmutigen Ausdruck. Test bestanden. Er mag diese Witze genauso wenig wie ich. Zum Beweis, zur Bestärkung lege ich einen nach: „Warum sind die Blondinenwitze immer so kurz? Ja einfach, weil die Art Männer, die sie erzählen, sich keine längeren Witze merken können. Jetzt erst nickt Terje zufrieden. Er kontert mit einem Quiz mit einer Blondine im Fernsehen: Wie lange dauerte der 100-jährige Krieg? 116, 100 oder 150 Jahre? Sie sagte: 116 Jahre! In welchem Land wurde der Panama Hut erfunden? Brasilien, Ecuador oder Panama? Antwort der Blonden: Ecuador. (Überraschtes Schmunzeln unter den Zuschauern). Und wie war der richtige Name von König Georg IV.? Albert, Georg oder Manuel? Sie sagt flott, ohne zu zögern: Albert. (Abermals Staunen und Gekicher im Publikum). Schließlich: Von welchem Tier stammt der Name der Kanarischen Inseln? Seehund, Kanarienvogel oder Känguruh? Sie lässt sich nicht beirren: Seehund! Sie lag allemal richtig: Der 100-jährige Krieg dauerte von 1337–1453, der Hut wurde in Panama erfunden, Albert änderte seinen Namen auf Georg, und der Seehund war tatsächlich Namensgeber der Inseln, wie, weiß ich nicht, und ich habe auch keine Blondine bei der Hand, es mir zu erklären. (Eine antike Quelle sagt allerdings, dass es der römische Geschichtsschreiber Plinius der Ältere war, der den Inseln diesen Namen wegen der vielen Hunde dort gab).

Mit solchen Geschichten und auch vernünftigen Sachen das Boot betreffend sitzen wir im *vertshus* und merken nicht gleich, dass wir einem Riesenlackel auf die Nerven gehen. Er sitzt uns in einer Entfernung von etwa acht Meter am übernächsten Tisch gegenüber und schaut immer wieder her zu uns. Er hat einen leeren Teller mit Resten von Ketchup vor sich stehen, daneben noch zwei weitere mit Speiseresten. Immer wieder spricht er mit sich selber, klingt nach gepflegtem Schwedisch, rollt die Augen, grimassiert, fuchtelt mit den Händen. Ganz gesund ist der Berg von einem Mann nicht, das steht fest. Ich frage mich, ob er einem *Korsakow-Syndrom* leidet? Die Leute mit dieser Krankheit sind desorientiert, haben Gedächtnisstörungen, reden einfach so vor sich hin, unterhalten sich lebhaft mit sich selbst. Sie kommt vor bei Alkoholkrankheit, aber auch Vitaminmängeln, Schädelhirntrauma, Vergiftungen. Eher aber handelt es sich bei diesem *bjässe*, so nennen die Schweden ihre Hünen, aber um ein *Gilles-de-Tourette-Syndrom*: Diese Störung beginnt meist schon in der Kindheit, ist androtrop (bevorzugt das männliche Geschlecht) und führt zu schwer, und dann nur kurz, kontrollierbaren Zuckungen, Grimassieren, wildem Schreien, wüsten Beschimpfungen und Koprolalie. Kopros heißt Dreck, Schmutz, Kot, der zweite Wortteil kommt ebenfalls aus dem Griechischen und bedeutet sprechen. Also Fäkalsprache. Selten kommt es zu Ausbrüchen von Gewalt. Dass uns diese Variante aber gegenübersitzt, ahnen wir noch nicht.

Terje versucht einen Trick, den er offensichtlich verlernt hat. Aber immer wieder muss ich den Mann drüben, zwei Tische weiter, mit einer Mischung aus diagnostischem Eifer und Interesse mustern. Inzwischen versucht Terje einen Trick. Er will einen dieser kleinen Erdäpfel mit einer Konstruktion aus zwei Gabeln irgendwie in die Luft und dann in seinen Mund befördern. Auch der zweite Versuch misslingt ihm. Beim dritten fliegt die Kartoffel über den Tisch hin zu unserem Bjässe und landet knapp neben seinem Teller. Wir können unser Lachen nicht zurückhalten. So ein Kunststück! Fast gelungen. Das Lachen vergeht uns aber schlagartig, denn nun starrt er uns mit zornigen, roten Augen an, bellt irgendetwas grobes, Terje wird steif. Ich habe nicht verstanden. „Was hat er gesagt‘?“, frage ich Terje schnell. Der hört mich aber nicht, starrt den Berg an. Im weiten Feld der brachialen Auseinandersetzungen, bei Tieren wie bei Menschen, folgt auf ebendieses Zurückstarren meistens der Angriff. Wieder mault er etwas her zu uns, es klingt weder lustig noch freundlich. Terje aber hat Temperament und bellt zurück: „Du bedre håller skjeften, ja?“ Du hältst besser das Maul. Jetzt werde auch ich steif, der Berg dort ist 2 Meter groß und hat 120 Kilo, nicht unsere Gewichtsklasse. Sein Gesicht wird noch roter, die Augen treten hervor, die Adern an der Stirne schwellen an. Er brüllt irgendetwas, erstaunlich behände ist er auf dem Weg zu uns her, ein paar Stühle fliegen, sie standen ihm im Weg. Terje will aufstehen, stemmt sich auf den Armlehnen hoch, kann daher eine Watschen nicht parieren, die ihn wieder zurück auf den Sessel haut. Jetzt steht der Berg von einem Mann vor mir wie im Countrysong *Lucille*: „He looked like a mountain, for a minute I thought I was dead“, und holt aus. Ich sitze auf meinem Sessel, rechts der schwere Tisch, ich kann nicht weg! Instinktiv weiche ich nach hinten aus, bis meine Schultern an der Wandtäfelung anstehen, ziehe das linke Bein an und trete kräftig gegen sein Knie. Und treffe! Der Koloss rutscht aus und donnert vor uns auf den Boden. Seine Hand, fast so groß wie ein Klodeckel, schlägt hart auf einem Teller auf, die restlichen Erdäpfel und das Besteck fliegen auf und davon. Gläser im Regal an der Wand klirren wie bei einem mittleren Erdbeben. Und er kommt nicht leicht wieder auf die Beine. Alkohol, Übergewicht. Terje hängt etwas angeschlagen in seinem Sessel, ich sehe den Riesenlackel vor uns auf dem Boden und denke: „Mit dem können wir es doch zu zweit aufnehmen, schon gar, wo er jetzt daliegt, aber wozu, wozu?“ Der Mann ist doch krank. Wir müssen weg. Ich zerre den leicht angeschlagenen Terje aus seinem Sessel, wir gehen zur Türe, laufen wäre mit unserem Stolz nicht vereinbar, die thailändische Kellnerin sieht uns starr an, mit schreckgeweiteten Augen und offenem Mund. Ich knalle ihr einen Geldschein auf den Tresen. Mit einem hastigen Blick über die Schulter sehe ich, dass sich der Grobian auf die Beine kämpft, dann hören wir ihn etwas Unverständliches nachbrüllen, freundliche Grüße hören sich anders an. Jetzt rennen wir doch, zum Jachthafen, zu unserem Boot. Nach ein paar Pølser und ein paar Bieren im Bauch müssen wir immer wieder in Schritt fallen, weil uns die Luft ausgeht. Wir laufen über die Brücke, finden unser Boot, sperren auf und werfen uns tief atmend auf die Sitzbänke. „Kommt uns der Kerl nach?“, fragt Terje. Ich mache Licht und sehe mir seine linke Wange an. Sie ist geschwollen und rot verfärbt, ich spiele den Doktor und stelle fest, dass nichts gebrochen ist, kein Kiefer, kein Zahn locker.

„Was machen wir jetzt?“, frage ich Terje. Werden wir wohl ruhig schlafen, es sind noch vier, fünf Stunden bis zum Auslaufen. Und ungefährdet? Er wird uns doch nicht verfolgen, er wird seinen Rausch ausschlafen. Und morgen sind wir über alle Berge, wenn man so was überhaupt vor einer Seefahrt sagen kann. Terje springt auf und macht das Licht aus. „Besser, man findet uns nicht!“ Im Dämmerlicht machen wir uns zum Schlafen fertig, ich gehe im Pyjama hinaus und putze meine Zähne, spucke über die Reling aus. Da höre ich Männerstimmen, leise, nicht so fröhlich und ungezwungen, wie wenn Segler ihr Boot suchen. Sie rufen einander etwas zu, bemüht, nicht gehört zu werden: Unser Nahkämpfer sucht uns, und er ist nicht alleine! Wie ein Pfeil bin ich bei Terje, er hat alles mitbekommen: „Wir laufen sofort aus, aber leise! Und flott!“ Ich löse die Taue, Terje wirft den Motor an, Vorwärtsgang, und schon haben wir ein paar Meter Abstand von der Brücke. Da kommen sie schon hergestürmt, drei sind sie, einer humpelt hintennach, voran seine *kompisar*, seine Freunde, nicht so massig, aber trotzdem ernste Gegner. Sie schreien hinter uns her, schütteln ihre Fäuste, der Vorderste wirft etwas nach uns, es kracht an das Heck, zersplittert, Schaum glitzert wie tausend Sterne auf dem schwarzen Wasser. Es war eine volle Bierflasche. „Seid ihr völlig meschugge?“, schreie ich, denke gar nicht daran, dass man dieses Wort hier wohl nicht kennt. Rasch bringt uns das Boot aus der Reichweite der rabiaten Verfolger.

Wir müssen bei schlechtem Licht, leicht bewölktem Himmel zwischen dem Festland und der Insel Egerøya nach Südwesten fahren und in gut 4 Kilometern das offene Meer erreichen. Die Sonne ist im Nordosten erst zu ahnen, denn ein Berg, knapp 300 Meter hoch und ein paar Kilometer entfernt, steht zwischen uns und ihr und verlängert die Dunkelheit. Wir fahren mit halber Fahrt genau nach Südwesten, da verengt sich die Ausfahrt, weil die Halbinsel Lindøya nach Süden vorspringt, jetzt biegen wir nach Südwesten. Terje schickt mich an den Bug, ich muss scharf nach Untiefen Ausschau halten. In dem schwarzen Wasser sehe ich aber gar nichts. „Warum warten wir nicht auf den Sonnenaufgang, wenn es bei diesen Licht- und Sichtverhältnissen so gefährlich ist?“, frage ich ihn. Er gibt mir recht, nach kurzem Blick in die Hafenkarte werfen wir Anker und stoppen den Motor. Ein schwacher Wind aus westlicher Richtung weht. Er könnte uns an die Küste drücken. Terje ist nicht so sicher, ob der Anker hält. Also muss einer wach bleiben und aufpassen. Wir haben nicht geschlafen und stehen unter Alkohol. „Ich werde die Lichter von Hovland im Westen und die von Hestnes im Südosten anpeilen und damit kontrollieren, dass wir nicht abtreiben. Hau dich kurz hin.“ Er schaut streng, sieht, dass ich es ernst meine, und verrollt sich in die Kajüte. Ich gehe ihm nach und will wissen, was der *bjässe* gesagt hat, Terje brummt unwillig „eine Unverschämtheit, eine Schweinerei“ und schmeißt sich auf das Bett. „Pass gut auf, dass uns der Wind nicht zum Land drückt, ja? Und denk an unsere Freunde.“ Er greift sich noch einmal an seine geschwollene linke Wange, bald höre ich ihn schnarchen. Hat gute Nerven, der Mann. Ich stehe am Steuerruder, stehe, denn im Sitzen würde ich doch bald einschlafen. Unsere Lichter sind an, damit die Fischer uns rechtzeitig sehen. Die blöde Rauferei geht mir nicht aus dem Kopf. War sie notwendig? Ich bin aus dem Alter heraußen, war auch früher nie ein Schläger.

12

Prüfungen

Als Student bin ich einmal in eine ähnliche Situation gekommen, und zwar schuldlos, wie die Jungfrau zum Kind. Und das kam so: Ich habe bis halb zwölf gelernt und bin dann noch in eine Kneipe zum wohlverdienten Schlummertrunk gegangen. Dort will ich meinen Wintermantel an der Garderobe abgeben, da gibt es Geschrei und Geschimpfe, ein kleiner Orientale drängt sich vor und bittet mit Angst in seinen Augen um seinen Kamelhaarmantel. Zwei, drei Typen, mittleres Alter, derb, laut, gewöhnlich, übergewichtig, wollen ihm an den Pelz und schlagen auf ihn ein. Ich stelle mich blöd und so vor ihn hin, dass sie nicht an ihn herankommen. Er greift sich seinen Mantel und saust hinaus. Ich denke mir, dass die Sache erledigt ist, sehe nur ein Krügel Bier vor mir, meinen entsetzlichen Durst zu löschen, gehe die Stiege hinunter zum Bierkeller. Da springt ein großer dicker Mann auf mich los und schreit: „Da, da ist er!“ Ich weiche ihm aus, er ist ziemlich betrunken. Im Vorraum sehe ich fünf dieser Kerle um mich herumstehen. Sie grinsen erwartungsvoll: „Jetzt haben wir halt dich, was musst du ihm denn helfen, bist du auch so einer, so ein Kameltreiber?“ „Ja, ein Dattelzupfer!“ Einer von ihnen, ebenfalls mit Alkoholfahne, schreit: „Scheiß Studenten!“, rempelt mich an und will mich in das Klo werfen, ich aber bin nüchtern und flinker, er landet selbst dort. Darauf springt mich ein stämmiger Kerl an, packt mit der linken Hand mein Hemd vor dem Hals und zieht mit der rechten Faust auf, mir ins Gesicht zu schlagen. Ich ergreife sein Handgelenk, drücke mit aller Kraft zu, und halte ihm meine rechte Faust vor das Kinn, zische: „Lass das bleiben!“, und, wie er weiter vor meinem Gesicht herumfuchtelt: „Wenn du zuschlägst, dann liegst du!“ (Ich hatte nicht die Geistesgegenwart, den originellen Sager anzubringen: „Meine Faust ist eine Knospe. Wenn sie aufgeht, gehst du unter!“) Er schlägt nicht zu, zerreißt mir nur das Hemd. Da stürmt schon der Wirt herunter und macht in Sekundenschnelle Ordnung. Mit lauter, schneidender Stimme befiehlt er meinem Gegner, mich loszulassen und die Hände herunterzunehmen. Alle drängt er auseinander. Einer dieser Typen grinst mich schief an, legt mir noch die Hand auf die Schulter, haucht mich mit einem ekelerregenden Alkohol-Zigarettendunst an und will mich auf ein Bier einladen. Ich schüttele ihn angewidert ab: „Du spinnst wohl!“, und lasse ihn stehen. Zwei Tage danach meldet sich der Raufbold, der mir mein Hemd zerrissen hat, bei mir, entschuldigt sich kleinlaut und bietet mir Schadenersatz an. Ich pfeife auf seine Beteuerungen, dass wir Landsleute sind. Wir, wir haben nichts gemein. Ich lasse ihn über die Klinge springen. Er muss ein paar Scheine herlegen. Es war eines meiner vier Hemden. Und mein bestes.

Unsere Zurückhaltung bei körperlichen Auseinandersetzungen entsprang weniger Angst oder Feigheit als dem Wissen, dass eine Schlägerei, also unakademisches Verhalten, die Entfernung von der Universität zur Folge haben könnte. Von solchen Ereignissen erfuhren wir eher gerüchteweise. Im Medizinstudium gab es seinerzeit, zu meiner Zeit, sechzehn große Prüfungen. Einige erforderten sehr lange Vorbereitungen, nämlich viele Monate. Sie waren öffentlich, man konnte zusehen und -hören, wie es zuging und sich darauf einstellen. Alle waren von großer Strenge (man nennt sie Rigorosen, von lat: rigor, Starrheit, Härte, Strenge), eine Frage nicht ausreichend zu beantworten bedeutete Flug, durchgefallen! Die Tagesverfassung des Prüfers, besser, seine Launen, spielte eine große Rolle. Allerdings hatte der Prüfling, der als Erster drankam, etwas Einfluss auf die Stimmung des gestrengen Herren: Wenn er gute Antworten gab, dann hellten sich die grimmigen Züge des Prüfers auf und die Aussichten, diese schwere Hürde zu machen, stiegen. Und zwar auch für die weiteren Prüflinge.

Wenige Tage vor meinem eigenen Prüfungstermin in Anatomie warteten wir lange, stehend im Gang, auf den Prüfer. Die vier Rigorosanten litten erbärmlich, wechselten die Gesichtsfarbe von Weiß zu Grau und zurück und schwitzten. Mit einer Verspätung von über einer Stunde endlich erschien der Herr Professor und knallte die Türe hinter sich zu. Seinem Gesicht konnten wir unschwer seine elende Laune ablesen. Als er an mir vorbeirauschte, brummte er grantig in seinen Bart: „Bedaure, ich habe vergessen." Schon beim praktischen Teil, einen Leichenteil zu sezieren, flog der erste Kandidat, dann rief er die Prüflinge auf, stellte seine Fragen, der nächste war ein paar Minuten drauf draußen. In dieser Tonart ging es mit den zwei weiteren Kandidaten weiter, das Gemetzel war in dreißig oder vierzig Minuten vorüber. Uns, die wir uns im Dekanat schon angemeldet hatten und wenige Tage später zu dieser Prüfung antreten sollten, standen die Haare zu Berge.

Ich hatte mich allerdings sehr gut vorbereitet, hatte *richtig* gelernt: Einem Professor am Gymnasium verdanke ich eine wichtige Information. Er hatte ausführlich erzählt, dass ein deutscher Philosoph und Forscher Ende des 19. Jahrhunderts das menschliche Gedächtnis, die Merkfähigkeit, unter die Lupe genommen hatte: „Wie merken wir uns Lerninhalte am schnellsten?", hatte sich dieser Hermann Ebbinghaus gefragt. Um das herauszufinden, verlangte er von Versuchspersonen, eine Reihe – 7 bis 24 – von Unsinnswörtern auswendig zu lernen. Sie alle bestanden aus zwei Konsonanten und einem Vokal dazwischen. Also z.B. PEX, WUC, ROG, TIS. Stunden und Tage später fragte er die Probanden ab. Schon nach zwanzig und gar sechzig Minuten hatten sie ein Drittel und mehr vergessen! Eine Woche später blieben nur 17% der Worte in Erinnerung. Das Fazit seiner Forschung knapp zusammengefasst: kurze Lerneinheiten, häufige Wiederholungen. Und keine zweite Einheit gleich nach der ersten. Sie kann die Erinnerung an die erste *löschen*. Unser Gehirn braucht Zeit, erlernte Inhalte zu festigen. Ich hatte, wie so vieles, das wir in der Schule lernen mussten, auch die Erkenntnisse dieses Hermann Ebbinghaus, nicht behalten, aber irgendwie kamen sie aus der Tiefe des Gedächtnisses an die Oberfläche. Ich wendete sie an, und, sie halfen mir gewaltig! Nach maximal einer Stunde konzentriertesten Büffelns machte ich eine Pause, spielte Banjo, feilte meine Fingernägel, putzte meine Schuhe. Dann wiederholte ich das Zeugs gnadenlos, obwohl es mir manchmal zum Hals herausstand. Und am nächsten Tag wiederholte ich es wieder, obwohl es mir … So war ich sehr gut vorbereitet, angestrebert, wie wir sagten. Wenn wir uns gegenseitig ausprüften, sah ich gut aus. Ein paar lästige Schädelknochen hatte ich allerdings *gespritzt*, übersprungen, nicht gelernt. Sie waren mir einfach auf die Nerven gegangen. Außerdem, no risk, no fun.

Und da stand ich mit drei weiteren Prüflingen und den vielen Zuschauern und erwartete den Herrn Professor. Der gestrenge Herr aber war offensichtlich besserer Laune. Ich kam als Erster dran. Die erste Prüfungsfrage betraf sein Lieblingsgebiet, das Kniegelenk. Sein begeisternder Vortrag hatte mich angesteckt. Ich hatte während der Sommerferien zur 6. Klasse der Mittelschule in Villach Stenografie erlernt und war daher in der Lage, wichtige Details, Schwerpunkte im Vortrag des Professors, also wenn er seine Stimme hob und uns groß ansah, wörtlich mitzuschreiben. Jetzt konnte ich ein paar Passagen fast wortgetreu wiedergeben. Das tat dem alten Herrn richtig gut, das schmeichelte seiner Eitelkeit. Er saß mir gegenüber, schmunzelte und brummte zustimmend. Das wiederum tat mir gut. Ich redete mich frei. In Windeseile war die anfängliche Nervosität verflogen, ich *geigte* so richtig auf. Bei der zweiten Frage über die Dorsalaponeurose der Hand glänzte ich ebenfalls. Dass ich bei den weiteren Fragen nicht ganz so gut aussah, tat nicht weh, er warf mir eine Auszeichnung förmlich nach. Und dann ließ der Herr Professor, gut gelaunt, die drei weiteren Prüflinge auch durch.

Wenn ein Prüfling wiederholt gestrauchelt, also bei der Prüfung durchgefallen war, wurde ein Beisitzer gestellt, ein akademischer Lehrer, der für den korrekten Ablauf der Prüfung sorgen sollte. Manchmal ging die entscheidende Frage über das Fachgebiet der Prüfung hinaus, gehörte zum Bereich des Beisitzers. (In die Anatomie gehört nur, was man mit dem freien Auge, zur Not mit einer Lupe sehen kann, Arbeit mit stärkerer Vergrößerung, also mit dem Mikroskop, *gehört* dem Histologen). Der protestierte auf seine lockere, legere Art: „Herr Kollege, das weiß ja nicht einmal ich!" Es half nichts, wieder war der arme Kandidat durchgefallen. Eine Studentin, im netten, artigen Kleid, den Ausschnitt voll hektischer Flecken, flog und erhielt den zynischen Rat: „Wenn Sie mit einem weißen Mantel arbeiten wollen, dann werden Sie doch Friseuse!"

Er war allerdings ein großartiger Vortragender, eine eindrucksvolle akademische Figur. Bei den Vorlesungen vor mehreren Hundert Hörern zeichnete er symmetrische Strukturen, Querschnitte von Gehirn und Rückenmark, mit Kreide auf die Tafel, aber auf ungewöhnliche Weise: Er nahm zwei Stücke Kreide in beide Hände, reckte sich, streckte sich und begann die Linien gleichzeitig zu ziehen. Dabei passierte ihm ein Malheur: Es kam ihm einer aus, und zwar ein ziemlich lauter. Allgemeines Schmunzeln, einige Mädchen kicherten, ein paar vorlaute Studenten klopften als Zeichen der Zustimmung belustigt mit den Knöcheln auf die Tische. Der mächtige Herr Professor wirbelte herum. Starrte uns streng, ja entrüstet, an, à la wer wagt es, bei meiner Vorlesung, meinem Hochamt, zu lachen?! Blickte in lauter lockere, heitere, junge Gesichter. Ein leichtes Lächeln erhellte seine sonst so ernsten Züge. Einige Sekunden ließ er verstreichen, bis wir seinen dröhnenden Bass vernahmen: „Was ich an Ansehen verloren habe, habe ich an Wohlbefinden gewonnen!" Die lauten, lebhaften Äußerungen der Zustimmung zeigten, dass er auch an Ansehen gewonnen hatte.

Ein anderer Prüfer, von uns wegen seiner Kompetenz, seiner guten Vorlesungen, auch wegen seiner lässigen Art, sehr geschätzt, prüfte einmal eine Studentin. Der histologische Schnitt besteht aus einem hauchdünnen Gewebe, das, von ihr selbst auf einem kleinen Glasplättchen aufgebracht und mit speziellen Techniken gefärbt, unter dem Mikroskop erkannt und beurteilt werden muss. Sie aber erkannte das Gewebe nicht. Der Prüfer wurde nach einigen Minuten ungeduldig und half ihr, drängend: „Na gut, es handelt sich um ein Augenlid oder eine Schamlippe, also, wofür entscheiden Sie sich?" Sie, unsicher, nervös, dachte sich wohl, der alte Molch denkt immer nur an das eine, und riet: „Schamlippe, Herr Professor." Er darauf kühl: „Ja, dann zwinkern S' einmal damit!" – Einem Prüfling, der lange, zu lange in das Mikroskop geschaut hatte und keine Antwort wusste, knipste er das Licht zum Mikroskop aus, und als dieser verwundert aufschaute, gab es ein kurzes: „Was sehen Sie jetzt? Was? Ich sag' es Ihnen: Zwei Neger raufen im Tunnel! … Auf Wiedersehen!"

Ich denke auch an folgende kleine Geschichte, die vor über 100 Jahren geschah: Einer kleinen Gruppe von Medizinstudenten erklärte der Professor, ich glaube, es war Theodor Billroth, ein berühmter Chirurg in Wien, dass „Sie unter anderem zwei Sachen erlernen müssen: Sie müssen Ihren Abscheu, Ihren Graus, Ihren Ekel niederkämpfen können, und, zweitens, Sie müssen gut zu beobachten lernen! Sehen Sie her und machen Sie mir nach! Alle!" Er holte eine Tasse, randvoll mit ekelhaftem Schleim, mit Hautfetzen, Haaren, etwas Eiter und Blut versetzt, hervor und tauchte einen Finger ein … und schleckte ihn ab! Einer nach dem anderen, eine nach der anderen, unterwarf sich dieser Mutprobe. Einige drehten sich ab und würgten und erbrachen. Der Professor grinste und sagte: „Sie haben nur die erste Aufgabe bestanden, das mit dem Ekel. Sehen Sie genau zu: „Jetzt tauchte er den Zeigefinger ein und schleckte den Mittelfinger ab. Solche Geschichten hat jeder Student gehört, aber keiner weiß, ob sie wahr sind, oder, wie die Italiener sagen: „Se non è vero, è ben trovato."

Es gibt aber auch erfreuliche Begebenheiten: Ein Medizinstudent, wenige Tage vor der Prüfung aus Anatomie, also der Lehre vom Körper, seiner Organe und ihrer Lage und Beziehung zueinander, sieht vor einem Gasthaus einen Mann zusammenbrechen, nach Luft ringen, blau anlaufen. Er dreht den Mann auf den Rücken, sieht Speisereste im Mund, versucht sie zu entfernen, erkennt, dass der Mann am Ersticken ist, überstreckt den Hals etwas, dass der Kehlkopf hervortritt, und sticht mit seinem scharfen, spitzen Messer in den Hals etwas unterhalb des Adamsapfels. Dann dreht er das Messer quer, um den Einschnitt offen zu halten, drückt einmal, zweimal kräftig auf den Brustkorb, Speisebrocken kommen aus dem Schnitt an der Kehle, er wischt, putzt sie weg, Blut kommt aus dem Einschnitt, aber was tut einem ausgewachsenen Mann schon ein geringer Blutverlust, der Mann bekommt wieder Luft, seine bläuliche Verfärbung weicht einer normalen Gesichtsfarbe, er schlägt die Augen auf, man hält ihn, beruhigt ihn. Die Rettung ist schon unterwegs, er kommt auf die Klinik, wird chirurgisch versorgt, antibiotisch behandelt gegen die Infektion. Nach ein paar Tagen geht er gesund nach Hause. Wenige Tage später, beim Rigorosum, blickt der strenge Herr Professor den blassen Prüfling scharf an und fragt: „Sind Sie es, der dem Erstickenden mit der Nottracheotomie das Leben gerettet haben? In der Sporgasse?“ Der Student nickt zögernd, besorgt, was kommt jetzt noch an ungewöhnlichen Fragen? „Das haben Sie großartig gemacht, ich werde Sie nicht weiter prüfen, Sie haben die Prüfung mit ausgezeichnetem Erfolg bestanden! Ich gratuliere!“ Steht auf, reicht dem verdutzten Prüfling die Hand und verabschiedet ihn voll Anerkennung.

13

Todesfälle

Es ist sicher schwer und braucht Überwindung, einem Menschen in den Hals zu stechen. Jeder, der damit nicht vertraut ist, wird zögern, zweifeln. So erklärt sich wohl, dass eine Bridgefreundin meiner Frau erstickte, obwohl ein Arzt und ein Rotkreuzhelfer im Restaurant waren. Sie speiste fein, verschluckte sich, rang nach Luft, wurde blau, fiel vom Stuhl, ihre Freunde riefen um Hilfe. Nach 7 Minuten kam die Rettung, da war es natürlich schon zu spät. Längst zu spät. Sie war schon über 70 Jahre alt, da hielt sie wohl nicht länger als eine Minute durch.

Wenn wir nicht atmen, pumpt das Herz die letzten Reserven mit sauerstoffreichem Blut in jeden Muskel des Körpers. Wenn dieser Mechanismus aufgebraucht ist, muss es ohne Sauerstoff weitergehen. Dabei kommt es aber zur Anhäufung von Laktat, das den Körper förmlich vergiftet. Nur sofortige Zufuhr von Sauerstoff kann diesen Prozess rückgängig machen und das Leben retten. Nicht immer aber geht es so ernst, so tragisch zu.

Es geschah bei einer Einladung, einem Leichenschmaus, in einem guten Landgasthaus. Wir hatten fein gespeist und unterhielten uns. Plötzlich gab es eine Aufregung, ich blickte hin, zwei Frauen sprangen auf und rangen die Hände, man rief nach dem Arzt. Ich ging die paar Schritte hin, mein erster Gedanke war, verdammt, dass ich meinen scharfen, spitzen Feitl nicht in meinem eleganten Sakko hatte. Überall nur dieses blöde Silberbesteck mit den stumpfen Klingen. Eine alte Dame war auf dem Sessel in sich zusammengesunken, atmete nicht, ich tastete den Puls am Hals, spürte ihn sehr schwach und schnell. Ich lehnte den Sessel weit zurück, Mickey hielt ihn an der Lehne, ihre Füße legten wir auf den Tisch, wir achteten darauf, dass die Atemwege frei waren. Bald begann sie wieder zu atmen, öffnete die Augen, schüttelte den Kopf und wollte sich bei uns für diese Unterbrechung entschuldigen. Ihr alter Herr war ruhig und gelassen geblieben und hatte wiederholt gerufen, wir sollen uns nicht aufregen, das mache sie immer wieder, immer wieder. Gute Nerven hat der Mann. Unser Freund Armin aus Oberösterreich hatte aber energische, drastische Maßnahmen ergriffen: Er war aus dem Restaurant über die Straße, in die Ordination des praktischen Arztes gestürmt, hatte im Wartezimmer die Menge der vielen Patienten mit Armbewegungen wie ein Brustschwimmer geteilt, hatte den verdutzten Arzt mit den Worten: „Dokta, schnö, a Notfai!“ (… „schnell, ein Notfall!“) am Hals ergriffen und ihn über die Straße, zu der alten Dame, gezerrt. Die hatte sich aber schon längst erholt. Ich blickte immer wieder über die Tische zu ihr hin, ob sie nicht rückfällig würde? Aber nein. Seelenruhig aß sie ihre Nachspeise. Es hatte sich um ein Kreislaufversagen, eine Ohnmacht, gehandelt. Der Verlust ihrer jüngeren Schwester hatte ihr zugesetzt. Die Lagerung wie auf einem Liegestuhl hat ihr geholfen.

Ich habe viele Male geholfen, wenn Atmung und Herz aussetzten. Selten so dramatisch wie unser tüchtiger Student, meist professionell, in meinem Beruf. Wenn Frühgeborene nicht ausreichend atmen, schreien, kann die Sauerstoffschuld unter der Geburt nicht ausgeglichen werden. Die Lunge geht nicht auf, entfaltet sich nicht, das Kind erstickt. Jeder Kinderarzt, Anästhetist oder Geburtshelfer weiß, was zu tun ist, Laryngoskop, Tubus, Sauerstoff. Mit dem Laryngoskop in der linken Hand drücke ich die Zunge leicht nieder, um freie Sicht auf den Eingang in den Kehlkopf zu haben. Eine kleine Lichtquelle leuchtet den Rachen aus. Mit einer speziellen Zange in der rechten Hand schiebe ich den Tubus in die Luftröhre, sauge mit einem sehr dünnen Schlauch Flüssigkeit aus den Atemwegen. Dann setze ich den Atembeutel an den Tubus und drücke zu, gebe dem blassbläulichen Kind Sauerstoff. Drücke nur mit Daumen und Zeigefinger, wenn das Kind klein ist, die Lungen nicht viel Luft aufnehmen können. Sonst kann es Lungenrisse geben. Bei größeren Neugeborenen kommt der Mittelfinger dazu. Es ist jedes Mal ergreifend, bewegend, wenn dann das kleine Herz stolpernd zu schlagen beginnt, ein paar langsame, dann immer schnellere Schläge, so um 200 und mehr in der Minute. Im günstigen Fall kann man dann den Tubus wieder herausziehen, weil das Kind kräftig schreit und ausreichend oxygeniert, also Sauerstoff aufnimmt. Oft aber muss das Kind auf die Spezialabteilung gebracht werden und an einen Respirator, eine Beatmungsmaschine, angeschlossen werden.

Ein paar Male allerdings waren es Erwachsene, und da war ich weniger erfolgreich. Eine verzweifelte Frau schrie ins Telefon: „Kommen Sie schnell ins Nachbarhaus, in den vierten Stock, mein Mann ist zusammengebrochen!“ Schon hat sie aufgelegt, ich konnte sie nicht fragen, ob es eine bekannte Krankheit gibt. Ich denke an einen epileptischen Anfall, greife mir ein paar Ampullen Valium und Nadeln und Spritzen und das Stethoskop und sprinte hinauf in den vierten Stock, auf den Lift kann ich nicht warten. Der Mann liegt regungslos im Vorzimmer auf dem Boden, hat erbrochen, graublaue Lippen, um seinen Mund saurer Mageninhalt, Speisereste. Das ist kein epileptischer Anfall, das ist ein Herzstillstand! Es geht nicht anders, ich muss Mund zu Mund Beatmung machen. Ich blase kräftig Atemluft in seine Lungen, sein Brustkorb hebt sich, mehr an Ergebnis kann ich nicht erkennen. Keine Herztöne. Ich beginne mit der Herzmassage. Die Rettung ist schon verständigt, sie ist im nächsten Augenblick da, der Fahrer reicht mir einen Tubus und das Laryngoskop. Himmel, wie leicht die Intubation bei einem großen Mann im Vergleich zu einem frühgeborenen Baby mit 600 Gramm Geburtsgewicht ist, Ambubeutel dran und pumpen, ich mache während der Fahrt ins Krankenhaus weiter, in der Ambulanz eilen die Schwestern her. Der diensthabende Oberarzt steht in der Türe, aus vier

Meter Entfernung stellt er kühl fest, dass „der Mann hinüber ist“. Die verzweifelte Frau des Bedauernswerten bricht neben uns zusammen. Ich starre den Oberarzt empört an, fast möchte ich ihm an die Gurgel. Kann er diese schreckliche Auskunft nicht anders, schonender geben? In der Sache hat er ja recht. Er kennt den Patienten gut und weiß, dass dieser Herzklappenfehler zu genau diesem plötzlichen Ende führen kann. Die kühle Distanz aber halte ich für unangemessen.

Ein anderes Mal war es ein guter Bekannter, ein Sportfreund, der Willi. Ein fröhlicher, liebenswerter Mensch. Wir machen bei einem Skilanglauf mit, gute Loipe, herrliches Wetter, alles passt. Ich bin vor ihm im Ziel, er läuft langsam, weit hinter mir, mit hochrotem Kopf. Ich ziehe mich an der offenen Heckklappe des Autos um, stehe mit nacktem Oberkörper da, reibe mich mit Schnee ab, da höre ich Rufe: „Dokta, der Willi!“ Da liegt er, blaue Lippen, keine Regung. Ich greife mir das Stethoskop, lausche angestrengt, höre nichts! Totenstille über dem Herzen. Ja, das ist Totenstille! Unter den verschiedenen Tuben für Kinder habe ich auch einen für Erwachsene, führe ihn in die Luftröhre, setze den Ambubeutel dran und pumpe. Nichts rührt sich. Ich schütte eine ganze Ampulle Adrenalin in den Tubus, wenn das nicht hilft? Dann setze ich meine Handballen auf das untere Drittel seines Brustbeins und drücke kräftig, etwa 100-mal in der Minute. Nichts tut sich. Eine steirische Krankenschwester, die von Anfang an mithalf, zieht eine weitere Ampulle in eine Spritze auf, ich injiziere sie direkt ins Herz, stecke das Stethoskop in meine Ohren und lausche angespannt. Nichts. Wie schön wäre es doch, wenn Willi husten, atmen, die Augen aufschlagen würde. Aber diese Freude macht er uns nicht! Trotzdem beatmen und herzmassieren wir den bedauernswerten Sportfreund. Wenn er, nach minutenlanger Herzmassage, im Schnee heruntergerutscht ist und ich ihn wieder heraufziehe, macht er ein ziehendes Atemgeräusch, es klingt, als würde er einatmen, seine Freunde schreien hoffnungsvoll und feuern ihn an: „Ja, super, Willi, Willi komm!“ Mir aber ist schmerzlich klar, dass der Mann tot ist. Wie höre ich aber mit den Notfallmaßnahmen auf? Wie erkläre ich allen den Tod eines lieben Freundes? Sie stehen herum und erwarten, dass der Willi seine Augen aufschlägt und weiterlebt. Und eine seiner vielen witzigen Bemerkungen macht. Bevor ich die grausame Diagnose „Der Willi ist tot!“ verkünden muss und mit der Beatmung aufhöre, kommt der Rettungshubschrauber, ein junger Mediziner springt heraus, rückt seine Brille zurecht und stellt fest: „Der ist hinüber.“ Dieses Mal waren es wohl acht Meter. Cooler Typ, ja? Kann denn niemand diesen Spezialisten klarmachen, dass eine so vernichtende Aussage erst nach kurzer Untersuchung und in vielleicht sogar einfühlsamen Ton erfolgen soll? Wir jedenfalls waren betroffen, fertig, traurig. Die Siegerehrung mit anschließender Feier fiel natürlich aus. Jeder fuhr heim. Später erfuhr ich, dass Willi erst am Tag vor dem Rennen von einer schweren Grippe aufgestanden war. Hätte ich das gewusst, hätte ich ihn wohl von der Teilnahme am Langlaufrennen über 12 Kilometer abgehalten. Die Obduktion bestätigte den Verdacht auf Herzmuskelerweichung nach einem Virusinfekt. Infekte können den Herzmuskel schwer schädigen und zum Sekundenherztod führen.

Nicht nur bei ungünstigen Verhältnissen, Sturm, schlechter Sicht, im Schnee, kann es sehr schwer sein, den Tod eines Menschen festzustellen. Dabei sollte man sich aber nicht irren. Aber es geschieht oft, viel zu oft. So wurde eine 72-Jährige leblos in ihrer Wohnung angetroffen. Sie kam in die Kühlkammer. Viele Stunden später fiel den Bestattern auf, dass die *Tote* noch nicht abgekühlt war, sie hatte noch immer 36 °C. Sie wurde eiligst in das Krankenhaus gebracht, starb aber einige Stunden später. Ähnlich ging es einer 78-jährigen Wienerin. In der Küche wurde sie, ohne Lebenszeichen, gefunden. Für tot erklärt, wurde alles Übliche unternommen. Auf einmal bewegte sie ihre Finger. Sie kam noch auf die Intensivstation, starb dort aber, zum zweiten Mal. Endgültig. Bei einem 80-jährigen Mann zeigte das EKG eine Asystolie, also null Herztätigkeit. Man ließ ihn liegen. Stunden später bewegte er sich, kam ins Krankenhaus. Dort aber starb er bald darauf. Unsere Lebensäußerungen reduzieren sich auf die *vita minima*, minimale Aktivitäten. Und die sind eben nicht immer leicht zu erkennen. Es handelt sich hier um das *Lazarus-Phänomen.* Aber anders als in der Bibel nehmen diese Sterbenden nicht ihr Bett und gehen von dannen.

Man weiß seit einigen Jahren erst, dass man viele Opfer, aus Gletscherspalten, Lawinen, kaltem Wasser geborgen, zu Unrecht für tot erklärt hat. Sie sehen nur tot aus. Ihre Körpertemperatur liegt manchmal bei 20 °C, auch darunter. Tatsächlich schlägt ihr Herz noch, ganz langsam, und versorgt gerade noch das Gehirn. Wenn sie in spezielle Kliniken gebracht werden, können sie überleben. Beim berühmt-berüchtigten *Fastnet Rock Race*, einer Segelregatta im Atlantik südwestlich von Irland, kenterten einige der Segeljachten. Mehrere der Segler trieben in ihren Schwimmwesten im Atlantik. Aus dem eiskalten Meer gezogen und hingelegt, kam es sofort zum Tod, weil das Blut aus den Beinen in den Brustraum strömt und das Herz überfordert. Aber auch, weil das kalte Blut aus den Extremitäten zu einer weiteren – tödlichen – Abkühlung, zum *after-drop*, führt.

14

Kärntnabuam samma ...

Schon nach zwei Stunden wache ich auf, weil es mich vor Kälte schüttelt. Ich hatte mich doch auf die kleine Bank an der Reling gesetzt und war eingeschlafen. Der Anker hatte gehalten, die Peilung stimmte, wir waren nicht an die Klippen geworfen worden. Ich kochte einen Tee und schüttete ihn in mich hinein, dann erst weckte ich Terje. Er rieb sich die vom Schlaf geschwollenen Augen, reckte sich und zog sich einen Anorak über. „Hau dich hin", sagte er überflüssigerweise, „ich habe genug Sicht und kenne die Küste gut. Wir haben idealen Wind, schau, dort, das Anemometer, es zeigt sechs Meter pro Sekunde, das sind, für euch Landratten, an die zwanzig Kilometer Windgeschwindigkeit. Sehr gefälliger Segelwind, noch dazu aus dem Westen. Wir wollen nach Stavanger, da habe ich ein paar Freunde, die musst du kennenlernen." Ich schmiss mich in meine Koje, merkte gerade noch, wie unser Boot leicht nach Steuerbord krängte, da der Wind von links in das Segel fiel, und war schon weg. Ich habe aber nicht lange geschlafen – nach schweren Nachtdiensten in den Krankenhäusern haben meist zwei, vielleicht drei Stunden gereicht, das Schlafdefizit auszugleichen –, habe lieber die wunderbare Fahrt genossen. Wir hielten uns meist wenige Hundert Meter abseits der Küste und konnten die herrliche Landschaft, beleuchtet von der Sonne, bewundern. Fröhliche Kinder winkten her, von einem Ausflugsboot erscholl Gesang und Harmonikamusik. Von glatt polierten Granitfelsen herunter leuchteten die kleinen Holzhäuser in Rot, Hellblau, Weiß, Gelb und Hellgrün. Überall die schlanken Birken und die schaukelnden Boote an der Leine.

Am späten Nachmittag legten wir in einem kleinen Jachthafen im Westen von Stavanger an. Ein Wall aus groben Steinblöcken schützt den Hafen. Das ist auch notwendig, denn nach Westen und Nordwesten erstreckt sich das graue, raue Meer. Nach Osten hin lauter saubere Einfamilienhäuser. Fast alle aus Holz, weiß gestrichen. Ein solides Dach aus rötlichen Dachziegeln obendrauf. Ein mannshoher Zaun aus weißen Brettern, Büsche und niedere Laubbäume geben etwas Schutz vor der gnadenlosen Witterung. Regen, Wind, Schnee gibt es hier reichlich.

Terje checkte ein, das ging ganz flott, er ist hier bekannt wie ein bunter Hund. Wir gingen in die Dusche und sahen danach wieder einigermaßen aus, bis auf Terje, der seine blaue linke Wange gerne verborgen hätte. Mit dem *Handy* hatte er seine Freunde hergerufen. Zwei arbeiten hier, der dritte, Vegard, ist mit seinem Auto von Haugesund bis Skudeneshavn gefahren und mit der Fähre weiter bis Stavanger. Die Freunde haben schon auf uns gewartet. Da stehen sie an der Pier und begrüßen Terje temperamentvoll. Wie sie seine geschwollene Wange sehen, ziehen sie ihn auf, lachen ihn aus, bieten ihm an, auch seine rechte Wange *einzufärben*. So wegen der Symmetrie, sagen sie. Einer meint, jetzt haben wir endlich einen *Farbigen* in unserer Runde. Ganz dem Zeitgeist entsprechend. Alle drei sind in seinem Alter, also um die 50 Jahre. Wir sitzen um den kleinen Klapptisch auf den Betten. Viel Bewegungsfreiheit haben wir nicht in der engen Kajüte. Wir sagen: „Wenn ålle einegeh'n, geh'n nit ålle eine, åber wenn nit ålle einegeh'n, geh'n ålle eine." (Eine heißt hinein.) Es gibt keinen Alkohol an Bord, nur eine Kiste Bier.

Finn ist ein stattlicher Bursche. Ebenfalls über eins neunzig groß, nicht so drahtig schlank wie Terje, eher ein Bär. Mir gefallen Vornamen mit *Lokalkolorit*, so Thorbjørn, Vegard, Tore, Espen, Odd, Egil, Haarvard, Arne, Ole, Finn, Hamre, Svein, Oddvar. Einige verraten noch die Eigenschaft, die dem Träger zugeschrieben wird, so Verner, der Verteidiger, oder Gunnar, der Gönner, der Großzügige. Mette, Åsa, Solveig, was wohl so viel wie *Sonnenweg* heißt, denke ich. Maren, Synöve. Diese Namen sind Bestandteile einer starken norwegischen Identität, eines gesunden Nationalgefühls. Nie habe ich Zeichen einer nationalen Überheblichkeit, einer Arroganz, gar einer Geringschätzung anderer Völker erlebt. Eher sind sie selbstkritisch, lachen über ihre Schwächen, über ihre Schlamperei, die mir allerdings nie aufgefallen ist, ihre Unpünktlichkeit, ebenso nie bemerkt. Sie alle sind gerne Norweger, stolz auf ihr Land, seine Geschichte, seine Leistungen in der Vergangenheit wie heute.

Ihr Nationalfeiertag im Mai wird mit großen Paraden begangen. Aber nicht Soldaten und Panzer und Kanonen sieht man da, sondern fröhliche Kinder, fahnenschwenkend, lachend, winkend. Könnte man doch in allen anderen Ländern übernehmen. Und alle singen sie – voll Inbrunst – ihre Nationalhymne: „Ja, vi elsker dette landet, som det stiger frem, furet, værbitt over vannet, med de tusen hjem …" „Ja, wir lieben dieses Land, wie es aufsteigt, zerfurcht, wettergegerbt aus dem Wasser, mit den tausend Heimen …" Nachdem wir uns an den kleinen Tisch gesetzt und das Bier in die Papierbecher eingeschenkt haben, informiert mich Terje in Eile: Alle drei sind verheiratet, wir reden aber, wie unter Männern üblich, nicht viel über die Familie, wenn alles in Ordnung ist. Später dann nimmt mich Vegard dann doch beiseite und fragt: „Du bist *barnlege*, Kinderarzt?" Ich nicke, jetzt will er wissen, ob ich ihm weiterhelfen kann: „Meine Tochter hat vor sieben Wochen einen Sohn bekommen. Jetzt ist es bald Zeit für die ersten Schutzimpfungen. Warum soll ich meinem Eirik Schmerzen zufügen lassen, ihn den Gefahren der Nebenwirkungen aussetzen, wenn diese Krankheiten gar nicht mehr drohen?", fragt sie mich und die Kinderärztin. „Was sagst du dazu?" Ich lächle gequält, wie oft habe ich mir diese Zweifel, diese Ängste anhören müssen. „Vegard, die Schutzimpfungen sind d i e Errungenschaft des vergangenen Jahrhunderts!

Vorher starben doch viele Kinder an Diphtherie, Masern, Wundstarrkrampf oder sonst was. Diese Krankheiten bedrohen unsere Kinder weiterhin. Die hohe Durchimpfung hat erreicht, dass es fast keine klassischen Infektionskrankheiten mehr gibt, man nichts mehr davon hört, es keine aufregenden Schlagzeilen, wie zum Beispiel *vierjähriges Mädchen mit Masern praktisch hirntot* in den Zeitungen gibt, sie in unserem Bewusstsein keine Rolle spielen. Warum sollte man dann die Kleinen der schmerzhaften Prozedur aussetzen, warum den möglichen, von den Medien hochgespielten Impfschäden? Aber warte nur, wie schnell die nächste Epidemie über uns kommt, wenn die Durchimpfungsrate sinkt, ein infiziertes Kind ungeimpfte Kinder trifft und ansteckt, dann wird es Tausende Opfer geben." Terje stellt sich zwischen uns und fragt gut aufgelegt: „Habt ihr da nichts Besseres zu quatschen als so ernstes Zeug, jetzt ist nicht Zeit dazu", und drückt uns einen Becher mit Bier in die Hand. Ich kann gerade noch „später mehr darüber" sagen, schon werden wir von der lauten, ausgelassenen Stimmung mitgerissen.

„Alle elsker lørdag kveld, alle elsker lørdag kveld …" Alle lieben den Samstagabend. Sverre klopft mir kräftig auf den Bauch und lacht: „Bretthart, bekommst du nicht genug zum Essen?" Ich grinse ihn an: „Du weißt, Dummheit frisst, Intelligenz säuft!", er lacht und meint, diese Antwort müsse er sich merken. Wir erzählen von unserer Rauferei im Kro, aber das scheint sie eher zu belustigen. Jeder will sein eigenes Erlebnis erzählen, wir müssen zuerst Finn das Wort erteilen: Er erzählt, wie er in eine Löwengrube gefallen war, er rannte um sein Leben, der Löwe kam immer näher, die Leute schrien: „Pass auf, um Gottes willen, gleich hat er dich." Worauf Finn keuchte: „Blödsinn, ich bin ja zwei Runden voraus!" Allgemeines Protestgeheul, das ist ja ein uralter Witz, bei uns kennen wir ihn von Graf Bobby.

Sverre erzählt den Witz von dem finnischen Soldaten, der aus einem Gefangenenlager getürmt war. Es war tiefer Winter, er rannte mit seinen Langlaufbrettern nach Westen, immer nur nach Westen, kommt in sein Dorf, hält erst vor seinem Haus und verschwindet dort. Die Dorfbewohner haben ihn kommen gesehen und bilden in fieberhafter Eile ein kleines Empfangskomittee, der Bürgermeister und ein paar Nachbarn stehen bereit vor seinem Haus. Nach zwanzig Minuten kommt er heraus. Alle jubeln. Der Bürgermeister beginnt, ihn leutselig auszufragen: „Ja Risto, wir freuen uns ja so sehr, dass du wieder da bist. Sag, was war denn das Erste, was du nach vier Monaten in Gefangenschaft zu Hause gemacht hast?" Risto schüttelt den Kopf, seine Frau schaut verlegen zu Boden. „Gut, was war denn das Zweite?" „Ja, da habe ich mir die Ski abgeschnallt."

Dann bin ich an der Reihe und erzähle mein unfreiwilliges nächtliches Rennen. Wir hatten eine schwere Prüfung bestanden und feierten zu dritt: Stefan, ein sportlicher, flinker Bursche, der den ganzen Abend erzählte, dass er die 100 m in 11,27 sec laufen konnte. Nach jedem weiteren Bier mussten wir uns seine Heldentat anhören. Unsere Einwände, dass man im Jahre 1967 Hundertstelsekunden nicht gestoppt hat, sondern nur Zehntel, ignorierte er. 11,27, super! Hartmut war ein großer, schwerer Bursche, alles, nur nicht ein flotter Läufer. In einer Weinstube habe ich einem netten älteren Herrn die Gitarre aus der Hand genommen und mit Stefan und Hartmut ein paar flotte Studentenlieder geschmettert. Auch ein knorriges Steirerlied war dabei:

„Åber neune müss' ma sein,
wånn ma an Saubärn woll'n schneid'n:
Zwoa vorn, zwoa hint'n, zwoa håb'n, zwoa bind'n.
Und oana feankatst eine, åber sein müass' ma neune!"

Ich habe von Bernd ein Kärntnerlied gelernt, das legte ich drauf:

„Karntabuam sama, låss' ma uns nix såg'n,
ob s' uns heut oder morg'n auf den Gottesåcker tråg'n.
Drei, viere fürcht' ma nit, fünfe sechse a nit,
åchte håmma a schon g'haut, Bua,
då håb'n die Leutln g'schaut.
Eine mit'm Messer, auße mit dem Darm,
Strick uman Håls und auffe auf'n Ba'm.
Holladiareitulio, hollariaho, hollariareitulio,
die Karntnabuam san då! Juchee!"

Die reiferen Damen waren gerührt, ihre Begleiter weniger. Aber Freibier gab es reichlich, wohl, um uns loszuwerden. Lang nach Mitternacht, nach 12 oder wohl mehr Bieren, auf dem Heimweg, begannen wir noch zu streiten, ob wir noch in eine Bar zum Scheidebecher gehen sollten. Dieser hat nichts mit einem wichtigen weiblichen Organ zu tun, sondern mit dem, nicht immer, letzten Getränk des Abends. Also dem letzten Trunk vor dem Scheiden. Wir waren ziemlich laut. Ich sah ihn als Erster: Ein Polizist überquerte die Herrengasse und sagte scharf: „Meine Herren, das ist viel zu laut!" Und: „Das wird Sie schon etwas kosten." Ich sehe einen nicht mehr jungen Beamten, Brille, schwerer Wintermantel, schwere Stiefel, ganz nach der Bekleidungsordnung der Polizei, trotz einer lauen Nacht, im April. Ich aber war nur mit dem lockeren Trinkerg'wandl angetan. Ich drehe mich um und renne in eine kleine Seitengasse, renne mir die Seele aus dem Leib. Zu meinem Entsetzen höre ich schnelle Schritte hinter mir, verdammt, er rennt mir nach, gleich hat er mich, ich habe Angst, Panik, festgenommen zu werden mit allen Folgen: Widerstand gegen die Staatsgewalt, Polizeigefängnis, Gürtel und Schuhbänder abgeben, all das schießt mir durch den Kopf. Gleich wird er mich haben, er hat ja auch nicht ein Dutzend Halbe im Bauch. Nach über zweihundert brutalen Metern höre ich nichts mehr hinter mir, schleppe mich, völlig fertig, in einen Hauseingang, das

Portal zur *Schwarzen Katze*, gegenüber dem *Winterbierhaus*. Ich lausche angestrengt. Schleicht er sich an? Kommt er von einer anderen Seite? Umzingelt er mich? Ich höre nichts. Leichte Zuversicht kommt auf, davongekommen zu sein. Zu meiner Studentenbude sind es paar Hundert Meter, ich bin endgültig gerettet, schmeiß mich ins Bett.

Am folgenden Tag stehen wir vor der Vorlesung zusammen. Es stellt sich heraus, dass die Schritte, die mich verfolgt hatten, nicht vom Polizisten waren, sondern vom schwergewichtigen Hartmut, der noch mehr als ich unter den vielen Bieren ‚gelitten' hatte. Die saftige Strafe bezahlt hat der Stefan. Der mit den 11,27 auf 100 Meter.

Sie erzählen lustige Sachen von ihrer gemeinsamen Schulzeit. Da komme ich gar nicht zu Wort, sie wollen alle ihre Erinnerungen zum Besten geben. Wer glaubt, dass Norweger wenig Temperament haben, der kennt sie nicht. Meistens reden sie alle gleichzeitig. Keiner war ein guter Schüler, alle haben jeden Trick angewandt, um über die Runden zu kommen. Eishockeyspielen, Lesen, Kugelstoßen und Diskuswerfen, Modellflugzeuge bauen, Skisport, Bogenschießen, die Armbrust, mit der ich – beinahe und ungewollt – die Katze meiner Tante erlegte, dann natürlich die Mädels, alles war wichtiger und interessanter als die Schule. Ich werfe kurz ein, dass mein Modellflugzeug schon in der dritten Runde im Fesselflug abgestürzt ist. Auf eine Eisfläche. Totalschaden.

Dann nehme ich Vegard zur Seite und erkläre ihm, dass bei einer Masernepidemie in den USA jeder Dreihundertste, bei einer in Österreich vor etwa 20 Jahren 16 Kinder um das Leben gekommen sind. Bei der intensiven Durchimpfung in ganz Europa kann es zu einigen wenigen Todesfällen – als Folge der Impfung – kommen, das ist sicher sehr tragisch. Wenn wir aber sämtliche Impfungen einstellten, dann hätten wir auf unserem Kontinent wohl – Zigtausende Todesfälle! Vegard nickt wortlos, ich habe ihn wohl überzeugt. Aber wird es ihm gelingen, seine Tochter zu überreden?

15

Arbeit in der Fabrik

Dann gibt es Stories über unsere Sommerjobs. Wir alle fünf stammen aus finanzschwachen Familien und mussten während der Sommerferien hackeln. Vegard ging in den frühen Morgenstunden in den Hafen und half beim Verladen der Fische. Viele Männer bildeten eine Kette und reichten sich die schweren Kisten mit Fischen weiter bis zum Lkw. Anfangs waren sie so viele, dass sie kaum Platz nebeneinander fanden. Jeder konnte gehen, sobald er genug hatte. Genug der Anstrengung, aber auch genug Geld. Denn es wurde gut gezahlt und stündlich abgerechnet. Nach der ersten Stunde wurden die Reihen dünner, die *spritgubbar*, die Trinker hatten genug verdient, sich eine Flasche Fusel zu kaufen. Da mussten die verbliebenen Männer sogar drei und mehr Schritte mit der schweren Kiste gehen, um den nächsten zu erreichen; so viele hatten sich mit den paar Kronen verabschiedet. Bevor aber die Braven nicht mehr konnten, kamen die ersten wieder zurück und schlossen die Lücken. Allerdings rochen sie stark nach Alkohol, standen unsicher und waren keine große Hilfe.

„Du bist wohl ein verwöhntes Muttersöhnchen aus betuchtem Haus", stänkert Sverre grinsend. Die drei anderen fallen glucksend in diese Unterstellung ein. Der Vater großer Chefarzt? Die Mutter aus reichem Haus. Eigene Wohnung am Studienort und, natürlich, ein Auto, und so weiter. Ich habe es gar nicht so leicht, zu Wort zu kommen, um dieses Bild zu korrigieren. Mein Vater war Lehrer, ist durch Wirtschaftskrise und Weltkrieg um die Chance gekommen, Arzt zu werden. Wäre sein Traumberuf gewesen. Die Mutter war mit uns drei Kindern, dem Haus und dem Garten voll beschäftigt. Knappe

Kassen und lebenslange Schulden waren das Ergebnis. Also keine Rede vom betuchten Haus. „Das hätte mir auch sehr gut gefallen, doch ihr liegt völlig falsch“, musste ich mir Gehör verschaffen. „Aber schön bei der Wahrheit bleiben, erzähl uns keine herzerweichenden Geschichten vom bettelarmen Studenten“, warf Sverre noch schnell ein. So arg war es ja wieder nicht, doch es tat weh, zu sehen, wie sich meine Eltern einschränken mussten, damit der Sohnemann studieren konnte. Eine meiner Schwestern wollte das auch, wurde aber nach der Matura zur Arbeit in Büros geschickt, weil das Geld nicht reichte.

Ich habe ab meinem vierzehnten Geburtstag während der Sommerferien immer gearbeitet. Zuerst waren es nur ein paar Wochen, es wurden aber immer mehr. Nach der sechsten Klasse im Gymnasium hatte ich acht Wochen in einer Eisenfabrik gearbeitet. Ich musste stundenlang schwere Eisenstücke in eine Scheibtruhe wuchten und ein paar Dutzend Meter weiter wieder abladen. Ich war hochmotiviert, damals wollte ich leichtathletischer Mehrkämpfer werden und sah diese Schufterei als bezahltes Krafttraining an. Aber um wie viel Geld? Um weniger als fünf Schillinge die Stunde, schwor ich mir, rühre ich keinen Finger mehr. Studien aus Bonn und Düsseldorf geben mir inzwischen recht: Je unangemessener ein Mensch seinen Arbeitslohn empfindet, umso höher ist sein Risiko, an Herzproblemen, Bluthochdruck und Depressionen zu erkranken. Sommergäste aus Schweden sprachen von fünf- bis siebenmal höheren Stundenlöhnen als in Österreich. Mit 17 war ich aber noch zu jung, wurde abgewiesen. Außerdem musste ich noch zum Heer. Die 9 Monate zogen sich elend langsam dahin. Ich meine, wir wurden mehr gedemütigt und gepflanzt als ausgebildet. Hannes Androsch beschrieb die Anforderungen treffend: „Alles grüßen, was sich bewegt, alles putzen, was sich nicht bewegt!“

Im folgenden Jahr klappte es mit einem Sommerjob in Schweden. Mein Freund Ecke und ich kamen an einem Sonntagabend in der kleinen Stadt Eslöv in Südschweden an. Der alte, schwerfällige Portier der Gemüsefabrik dachte gar nicht daran, uns zu irgendeiner Übernachtungsmöglichkeit zu verhelfen, obwohl es eine gab. Aber das erfuhren wir erst später. Wir haben ihn in den folgenden Wochen genauer kennengelernt. Er war plump, langsam, schwer von Begriff.

Ich sprach ein paar baumlange Burschen am Hauptplatz an und fragte nach einer privaten Unterkunft, einer Pension. So was gab es dort nicht. Es regnete, ein kalter Wind aus Nordwesten machte alle Hoffnungen auf eine Übernachtung unter einer Brücke zunichte. Wir mussten ins *Grand Hotel.* Schon beim Eingang in die riesige Hotelhalle blieb uns die Luft weg. Nicht aus Respekt, sondern aus Sorge um unsere bescheidenen Geldmittel. Riesige Spiegel, große Teppiche, vergoldete Lampen von der Decke herunter und an den Wänden, überall livrierte Diener und Rezeptionistinnen. Während wir unschlüssig herumstanden, beäugte uns ein dürrer Rezeptionist misstrauisch. Wir sahen wohl so aus, als wollten wir mit dem Silberbesteck abhauen? Nichts da, wir nahmen das Zimmer, und flugs, waren unsere Ersparnisse weg. Tatsächlich hatten wir eine schwere Woche durchzustehen, da wir erst am Freitag den ersten Lohn ausbezahlt bekamen. Fast jeden Tag gab es frische Wäsche, Käppi, um unsere Haare zu bändigen. Eine kleine, auswärtsschielende Arbeiterin bellte uns jedes Mal an, wenn wir den kleinsten Fleck hatten. Bald erkannten wir, dass sie an einem Auge lächelte, wenn sie bellte. Wir fragten uns, warum die kleine Südschwedin frei herumlief und keinen Maulkorb trug. Bald aber merkten wir, dass sie ein großes Herz hatte, hilfsbereit und sehr ordentlich war und nur aus Unsicherheit mit uns *utlänningar* so rau umging. Und das mit dem ‚Bellen' erklärt sich damit, dass im Schwedischen sowohl bellen als auch schimpfen *skälla* heißt.

Dann ging es los. Wir mussten in der Vorhalle zum Kühlhaus gefrorene Schwarzbeeren von großen Blechen abkratzen. Das taten wir in unserem flotten, zügigen mitteleuropäischen

Arbeitstempo. Drüben, beim Ausgang ins Freie, standen unsere Arbeitskollegen beeinander und schauten immer wieder her, sie redeten über uns. Dann sprach uns ein älterer Ukrainer an, freundlich und lächelnd, und riet uns dringend, langsamer zu arbeiten. Wir verstanden sein russisch-deutsch-schwedisches Kauderwelsch schlecht, erfassten aber, dass wir so etwas wie die Arbeitsharmonie störten. Er bot uns sogar Zigaretten an, um uns zu bremsen. Es fiel uns gar nicht so leicht, uns umzustellen.

Naturgemäß waren wir nach acht Stunden in diesem gedrosselten Tempo nicht ausgelastet. Ich hatte in den neun Monaten beim Bundesheer schon ein wenig Schwedisch gelernt und fragte einen Vorarbeiter, ob er uns mehr Arbeit besorgen könnte. Bertil holte uns zu den Gurken. Die Leitung der Firma wusste, dass eine Rekordernte bevorstand. Daher ging es munter los mit zwei Schichten, das heißt, von 5:45 Uhr bis 14:00 Uhr, kurze, eilige Mittagspause, was heißt Pause? Wir schlangen unser Essen im Laufen hinunter, und schon waren wir bei der zweiten Schicht. Die ging bis 22:15 Uhr. Dann aber kam Bertil und fragte uns – leicht verlegen –, ob wir eine Stunde zulegen könnten, pro Schicht. Klar, was für eine Frage, machen wir, klar! Was denn sonst? Das war schon taff. Das freie Wochenende sind wir nur zum Essen und zum Klo aufgestanden.

Am Freitag der folgenden Woche – die Doppelschicht sollte bis Montag dauern, da wir bis dahin alle Gurken und alles, was danach aussah, verarbeitet hatten – passierte es. Ich fiel aus einer Höhe von sechs Metern von der Leiter. Dort hatte ich gestanden und hatte den Strom der Gurken auf einem Fließband so geteilt, dass zwei Linien der Weiterverarbeitung zu gleichen Teilen bedient würden. Ich war eingeschlafen und von der Leiter nach unten unterwegs. Als alter Turner aber fing ich mich knapp vor dem Aufprall auf dem Fliesenboden auf. Da hing ich nun an Sprosse acht oder neun. Meine Füße baumelten knapp über dem Boden, meine Holzschuhe, die *trätoffler*, waren irgendwohin geflogen. Ich blickte um mich, sah erschreckte Gesichter an den Fließbändern, aber auch eine Gruppe von weißgekleideten Chefs. Sie waren eigentlich bei ihrem Kontrollgang durch die Halle schon vorbei an mir gewesen, drehten sich aber um, als sie mich herunterrumpeln hörten. Einer von ihnen, ein älterer Herr, starrte mich an und fragte, was da passiert sei. Er war der Besitzer der Fabrik. Ich war noch nicht ganz wach und brachte nichts Vernünftiges heraus. Und, uns passierte nichts. Weder Bertil noch mir. Und, die Gurkensaison war überstanden. Wir kamen zu den Erdäpfeln. Der Lohn für die zwei Wochen aber konnte sich sehen lassen.

Uns ging es ums Geld. Wir waren schwindlig vor Gier nach dem Geld. Ecke und ich sind in finanziell brustschwachen Familien aufgewachsen, haben jede Münze aufgeklaubt, die wir auf der Straße fanden. Jetzt war es der plötzliche Reichtum, der uns verrückt machte. Wir verdienten in einer Woche mehr als in einem ganzen Sommer zu Hause beim Ballklauben auf dem Golfkurs oder dem Tennisplatz oder in der Fabrik.

Die Vorarbeiter Stig oder Bertil oder Kjeld, der Däne, gingen am Ende der regulären Schicht, also Freitag um zwei Uhr nachmittags, ihre Runde und drückten jedem Arbeiter ein Kuvert in die Hand. Am Fließband, mit beiden Händen voll in der Arbeit, konnten wir oft gar nicht nachschauen, wie der fett gedruckte Betrag auf dem Scheck im Kuvert aussah. So viel Geld hatten wir noch nie besessen. Mit Börje, einem sehr einfachen, recht plumpen Mann, verstand ich mich ganz gut. Er war übergewichtig, aber unterbelichtet. Ganz zu Anfang hatte er mich glatt gefragt: „Wo in Afrika liegt Österreich eigentlich?“ Seine Zusatzfrage, welche Sprache man in Österreich spreche, konnte ich ja noch durchgehen lassen, das wissen viele Leute nicht. Als ich am Zahltag, Freitag zu Mittag, mein Kuvert öffnete und den fett gedruckten Betrag auf der Abrechnung las, blickte er mir über die Schulter und sah die beachtliche Summe. Verstört, mit aufgerissenen Augen und offenem Mund, starrte er mich an und ging dann zurück zu seiner Frau hinter uns in der Reihe der Wartenden, flüsterte ihr etwas in das Ohr, wohl den tollen Betrag auf dem Abrechnungszettel. Auch sie, die mit dem beachtlichen Vorbiss, blickte mich entsetzt und empört an. Unser freundlicher Kontakt brach ab, nie wieder sprachen die beiden ein Wort mit mir, aus der Einladung zu einem Besuch auf ihrem kleinen Bauernhof wurde nichts. Ich kam gar nicht dazu, ihnen zu erklären, dass wir mehr als doppelt so viele Stunden gehackelt hatten wie sie, gut bezahlte Überstunden, und außerdem nicht so irre Steuern bezahlten wie die Schweden schon damals.

Vegard gähnte und schaute auf die Uhr. „Ho, wisst ihr eigentlich, wie spät es ist? Fast Mitternacht. Da muss der gute Vegard ins Bett, morgen gibt es allerhand zu arbeiten." Sverre hob die Arme wie ein Dirigent und deklamierte: „Solange der Chef so tut, als würde er uns gut bezahlen, so lange tun wir so, als würden wir gut arbeiten." In das zustimmende Gelächter mahnte Vegard mit strenger Miene: „Gib immer 100% Leistung in deinem Beruf: 9% am Montag, 23% am Dienstag, 30% am Mittwoch, 26% am Donnerstag und 12% am Freitag, ja?" Die Burschen verabschiedeten sich mit allen möglichen guten Wünschen für unsere weitere Fahrt und waren dahin.

16

Istanbul

Schon am Nachmittag, bei Kaffee und Zigarre, erinnert mich Terje: „Hast du nicht etwas von einer Fahrt nach Istanbul geredet, was war da, erzähle!“ „Ach ja, an diese Fahrt erinnere ich mich oft und gerne. Ich holte an die dreißig kleinere Teppiche, vorwiegend Brücken, ab.“ Ich belegte mir ein Knäckebrot mit reichlich Geitost und legte los: „Es war November, ich saß in meiner Studentenbude und stuckte. Fuzzy kam herein und stellte fest, dass ich nach Istanbul fahren muss. Ich darauf: „Aha, warum nicht gleich zum Mond?“ Nein, im Ernst. Es gab einen ehemaligen ungarischen Kavallerieoffizier in Graz, der vom Teppichhandel lebte. Dieses Gewerbe ließ ihm viel Zeit zum Kartenspiel. Er selbst fuhr nicht nach Istanbul, er ließ fahren. Eine Reihe von Studenten, die sonst für den Herrenreiter fuhren, kam nicht infrage. Jack war krank, Harald nicht da, Fuzzy stand vor einer Prüfung, Bernd traute sich nicht, so war wohl ich dran. Ich traf den Kavalleristen in seinem Café beim Kartenspiel. Tadellose Manieren, etwas verschlissener Anzug mit Fliege, sympathischer ungarischer Tonfall. Braune Finger von den vielen Zigaretten. Höflich bat er seine Freunde um Entschuldigung, legte seine Karten ab, nahm mich beiseite und informierte mich: „Liebär jungär Freund, bitte holen Sie das Auto in der Werkstatt in Wiener Neustadt ab. Leider, hm, gibt es da ein kleines Problem: Ich habe die letzten Reparaturen nicht bezahlt. Vielleicht gibt man Ihnen den VW-Bus gar nicht heraus.“ Ja, was dann? „Dann kommen Sie wieder zurück! Dann kann man nichts machen. Aber, Sie werden es schon schaffen! Sie machen das schon. Gute Reise!“

Na bravo, da soll ich nach Istanbul fahren und Teppiche abholen, mit einem Auto, das ich vielleicht gar nicht aus der Werkstatt herauskriege. Vielleicht aber hat man die Reparaturen an Lenkung oder Bremsen abgebrochen, weil die Rechnung noch offen war. Aus purem Optimismus kaufe ich mir die Fahrkarte nur für die Hinfahrt mit dem Zug. In Wiener Neustadt gehe ich zum Werk, grüße höflich, frage recht forsch nach dem Auto, kriege es mit Papieren und Schlüsseln, verlasse eiligst das Werksgelände – vielleicht kommt jemand doch noch drauf, dass die Rechnungen nicht bezahlt sind – und bin schon wieder unterwegs nach Graz. Ich hatte erst wenige Wochen vorher den Führerschein gemacht und überhaupt keine Fahrpraxis. Die erste Kreuzung überfuhr ich bei Rot, so sehr war ich mit Schalten, Lenken, Gas geben beschäftigt. Mit jedem Kilometer auf der Landstraße aber wuchs meine Fahrpraxis. Ich parkte vor dem Kaffeehaus und meldete mich beim ungarischen Tarock-Spieler. Wie er das Auto sieht, schaut er zweimal ungläubig hin und freut sich: „Dass Sie das Auto herausbekommen haben, allerhand! Wie haben Sie das nur gemacht?"

Ich fahre noch am selben Abend los. Es regnet in Strömen, ich finde nicht gleich den Schalter für den Scheibenwischer. Dann den zum Auf- und Abblenden, weil es den gar nicht gibt, dafür einen Knopf auf dem Boden, den man mit dem linken Fuß betätigt. Vor Mitternacht finde ich eine *pansion* in einem Dorf am *autoput*.

Auch den ganzen nächsten Tag regnet es in Strömen. Nach Sofia passiert es: Ich fahre eine leicht abschüssige Straße, der VW-Bus beginnt sich langsam, in Zeitlupe, nach links zu drehen, rutscht, quälend langsam, quer allmählich auf die linke Fahrbahn, kommt beinahe zum Stehen, kippt aber dann doch noch auf die Wiese um, liegt auf seiner rechten Seite, Richtung Heimat. Geradeso, als wollte er nicht nach Istanbul. Die Türe drücke ich auf wie die Luke an einem U-Boot und steige aus. Ein paar Autos fahren ungeniert an mir vorbei, den Leuten regnet es wohl zu viel. Nach zwei Minuten stoppt ein serbischer Pkw, vier flotte Burschen in Trainingsanzügen können das Lachen nicht zurückhalten, deuten mir an, dass man auf den vier Rädern fahren muss und nicht auf einer Seite. Wir heben den VW-Bus auf seine Räder, die Burschen springen in ihr Auto, ich schreie ihnen noch „Hvala lijepa" nach, wende, und bin wieder unterwegs.

Inzwischen hat unser Autofahrerklub ÖAMTC ermittelt, dass bei einem gestellten Unfall der erste Helfer erst nach 6 Minuten anhält, und nur jeder sechste zur Hilfe stoppt. Und das an übersichtlicher Unfallstelle und bei idealem Wetter. Alle wurden gefragt, auch die, die nicht angehalten hatten. „Es sind ja eh alle vorbeigefahren", haben einige beteuert. „Es hat nach einer gestellten Szene ausgeschaut" und „ich habe mir Hilfe nicht zugetraut". Da können wir uns aber bei den serbischen Burschen etwas abschauen.

Der Regen hört auf, dafür meldet sich ein Klopfen aus dem Heck. Ich weiß inzwischen, dass dort der Motor ist. Ich stelle das Auto am rechten Straßenrand ab und mache die Heckklappe auf. Ein kleiner Türke bleibt hilfsbereit stehen und grüßt freundlich. Wie er das Geräusch hört, wechselt er auf bekümmerte Miene und erklärt: „Mit diese Auto nicht zu Istanbul!" Ich glaube ihm jedes Wort und lasse mir erklären, dass es nach Plovdiv nur wenige Kilometer sind. Zum Dank rufe ich ihm noch *sherefe* nach, weil es das einzige türkische Wort ist, das ich kenne. Er lacht, weil sherefe *prost!* bedeutet. Bald nach der Ortstafel sehe ich rechts etwas, was nach Autowerkstatt aussieht. Zwischen rostigen Wracks fahre ich zu einer geräumigen Halle. Eisenkonstruktion, das Drahtglas immer wieder gebrochen, die vielen Löcher mit Karton oder Brettern oder Blechen ausgebessert. An in allen Farben schillernden Öllachen vorbei gehe ich in die Halle. Unter einem Kleintransporter sehen zwei Füße hervor, so wie auf Witzzeichnungen, drüben stehen zwei Männer und unterhalten sich. Einer kommt in meine Richtung, ich fixiere ihn und grüße: „Dobar dan, moja kola je u kvaru", das Auto ist im Eimer, so ungefähr. Er aber geht stumm an mir vorbei, lässt mich stehen. Der zweite dreht sich weg. Ich frage mich schon, ob ich den Motor selbst reparieren soll. Da höre ich einen scharfen Pfiff, ein älterer Mann winkt mir, zu ihm zu kommen. Stämmiger Bursche, war einmal athletisch, jetzt mit Kugelbauch. Musste offensichtlich eine leitende Funktion übernehmen, weil er nicht mehr unter ein Auto passt. „Du deitsch, ja? Ich war finf Jahre in Minhen." Ich zeige ihm den VW, lasse den Motor an, er hört sich das Klopfen an, nickt: „Motor stopp!" Er holt sich einen Schraubenschlüssel, schraubt etwas auf, dreht irgendwas auf oder zu, schraubt wieder zu und sagt mit zuversichtlichem Zwinkern: „Motor an!" Ich starte, der Motor schnurrt so fröhlich, dass echte Freude aufkommt. Und Erleichterung. Wer will schon am Balkan mit einem defekten VW-Bus scheitern? Er schreibt mir eine Zahl auf ein Stück Karton, das er von einer Schachtel abreißt. Ich gebe ihm einen Schein, viermal mehr wert. Er deutet mir, ihm ins Büro zum Geldwechseln zu folgen. „Nein, danke, hvala!" Er freut sich über das stolze Trinkgeld, ich mich über die stark gestiegenen Chancen, nach Istanbul zu kommen.

Der Hunger meldet sich, es ist fast sieben Uhr. „Gdje je restoran?", frage ich ein paar Leute, sie verstehen wahrscheinlich nur das Wort *restoran* und antworten mit einem Wortschwall. Endlich finde ich diese Massenausspeisung, weniger nach der Beschreibung, eher am Geruch. Ich betrete den großen Speisesaal und setze mich an einen kleinen Tisch am Fenster, beide sind leicht schmierig. Freundlich, mit aufmunterndem Lächeln, blicke ich immer wieder zu einer Kellnerin hin, die an der Registrierkassa lehnt und überallhin schaut, nur nicht zu mir. Während mir dämmert, dass ich so zu keinem Essen komme, tippt mir ein alter Mann auf die Schulter, zeigt zu der Kellnerin hin und sagt mit vollem Mund und Brei zwischen den Zähnen: „Kupon." Ich kaufe mir einen, gehe zu einer langen Anrichte aus Nirosta und gebe ihn ab. Ein Pfiff lenkt meinen Blick zu einem unrasierten Koch mit der Mütze auf der Nase, der mir einen Teller auf der Anrichte herschickt. Der kommt daher wie ein Eisstock beim Stocksport, fast fällt er über die Kante, ich muss ihn stoppen, meine Hand ist voll von dieser grüngrauen, wahrscheinlich, Erbsensuppe. Ich bedenke den Wintersportler mit einem verärgerten Blick, er zieht die Schultern hoch und macht eine bekümmerte Miene à la: Pech gehabt, selbst schuld. Ich drücke die Suppe hinunter und schaue, dass ich weiterkomme.

Am nächsten Morgen verlasse ich die Stadt in Richtung Osten. Es ist Ende November, ein glasklarer Himmel wölbt sich über Plovdiv. Noch gute 250 Kilometer bis nach Istanbul. Eis glänzt auf der Windschutzscheibe. Ich überhole eine ganze Kolonne von offenen Lastkraftwagen ältester Bauart, auf deren offenen Ladeflächen Menschen so dicht aneinandergedrängt stehen, dass sie nicht umfallen können. Alle haben ihre Jacken zugeknöpft, die Krägen hochgeschlagen. Einige haben Plastiksäcke über den Kopf gezogen, vor den Mund Atemlöcher gestochen. Sie frieren elend. Sie werden wohl zur Ernte oder in eine Fabrik gekarrt. Ein erschütterndes Bild des real existierenden Sozialismus.

In Istanbul, genauer, in Isküdar, also in Kleinasien, finde ich nach längerem Suchen das Haus des Teppichhändlers. Ein stattliches Haus, drei Stockwerke, ich denke, im osmanischen Stil. In jedem Stockwerk ein prachtvoller Balkon, aus dunklem, glänzenden Holz, gediegene Handarbeit. Nach Nordosten sind die Balkone verglast, abermals mit diesem Holz in der Farbe dunklen Honigs gerahmt.

Ich klingle an der prachtvollen Doppeltüre. Ich würde sie mir gerne noch länger anschauen, so sehr beeindruckt sie mich, aber ein Mädchen – schöner als die Türe – öffnet und begrüßt mich freundlich: „Welcome, the master is awaiting you, please follow me!“ Ich folge ihr eine steile Stiege hinauf, stolpere immer wieder, weil ich meine Augen nicht von ihrem birnenförmigen Po in weiten Pluderhosen – viel reizvoller als in enganliegenden Jeans – lösen kann, komme in den ersten

Stock, betrete eine geräumige Halle mit prachtvollen Teppichen auf dem Boden und an den Wänden. Die Sonne steht schon tief und blendet mich, vor mir erhebt sich ein Schatten. Ich blinzle, der Schatten geht ein paar Schritte zur Seite, jetzt sehe ich einen kleinen, alten Mann im traditionellen türkischen Gewand. Eine reich bestickte Jacke, Pluderhosen, verzierte Opanken. Ich sehe sein knorriges Gesicht, reichlich Falten auf lederner Haut, eine kühn geschwungene Nase über einem grauen Schnauzbart. Er lächelt freundlich, verbeugt sich sogar vor mir Jungspund und reicht mir die Hand. Nach ein paar Worten der Begrüßung setzen wir uns in eine kleine Sitzgarnitur, das Mädchen serviert uns Kaffee und Gebäck. Er spricht verständliches Englisch. Den türkischen Kaffee beschreibt er als *Black like devil, hot like hell and sweet like love* und lacht. Nach ein paar höflichen Fragen nach der Familie, den Geschäften, den vielen Sehenswürdigkeiten, also nachdem der landesüblichen Höflichkeit Genüge getan worden war, frage ich ihn, wann ich die Teppiche haben kann. Er macht ein bekümmertes Gesicht, antwortet aber ganz trocken: „Not before the money has arrived at the bank." Dem kann ich nichts entgegensetzen.

Das Geld ist also nicht da. Jeden Tag gehe ich morgens und am Nachmittag zur Bank und frage, ob das Geld endlich eingelangt ist. Sehr bedauerlich, beeilt sich der höfliche Mann am Schalter zu versichern. Ich aber bedauere das gar nicht, denn ich habe Zeit, diese gewaltige Stadt anzusehen. Die Blaue Moschee, die gewaltige Hagia Sophia, das Topkapi-Museum. Und das hektische Leben in der Stadt auf zwei Kontinenten. Dazu gibt es satte 200 österreichische Schillinge pro Tag von meinem Kavalleristen, da muss ich nicht darben.

Ein paar Male gehe ich in den Basar. So sagen wir. Aber *bazar* ist Persisch. Souk, so heißt er dort auch nicht, denn das ist Arabisch. Ich frage einen eleganten Herrn, der sich über mein Interesse freut und allerhand über den *Kapali Carsi* erzählt. *Carsi*, der Markt, und *kapali*, weil er überdacht ist. Er ist riesig, ich – bei meinem schlechten Orientierungssinn – verirre mich regelmäßig und finde nur mit Nachhilfe wieder heraus. Alles kann man hier kaufen, erhandeln. Ich erhandle mir eine schöne Tasse aus Messing und Silber, über die ich mich jetzt noch freue. Einmal gibt es einen Mordsauflauf. Eine riesige Menschentraube schiebt sich auf mich zu, schreiende, gestikulierende Händler. Ich steige eine kleine Treppe hinauf, um nicht niedergetrampelt zu werden, und sehe ein halbes Dutzend ältlicher Mädels, an ihren blau-grün-violettfarbenen Haaren und den schillernden Brillen als US-Amerikanerinnen zu erkennen. Die haben wohl mit den Dollars geklimpert und die Händler verrückt gemacht.

Ich höre mir gerne fremde Sprachen an und versuche, ihren Klang, ihre Melodie zu erfassen. Die türkische klingt sehr schön, melodisch, kultiviert in meinen Ohren. Wie kann ich mir diesen Eindruck erklären? Ich finde schöne, melodische Ortsnamen auf meiner Landkarte von Anatolien: Göllü, Oluközü, Pülümür, Günyüzü, Günesli. Auch Gümüsli – eine Abkürzung für Gemüsemüsli? Ein Wort mit gar vier *ü*, Müdürlügü gibt es, es heißt Amtsleitung. Also sehr viele *ö* und *ü*. Ein geistreicher Kolumnist einer Tageszeitung hatte einmal augenzwinkernd erklärt, dass das *u* der unschönste Vokal, der Paria unserer Laute sei. Seine Beispiele sind mir entfallen, sie waren wohl nicht überzeugend: Wer will denn Kuss, Busen, Mutter, Ruhe, Turm als unschöne Worte bezeichnen? Dass aber zwei kleine Striche diesen Vokal zum schöneren Umlaut aufpolieren, davon überzeugte er mich: Haben doch die noblen Damen am Golfplatz nach dem *pötter* gefragt, wenn sie am Green einzulochen gedachten. Ihre *pömps* hatten sie natürlich gegen die Golfschuhe eingetauscht.

Die Rückfahrt verläuft ohne Zwischenfälle, ich liefere Wagen und Ladung ab, und erfahre, dass der Herr Kavallerist sein Geld beim Tarock verspielt hatte und daher nicht nach Istanbul schicken konnte. Statt vier Tage war ich neun unterwegs, auch kein Fehler. Terje nickt zustimmend: „Solche Erlebnisse sind etwas Schönes, ich beneide dich darum. In der Mitte Europas zu leben und ein paar Mal auf das Gaspedal zu treten, schon bist du in Italien und Kroatien. Bis wir aus Norwegen dort angekommen sind, ist unser Urlaub ja schon bald vorbei." Dem kann ich nur zustimmen. Ja, es ist eine große Freude, in Österreich zu leben! Wir sagen gerne: „Europäer von Geburt, Österreicher durch die Gnade Gottes!"

17

Irland

„Jetzt aber an die Arbeit, der Schiffsjunge räumt den Tisch ab und macht Küchendienst. Außerdem wirst du den Boden schrubben und aufwischen, ja? Aber flott, wenn ich bitten darf, wir laufen in ein paar Minuten aus! Nach Bergen!" „Aye, aye, captain!" Während ich diese niederen Dienste verrichtete, holte der große Käpten die Leinen ein und warf den Diesel an. Wir tuckerten aus dem Hafen hinaus. Geradewegs nach Norden. Ich nahm mir die Seekarte vor und fragte zuerst mich, dann Terje: „Bleiben wir ganz draußen im Westen, oder schleichen wir uns im Schutz der Inseln nach Bergen?" Terjes Antwort kam kurz und logisch: „Wir bleiben draußen, wenn es die Verhältnisse zulassen. Sonst müssen wir zwischen den Inseln Bömlo, Stord, und Sotra unseren Weg suchen. Da aber gibt es Riffe und Untiefen. Gemütlicher ist es draußen im offenen Meer."

Gemütlich ging es wirklich zu, ein gleichmäßiger Wind von etwa 40 km/h, also 5 Beaufort, vom Westen bescherte uns Genusssegeln. Terje stand am Rad, der gesunde Bursche kam mit einem dunkelgrünen T-Shirt aus. Ich brauchte da schon eine leichte Windjacke. Er rauchte eine Zigarre. Nach ein paar Minuten fragte er mit gespieltem Ernst: „Will der Herr Schiffsjunge seinen am Steuer schwer schuftenden Kapitän nicht ein wenig unterhalten? Wie oft hast du in Schweden gearbeitet?" Ich holte mir auch eine zum Rauchen. Dann machte ich es mir im Strecksessel gemütlich und erzählte: „Zum vierten Sommer in Schweden fuhr ich mit Peter. Er ist ein gediegener Musiker, der jeden Freitagabend in einem Lokal in Graz mit seiner Tanzcombo spielte und sich daher einen alten Volvo leisten konnte. Es ging über Salzburg, München, nach Norden. Alle paar Stunden wechselten wir uns am Steuer ab und kamen am ersten Abend bis Nürnberg. Wir waren hungrig und stürmten in ein kleines Gasthaus, um etwas zu essen. Es roch verführerisch nach Braten und Gegrilltem. Zur Sicherheit fragten wir den Wirt, ob er auch Schillinge annimmt. Wir hatten in der Vorfreude auf Schweden nur Schwedenkronen, aber keine Deutsche Mark mit. Er sagte knapp: „Naaaa, des mach' i neeed!" Was tun, hungrig, fern der Heimat, keine Landeswährung? Wir nahmen Gitarre und Banjo und stellten uns an einer belebten Straße auf. Und hatten Glück. Aus einem Kino strömten fröhliche Leute, offensichtlich hatte ihnen der Film gefallen. Die Münzen klingelten nur so in unserem Hut vor uns auf dem Boden, bald hatten wir genug Geld für ein Essen und ein paar Biere erspielt. Schlafen mussten wir im *Buckelvolvo*, zum Hotelzimmer hatten unsere Darbietungen nicht gereicht.

Nach den Sommerjobs in Schweden wollte ich in einem Krankenhaus in Oslo arbeiten, ich dachte an 2–3 Monate. Meine große Sympathie für dieses schöne Land und seine interessanten Menschen zeichnete sich immer klarer ab. Ich dachte aber auch an Irland, das ich im Jahr zuvor ins Herz geschlossen hatte. Hatte ich doch, völlig frustriert von beinahe null Lernfortschritt, meine Tasche gepackt, meine Gitarre geschultert und war in Irland, Schottland, England und Holland ein paar Wochen per Autostopp unterwegs gewesen. Überall hatte ich die allerbesten Leute kennengelernt.

Den Iren eilt der Ruf voraus, dass sie viel trinken. Das musste ich mir näher ansehen. Eines Nachts kam ich deshalb verspätet aus dem Pub in die Jugendherberge von Glin an der Westküste. Das Haustor war versperrt, ich kletterte durch das Klofenster ins Haus. Der Leiter des Youth Hostel verabreichte mir am nächsten Morgen einen Anpfiff, wie ich ihn seit dem Bundesheer nicht mehr erlebt hatte. Nicht nur seine Haare waren rot, sondern der ganze Kerl. Zur Strafe musste ich eine Stunde lang schwere Eimer schleppen und ein Frischwasserreservoir auffüllen. Danach drosch er mir mit seiner Pranke lobend auf die Schulter, dass ich in die Knie ging, und gab mir ein Bier. Er nahm sich auch eines und rauchte ein paar Zigaretten dazu. Wir verstanden uns prächtig. Er lobte mich vor den Leuten, die vorübergingen, als *good boy from Germany*, obwohl ich ihn immer wieder mit *From Austria!* korrigierte.

Wer Worte über Irland verliert, kommt an der Musik nicht vorbei. Es gab ein paar berühmte Gruppen, die überall in Europa und Nordamerika auftraten. So die *Dubliners, Clannad* und *Planxty*. Aber der *wahre Jakob* spielte sich in den kleinen Kneipen, Restaurants und den Singing Pubs ab. Da spielt der Lehrer von der Dorfschule, der *greengrocer* aus dem Laden um die Ecke, seine Frau, alle spielen mit Hingabe auf der Geige, der *tin whistle*, der billigen Blechflöte mit dem Plastikmundstück, einer schlägt dazu die *bodrum*, die Trommel. Blasse, zarte Mädchen singen lange Balladen, schön zum Niederknien. Und du kannst mit ihnen am selben Tisch sitzen, Guinness trinken und lauschen.

Im Westen, auf dem Weg nach Limerick, nahm mich ein rotgesichtiger Mann mit dem Auto mit. In seiner Küche gab er mir Schinken, Tomaten, Käse, harte Eier und Brot. Seine Frau fand uns beim Essen und schimpfte laut mit ihm, dass er einen wildfremden Menschen verköstigte. Merke: Die Iren sind gastfreundlich, aber nicht alle Irinnen.

In einer düsteren Kneipe in Connemara wärmte ich mich und trocknete meine nassen Sachen an einem offenen Kamin, in dem Torf glimmte. So richtig warm wird es da nicht, und der lustige Spruch an der Wand, *seven days without a whisky make one weak* wärmte mich nur für kurze Zeit. Wir waren bloß drei im halbdunklen Gastraum. Der Wirt putzte ein paar Gläser. Den schweigsamen Mann, der an der Bar saß, sein *Guinness* trank und Zigaretten rauchte, fragte ich, ob er mich die paar Meilen zur nächsten Jugendherberge mitnehmen könnte. Er ignorierte mich. Im Pub konnte ich nicht bleiben, und draußen regnete und stürmte es heftig. Es sah gar nicht gut aus.

Ich bestellte mir noch ein *pint stout*, einen halben Liter von dem dunklen Bier, packte die Gitarre aus und begann zu spielen. Ich kannte damals eine ganze Reihe irischer Lieder. Der Wirt freute sich und summte oder sang mit. Nach einer Weile deutete er zur Türe. Dort machte sich der große Schweiger fertig zum Aufbruch. Warf sich eine Pellerine über. Nickte mir zu, ihm zu folgen. Ich, wie ein Fitschepfeil, zahlte meine Biere und rannte ihm nach. Er saß schon in einem rostigen Pick-up. Der Wind peitschte den Regen gegen die Scheiben, überall drang Wasser herein. Die Scheibenwischer setzten immer wieder aus, ich sah oft nichts vor mir als eine schwarze Wand und viel Wasser, so, als würden wir durch einen Wasserfall fahren. Wir fuhren auf holprigen Straßen und Wegen, dann hielt er an. In der Dunkelheit und im Regensturm sah ich seine *croft*, sein einfaches, sehr bescheidenes Haus, erst, als wir unmittelbar davorstanden.

Die Begrüßung durch seine Frau und die Großeltern war umso herzlicher. Seine zarte, blasse, schwarzhaarige Frau tischte Schinken, eine Rübe, Käse, ein paar Paradeiser und Brot auf. Dazu gab es schwarzen Tee. Nach und nach krabbelten seine fünf kleinen Kinder aus einem Gemeinschaftsbett im Hintergrund und setzten sich auf ein altes Sofa in der Ecke. Ich war sehr hungrig, aß aber nur wenige Bissen. „From Austria?" Sie wussten eigentlich nichts von meiner Heimat, aber alles, was ich erzählte, schien sie zu interessieren. Nach einer Stunde brachte er mich zur Jugendherberge, klopfte energisch und hartnäckig, weil es schon nach 22 Uhr war. Wie kann man sich bei solchen Menschen bedanken? Ich schrieb ihm eine Karte zu Weihnachten. Einige Jahre später, als ich mit meiner Frau in seine Gegend kam, nahe Tipperary, hatten wir ein schönes Geschenk mit. Wir fanden das Pub und tranken zuerst ein Guinness und einen Irish Coffee. „Wo finden wir den alten Patrick Flaherty?", fragten wir den Wirt. „Oh, der ist gestorben, Krebs. Im Frühjahr. God bless his poor soul." Machte ein betrübtes Gesicht und bekreuzigte sich. Es ist schon herzerwärmend zu sehen, wie diese Iren trotz Hungersnöten, Unterdrückung durch ihre Nachbarn im Osten und weitere Katastrophen sich ihre fröhliche, herzliche Art erhalten haben. In diesem Land mit seinen herzlichen, temperamentvollen Menschen wollte ich in einem Krankenhaus arbeiten. Es wurde aber weder Norwegen noch Irland.

18

USA

Ich hatte vor lauter Stuckerei fast übersehen, dass viele Medizinstudenten nach den USA flogen. Peter übernahm das Kommando: Wir fahren nach *Ameriga,* werden in einem *Grankenhaus* famulieren", bestimmte er in seinem urigen weststeirischen Dialekt. Dazu war ich – selbstredend – spielend leicht zu überreden. Auf der Hochschülerschaft half mir Ewald zu einer Famulatur, also Arbeit an einem Krankenhaus, in einem kleinen Spital im Staate NewYork. So gehe ich vergnügt und in Vorfreude auf den Sommerjob in Nordamerika zur Hochschülerschaft. Dort erwartet mich Ewald, der hilfsbereit alle nötigen Sachen erledigt hatte, diesmal allerdings geknickt, enttäuscht: Der Platz im Krankenhaus in Mercy ist weg, irgendein Töchterlein eines Universitätsprofessors hat ihn bekommen, so mir nix, dir nix. Offensichtlich auf Intervention des Herrn Papa. Ich ärgere mich weniger als der gute Ewald: „Ist auch kein Beinbruch, dann gehe ich ins *Rikshospital* in Oslo!" Ich wusste, dass ich dort jederzeit famulieren konnte, allerdings nur Unterkunft und Essen bekommen würde. „Ja, aber ich habe doch schon dein Flugticket Wien – New York. Und den Heimflug auch!" Aha, da sieht die Sache ja ganz anders aus. Na, da musste ich wohl nach Amerika! Aber, Job hatte ich doch keinen. Na, das wird sich schon machen lassen.

Eine Prüfung habe ich vorher noch bestanden, ein paar Tage bei den Eltern verbracht, und, auf ging's nach Wien zum Flughafen Schwechat. In New York konnten wir nicht landen, der Flugraum war überlastet. Wir wichen auf einen Platz im Norden aus, hatten aber für den Weiterflug nicht genug Treibstoff, mussten nachtanken. Diese Prozedur dauerte

Stunden. Dazu mussten die Turbinen abgestellt werden. Daher liefen die Ventilatoren nicht. Also keine Luftzirkulation im Flieger. Die hätten wir aber dringend gebraucht, denn es hatte 40 Grad! Wir durften auch nicht aufstehen, weil sich die Luft dann noch weniger bewegt hätte. So mussten wir also auf unseren, inzwischen durchgeschwitzten Sitzen bleiben. Ich sehe noch einen dicken Wiener, mit dem ich mich während des Fluges gut unterhalten hatte, im Sitz vor mir. An jedem Haar am Hinterkopf hang ein dicker Schweißtropfen, so lange, bis er auf die Rückenlehne tropfte. Der Mief war arg. Viele Passagiere regten sich auf, was nicht zur Besserung der Situation beitrug.

Ich begann schon am nächsten Tag mit der Suche nach einem Job, irgendeinem, einer in einem Krankenhaus war jetzt ja wohl außer Reichweite. Ich fragte an Tankstellen, in Fabriken, Grillstationen. Ein Bauunternehmer wollte mich einstellen, ich war schon erleichtert, endlich etwas gefunden zu haben, das knappe Geld wurde ja noch knapper. Prüfend, aus kritischen Augen unter seinem Helm, wohl auch schadenfroh schmunzelnd, musterte er mich. Hinter seinem Schreibtisch hingen zwei Schwarzweißfotografien, wohl 2 x 1 Meter groß. Da haben es sich ein paar Arbeiter zum Mittagsschlaf auf einem Stahlträger bequem gemacht. Der war ganze 50 Zentimeter breit! Im Hintergrund sah ich die Skyline einer Großstadt. Auf dem zweiten Foto sah man zwei dieser Monteure beim Dinner: Sie saßen rittlings auf einem Stahlträger, vor sich einen Tisch. Jeder wurde von einem Kellner in Frack und Fliege bedient. Alle vier grinsten ausgelassen. Ein Mordsspaß in hundert Meter Höhe. Lustig zum Anschauen, aber nichts für mich. Ich bin auf allen möglichen Felsen in Österreich, Jugoslawien und Italien herumgekraxelt und nie heruntergefallen. Das muss ich in Amerika ja wirklich nicht nachholen. Nein, danke, besser verhungern als abstürzen.

Ein Vorarbeiter einer großen Reifenfirma schreit mir über den Platz zu, ich soll verschwinden: „President Johnson hat eben Tausende GIs aus Vietnam zurückgeholt, für die gibt es Jobs, nicht für dich! Scram, schwirr ab!“ Ich bin schon ganz schön frustriert, auch geht das Geld zur Neige. Gott sei Dank kommt Peter nach einer Woche nach und bringt frischen Mut und Zuversicht mit. Und Geld. Er hat noch eine Prüfung machen müssen.

Wir suchen gemeinsam weiter. Ein Laborant führt uns in einen Keller eines alten Hauses und fragt uns, mit schiefem Grinsen, ob wir *basic research* machen wollen. Also Grundlagenforschung. Da haben wir aufgehorcht. Er führt uns in einen halbdunklen Raum, überall Terrarien. Wir gehen näher, sehen Schlangen! Und zwar giftige! Ich werde steif vor Abscheu und Schrecken. Mit solchen Viechern soll ich mich abgeben? Ja, freilich, und da links stehen die Käfige für die Mäuse. Ich brauche keine weiteren Erläuterungen, wir stürmen die Treppen hinauf. Auch Peter holt tief Luft, wir danken höflich und sind dahin.

Es sieht schlecht aus, wir werden überall abgewiesen. So beschließen wir, nach dem Westen zu ziehen, nach dem berühmten Aufruf aus der Pionierzeit *Go west, young man!*, mit dem der Verleger Horace Greeley die jungen Leute im Osten der USA zur Eroberung und Besiedlung der Weiten westlich des Mississippi ermunterte. Wir ziehen nicht zu Fuß, auf den Pferden, im Planwagen los, sondern per Autostopp. Einer unserer Freunde, Ernst, hat bereits in einem Hospital in Chicago einen Job, vielleicht kann er uns helfen. Er wird mit dem Personalchef reden.

Per Anhalter kommen wir recht gut weiter, die Amerikaner sind großzügig und hilfsbereit, auch sehen wir ordentlich und gesittet aus. Manche fahren an uns erst vorbei und beäugen uns, dann stoßen sie zurück und lassen uns einsteigen. Immer wieder verwechseln sie Austria mit Australia. Einige laden uns auf einen *snack* oder einen *coffee* and einen *donut* ein. Auch bringen sie uns zur Jugendherberge oder zur nächsten Auffahrt zur Autobahn oder sonst wohin. Wir erzählen natürlich, dass wir auf Jobsuche sind, sie verbreiten aber keinen Optimismus, die Aussichten sind schlecht. Irgendwo in Ohio nimmt uns ein junger Mann in einem klapprigen VW-Bus mit. Er redet kaum, hat einen schweren Zwinkertick, schließt seine Augen krampfhaft im Sekundentakt. Wir machen uns schon Sorgen, immerhin fährt er auf einer Schnellstraße mit 60 Meilen, da sollte man die Augen länger offen halten. Er nimmt uns mit zu einem Abbruchhaus in der Hessler Road in Cleveland, Ohio. Wir holen ein paar Snacks aus dem Supermarkt, essen mit ihm. Dann bevölkert sich der große, abgewohnte Raum, bis an die zwanzig junge Leute herumstehen. Ein junger Kanadier spielt so grandios auf seiner Geige, wie ich es nie mehr aus unmittelbarer Nähe gehört habe. Zwei Schwarze spielen und singen auf Gitarre und Mundharmonika ein paar Blues, zum Niederknien schön. Wir werden stürmisch aufgefordert, auch etwas zum Besten zu geben, ungern spielen wir ein, zwei jazzige Songs auf Gitarre und Tenor-Banjo. Aber eine Zugabe fordern sie nicht, wir sind wohl unter ihrem Niveau. Später am Abend fragen ein paar Burschen: „Do you want grass?" Peter lehnt verlegen ab, ich stoße ihn in die Rippen, er soll es nehmen, sonst fallen wir nur blöd auf. Wir können ja so machen als ob. Also nur so paffen, dass das Haschisch nicht wirkt. Das machen wir dann. Tatsächlich merken wir keine Wirkung, keinen Rausch. Eigentlich schade um das Geld.

Am Morgen darauf schälen wir uns aus unseren Schlafsäcken. Leise, auf Zehenspitzen, um die Partyleichen, nach Bier und *grass*, nicht zu wecken. Holen aus dem Supermarkt zwei 6er-Pack Bier und etwas zu essen. Schreiben auf einen Zettel: „Thank you for accomodation and party!“, legen ihn dazu. Bevor wir hinausschleichen, riskieren wir doch noch einen Blick durch den Türspalt. Der große Partyraum ist leer, piekfein aufgeräumt, alle sind weg, wohl bei der Arbeit oder in der Schule. Die Langschläfer, die mit dem Kater, sind wir.

Jeden Abend rufen wir Ernst an, ob er schon einen Job für uns im Krankenhaus erreicht hat, aber ein paar Tage lang trifft er den zuständigen Mann für Auslandsstudenten nicht an, da der auf einem Kongress für Neurochirurgie ist. Die Änderung des Namens von Jervakovic zu Jerva ist nicht nur Abkürzung und Amerikanisierung, sondern auch Ausdruck einer völligen Identifikation mit der neuen Gesellschaft. Wir lernen ihn später auf seiner Gartenparty genauer kennen. Er stammt aus Jugoslawien, aus Serbien, hat eine hübsche Frau und fünf Kinder. Starke Persönlichkeit, ruhig, kräftige Stimme, freundlich und großzügig ist er mir noch in Erinnerung geblieben.

In Buffalo sehen wir uns die Niagarafälle an, der Eintritt kostet mich mein letztes Geld. Peter hilft mir aus, er hat die ganze Großfamilie ausgesackelt und ist viel besser bei Kasse als ich. Wir erreichen Ernst am Telefon, er meldet stolz seinen Erfolg, wir können einen Job als *externs*, also medizinisch vorgebildete Helfer, als Studenten vor dem Abschluss, als Famulanten, haben. Unser Jubel übertönt das Tosen der Niagarafälle, dann gönnen wir uns eine riesige Schüssel Salat mit Chicken drauf und einen *pitcher of beer.* Da wird ein 2-Liter-Glaskrug auf den Tisch gestellt, jeder schenkt sich ein.

Ein *long ride*, ein Autostopp über mehrere Hundert Kilometer, bringt uns am nächsten Tag zum Hospital in Chicago. Wir sitzen eingezwängt zwischen fünf fröhlichen, ja ausgelassenen jungen Farbigen, die zu einer Sportveranstaltung fahren. Sie reden alle, oft glucksend, durcheinander, auch sonst verstehen wir ihren Slang schlecht, aber ihre Stimmung, ihr Gelächter, sind herzerfrischend und ansteckend.

Am nächsten Morgen kommt Peter auf die Allgemeinchirurgie, ich auf die Kinderabteilung. Er steht hübsch einige Stunden am Operationstisch und assistiert, hilft dem Operateur. Da er Frauenarzt werden will und schon viele Monate in steirischen Operationssälen gestanden ist, macht er gleich eine gute Figur. Auf der Kinderstation geht es anders zu. Wir machen mindestens zweimal am Tag Visite, untersuchen jedes Kind genau, sehen zu, dass alles richtig läuft. Ich werde Chuck zugeteilt, einem tüchtigen, freundlichen Kinderarzt.

Jede Tätigkeit, jede Hilfe, die er von mir verlangt, diskutieren wir zuerst. Er vergewissert sich also, ob ich sie wohl in seinem Sinn machen werde. Ich schaue aber ziemlich gut aus, weil ich erst vor ein paar Monaten die Prüfung gut bestanden habe. Außerdem ist mir damals schon der Gedanke gekommen, die Ausbildung zum Kinderarzt zu machen. Schon früh im Medizinstudium wurde mir klar: Chirurg werde ich nicht. Auch keines der anderen Fächer, die einmal aus der Chirurgie hervorgegangen waren, kommt infrage, also Frauenheilkunde, Hals-Nasen-Ohren-Heilkunde, oder Orthopädie, nein danke. Ursprünglich wollte ich Internist werden. Ein Grazer Kinderarzt, Friedl, der Urenkel von Peter Rossegger, mit dem ich gelegentlich gemeinsam *jazzte*, brachte das Problem auf den Punkt: „Wenn du glücklich, erleichtert und zufrieden bist, einen alten Patienten von der Schaufel geholt zu haben, wird er dir vielleicht in der nächsten Woche schon wieder in elendem Zustand eingeliefert. Ein Kind, das vor zwei, drei Wochen noch an den Schläuchen gehangen ist, tollt jetzt fröhlich und pumperlgesund herum!"

Das Krankenhaus steht in einem Streifen zwischen dem Zentrum und den Slums. Dort sind viele Häuser unbewohnt, zerbrochene Fensterscheiben, aufgebrochene Türen, Autowracks davor. In diesem trostlosen Viertel wohnen nur Farbige. Bis auf ein paar grantige alte Männer, die sich an einer Schnapsflasche im Papiersack anhalten, sind alle offen zu uns, freundlich, fragen uns aus über *Old Europe*. Österreich kennt da niemand, Mozart, Wien, Salzburg, Toni Sailer, Franz Klammer? Null Ahnung.

Eine prachtvolle junge Schwarzafrikanerin mit glattem Haar, großen Augen und toller Figur fragt uns nach Eliah, der im 6. Stock liegt. Dort ist die Kinderabteilung, er liegt im Zimmer 24, Hirntumor, inoperabel, hoffnungslos. Ich verweise sie an Chuck, den Oberarzt, damit ich nichts Falsches sage. Wenn Krebszellen zwischen die Hirnzellen einwachsen, kann man operativ nichts erreichen. Der Hirnchirurg müsste ja große Teile des Gehirns entfernen. Die medikamentöse Behandlung, diese Krebszellen abzutöten, die Chemotherapie, war aber im Gang. Der Krebs wächst rascher als gesundes Gewebe, folglich teilen sich Krebszellen viel öfter als gesunde, normale Zellen. In den Teilungsphasen sind sie besonders anfällig auf bestimmte Medikamente. Diese, die Carcinostatika, sind hochgiftig und werden mit großer Genauigkeit ermittelt. Während man die Dosis anderer Medikamente in Milligramm pro Kilogramm Körpergewicht berechnet, bezieht man sich hier auf die Körperoberfläche. Dazu gibt es genaue Tabellen. Ein Neugeborenes hat etwa ¼ m^2, ein neunjähriges Kind 1 m^2, ich selbst genau 2 m^2. Das passende Carcinostaticum, richtig dosiert, schafft es, dass die Kinder gerade noch überleben und sich erholen, die Krebszellen aber nicht.

Ein älterer, erfahrener Arzt hat eine schöne Aufgabe. Er ist Ansprechpartner für alle jüngeren Ärzte, gibt immer wieder gute, richtungweisende Ratschläge. Er stammt aus Italien, heißt Dr. LoPriore, und hat eine große Freude, dass ich etwas Italienisch kann. Dass mein Großvater aus dem Friaul stammte, *fa tanto piacere*, freut ihn. Oft holt er mich zu einer Sitzgarnitur und reicht mir einen Kaffee aus dem Plastikbecher. Das tut er mit der linken Hand, die rechte erholte sich nach einer Kriegsverletzung in Nordafrika nicht. Wir unterhalten uns über verschiedenste Krankheiten, ich höre ihm gerne zu, ich denke, dass ich ihm viel verdanke.

Ein indischer Arzt machte – mit großen Gesten und Worten – eine Lumbalpunktion. Etwas oberhalb der Gürtellinie sticht man zwischen den Wirbelfortsätzen mit einer besonderen Nadel ein, um ein paar Tropfen Liquor cerebrospinalis, die Flüssigkeit, die Gehirn und Rückenmark umgibt und schützt, zu gewinnen. Nach großen Erklärungen zu den üblichen Vorbereitungen stach er zu, und traf daneben. Blut tropfte aus der Nadel, wertlos für die geplante Untersuchung. Das schwerkranke kleine Mädchen kam beinahe um bei dieser Prozedur. Zwei Tage später war wieder eine Lumbalpunktion angeordnet.

Eine kleine rehäugige Schülerin südostasiatischer Herkunft war in schlechtem Zustand, vor Fieber schüttelnd, aufgenommen worden. Sie kam unter dem Verdacht auf Hirnhautentzündung auf die Station. Der Doktor aus Indien verweigerte die Punktion entschieden und gestenreich. Der freundliche, immer lächelnde kleine Mann hatte seinen Misserfolg nicht verdaut und war noch verunsichert. LoPriore zeigte Verständnis. Er selbst konnte die Lumbalpunktion nicht vornehmen, da seine rechte Hand in unnatürlicher Beugehaltung fixiert war. Deswegen war er ja als Fortbildungsassistent eingeteilt worden. „Das ist ja nicht so schwer, das Kind muss so gehalten werden, dass es einen Buckel macht. Dann ertastet man die Stelle, genau in der Mittellinie, zwischen zwei Dornfortsätzen und sticht zuerst, die ersten paar Millimeter, flott ein. Man spürt deutlich, wenn man ein kräftiges bindegewebiges Band durchsticht. Jetzt schiebt man die Nadel langsam vor, bis die Flüssigkeit, der liquor cerebrospinalis, heraustropft." Ich nicke, fast belustigt, weil er mir nichts Neues erzählt. Jetzt blickt er mich gerade an und fragt, ob ich mich da auskenne. Ja, ich habe bei Famulaturen einige Male zugesehen. Ich sehe ihm an, dass er etwas überlegt.

19

Lasarettet i Trollhättan

Medizinstudenten müssen famulieren, also bei den Visiten mitgehen, in den Ambulanzen abschauen, wie die Fachleute arbeiten, bei Operationen assistieren. Sie lernen nicht nur einfache Tätigkeiten wie den Blutdruck zu messen, Pulse zu tasten, Krankheitszeichen in Rachen und Ohren zu beurteilen, sondern auch *invasive* Eingriffe. Also Lumbalpunktionen und Blutabnahmen aus den Venen. Man lernt ja nicht alles bei den Vorlesungen. Im vierten Sommer arbeitete ich in einem Spital in Schweden, in einem *lasarett*, wie man dort sagt, in Trollhättan, siebzig Kilometer nördlich von Göteborg. Da lag ein blinder Mann, etwa vierzig Jahre alt. Seine Nieren machten nicht mehr richtig mit. Er hatte Ödeme, war von Wasser, welches die Nieren nicht mehr ausschieden, aufgeschwemmt. Fast täglich brauchten seine Ärzte wichtige Laborwerte aus dem Venenblut. Dort arbeitete ich als *laboratoriebiträde*, also Laborhelfer. Berit und Kajsa kamen eines Tages ohne Blut von ihm zurück und baten mich, es doch zu versuchen. Der blinde Schwede war unglaublich geduldig. In seinem schönen Schwedisch erklärte er mir, dass er über seiner Blindheit verzweifeln könnte, auch wegen seines Nierenversagens, er dann aber nichts mehr vom Leben hätte. Und er habe noch so viel vor. Ich führte ihn an das Waschbecken neben seinem Bett und ließ sehr warmes Wasser ein. Darin musste er seine Unterarme baden, damit doch irgendeine Vene hervortrat. Inzwischen konnten wir uns unterhalten. Wir hatten viel Zeit.

Nach einigen Minuten trocknete ich seine Arme ab und machte mich auf die Suche nach einer Vene. Darin lag sein Hauptproblem: Im aufgeschwemmten Gewebe waren die

Venen verschwunden, untergetaucht, weder tast- noch sichtbar. Und an den Stellen, die sich zur Blutabnahme anbieten, waren sie verstochen, nach wiederholten Punktionen verlegt, vernarbt. Meist traf ich eine Vene nur, weil ich wusste, wo eine sein musste. Manchmal traf ich eine an den Fingern. Auch am Fußrücken. Dort aber tut es weh, sehr weh. Nie kam eine Klage über seine Lippen, ganz locker saß er da und bedankte sich bei mir noch höflich für die Quälerei.

Um bei solchen Punktionen zu treffen, muss man so einiges richtig machen. Erst die Vene gut stauen, damit sie sich mit Blut füllt und – im günstigen Fall – sichtbar wird oder wenigstens ertastet werden kann. Bei den Kindern machte ich das mit der Blutdruckmanschette, die ich so weit aufpumpte, dass das Blut wohl in die Peripherie, nicht aber zurückfließen konnte. Mit einem Tupfer, in Alkohol getränkt, reinigt man die Haut, aber auch zu dem Zweck, die Haut vor der Einstichstelle zu entfetten und gut spannen zu können. Dann muss man nicht zu flach einstechen, um durch die Haut zu kommen, dann die Nadel aber flach weiterführen, um nicht gleich wieder hinten aus der Vene herauszukommen. Wenn diese Nadel zu Infusionen dienen, also länger liegen bleiben soll, muss man sie zwei Zentimeter vorschieben, damit sie nicht bei Bewegungen des Patienten herausrutscht. Anschließend fixiert man sie mit Pflasterstreifen.

Ich traute mir die Lumbalpunktion zu. LoPriore starrte mich noch immer an und überlegte: „You'll make it?" Ja, unter seiner Anleitung, ja! Es klappte. Ich fing einen Milliliter trüben, also eitrigen Liquors ohne Blutbeimengung in einer kleinen Eprouvette auf. Das Mädchen hatte eine eitrige Hirnhautentzündung, eine bakterielle Meningitis. Sie bekam alle paar Stunden eine Infusion mit einem Antibiotikum und sonst noch ein paar Medikamente und war nach einigen Tagen über den Berg.

Viele US-Ärzte haben uns sehr beeindruckt. Ruhig, auf das Wesentliche konzentriert, konnten sie ein Krankheitsbild in wenigen treffenden Worten schildern. Die häufigen *conferences*, Diskussionen, Teambesprechungen waren auf hohem Niveau. Bei den vielen nachmittägigen Vorlesungen, sehr leger, mit dem Kaffeebecher vor sich auf dem Tisch, oft auch die Füße, gab es beste Belehrung, aber auch strenge Verweise, wenn unser Wissen nicht ausreichte. Auf unsere Fragen erhielten wir meistens klare, kompakte Antworten und Erklärungen.

20

Bruce – Brenda – David

Ich meine, dass bestimmte Moden in den nordamerikanischen Gesellschaften die Menschen zwingender ergreifen als bei uns in Europa, man muss mitmachen, sonst ist man draußen, nicht *in*. So das Hula-Hoop, das Joggen, das Nordic Walking. Dann kam aber eine besondere Mode auf. Viele Eltern brachten ihre kleinen Buben zur *circumcision*, zur Beschneidung. Sie versprachen sich weniger Infektionen, weniger Unterleibskrebs bei ihren Partnerinnen und bessere Wirkung beim *intercourse*, also beim Sex. Wir haben die kleinen Buben in der Ambulanz aufgenommen, mit den Eltern ausführlich geredet und sie über allfällige Folgen und Komplikationen aufgeklärt. All dies hielten wir damals, anfangs der 70er-Jahre, für übertrieben. Als eine der Modeerscheinungen, wie sie über die Angloamerikaner alle paar Jahre herfallen.

Wenige Jahre später allerdings kam es zu einer Katastrophe: In Manitoba, Kanada, waren eineiige Zwillinge geboren worden, die im Alter von 7 Monaten beschnitten wurden. Bei Bruce kam es zur Infektion im Bereich der Operation, dann zur Gangrän des Penis, er fiel ab! Alle waren verzweifelt und ratlos. Da sahen die Eltern im Fernsehen einen Psychiater, John W. Money, der behauptete, man könne das Geschlecht ohne Weiteres ändern. Ein Beweis seiner kühnen These fehlte ihm allerdings. Vielmehr war ihm von Fachleuten seit Jahren entschieden vorgehalten worden, *dass es kein Beispiel gebe, dass ein Kind männlich geboren wurde und erfolgreich als weibliches Wesen aufwuchs.* Nun lässt sich ein echter Ideologe auch von den härtesten Fakten nicht irritieren.

Money überredete die Eltern, Bruce kastrieren und aus dem Hodensack ein weibliches äußeres Genitale formen zu lassen.

Aus Bruce wurde Brenda, den Eltern schärfte Dr. Money ein, das Kind konsequent als Mädchen zu erziehen und ihm die ganze Geschichte zu verheimlichen. Weibliche Hormone sollten diese Entwicklung unterstützen. Etwa 8 Jahre später berichtete Money von seinem bahnbrechenden Erfolg und erregte großes Aufsehen, auch viel Anerkennung! Zu früh gefreut. Denn Brenda, die nie Hosen tragen durfte, wollte nur Spielzeug für Buben, raufte wild und interessierte sich für Autos und Waffen. Immer hartnäckiger wehrte sie sich gegen die regelmäßigen Besuche bei ihrem *Retter*, J. W. Money. Trotz weiblicher Hormone bekam sie den Stimmbruch und interessierte sich für Mädchen. Money (fehl)interpretierte dies als *lesbisches Verhalten!* Aber Brenda stellte entschieden klar, „dass sie kein Mädchen sein wollte"! Darauf erzählten die Eltern Bruce/Brenda alles, was geschehen war. Anfangs erleichtert, wählte er den Namen David und ließ sein Glied durch Operationen so weit wie möglich wiederherstellen. Alles half nichts, nicht einmal 40 Jahre alt, erschoss sich der bedauernswerte Mann. Money nahm diesen katastrophalen Ausgang seiner Utopie zuerst nicht einmal zur Kenntnis, dann aber sank sein Ansehen als Wissenschaftler. Seine *Gender Identity Clinic* am Johns Hopkins Hospital in Baltimore/Maryland wurde geschlossen.

Die Hirnforschung, die schon längst typische Unterschiede zwischen dem weiblichen und dem männlichen Gehirn kennt, findet ebensolche beim 3. Geschlecht. Dieses Faktum sollte, muss man ebenso konsequent akzeptieren wie die Veränderungen im Gehirn der Mutter während der ersten Schwangerschaft und sie – ebenso konsequent – ihrem Kind zukommen lassen, sie also nicht von ihrem Kind trennen. Die Menschen mit dem 3. Geschlecht können also zwischen *geschlechtslos, weder-noch, Femme, Mann zu Frau, Drag, Butch* wählen. An die 60 Varianten sind es auf dem europäischen Festland, auf den Britischen Inseln sogar 72. Gender Mainstreaming ist seit 1997 in der EU verpflichtend, berichtet die deutsche Journalistin Birgit Kelle und fragt spitzbübisch: „Heute schon über Ihr

Geschlecht nachgedacht?“ In der Sorge, niemanden zu diskriminieren, schafft man Toiletten für das 3. Geschlecht, beleidigt damit aber die weiteren Spielarten, die sich nicht zu den drei genannten zählen. Das alles beschäftigt mich allerdings nur, wenn es Nachteile für die Kinder bringt.

In den Niederlanden, in Schweden, aber auch anderswo, gibt es sich besonders fortschrittlich gebende Vereine, von Zeitgenossen geleitet und betrieben, die wohl Visionen haben, aber keine Kenntnis von dieser Katastrophe mit Bruce – Brenda – David, die also noch nicht genug von diesen überflüssigen Experimenten mit Kindern haben. Sie wollen nicht als naturgegeben hinnehmen, dass Mädchen sprachliche Vorteile haben (Talkers), Gesichtsausdrücke und Gesten besser deuten können, fürsorglicher sind, während Buben sich mehr und besser bewegen (Walkers), im räumlichen und mathematischen Denken voraus sind und sich schneller – aber auch weniger überlegt – entscheiden. In diesen Kindergärten werden kleine Mädchen gedrängt, mit dem Auto zu spielen anstatt mit der geliebten Puppe. Und zwar im frühen Kindesalter, wie eine grimmige *Kampfemanze* einmal erklärte, dass *man festgestellt hatte, dass es da leichter geht.* Also Manipulation kleiner Kinder! Auch bei uns gibt es diesen Unfug: Hat doch eine österreichische Tageszeitung berichtet, dass „sich immer mehr Eltern um eine geschlechtsneutrale Erziehung bemühen. Meist vergeblich“, stand, wohl bedauernd, im Untertitel. Gott sei Dank, sage ich, die Natur ist stärker, die Kinder machen bei diesem Unfug nicht mit. Aber eben las ich, dass ein engagierter Jugendpsychiater in München, Alexander Korte, einen Trend zu Transgender bei Kindern und Jugendlichen feststellt: Die verunsicherten Kinder, die uns ja alles nachmachen, wie mein geschätzter Lehrer Ernst Federn aus Wien immer wieder betonte, verfolgen das aufregende Erlebnis einer Geschlechtsumwandlung mit Begeisterung, die Patienten berichten fasziniert von ihrer Behandlung, sie dienen als Vorbilder, und, es kommt zu Nachahmungseffekten.

Und, zu schlechter Letzt: Nachdem eine weitere Beschneidung *danebengegangen* war, sprach ein Gericht in Los Angeles dem bedauernswerten Opfer 3,27 Millionen Euro zu. Auch in Sydney sollte ein 12-jähriges Mädchen zu einem Buben umgewandelt werden. Eine Hormontherapie, so entschied ein Gericht, sei erlaubt, mit den operativen Korrekturen müsse man noch warten.

21

Val Pleshen

Ernst will einen alten Bekannten aus seinem Heimatort in Oberkärnten besuchen, der schon 15 Jahre in den USA, außerhalb von Chicago, in einem der vielen Villenviertel für die Weißen, lebt, verheiratet ist und einen guten Job hat. Wir sollen mitkommen. Wir fahren mit dem *shuttle* der Zuggesellschaft, der IC, der *Illinois Central*, hin. Gebrochene und schlampig reparierte Fensterscheiben, schmutziger Fußboden, abgewetzte Holzbänke, überall Abfall. Val holt uns am Bahnhof ab. Zu Hause hieß er noch Valentin Pleschiutschnig, in den Staaten hat er sich die Plagerei mit diesem langen Namen erspart und nennt sich schlicht und amerikanisch Val Pleshen. Mit seinem urigen windischen Namen, den die US-Leute kaum aussprechen können, hätte er es *drüben* wohl zu kaum mehr als zum Tellerwäscher gebracht. Tolles Auto, 6-Zylinder, schönes Haus, geschleckter Vorgarten mit ein paar griechischen Säulen und einem antiken Brunnen. Seine Frau kommt aus England, das ist unübersehbar: Blass, rote Haare, betonter Oxford-Akzent. Warum wir ein so breites, derbes Amerikanisch sprechen, wo wir doch die Chance hätten, *the Queen's English,* zu sprechen? Nach ein paar höflichen Floskeln zeigt sie uns stolz das Schmuckstück des Hauses, ein kleines, chinesisches Tischchen, viel Schnickschnack, Perlmutter, Glas, bunte Steine, zu einem fragwürdigen Kunstwerk verarbeitet. Wir bemühen uns um ausgesuchte Höflichkeit, verstellen uns schamlos, loben das Stück, können aber ihre Begeisterung und Freude nicht teilen.

Bald merken wir es, wir passen nicht in ihr Haus, sind hemdsärmelig und ungezwungen und braun gebrannt von der glühenden Sonne Chicagos, von unseren Fußballspielen mit

Gregorio, Alfredo, Pedro, Sancho aus Mittelamerika, Diego aus Spanien, ein paar Joaos und Felipes aus Brasilien, Craig aus Schottland und einem dunkelschwarzen Pfleger, Douglas, aus Jamaika, der ein toller Tormann ist und immer fröhlich und das in den USA der 60er-Jahre, wo man Schwarzen noch oft die Zunge oder den Stinkefinger zeigt.

Auch sind wir bald etwas laut. Val braucht die fröhliche, ungezwungene Unterhaltung nach seiner harten Arbeit als Manager einer Baufirma. Viel Stress, viel Ärger, immer wieder nahe dran, *to get sacked*, also gefeuert zu werden. Nach einem sehr englischen Essen, das weder Eindruck noch Erinnerung hinterlassen konnte, steht sie müde lächelnd auf und überlässt den Abend den Gentlemen. Jetzt aber gibt es reichlich zu bechern. Zuerst das Bier aus der Brauerei in der Nähe, dann aber, ja dann, packt Val seine Hochprozentigen aus. Und die können sich sehen lassen. Irgendwann um Mitternacht gurgelt Val heraus, er müsse zum *restroom*, wir helfen ihm erfolglos auf, nach zwei Schritten kracht er nieder und begrabt das tolle chinesische Tischchen unter sich. Das fernöstliche Prunkstück ist flach wie nach der Begegnung mit einer Straßenwalze. Oje, das gibt Ärger. Wir, sofort hellwach und fast nüchtern, helfen ihm auf das WC, wo er leider einige unerfreuliche Spuren hinterlässt, die wir notdürftig wegzuwaschen versuchen. Die Party ist aus, wir schleppen Val in sein Bett und ziehen ihm die Schuhe aus, legen uns auf drei Sofas im geräumigen Wohnzimmer. Einige Stunden, es sind viel zu wenige, später, wecken uns die helle Sonne und lautes Aufräumen, schonungsloses Geschirrklappern, Staubsaugen. Die englische Lady sieht konsequent an uns vorbei, wir kriegen ein kleines Frühstück. Val kann nicht, sie will nicht reden. Val bemüht sich zu einem: „Shirley, sweetheart, would you please drive the three gentlemen to the IC station, I am not in the condition to drive a car." Sie fährt uns die paar Kilometer hin, kein Wort, ein knappes „Goodbye" beim Aussteigen. Wir fühlen uns gar nicht wohl, sind aber froh, bei dem Unwetter im Haus von Val und

Shirley nicht dabei zu sein. „Shit happens“, kann man dazu nur sagen. Sehr viel Spaß, schlechtes Ende. Aber dass wir der Lady so viel Ärger bereitet haben, tut uns ja doch leid. Ach, übrigens, Ernst wurde nicht mehr eingeladen.

Wir haben hart gearbeitet, standen stundenlang am OP-Tisch und assistierten, meist war es das wenig geschätzte *Hakl-Halten*: Da steht man am Patienten, dem Operateur gegenüber, und hält mit chromblitzenden Haken den Bauch auf und das Operationsgebiet frei. Das kann ganz schön anstrengend sein. Unter der starken OP-Lampe wird es sehr warm, man kann sich kaum bewegen. Jede Änderung der Stellung kann zu einem scharfen Verweis des Operateurs führen, der beste Sicht und Platz für seine Arbeit verlangt.

Wenige Tage nach unserer Ankunft im Krankenhaus in Chicago gibt die Verwaltung eine große *Welcome Party* für die gesamte Belegschaft, die vielen neuen Mitarbeiter und die Dutzenden Studenten aus allen möglichen Ländern auf allen Kontinenten. Wohl an die 500 Mitarbeiter sind eingeladen, alles vom Chefchirurgen bis zur Abwäscherin aus Mexiko. Peter hat eine Bassgeige ausgeborgt, ich habe meine Gitarre mit, zu dritt mit Ernst singen wir das *Bergsteigerlied* und den *Steirischen Brauch*, mit Pfiff beim Refrain. Die Amis, gutmütig, offen für alle Fremden, klatschen und pfeifen und fordern stürmisch da capo. Wir fallen gut auf und werden in den nächsten Wochen zu allen möglichen Partys eingeladen, ich glaube, es waren über dreißig in fünf Wochen. Oft gehen wir zur ersten um 4 Uhr nachmittags, entschuldigen uns um 8 Uhr und fahren zur zweiten. Das ist viel anstrengender als die Arbeit im Krankenhaus. Gott sei Dank halten wir uns mit ein wenig Sport in Form.

Obwohl wir alle keine richtigen Fußballer sind, werden wir eingeladen, in der Mannschaft des Krankenhauses mitzuspielen. Wohl einfach deshalb, weil Europäer wenigstens eine Ahnung von diesem Sport haben, was man von den US-Boys nicht behaupten kann. Ich rede ja vom Sommer 1970.

Inzwischen haben die Boys und die Girls schön aufgeholt und zählen zu den weltbesten Teams. Alfredo Castillo aus Honduras ist unser Kapitän. Einmal spätnachmittags haben wir zu einem Match auf dem Platz östlich vom Hospital eingeladen, das halbe Krankenhaus, einige Patienten sogar im Rollstuhl, drängen hin, großartige Stimmung. Dort aber trainiert ein stattlicher Afroamerikaner, so um die 50, streng, aber väterlich, seine Bubenmannschaft, das sind zwei Dutzend leuchtende Kinderaugen. (Die Schwarzen haben um 6–8% größere Augen als die Weißen). Dazu die weißen Zähne, das Temperament, der Eifer, die Einsatzfreude. Es ist eine Wonne, sie bei ihrem Football-Training zu beobachten. Aber, der Platz ist heute besetzt. Es wird also nichts aus unserem großen und groß angekündigten Match. Große Betroffenheit. Jetzt gehe ich zum Trainer hin, stelle mich vor, betone „from Austria, from Europe", und schildere ihm unser Pech. Kein Platz für das Spiel, beide Mannschaften da, viel Publikum. Er ruft seine Buben und erklärt ihnen das Problem. Sie nicken. Und geben den Platz frei, gehen woanders hin. Ja wenn man mit diesen Leuten immer normal geredet hätte, und das auch heute noch tun würde.

Wir spielen gegen eine Mannschaft von lauter Südamerikanern, sie spielen wie die Götter. Unser schwarzer Panter, Douglas aus Jamaika, fliegt im Tor nur so hin und her und hält unglaubliche Bälle. Auch wir geben unser Bestes. Trotzdem verlieren wir, aber das halten wir locker aus, sind Niederlagen gewöhnt. Die Amerikaner applaudieren und pfeifen bei jeder spektakulären Aktion, auch wenn wir den Ball nicht treffen oder ausrutschen. Danach gibt es ein paar *pitcher beer* und viel Angeberei über tolle Tricks und Torschüsse im Spiel.

22

Im Greyhoundbus

Nach neun Wochen ist unsere Zeit im Krankenhaus in Chicago um, einige der Studenten fahren direkt heim. Wir aber nützen die einmalige Gelegenheit, uns ein wenig diese riesigen Vereinigten Staaten anzusehen. Am besten geht das mit einem Greyhound-Ticket, mit dem man 30 Tage lang jederzeit in einen Greyhoundbus einsteigen kann und hinfahren, wohin man will. Ich lasse es mir aus Europa schicken, in den USA bekommt man es nicht. Außerdem pumpe ich meine Schwester an, mir ein paar Tausend Schillinge zu überweisen, ich bin unverändert weiterhin schwach bei Kasse: „I am broke." Ich habe gar nicht so schlecht verdient, aber wir waren eine fröhliche Runde aus allen möglichen Ländern. Außerdem war ich mit einer kaffeebraunen Schönheit aus Haiti zusammen und habe sie immer eingeladen. Männer müssen großzügig sein, geizige Männer sind tödlich für eine Beziehung. Und so gibt es einen tränenreichen Abschied am Busbahnhof, und ab geht es, nach dem Westen. Es geht durch Iowa, Nebraska und Wyoming. Spätabends besteigen wir den Bus, schlafen während der Fahrt und ersparen uns so die vier Dollar für die Übernachtung in der YMCA, der Young Men's Christian Association, der Jugendherberge. Das schlaucht früher oder später, aber wenn wir zu viel Müdigkeit angesammelt haben, schlafen wir einmal in der Herberge. Unsere Versuche, in Parks zu übernachten, werden von der Polizei gnadenlos vereitelt.

In Sacramento, nordöstlich von San Francisco, werden wir in einem Bierlokal barsch vor die Türe gesetzt, weil wir kein weiteres Bier wollen. Dabei war die Spelunke halb leer. Wir kamen gar nicht dazu, zu erklären, dass wir knapp bei Kasse sind und das Bier nicht gut und viel zu kalt. Sacramento, Sacramento? Da gibt es doch diese Geschichte, von einem Schweizer, wie hieß er doch? Ich habe sie in verschiedenen Büchern gelesen, auch der erfolgreiche österreichische Schriftsteller Stefan Zweig hat sie geschrieben. Ob sie allerdings unter *Sternstunden der Menschheit* einzuordnen ist, wage ich zu bezweifeln.

Johann August Suter war der Mann, er machte in seiner Heimat bankrott, floh und ließ Frau und Kinder so mittellos zurück, dass sie auf die öffentliche Unterstützung angewiesen waren, handelte in Santa Fe, dann in Novo Archangelsk, später in Oregon. Der spanische Gouverneur von Alta California, wie diese spanische Kolonie noch hieß, erlaubte ihm, sich im Sacramento Valley niederzulassen. Da hatte er endlich Erfolg. Seine Farm belieferte die boomenden Städte Sacramento, Seattle und Vancouver mit Gemüse und Obst und Fleisch und was sonst noch seine Ländereien abwarfen. In wenigen Jahren hatte er ein kleines Imperium aufgebaut, nannte es stolz *Neu-Helvetien*, war ein gemachter Mann, *der Kaiser von Kalifornien*. Eines Tages aber steht James Marshall, sein Tischler oder Zimmermann, äußerst erregt vor ihm, blickt misstrauisch um sich, drängt ihn in ein Büro, sperrt die Türe hinter sich ab und fragt, ob diese gelben Steine Gold seien. Das ist wohl Gold, meint Suter, der sich inzwischen John Sutter nennt, und Marshall legt nach: „Der ganze Bach ist voll davon!" Sutter beschwört Marshall, den Mund zu halten. Er reitet in die Stadt, will sich vergewissern, dass es sich wirklich um Gold handelt. Tatsächlich, es ist Gold, Gold, Gold! Er ist der reichste Mann der Welt. Aber nur für wenige Stunden! Denn schon ist das Geheimnis verraten „Eine Frau, immer eine Frau (!) – so schrieb der Stefan Zweig tatsächlich! – hat es Vorüberkommenden verraten." Sofort lassen die Männer alles liegen und stehen, alles rennt zum Bach, rafft gierig das Gold auf, siebt mit Gittern, Sieben, Netzen, selbst gebauten Geräten das gelbe Metall aus dem Wasser. Niemand kümmert sich um die Milchkühe mehr, sie brüllen mit den übervollen

Eutern auf den Weiden, die Käsereien arbeiten nicht, das Gemüse, das Getreide verfaulen auf den Feldern. Im Nu ist alles verwüstet, zertrampelt, seine Vorräte weg, überall raue, gierige Männer, die den Sacramento-River und das ganze Land nach Gold umgraben. Sein Land! Über Nacht ist Sutter ruiniert, bettelarm.

Das alles geschah im Jahre 1848. Es dauerte dann doch noch ein Jahr, bis weitere Horden von Goldgräbern, Barkeepern, Huren, Kartenspielern, Spekulanten, Revolverhelden und Glücksrittern in das Sacramento-Tal kamen, sie mussten ja Südamerika umschiffen oder sich über die Landenge von Panama plagen oder den Kontinent durchqueren. Man nannte sie die *fortyniners*. Wer erinnert sich noch an den Song „dwelled a miner, forty-niner, and his daughter Clementine". Oder an den „Hamburger Veermaster" mit dem schmissigen Refrain "... there is plenty of gold, so I've been told, on the banks of Sacramento!"

San Francisco ist wunderschön. In Terrassen fällt die Stadt hinunter zum Pazifik. Wir erinnern uns an Steve McQueens wilde Autojagd im Film *Bullit*. Flower-Power, überall Blumenkinder, eine fröhliche, friedliche, gemütliche Atmosphäre, besonders im Viertel um die Grant Street. Die Stadt ist berühmter als groß, hat nicht einmal 900 000 Einwohner. Wir durchstreifen sie mit großer Freude und Interesse, kommen auch in den Castro District. Dort treffen wir immer wieder auf Männer, die uns zu irgendetwas oder auf irgendetwas einladen wollen. Wir sind aber dermaßen heterosexuell, dass wir ihnen lächelnd ausweichen. Zwanzig Jahre später jedoch konnte ich meine Töchter verstehen, die sich über gelegentliche Unterhaltungen mit schwulen Männern positiv äußerten: Die wollten nichts von ihnen, waren oft kultiviert, feinfühlig und gebildet und verschonten sie mit dem häufigen Macho-Gebaren der Heteros.

Auch hier in Kalifornien kann ich meiner Liebe zu Irland nicht widerstehen, wir gehen in ein Irish Pub. An der

Wand ein Poster: *May you be in Heaven half an hour before the Devil knows you are dead!* An der Theke sitzen Ernst und Peter und unterhalten sich, ich beginne ein Gespräch mit einem stämmigen Kerl rechts von mir. Bald fragt er mich, ob wir nach Hause telefonieren wollen. Kostenlos! Ich schnaufe tief durch, denke, schon wieder so ein Angebot. „Nein, nein, ich bin nicht schwul“, versichert er auf meine besorgte Reaktion und erklärt: „Ich war 12 Jahre lang Bodyguard eines großen Filmstars. Meine Pflichterfüllung hat er mir nicht gedankt, sondern hat mich wegen ein paar Minuten Verspätung – ich steckte im Stau – gefeuert. Jetzt bin ich ohne Job. Aber, ich habe seinen Telefoncode im Kopf und revanchiere mich mit langen Telefonaten, die er bezahlen muss! Also, dort ist das Telefon!“ Ich erreiche meine Eltern nicht, sie sind im Wörthersee beim morgendlichen Schwimmen. Peter redet mit seinem Bruder und schockiert uns mit der Mitteilung, dass Jochen Rindt eben verunglückt ist. Diese *long-distance* Telefonate hätten wir uns niemals aus der eigenen Tasche bezahlen können, aber der Filmstar machte es möglich. Nachdem dieser Paul einer meiner Lieblingsschauspieler war, schaue ich mir fast jeden seiner Filme im Kino an, um die Schulden des Telefonats zu begleichen.

Überall die Schrift *Make love, not war!* Da ist doch etwas dran. Der Slogan der 68er *Wer zweimal mit derselben pennt, gehört schon zum Establishment!* hat mich belustigt, jedoch nicht überzeugt. Aber, verklemmte, ungelebte Sexualität kann doch das Aggressionspotenzial steigern. Diese Neigung zur Gewalt nützen Machthaber aus, um junge Männer zu Kriegen und anderen Untaten zu gewinnen. Da wird jugendliche Abenteuerlust, Gemeinschaftssinn, Männlichkeit zu kriegerischen Abenteuern missbraucht. Singend, jubelnd zogen die Soldaten im Sommer 1914 in den Krieg, mit Blumen in den Mündungen ihrer Gewehre. Wenn sie nur dort geblieben wären! Zu Weihnachten sind wir wieder zu Hause, versprachen sie. Es wurde ein Gemetzel von über vier Jahren und vielen Millionen Toten und schuf die Voraussetzungen für den nächsten, größeren, brutaleren Krieg. Gewalt fördert weitere Gewalt. Menschlichkeit, Verständnis für andere Menschen, Verständigung werden unterdrückt. Nur weil drüben Menschen anderer Sprache, Kultur, Lebensweise, in anderer Uniform, stehen, darf, ja muss man auf sie schießen. Und dann schreien, ja johlen fanatisierte Massen ihre Zustimmung, wenn einer dieser Hetzer den *totalen Krieg* ankündigt.

Also lieber Sex als Krieg. Macht ja auch viel mehr Freude. Ist nicht so gefährlich und viel billiger. Aber nur unter erwachsenen Personen, die selbst bestimmen können, was sie machen und wie sie es machen. Und niemals mit Kindern! Zu diesem Zweck gibt es doch dieses Schutzalter. Es verbot Sex zwischen Menschen über 18 Jahren mit Menschen unter 18. Vor etwa vierzig Jahren wollten *fortschrittliche* Menschen eine Senkung eben dieses Schutzalters auf 14 Jahre erreichen. Sie haben es geschafft. Bei einem Kongress in Innsbruck haben wir uns um eine energische Protestnote der österreichischen Kinderfachärzte an das Parlament bemüht, sie hatte – erwartungsgemäß – keinen Erfolg. Wer hört denn schon auf Kinderärzte? Jahre vorher hat es politische Gruppen gegeben, die forderten, auf so ein Schutzalter überhaupt zu verzichten: Ein *grünes* Positionspapier wurde mit 76 zu 53 Stimmen angenommen: „Einvernehmliche Sexualität ist eine Form der Kommunikation zwischen Menschen jeglichen A l t e r s , Geschlechts, jeglicher Religion oder Rasse und vor jeder Einschränkung zu schützen!" Und es sei nicht hinzunehmen, „dass Erwachsene, die die sexuellen Wünsche von Kindern ernst nehmen und liebevolle Beziehungen zu ihnen unterhalten, mit Gefängnis bis zu zehn Jahren bedroht würden!" Der internationale Herzeige-Grüne Daniel Cohn-Bendit verstieg sich in seiner Autobiografie *Der große Basar* sogar zu folgenden Fantasien: „Mein ständiger Flirt mit allen Kindern nahm bald erotische Züge an, ich konnte richtig fühlen, wie die kleinen Mädchen von fünf Jahren schon gelernt hatten, mich anzumachen … Es ist mir mehrmals passiert, dass einige Kinder meinen Hosenlatz geöffnet und angefangen haben, mich zu streicheln …" Der spinnt wohl, der Daniel, der träumt wohl …

Aus lauter *revolutionärer Gesinnung* dürften einigen dieser Leute damals Orientierung und Hausverstand abhandengekommen sein, fragte doch eine besorgte Mutter: „Mein Kind ist schon vier und onaniert nicht richtig!"

Was soll das? Sex mit Kindern? Ich kenne diese perversen, kranken Wünsche schon lange aus verschiedenen Fachzeitschriften. Ich konnte und wollte jedes Mal meinen Augen nicht trauen, wenn ich so etwas las! Ein Helmut Kentler sprach vom „Recht des Kindes auf sexuelle Bedürfnisbefriedigung" und dass „Sex mit Kindern kein Missbrauch, sondern ein Kinderrecht" sei! Er übergab schutzbedürftige Knaben wissentlich an verurteilte Pädophile!! Sigmund Freud meinte zu diesem Kindesmissbrauch, „dass Kinder, die sexuell stimuliert wurden, nicht mehr erziehungsfähig sind!" Da gibt es – zurecht – Aufschrei und Empörung über Kindesmissbrauch in Klosterschulen und Heimen, laut und voll Empörung vorgetragen von sich modern gebenden Gesellschaftsveränderern, die insgeheim aber Sex mit Kindern anstrebten und über Gesetzesänderungen straffrei machen wollten. Auch Österreich beteiligte sich an diesem Irrweg, dieser Schweinerei: Wer erinnert sich noch an den *Sexkoffer* und weitere *fortschrittliche Initiativen?* Oder an den unappetitlichen *Babyficker* aus der Schweiz, der im Jahre 1991 in Klagenfurt um einen Literaturpreis vorlas – und einen Preis gewann! Ich mag mich mit solchen Verrücktheiten gar nicht weiter abgeben. Außerdem ist diese tatsächlich kranke Welle abgeklungen, verebbt, die Herrschaften sind längst in die Jahre gekommen, ihr Testosteronspiegel ist nur noch ein Drittel oder weniger als damals, zu ihren Glanzzeiten, sie wollen – irgendwo las ich – „nicht mehr daran erinnert werden."

Tief durchatmen und Themenwechsel. Ein Großteil der Kärntner Kinderärzte hatte erkannt, dass eine ausschließlich organisch orientierte, schulmedizinische Ausbildung nicht ausreicht, die vielen Probleme in der täglichen Arbeit zu verstehen. Der Doyen der österreichischen Psychiatrie, Prof. Strotzka, der später in einem Altersheim bei einem Brand tragisch ums Leben kam, bezifferte einmal den Anteil der psychiatrischen Fälle in der täglichen Praxis mit dreißig Prozent. Das mag ja übertrieben sein, der Anteil an Kranken allerdings, die ärztliche Hilfe aufsuchen, klärende Gespräche brauchen, Verständnis suchen, aber Medikamente bekommen, weil der Arzt oder die Ärztin die Zusammenhänge nicht erkennt, das zugrunde liegende Problem nicht sieht, weil sie weder die Zeit haben noch dazu ausgebildet sind, ist sicher groß. Daher suchten wir nach Fachleuten, die uns in der Psychosomatik und der Sozialpädiatrie weiterhelfen konnten. Ein paar Jahre lang kam ein älterer Kinderarzt aus Köln und leitete uns. Wir berichteten über unsere Problemkinder, ausführlich und detailliert, dann diskutierten wir unter seiner fachkundigen Führung das Problem. Diese Treffen fanden in Extrazimmern von Hotels in Kärnten von Freitagabend bis Sonntagmittag statt. Dazu empfahl er uns die Lektüre, das Studium vieler Bücher und Zeitschriften. Ich denke, wir haben sehr viel profitiert. Und die vielen kleinen Patienten, die mit Kopfschmerzen – schon 80% der Schulkinder haben Kopfschmerzen erlebt, eine erschreckend hohe Zahl! – Schlafstörungen, Bettnässen, Bauchkoliken, Einkoten, Stottern, Lernstörungen und unzähligen weiteren Problemen von ihren geplagten und verzweifelten Angehörigen vorgestellt wurden. Das schlauchte uns. Mehr aber noch den alten Supervisor. Nach ein paar Jahren war die Luft draußen, der alte Herr nickte immer wieder ein, gab oft knappe, unwillige Antworten und Erklärungen. Er war auch unzufrieden, dass wir am Abend, nach zehn und mehr Arbeitsstunden und 70 Patienten, nicht noch diese schwierigen Kinder mit ihren genervten Angehörigen in die Ordination bestellten, sondern ein paar Hausbesuche zu erledigen oder einfach genug hatten und nach Hause wollten.

Wir suchten nach einem Ersatz. Und den fand Franz W., engagierter Psychologe in Klagenfurt, in einem Herrn Professor aus Wien, genau dreißig Jahre älter als ich. Er war als Trotzkist, aber auch als Jude, in den Konzentrationslagern Dachau und Buchenwald, die er mit Mut, Anständigkeit und Durchhaltewillen überstand. „Nie habe ich daran gezweifelt, dass ich überleben werde!“, hat er mit leuchtenden Augen und kräftiger Stimme versichert. Seine Frau, Halbjüdin und Katholikin, hat all diese schweren Zeiten treu und tapfer zu ihm gestanden und ihn unterstützt, wo immer sie konnte. Beide lebten nach dem Krieg in den USA, in Cleveland, Ohio, in der Hessler Road. (Zufällig dort, wo wir bei den Hippies übernachteten.) Bei aller Toleranz und Großzügigkeit hat er sich wiederholt energisch gegen diesen Missbrauch an Kindern ausgesprochen. Und wir hatten viele Gespräche miteinander geführt. Er war mit seiner Frau Ilse oft Gast in unserem Haus, wiederholt besuchten wir ihn bei seinem Sommerurlaub in Mallnitz. Auch meine Frau schätzte das Paar sehr. Als er nicht mehr verreisen konnte, besuchte ich ihn in seiner geräumigen Wohnung in der Kolingasse in Wien, deren Wände mit Bücherregalen vollgestellt waren. Bücher, Bücher, Bücher, alle über Psychologie, Psychiatrie, Biografien von S. Freud, C. G. Jung, A. Adler, Rank, Ferenczi. Nicht nur sein gewaltiges Wissen, sondern seine Liebe zu den Menschen, sein Optimismus, seine Herzlichkeit beeindruckten uns. Als überzeugte und leidenschaftliche Europäer und Kulturmenschen hielten sie es in den USA nicht länger aus. Die hohe Kriminalität, die elenden sozialen Verhältnisse, der Militarismus, die Ausbeutung aller anderen Länder und viele weiteren Missstände verstärkten ihre Sehnsucht nach dem alten Kontinent. Sie wollten zurück nach Wien. Kreisky und Broda verhalfen ihnen zur Heimkehr.

Wir fahren mit der Fähre von San Francisco hinüber auf die Gefängnisinsel Alcatraz. Das ganze Objekt beunruhigt, bedrückt uns. Es ist schlimm genug zu wissen, dass in den USA über 1,5 % aller Männer in einem *clink*, dem Knast, einsitzen.

Die Farbigen sind wieder einmal massiv überrepräsentiert, Zufall ist das nicht. Sie haben auch heute noch schlechte Chancen, gerecht behandelt zu werden.

23

Drogen

Die folgende Nacht sitzen wir wieder im Greyhoundbus, schlafen, so gut es geht. Die Aircondition ist so kalt eingestellt, dass wir den Arm am Fenster, wo die kalte Luft herausströmt, einwickeln müssen. Wir wollen nach San Diego, die südwestlichste Stadt der USA. Unterwegs steigt eine mittelalterliche, rundliche Amerikanerin zu, mit der wir bald in ein Gespräch kommen. Sie lädt uns in ihr Haus ein. Gutes Essen, nette Unterhaltung, Wissenswertes von dieser sonnigen Stadt und dem großartigen Zoo, den wir natürlich besuchen. Aber am Tag darauf, am Samstag, müssen wir sie wieder verlassen. Das ist ja kein Problem für uns, aber warum ist das so streng? „Ja, da mache ich die Bude dicht, kontrolliere, ob wohl alles abgeschaltet ist, sperre gut ab, lasse die Fensterläden herunter und gebe mir einen *Schuss*. Fasziniert hören wir ihr zu, weniger, weil wir sie um den regelmäßigen Rauschgiftgenuss beneiden, sondern weil sie so selbstverständlich mit diesem Zeug umgeht. Inzwischen weiß man viel besser als vor 50 Jahren, wie schädlich das Gift ist, wie viele Langzeitschäden es hinterlässt. In seinem Buch *Genpoolparty* stellt Martin Moder fest, „dass Drogen niemals ohne Risiken sind! Eine Untersuchung an fast einer halben Million Amerikanern konnte zeigen, dass der langjährige Konsum fast aller Drogen mit einer erhöhten Verbrechensrate einhergeht." Na bravo, zuerst kiffen, dann killen? Kürzlich hat das *Journal of Neuroscience* etwas publiziert, das uns alle höchst alarmieren muss: Bei Jugendlichen, die nur ein oder zwei Mal Marihuana geraucht hatten, wurde eine signifikante Verdickung der grauen Substanz im Gehirn festgestellt. Ausgeprägt war die Zunahme bei Hirnregionen, in denen Cannabinoidrezeptoren aktiv sind, in der Amygdala, in der Ängste verarbeitet werden, und im Hippocampus, der für das Gedächtnis und das räumliche Vorstellungsvermögen wichtig ist. Dabei ist geregeltes Schrumpfen der grauen Substanz ein *wichtiger* Vorgang bei der Reifung des Hirns im Zuge der Adoleszenz. Wenn erst nach dieser Phase geraucht wird, ist der Schaden geringer. Schluss damit, ich mag keine Drogen: Ich meine, ganz bieder und naiv, dass das Leben so schön, so bunt, so aufregend ist, dass man keine Erweiterung des Bewusstseins, keine – fragwürdige – Bereicherung mithilfe von Drogen braucht. Kurz, ich habe überhaupt kein Verständnis dafür.

Es gibt ja die These, dass *eine* Droge für *einen* Kulturkreis ausreicht. Jede weitere ist eine zu viel. Und bei uns ist es der Alkohol, und der stellt genug an. In Österreich rechnet man mit einer Viertelmillion an manifesten Alkoholikern und noch einmal mindestens so vielen *Grenzgängern*, also Leuten, die gerade noch nicht zu den Alkoholikern gezählt werden müssen. Wie in vielen anderen Bereichen gilt, was schon der alte Theophrastus Bombastus von Hohenheim, besser bekannt als Paracelsus, gesagt hat: „Die Dosis macht das Gift." Eine Prise Salz macht die Suppe g'schmackig, ein Esslöffel voll verdirbt sie.

Die Franzosen meinen, 80 g Alkohol pro Mann und Tag seien akzeptabel, bezahlen diese stolze Vorstellung aber mit 3-mal mehr Alkoholkranken als die Skandinavier. Dort hält man, nein, *frau* die durstigen Kampftrinker so konsequent zurück, dass sie sich selbst nicht zurückzuhalten brauchen. Denn das können viele im Norden nicht, oder, sie wollen nicht. Wer eine Fähre vom Kontinent nach Südschweden nimmt, soll besser nicht am Sonntag fahren. Da kommen die trinkfreudigen Burschen – und auch Mädels – von ihrem Ausflug nach Dänemark oder Deutschland zurück, wo sie viel leichter und billiger zum Alkohol gekommen sind. Alles trinken sie da, es muss nur Alkohol drinnen sein. Da kann die Fähre voll sein von vollen Typen. Und dementsprechend aussehen, und riechen.

Die EU gab einmal – völlig willkürlich – 10 g Alkohol für Frauen und 20 g für Männer pro Tag als Limit an. Inzwischen habe man auf 16 bzw. 24 g angehoben, las ich irgendwo. Auch das können wir nicht hinnehmen! Eine Flasche Bier enthält bereits 26 g! Wie man das berechnet? Unser Märzenbier hat 5,2 % Alkohol, das wären pro Liter 52 g, in einer Flasche, in einem Krügel also 26 g. Bei einem Alkoholgehalt von 11 bis 12 % wären es 110 bis 120 Gramm in einem Liter Wein, in einer Bouteille also etwa 80 Gramm.

Dabei gehört *mäßiger* Alkoholgenuss zu den Voraussetzungen, zu den Beiträgen für ein gesundes Leben: Forscher der University of Texas in Austin und weiterer Universitäten zerbrechen sich den Kopf über einem überraschenden, paradoxen Ergebnis: Untersuchungen an über 1000 Männern und fast 700 Frauen über einen Zeitraum von 20 Jahren hatten nämlich ergeben, dass ein täglicher Konsum von zwischen 14 und 42 g Alkohol gesünder ist, als überhaupt keinen Alkohol zu trinken. Die Lebenserwartung dieser mäßigen Trinker ist höher als die der Alkoholiker, was ja niemanden wundert. Dass sie aber auch höher ist als die der Abstinenzler, überrascht ja doch. Dazu kommt, dass bestimmte Krebserkrankungen bei diesen mäßigen Trinkern eindeutig seltener auftreten.

Frauen müssen sich mit der Hälfte der Mengen für Männer bescheiden.

Warum sind Frauen – schon wieder einmal! – benachteiligt? Erstens haben sie einen geringeren Wassergehalt, und weniger Körpermasse, so hoffen wir, auf die sich der Alkohol verteilen kann. Zweitens bremsen ihre Östrogene den Abbau von Alkohol, weil sie weniger Alkoholdehydrogenase haben, die das machen soll. Und drittens beginnen die Männer bereits im Magen den Alkohol abzubauen. Zu schlechter Letzt werden sie leichter und schneller süchtig und alkoholkrank. Offensichtlich und gerechterweise ernten wir Männer die Früchte unserer Bemühungen um den Alkohol seit Jahrtausenden: Wir vertragen mehr.

Das FAS, das fetale Alkoholsyndrom, führt zu einer Reihe von Fehlbildungen und Organschäden bei Kindern, deren Mütter während der Schwangerschaft nicht vom Alkohol lassen konnten. Kleinwuchs, auch des Kopfes, Herzfehler, Bewegungsstörungen, geistige Behinderungen sind von Menge des Alkohols und der Phase der Schwangerschaft abhängig. Eine gute Bekannte mit einem Kugelbauch staunte nicht schlecht, als ich ihr im Foyer des Theaters das Weinglas wegnahm und durch einen Apfelsaft ersetzte.

Dieser Frage muss sich jeder Mensch immer wieder stellen: Trinken Sie den Alkohol, weil er Ihnen schmeckt oder weil Sie seine Wirkung brauchen? Besser helfen die C A G E-Fragen weiter: C für *cut down drinking*: Hast du schon an eine Reduktion des Alkoholkonsums gedacht, A für *anger* oder: *annoyance.* Hast du dich über den Vorwurf, Alkoholiker zu sein, geärgert? G steht für *guilty?* Fühlst du dich schuldig, zu viel zu trinken? Und E, *early morning:* Trinkst du schon am frühen Morgen? Ab zwei Bejahungen wird es ernst. Woran erkennt man nun aber *wirklich* einen Alkoholiker? An der roten Nase, am unsicheren Gang, an der verwaschenen Sprache? Alles unsichere Zeichen, sie können auch andere Ursachen haben. Aber wenn jemand eine große Weinflasche, einen *Doppelliter,* aufmacht und den Stoppel wegwirft, dann ist er einer!

Gegen Ende des Studiums freunde ich mich mit einem Konsemester an, also einem Studenten im gleichen Semester. Er ist klein, fällt mit seiner großen Nase auf, aber auch mit seinen klugen, witzigen, scharfsinnigen Bemerkungen, Kommentaren. Er hat eine starke Ausstrahlung, besser Ausdünstung. Die ist allerdings verräterisch, seine roten Augen passen dazu, wir diagnostizieren starken, häufigen Alkoholgenuss. Der Verdacht bestätigt sich abends in der Kneipe, er trinkt viel mehr als wir. Ich frage ihn: „Was sagt der Mediziner in dir, dass du so zulangst?“ Er erklärt: „I nimm jeden Tag zwoa Tabletten von oan Leberschutzpräparat, da passiert ma nix!“ Das ist natürlich blanker Unsinn, wir alle kennen das Medikament und wissen, dass es kein Präparat gibt, welches weit überhöhten Alkoholkonsum verträglich macht. Mit diesem Kollegen hatte ich bald darauf ein besonderes Erlebnis. Ich besuchte Vorlesungen und beobachtete Prüfungen in Geburtshilfe und Frauenheilkunde, saß in der ersten Reihe, damit ich dem Professor, dem gefürchteten Prüfer, beim Rigorosum in einer Woche nicht völlig unbekannt sein konnte. Er könnte sonst sagen: „Sie wissen nichts, und gesehen habe ich Sie in meinen Vorlesungen auch nie!“ Und schon biste draußen, geflogen. So sitze ich ganz vorne in der ersten Reihe im großen Hörsaal, in dem auch die öffentlichen Prüfungen stattfinden, und verfolge, wie mein sonst sehr gut vorbereiteter Kollege bei einer Frage in Geburtshilfe ansteht, nicht weiterkommt. Um nicht wortlos dazusitzen und um Zeit zu gewinnen, murmelt er: „Da stehen wir vor einem Dilemna!“ Er sagt Dilemna, nicht Dilemma. Der alte Professor, müde gebeugt über seine Zigarette, wacht und schreckt auf und fragt giftig: „Sagten Sie eben Dilemna?“ „Ja, Herr Professor, wir stehen vor einem Dilemna.“ Der alte Herr richtet sich auf, blickt streng in die Reihen der Studenten, hebt seine Stimme: „Wer nicht einmal Fremdworte richtig verwenden kann, der hat bei mir nichts zu suchen“, und schmeißt ihn hinaus. Dann zieht er einige Male an seiner Zigarette – er hat bei den Prüfungen immer eine nach der anderen geraucht –, hält sie mit braunen Fingern, hüstelt ein paar Male, kämpft sichtlich mit seiner Emotion, nämlich dem schlechten Gewissen. „Was soll ich mit einem Rigorosanten machen – in einem Jahr ist er Arzt und Akademiker –, der mit Fremdworten nicht richtig umgeht, mit wichtigen, geläufigen? Muss ich ihn nicht hinausschmeißen?“ Er fragt uns wirklich, blickt mit großen Augen und hochgezogenen Brauen in die Runde. Die Orientalen, die Norweger, die Schweden, die Deutschen in den ersten Reihen des Hörsaals rühren sich nicht, was kümmert sie ein kleiner Oberösterreicher schon? Ich hole tief Luft, stehe auf und stelle bestimmt, aber sehr höflich, weil ich ja in wenigen Tagen selbst zu dieser Prüfung vor diesem alten Professor stehe, fest: „Herr Professor, darf ich daran erinnern, dass dies eine Prüfung aus Geburtshilfe und Gynäkologie ist, nicht eine über Fremdworte aus dem Griechischen." (Dort bedeutet dilemma *Doppelgriff*, zwei gleichwertige Übel). Der alte Herr dreht sich mühsam in meine Richtung, starrt mich an, fixiert mich lange, bohrend. Ich verfluche mein loses Maul. Er aber sagt: „Da haben Sie, äh, allerdings recht, ich habe Ihren Kollegen, äh, ungerecht behandelt. Bitte holen Sie ihn zurück, ich möchte ihm sagen, dass, äh, dieser Hinausschmiss nicht gilt, er kann sich einen neuen Prüfungstermin holen!" Toll, der alte Herr, Chef der großen Klinik, ein weit über unsere Grenzen hinaus bekannter Facharzt, gibt angesichts dutzender Studenten einen Fehler zu. Ich renne meinem Kollegen nach, finde ihn mit Leichtigkeit – wohin eilt ein Trinker denn schon? – im ersten Gasthaus am Haupteingang der Klinik. Seinen Vorsprung hat er weidlich ausgenützt. Er sitzt bei seinem zweiten Bier und einem leeren Schnapsglas. Ich kann ihm die erfreuliche Wendung, die glückliche Fügung, berichten. Er hat – unbeirrt und unbeeindruckt – weitergetrunken, und die Prüfung ein paar Tage später bestanden. Ich auch.

24

Indianer

Von San Diego fahren wir nach Las Vegas. *Verknittert* steigen wir um drei Uhr nachts aus dem Greyhoundbus. Aber schlafen gehen? Nein, nicht in dieser verrückten Stadt mit ihren grellen Lichtreklamen, Casinos, Luxushotels. Auch ich werfe mich in das Gemetzel um leicht gewonnenes Geld. Leicht gewonnen, denkste! Ich habe noch matte sechzig Dollar für die nächsten zwei Wochen. Davon zweige ich ein paar ab, gehe ins *Nugget*. Zuerst spiele ich an einem *one armed bandit*. Links und rechts und hinter mir höre ich die ersehnte Lawine der vielen Münzen herunterrauschen, übertönt von den verzückten und frenetischen Schreien der glücklichen Gewinner. Ich aber habe nichts zum Jubeln, ich verliere, die wenigen Dollars, die ich mir abzweige, um zu etwas Geld zu kommen. Bekanntlich gewinnt man schon gar nicht, wenn man gewinnen muss. Den letzten Dollar setze ich, vor 3 Monaten 26 geworden, auf 26. Gerade bevor das *rien ne va plus* kommt, beugt sich Peter über mich und schiebt meinen Jeton weg vom 26er auf eine Kreuzungsstelle: „Aber Burli, du wirst doch nicht auf eine Zahl allein setzen. Auf einer Kreuzung hast du ja mehr Chancen!“, belehrt er mich. Ich bin zu müde, auch geht mir alles zu schnell, um mich zu wehren. Die Kugel rollt knatternd von Zahl zu Zahl, bleibt endlich stehen, auf … 26! Mich trifft der Schlag! 36 minus den einen Dollar hätte ich eingesackt. Die hätten meine magere Reisekasse um 2 bis 3 Dollar pro Tag schön aufgebessert! Wie viele Hot Dogs oder Burger hätte ich mir damit leisten können? Schon vergessen, dass ich in den fünf Wochen der Rundreise ganze sieben Kilogramm von meinem Kampfgewicht verloren habe? Ich stehe langsam auf, drehe mich noch langsamer um, starre Peter zornig an. Eigentlich hätte er jetzt ein richtiges *Ohrreiberl* verdient. Aber, er ist ein guter, verlässlicher Freund. Ich stecke meinen Ärger weg.

Am Tag darauf stoppen wir in einer kleinen Stadt und besuchen ein Rodeo. Überall Rinder, Pferde, richtige, echte Cowboys. Die Ränge sind gefüllt mit begeisterten Zuschauern, die der Platzsprecher informiert und anfeuert. Da zeigen die Burschen, auch einige Mädels, was sie können, sie reiten auf Bullen, auf *broncs*, wilden Pferden. Die Menge ist begeistert, die Stimmung toll. Die Bullen aber sind präpariert, werden gequält, damit sie wild und aggressiv sind. Wie die Toros in Spanien. Sonst würden sie sich – von Wirbel und Lärm irritiert – eher in eine Ecke verdrücken. Inzwischen verstehe ich den gequälten Ausdruck auf dem Gesicht meiner sehr tierliebenden Mutter, als ich diese rauen Spiele ein paar Wochen später, wieder daheim, schilderte.

Am Salt Lake bleiben wir einen Tag, schwimmen im See. Die 25% Salzgehalt tragen uns, wir können auf dem Wasser treibend ein Playboy-Heft lesen, ohne dass es nass wird. Es ist September, ein wolkenloser Himmel über uns, mindestens 35 °C im Schatten, wer weiß, wie viel es an der prallen Sonne hat. Eine Mormonenfamilie picknickt in unserer Nähe, voll angezogen, schwarze Anzüge, schwarze weite Kleider, alle tragen Hüte. Das ist wohl viel mehr als Mode, als Tracht. Ist das nicht auch erhebliche Selbstbeschränkung, neurotische Einengung, Disziplinierung? Da fühlen wir uns in unseren Badehosen wohler. Später gehen wir zur Kirche – Eintritt verboten für Nichtmormonen – und in das Museum und erfahren, wie Joseph Smith, der Religionsgründer, seine Begegnung mit dem Himmelvater hatte.

Am folgenden Tag sind wir in Flagstaff, Arizona. Dort mieten wir eine tolle Karosse, 6-Zylinder, Servolenkung, automatische Schaltung. Gibt es so was in Old Europe überhaupt? Jeder darf ein Drittel der Strecke zum Grand Canyon fahren. Wir rechnen unseren Anteil fast auf die Meile genau aus, so scharf sind wir darauf, dieses Geschoss zu lenken. Wir pfeifen auf das öde 60-Meilen-Speed-Limit und lassen den Buick fliegen. So im Tiefflug kommen wir zum Grand Canyon. Gewaltig, was der Colorado River geleistet hat. Bis zu 1800 Meter hat er sich in den Fels eingegraben, und das 350 Kilometer lang. Wir legen uns erst einmal in den Schatten eines Baumes und holen Schlaf nach. Dann beginnen wir zu streiten, da Ernst und Peter nach Mexico City wollen, eine einmalige Gelegenheit, wie sie sagen. Ich soll mitkommen. Aber einen langen Tag im Greyhoundbus verbringen, um in diese chaotische Riesenstadt zu gelangen, an den Tempeln und Pyramiden der Mayas und Azteken vorbei, wozu? Bei unserem Wiedersehen in New York zwei Wochen später erzählen sie, dass sie außer Hitze, Lärm, Staub und schlechter Luft nicht viel gesehen haben und nach kurzem Aufenthalt in dieser riesigen Stadt sogar bis nach Toronto in Kanada durchgefahren sind, um ein Eishockeyspiel zu sehen.

In einem staubigen Wüstenkaff, das wir von vielen Filmen aus Hollywood eigentlich schon kennen, stellen wir den Straßenkreuzer ab und gehen auf ein Bier. Im schmucklosen, abgewohnten Gastraum sitzen wir und beugen uns über die Straßenkarte, Arizona ist groß. Da hören wir hinter uns Kampflärm. Um die Ecke, auf dem Weg zum *restroom*, steht ein Indianer, klein, stämmig, geduckt in Abwehrhaltung, drei Weißen gegenüber. Um den Mund ist er blutig verschmiert. Sie können ihn nicht umzingeln, der Gang ist zu schmal. Aber es sieht ganz so aus, als wollten sie ihm eine Abreibung verpassen. Er reißt sich eine Latte von der desolaten Wandvertäfelung. Damit wird er aber bei den Schlägern nicht weit kommen. Ernst will dazwischenspringen, wir aber dämpfen seinen Eifer, stehen langsam auf, gehen einfach hin. Wir können uns keine Ärmel aufkrempeln, weil wir T-Shirts oder kurze Hemden tragen, bei den vierzig Grad in Arizona. Aber unsere Absicht ist nicht misszuverstehen. Langsam gehen wir zu dem Indianer hin, sehr langsam. Das hat mehr Wirkung, macht mehr

Eindruck. Westernhelden, und zwar die *echten*, bewegen sich auch langsam. Der Indianer erkennt, dass wir nicht tatenlos zusehen werden, wenn drei Grobiane auf ihn einschlagen, nützt die Verwirrung, macht flink kehrt und verschwindet auf der Toilette. Wenn er den Gestank, der uns von dort entgegenschlägt, überlebt, ist er gerettet. Dann hören wir, dass er durch ein Fenster türmt, durch die schmierigen Scheiben sehen wir ihn in der Menge untertauchen. Seine Feinde blicken uns grimmig an, verärgert, um so eine klasse Schlägerei betrogen worden zu sein. Aber außer ein paar Flüchen und Schimpfworten kommt nichts von ihnen. Eine Rauferei mit uns liegt nicht in ihrem Sinn. Noch dazu drei gegen drei? Da könnte man ja eine aufs Aug kriegen. Ganz gegen die Tradition. Sie waren den Indianern ja fast immer zahlenmäßig überlegen. Wir machen es aber dem Indianer nach und gehen, diesmal durch die Türe und flott, zum Auto. Die nächsten Meilen schaut wenigstens einer von uns immer wieder besorgt zurück, ob uns wohl kein Auto folgt. Unsere Raufbolde haben dort eindeutig Heimvorteil. Sie kennen die Wege, die Straßen, und, sie kennen den Marshal. Und der wird es sich wegen der paar Studenten aus „Austr…? Where the hell is this …?“ doch nicht mit seinen *buddies* verderben. Mit seinen Freunden, bei der nächsten Wahl zum Marshal.

Ich denke, dass es sich bei unserem Indianer um einen *Comanche* gehandelt haben wird. Sie sind klein, selten über 1 m 65, mit einem kräftigen Körper, Neigung zum Bauch, eher kurzen Armen und Beinen. Schon im Alter von zwei Jahren bekamen die Kinder ein Pferd und saßen bald sicher wie Zentauren auf ihren struppigen Gäulen. So wie die heutigen US-Amerikaner die zweihundert Meter vom Haus zum Shop mit dem Auto fahren und es im Durchschnitt auf höchstens dreihundert Yards, also zweihundertsiebzig Meter Gehleistung pro Tag bringen, so saßen die Komantschen auf, wenn sie nur zum übernächsten Zelt wollten. Zu Fuß waren sie plump und nahezu hilflos. Sie waren leidenschaftliche Pferdeliebhaber, manche Häuptlinge besaßen Tausende Pferde, weniger durch Züchtung, sondern eher durch Pferdediebstahl, der ein hochangesehener Sport, ein beliebtes Abenteuer war. Rücksichtslos trieben sie ihr Pferd an; wenn es zusammenbrach, aßen sie es auf. Mit Sicherheit waren sie die beste leichte Kavallerie aller Zeiten. Aus ihren kleinen Mustangs holten sie alles heraus, näherten sich ihren fliehenden Feinden von hinten und stachen sie mit ihren fünf Meter langen Lanzen aus dem Sattel.

Der Film *Der mit dem Wolf tanzt* fällt mir dazu ein. Im Buch von Michael Blake, das dem Film zugrundeliegt, trifft Leutnant Dunbar auf Komantschen. Im Film aber kommt Kevin Costner zu den Lakotas, dem westlichsten Stamm der Sioux. Warum nicht zu den Komantschen? Ich habe eine Erklärung dafür. Weiße Einwanderer siedelten in Texas, das damals noch unter spanischer Hoheit stand, von den Spaniern aber niemals beherrscht wurde, denn die Herren der südlichen Prärie, *i signori delle pianure meridionali,* waren die Komantschen! Sie hatten vor niemandem Respekt. Schon gar nicht vor den Weißen, „die nicht einmal richtig reiten konnten und sich in den endlosen Weiten ihres Reiches oft verirrten", wie die Indianer schadenfroh feststellten. Trotzdem wagten sich einige besonders harte, eigensinnige Siedler, meist aus Schottland und Skandinavien, mit ihren Familien sogar nach Mitteltexas, das noch *Indian Territory* war, und errichteten dort ihre Farmen. So was macht kein vernünftiger Mensch. Denn den Komantschen machte es Spaß, Männer abzuschlachten und junge Frauen und Kinder zu entführen und zu martern, wie US-amerikanische Berichte einseitig ausführten, um den folgenden Vertragsbruch zu rechtfertigen. Nach 1835 stieg die Zahl der Entführten auf über zweihundert, die Situation wurde unerträglich.

Die weißen Siedler wollten ihre Angehörigen freikaufen. Washington schickte hohe Beamte, aber auch Soldaten, denn die Regierung wollte kein Lösegeld geben. Sie trat für einen harten Verhandlungsstil ein, um die Komantschen einzuschüchtern. Die hohen Herren in der Hauptstadt gaben die

Order, bei schlechtem Fortgang der Verhandlungen die Indianer kurzerhand gefangen zu nehmen und die Herausgabe der Gefangenen zu erzwingen. Das war der blanke Wahnsinn, denn bei aller Brutalität und Verschlagenheit der Komantschen waren Friedensverhandlungen unantastbar, heilig. Ihrem erfahrenen Oberhäuptling und Wortführer, Muk-wah-rah, waren die Weißen an Hinterlist und Zielstrebigkeit weit unterlegen. Er empfahl den Häuptlingen der weiteren neunzehn Stämme, die Gefangenen einzeln zu den Treffen zu bringen, um ein höheres Lösegeld, mehr Geschenke herauszuschlagen.

Die Soldaten unter dem Kommando eines Oberst Fisher und die Repräsentanten der fernen Regierung in Washington wurden ungeduldig, als die Häuptlinge erst so nach und nach auf den Hügeln um San Antonio ankamen. Sie hatten ja die Zeit der Welt. Sie ließen ihre Frauen die Zelte aufstellen – kein Mann würde sowas tun – und unterhielten sich erst gemütlich untereinander, sprachen sich noch ab, ermunterten einander gegenseitig zu einer harten Haltung den weißen Eindringlingen gegenüber. Erst nach ein paar Tagen bequemten sie sich zu einem ersten Treffen in dem kleinen Gerichtsgebäude. Sie brachten nur zwei Gefangene mit: Zuerst präsentierten sie einen mexikanischen Buben. Den ignorierten die Texaner, er interessierte sie überhaupt nicht. Die sechzehnjährige Mathilda Lockhart aber beanspruchte ihre Aufmerksamkeit – und ihr Mitgefühl – hingegen völlig. Sie hatte n u r drei Jahre bei den Indianern verbracht, ihre Muttersprache nicht verlernt und berichtete den geschockten Weißen von den wiederholten Quälereien, deren Spuren auf ihrem gesamten Körper zu sehen waren. Ihre Nase war bis auf den Knochen weggebrannt worden. Die Komantschen hatten ihre Fußsohlen versengt, um sie an der Flucht zu hindern. Ihre jüngere Schwester war unter unsäglichen Schmerzen gestorben.

Schlagartig kippte die mühsam gerade noch kontrollierte Stimmung: Als Muk-wah-rah dazu, überheblich und ohne einen Funken von Schuldbewusstsein, freche Forderungen stellte, befahl Oberst Fisher die Soldaten in den Verhandlungsraum und erklärte die gesamte Delegation der Komantschen für verhaftet. Der mexikanische Dolmetscher, der die Komantschen gut kannte, weigerte sich, zu übersetzen. Dann, unter Druck, übersetzte er hastig diese Ungeheuerlichkeit und rannte aus dem Raum. Er tat gut so, denn die Hölle brach los. Alle Komantschen, die den Weißen sowieso nicht getraut hatten, griffen zu ihren versteckten Waffen und kämpften verbissen. Ihre Schreie warnten ihre Frauen und Kinder draußen vor dem kleinen Gerichtsgebäude, die entschlossen in den Kampf eingriffen. Sie wurden niedergemacht wie die Häuptlinge. Der Bezirksrichter, der gemütlich daherschlenderte, um sich die Sache einmal anzuschauen, wurde von einem kleinen Indianerbengel mit dem Pfeil ins Herz getroffen und war auf der Stelle tot. Am Ende des Gemetzels waren bei den Komantschen über dreißig Männer, Frauen und Kinder tot. Sieben Weiße, darunter ein Offizier und der Sheriff, waren umgekommen.

Die Kunde von diesem Vertrauensbruch und seinen schrecklichen Folgen verbreitete sich in Windeseile über die gesamte *Comancheria*, das riesige Gebiet im südlichen Texas, das die Komantschen beherrschten. Die Empörung, der Zorn, die Rachlust waren gewaltig. Alle weißen Gefangenen wurden umgebracht. Nach diesem *Council House Fight* war das Klima zwischen den Komantschen und den Weißen für immer vergiftet, der Vertrauensbruch machte die freundliche Aufnahme eines US-Leutnants bei den Komantschen nur gut zwanzig Jahre später, während des Bürgerkrieges, undenkbar. Daher wohl hat Kevin Costner, Hauptdarsteller und Regisseur, gut beraten von seinen indianischen Freunden und Schauspielern, die Lakota ausgewählt.

Ich hatte mich schon lange für die nordamerikanischen Indianer interessiert. Ihre Kinder haben sie fast ausschließlich mit Rat und Vorbild geführt, haben abweisend, rügend zugeschaut, wenn Weiße ihre Kinder züchtigten. Bei oft neurotisch überstrengen Angehörigen von Sekten gab es auch die Prügelstrafe! Auf dem heutigen Staatsgebiet der USA lebten nur wenige Millionen, aber die Vielfalt ihrer Lebensweisen war viel breiter gestreut als die der halben Milliarde Europäer. Von den Ackerbauern im Südosten, Hochseefischern an der nördlichen Pazifikküste, Pferdezüchtern, die als Zivilisierte – keineswegs Wilde – bezeichnet werden, bis zu den wilden, kriegerischen Völkern auf den großen Ebenen und im Nordosten gab es eine aufregende Spanne. Meine aufmerksame Frau erkannte bald, dass mir die oft über fünfzig Stunden Arbeit in der Woche mit den kranken Kindern, mit den besorgten Müttern und Vätern, ganz schön zusetzten. Sie beschaffte mir Bücher, die von fernen Ländern und Abenteuern berichten. So konnte ich wenigstens beim Lesen und in meinen Träumen am Lagerfeuer sitzen, endlose Weiten im Sattel durchstreifen, im Kanu auf den Prärieflüssen fahren. Ein guter Ausgleich.

Ich denke da an die Geschichte von John Colter, einem erfahrenen Mountainman, Trapper, drahtig, zäh. Er zog mit seinem Partner jeden Herbst sein Kanu den Fluss aufwärts, vollgepackt mit Mehl, Zucker, Kaffee, Pulver, Blei und all den vielen Sachen, die man zum Überleben in einer kleinen, eingeschneiten Hütte an den Osthängen der Rocky Mountains braucht. Jeden Morgen gingen sie auf ihren Schneeschuhen die *trap line* ab, sammelten die gefangenen Pelztiere und richteten die Fallen wieder her. Fangzeit war ja der Winter, wenn diese Tiere ihre schönsten, dichtesten, glänzenden Felle trugen. Im Frühjahr packten sie die Felle in ihr Kanu und fuhren flussabwärts nach St. Louis. Eines Tages aber erwarteten sie etwa dreißig Indianer vom Stamm der Blackfeet hinter einer Flussbiegung. John Potts, Colters Partner, riss sein Gewehr hoch und erschoss einen Indianer. Im nächsten Augenblick brach er, von zwanzig Pfeilen getroffen, tot zusammen. Colter wurde von den empörten Indianern aus dem Kanu gezerrt, geschlagen, von den Squaws bespuckt, von den Kindern getreten. Er verstand bruchstückhaft, dass sie über sein weiteres Schicksal stritten, sie suchten nach Unterhaltung. In ruhigen Zeiten langweilten sich die Männer, die ja ihren Frauen fast die gesamte Arbeit aufbürdeten. Dann fragten sie ihn, ob er ein guter Läufer sei. Er log sie an und verneinte. Jetzt wurden ihm die Kleider heruntergerissen, nackt wurde er losgeschickt. Er rannte um sein Leben, denn nach einem kleinen Vorsprung folgte ihm johlend die ganze Bande. Der schnellste Verfolger holte ihn bald ein, verfehlte ihn mit seinem Speer, den John ergriff und den Mann tötete. Colter wusste von einem Fluss in etwa acht Kilometer Entfernung, erreichte ihn erschöpft, mit ausreichendem Vorsprung vor den Indianern, sprang ins eiskalte Wasser und versteckte sich in einem bewohnten Biberbau. Als er nach Stunden feststellen konnte, dass seine Feinde abgezogen waren, plagte er sich zu einem Handelsposten, den der geschäftstüchtige Spanier Manuel Lisa unterhielt. Seine Fußsohlen waren eine einzige Fleischwunde, er wurde verarztet und aufgepäppelt. Schon nach gut einer Woche zog er weiter, von Manuel mit Kleidung und Waffen ausgestattet. Er nahm sein gefährliches Trapperleben wieder auf, wurde aber wenige Jahre später abermals von Indianern gestellt und getötet.

Eine grausame, blutige Geschichte, es gab aber auch sehr vieles an leichterer Kost. So die einer deutschen Auswanderergruppe unter der Führung von Otfried Hans Freiherr vom Meusebach, die in Zentraltexas mit den Penateka, den *Honigfressern*, einem der vielen Stämme der Komantschen, einen Friedens- und Handelsvertrag schlossen. Er zog die Bewunderung der weißen wie der indianischen Zeitgenossen auf sich, aber auch Erstaunen, waren die Komantschen doch wegen ihres kriegerischen Charakters und ihrer Grausamkeiten von allen umgebenden Stämmen und den Weißen gefürchtet. Die Indianer brachten Felle und Büffelfleisch, die Weißen gaben Beile, Kochtöpfe und Pfannen. Das war im Jahre 1847, bald danach setzten die gnadenlosen Indianerkriege der Vereinigten Staaten diesem Lichtblick der Menschheitsgeschichte ein Ende.

In meinem Beruf gab es zwischen September und Mai einfach zu wenig Freizeit und Ruhe. Ich kam auch viel zu wenig an die frische Luft, an die Sonne. Das kann leicht zu einem

Mangel an Vitamin-D führen, der die Infektabwehr schwächt. Der Stress tut das auch, und davon kann es in einer Kinderordination genug geben. Abwehrgeschwächt, immundefizient tausend Kindern im Monat in den Rachen schauen, das ist nicht weise. Aber ohne genaue Inspektion keine Diagnose! Dazu gibt es eine zwingende Logik: An die 95% und mehr der Infektionen werden von Viren verursacht. Bettruhe, Fiebersenkung, Doktorsuppe und Geduld reichen. Ein Antibiotikum ist bei diesen Virusinfekten nicht erforderlich, ja sogar fehl am Platz! Doch eitrige, bakterielle Infektionen fordern ein solches Antibiotikum. W i e aber unterscheidet man jetzt die beiden Ursachen? Einfach, indem man g e n a u in den Rachen schaut. Und dabei hustet dich beinahe jedes Kind voll an … und kann dich leicht anstecken.

Frauen und Kinder im Krankenhaus, Frauen und Kinder in der Ordination, Frauen und Kinder bei den vielen Hausbesuchen am Abend und den Wochenenden, Frau und Töchter zu Hause, ich musste mir gelegentlich in die Unterhose schauen, ob ich ein *Mandl oder Weibl* bin. Einmal fiel mir recht spontan ein Lied ein, das, einem Seufzer gleich, meine Stimmung ausdrückte:

I hätt, so gern, mehr Zeit zum Leben,
nix Schöner's geben, könnt es für mich,
so viele Sachen, könnt i dann machen und
viel mehr lachen, ja das wär, wär schön.
Den Kindern wär ich ein bess'rer Vater,
und ihr Geschnatter macht mir mehr Freud,
bin müd, und z'wider, und immer wieder
ein alter Grantscherb'n, sie tun mir leid.
Es muass im Leb'n was ander's geb'n, als immer hackl'n …
… und wie sie springen, und schrei'n und singen,
so übermütig, im frischen Schnee,
möchte gern mitmachen, mit ihnen lachen,
doch ich muss weiter, ja das tut weh."

Natürlich bin ich nicht weit gekommen, mir fehlten Zeit, Muße, Ausdauer. Jetzt habe ich das Lied gefunden, als ich in Stößen von alten Notizen blätterte.

Jetzt, in der Pension, fällt mir immer wieder ganz spontan ein Vierzeiler, ein Gelegenheitsgedicht, ein. Das folgende Lied erfordert eine kurze Einführung: Neue Medikamente genießen einen Patentschutz von 20 Jahren, danach können weitere Hersteller das Medikament anbieten, der Preis fällt oft dramatisch. Dass ich Viagra nie genommen habe, wird mir natürlich niemand glauben, auch, dass ich nie ein Casanova, heute sagt man ja eher, womanizer, war, aber das Gedicht geht so:

„Viagra wird billiger, die Frau'n immer williger,
jetzt fråg ich mich schon, wås håb ich davon?
Ich bin hålt schon ålt, und båld starr und kålt,
werd' Radieschen und Frau'n båld von unten anschau'n."

Im behaglichen Dreivierteltakt zu singen.

25

New Orleans

Jetzt trennen sich unsere Wege: Peter und Ernst wollen also nach Mexico City, ich meine, weniger ist mehr, und fahre nach New Orleans. Diese Stadt mit ihrem spanisch-französischen Flair muss ich sehen. Und etwas noch, was es nirgends woanders so großartig, so begeisternd, so authentisch gibt: Old Time Jazz! In der Preservation Hall im French Quarter verbringe ich die nächsten vier Abende. Keiner der kaffeebraunen Herren der Dixie-Band ist unter 60 Jahre. Sie machen großartige Musik. Ihre Freude am Musizieren ist herzerfrischend, ihre Darbietungen, ihre Späße, ihre Komik großartig. In den Pausen kann ich mich mit einigen dieser Gentlemen unterhalten, fröhliche, alte Herren, keine Starallüren.

In New Orleans kann ich mich endlich wieder so richtig satt essen. Ein dunkelhäutiger, schlaksiger Pianist, mit dem ich mich in einer Pause gut unterhalten habe, führt mich nach dem Konzert ein paar Häuser weiter zu einer Bretterbude in einem Hinterhof und liefert mich mit den Worten: „A famished boy from Europe", ab. Famished, das ist mehr als hungry, das ist ausgehungert. Und *Europe* ist gut, damit komme ich aus der Schusslinie. Die Spannungen, der Hass sitzen tief. Bobby Kennedy war vor zwei Jahren ermordet worden. Er wollte die Situation der schwarzen Außenseiter der US-amerikanischen Gesellschaft verbessern. Und erst Martin Luther King, ihr Idol, ihr Kämpfer. Mit seinen leidenschaftlichen Reden und flammenden Aufrufen bei Versammlungen und Märschen hatte er große Hoffnungen geweckt. Sie wurden zunichtegemacht. Auch er war 1968 ermordet worden. Es war also wichtig, mich als Europäer vorzustellen. Eine dicke Mammie servierte einen richtigen Haufen weißer Bohnen mit einem kleinen Stück Butter obendrauf, alles auf einem Plastikteller. Um nur einen Dollar! Ich ging zu Mittag und abends hin. Immer war ich der einzige Weiße. Niemand fragte mich, was ich da zu suchen hatte, niemand pöbelte mich an. Im Dunkeln, fast schwindlig nach drei Stunden Jazz, sah ich fast nur weiße Zähne und Augen. Soweit ich ihren Südstaatenslang verstand, konnte ich sogar mitlachen.

„Willst du deinen über die Maßen geschätzten Käpten alleine lassen im Kampf mit den Elementen, alleine ohne Tee, ohne Zigarre, ohne Unterhaltung?" Er hat sich wieder erfangen, ist heraus aus seinem *Vogel,* seinem *Rappel*, freue ich mich. Tatsächlich grinst er her, zeigt die Handbewegungen beim Trinken, die beim Rauchen. So schnell war ich noch nie heraußen aus meiner gemütlichen Mulde, brachte ihm Feuerzeug und Zigarre. Stellte den Teekessel auf den Gaskocher. „Ist deine Biografie komplett? Was hast du mir alles verschwiegen?", fragte er mit der Zigarre zwischen den Zähnen. „Also gut, ich erzähle weiter, aber dann bist du dran. Auf dem Weg nach dem Osten begrüßt Mississippi die Einreisenden an seiner Staatsgrenze mit einer riesigen Tafel: WE SHOOT TO KILL! Also, alles mal herhören, wir schießen dich nicht nur an, sondern mausetot. Ist doch einladend, nicht? Im kühlen Bus fröstelte es mich auf einmal noch mehr. Da müssen wir dünnhäutigen Europäer schon härter werden, vielleicht die nordamerikanische Einstellung übernehmen: In den Kindergärten lernen US-amerikanische Kleinkinder folgenden Reim, der rhythmisch, mit Klatschen der Hände und/oder Trommeln aufgesagt wird:

Elisabeth Borden took an axe and gave her father 40 whacks.
And when this work was neatly done, she gave her mother 41!!

E. B. nahm eine Axt und gab ihrem Vater 40 Hiebe. Nachdem sie dies ordentlich erledigt hatte, gab sie ihrer Mutter 41!

Im US-Original reimt sich dieser Vierzeiler, ist also bestens geeignet zum leichten Erlernen.

Ich kam neben Jérôme, einem gleichaltrigen *Mulatten* im Greyhoundbus zu sitzen. Erst vor Kurzem habe ich begriffen, dass dieses spanische Wort *mulato* die Verkleinerungsform von *mulo,* Maultier, ist. Ist es nicht toll, welche Gemeinheiten sich diese Herrenvölker ausgedacht haben, um ihre Diener, Sklaven, Knechte, Arbeiter zu demütigen? Aber es geht noch munter weiter: Eine französische Skala sieht, wenn man von Schwarz nach Weiß geht, folgendermaßen aus, wie der dänische Abenteurer und Reiseschriftsteller Arne Falk-Rønne berichtet: So ist ein *sacatre* ein Sieben-Achtel-Afrikaner, ein *marabout* zu fünf Achtel, ein Mulatte zu 50% schwarz und zu 50% weiß, bis zum *mamelouc*, der nur ein Sechzehntel schwarzes Blut in sich hat. Dieser Student war, wie ich, vor dem Abschluss des Studiums. Danach dachte er, als Lehrer für Nordamerikanische Geschichte an ein College zu gehen oder, wenn möglich, auf der Universität zu bleiben. Er sagte ganz offen, dass sich schwarze Historiker engagieren müssten, das von den Weißen oft einseitig gebrachte Bild zurechtzurücken. Gleich gab er ein Beispiel: Thomas Jefferson, der dritte Präsident der USA, setzte sich für die Emanzipation der Schwarzen ein. Sehr erfolgreich war er ja nicht: Ein Gesetz, das die Freilassung der Sklaven bringen sollte, wurde auf Veranlassung der Plantagenbesitzer Virginias wieder gestrichen! Jeffersons sehr persönlicher Beitrag bestand darin, sich eine kaffeebraune Schönheit als Bettgenossin zu halten, die ihm vier Kinder gebar, und zwar zu einer Zeit, da Sklaven am Markt wie Vieh verkauft wurden. Elegante Damen betasteten ungeniert die Genitalien der jungen Männer. Dazu standen diese auf Tischen. Die feinen Ladies brauchten sich ja nicht einmal zu bücken.

Allerdings, ein großartiger, weitblickender Schritt war Präsident Jeffersons *Louisiana Purchase*, der Kauf des riesigen Territoriums zwischen den englischen Staaten an der Ostküste und den spanischen Territorien am Golf und am Pazifik. Die

Franzosen Champlain, Radisson, besonders La Salle hatten es für die Krone von Frankreich in Besitz genommen. So taten es die weißen *Entdecker* ja überall. Rote, braune, gelbe Besitzer, wurden sie nicht auf allen Kontinenten übergangen, verdrängt, dezimiert? Dass das Land seit Jahrtausenden den Indianern gehörte, kümmerte niemanden. Napoleon brauchte Geld für seine Kriege. Auch hatte er eben 50 000 Soldaten beim Versuch, einen Sklavenaufstand auf Haiti niederzuschlagen, verloren. Louisiana war weit weg, nur über den Atlantischen Ozean zu erreichen, den aber die britische Flotte beherrschte. Und mit den Briten war er im Krieg. Jeffersons Gesandter, James Monroe, der selbst der 5. Präsident der Staaten werden sollte, war von dem französischen Angebot, nicht nur den Süden um New Orleans, sondern das ganze, riesige Louisiana zu verkaufen, überrascht, erwarb das Land um matte 15 Millionen Dollar, also 7–8 Cents per Hektar, etwa 12 Euro per Quadratmeile für die jungen Vereinigten Staaten von Amerika. Mit diesem Geld konnte dieser *große* Feldherr, Frankreich bewundert ihn erstaunlicherweise immer noch, weitere Kriege führen. Das alles geschah 1803. Die jungen USA wuchsen um etwa zweieinhalb Millionen Quadratkilometer, was damals eine Verdoppelung der Gesamtfläche ausmachte, heute etwa ein Viertel.

Natürlich wollte die junge Nation wissen, was sie sich mit dem Kauf von Lousiana eingehandelt hatte. Dazu beauftragte der Präsident seinen Sekretär, Captain Meriwether Lewis, einen Trupp zusammenzustellen und das unbekannte Land bis zum Stillen Ozean zu erkunden. Lewis holte sich Leutnant William Clark, seinen Freund. Mit dem harmonierte er so gut, dass sie den Haufen von etwa dreißig harten, rauen Burschen – darunter John Colter – ohne nennenswerte Schwierigkeiten unter Kontrolle hielten, und zwar auf einer Expedition von über zwei Jahren und über mehr als 13 000 km, von St. Louis zum Pazifik und zurück. Mit zwei flachen Flussschiffen ging es den Missouri hinauf, später zu Fuß durch die Länder der Pawnee, der Sioux, der Shoshoni, der Blackfeet, lauter schneidiger Krieger, die ihnen spielend den Garaus hätten machen können. Aber es geschah ihnen vergleichsweise wenig. Die stolzen Sioux forderten mehr Geschenke und größeren Respekt für ihre Häuptlinge und gaben erst nach, als die Weißen ihre Gewehre auf sie richteten. Ein paar Crow-Indianer stahlen ihnen die Hälfte der Pferde. Später versuchten ein paar Piegan zwei Flinten zu stehlen, allerdings ohne Erfolg, denn Reuben Fields holte sie ein und erstach einen dieser Blackfeet. Gleichzeitig trieben einige Piegan ein paar Pferde fort, im Kampf erschoss Lewis einen von ihnen. Ein weißer Scout starb. Aber nicht durch Feindeshand, sondern an durchgebrochenem Blinddarm.

26

Sacagawea

Ich kannte die Geschichte, hatte davon gelesen. In Zeiten großer beruflicher Anstrengung hatte ich mehr als sonst das Bedürfnis, von Abenteuern, fremden Ländern, Pferden, Lagerfeuern, Kanus zu lesen und wurde von meiner Frau verständnisvoll unterstützt. Sie brachte mir Bücher über Entdeckungen, Expeditionen, Indianer, Inuit, Tuareg, Dayaks, Aborigines daher. Also, zum Abenteuer wenigstens im Kopf. Die las ich sowieso meist erst spätabends vor dem Einschlafen, da ich, wie Erich, ein engagierter Kinderarzt, ein schlechtes Gewissen hatte, wenn ich tagsüber etwas anderes als Fachliteratur las.

So hatte ich also von einer jungen, furchtlosen Schoschonin, *Sacagawea,* gelesen. Ihr schoschonischer Name heißt auf Deutsch Vogelfrau. Je fesselnder eine Geschichte ist, umso eher gab ich mir Mühe, sie in einer Fremdsprache zu lesen. *Sacagawea, una donna intrepida.* Also die Geschichte einer unerschrockenen Frau – und warf diesen Namen in einer kleinen Pause ein. „Du kennst sie und ihre Geschichte?" „Ja, schon, aber warum lassen Hunderte Krieger verschiedener Stämme eine Horde von Weißen unbehelligt durch ihr Land, das sie sonst erbittert verteidigt haben?" Der Grund war, erklärte er, dass die Indianer in den Jahren 1804 bis 1806, zur Zeit dieser Expedition, noch nicht so mörderisch waren wie später, als sie die übelsten Geschichten über die Verschlagenheit, die Brutalität und die Gnadenlosigkeit der Weißen erst vernommen hatten und dann aber auch am eigenen Leib spüren mussten. Und Glück hatten die Weißen auch, denn als eine größere Gruppe von Shoshoni sich ihnen in den Weg stellte, geschah nichts, weil der Anführer Sacagaweas Bruder war. „Und warum liest man fast nichts von dieser Frau?" Dazu meinte er, dass die männerdominierte Geschichtsschreibung diese wichtige Person einfach ausgelassen, unterschlagen hat. Er war sich aber sicher, dass die junge Schoschonin so etwas wie der Schutzengel dieses Unternehmens war.

Wie aber kommt eine junge Indianerin eigentlich dazu, eine reine – ich korrigiere, eine ausschließlich aus Männern bestehende – Expedition zu begleiten? Captain Lewis hatte einen französischen Trapper mitgenommen, der als Dolmetsch dienen sollte. Dieser Toissant Charbonneau hatte die junge Indianerin geschwängert und mitgenommen. Sie war nicht nur unerschrocken – *intrepida* –, sprang in den Missouri, als ein Boot gekentert war, und half, Männer und Gegenstände zu bergen, sondern auch tüchtig, versorgte die ganze Bande mit Wurzeln, Beeren, Kräutern und bereicherte so den Speisezettel. Die Männer hätten ja ausschließlich Fleisch gegessen, das aber sicher nicht ausgereicht, sondern zu Mangelernährung geführt hätte.

Eine weitere Leistung bestand darin, dass sie als Frau der Expedition einen friedlichen Anstrich gab. Die Krieger, die die Expedition auf dem Weg durch ihr Land ständig verfolgten, beobachteten eine hochschwangere Frau und sahen keine Bedrohung und keinen Grund zum Angriff. Unterwegs gebar sie, natürlich alleine, ihren Sohn Jean-Baptiste und trug den Buben auf dem Rücken. Dass diese tüchtige Indianerin weiterhin unbeirrt ignoriert wird, konnte ich inzwischen bestätigen. In den spärlichen Zeitungsartikeln und Fernsehberichten zum 200-Jahre-Jubiläum dieser Expedition habe ich von ihr nie etwas gehört oder gelesen oder gesehen.

Da wächst in mir schon das Verständnis für Frauen, die verärgert, beleidigt, entrüstet sind, wenn sie von protzigen, geltungssüchtigen Männern an die Wand und aus dem Bild gedrängt werden. Ein aktuelles Beispiel ist, wenn im Programm zu lesen war, dass Jonas Kaufmann und Erwin Schrott den Sergeant Jose und den Stierkämpfer Escamillo singen, nicht aber, wer die *Carmen*, übrigens himmlisch, singt. Und, welcher Narr kam einst auf die Idee, Tiefdrucklagen, also Vorboten *schlechten* Wetters, mit Frauennamen zu benennen, während die erfreulichen Hochs männliche Vornamen erhielten!

27

Rosa Parks

Es ist Nacht, wir sind nahe Mobile, östlich von New Orleans. Straßenschilder weisen nach Norden, nach Montgomery. In dieser Stadt hatte im Dezember 1955 Rosa Parks, 42 Jahre, Afroamerikanerin, sich geweigert, ihren Platz im hinteren Teil des Busses, der für Farbige reserviert war, herzugeben, obwohl ihn ein Weißer beanspruchte. Sie blieb sitzen, wurde abgeführt und eingesperrt. Sie war nicht die Erste gewesen, die sich diesem Unrecht widersetzt hatte. Schon 1946 und noch zweimal, wenige Monate vor ihr, war so etwas geschehen. Immer waren es aber Frauen gewesen. Aus Empörung über die Haft dieser mutigen Rosa boykottierten die Schwarzen die Buslinie 54 wochenlang. Das traf die Gesellschaft hart, stellten sie doch über 75 % der Kunden. Ein junger Baptistenprediger setzte sich später an die Spitze dieser Bürgerrechtsbewegung und führte sie zu großen Erfolgen und Fortschritten. Er hieß Martin Luther King."

Terje blickte lange und in Erinnerungen versunken hinunter auf das blaugraue Wasser, das schöne, gleichmäßige Wellen weg vom Boot zog, und kündigte an: „Ich werde dir auch einmal etwas von Amerika erzählen, aber warte. So locker, so gut wie dir ging es mir dort nicht." „Willst du das nicht gleich machen, ich muss ja nicht elend lange Monologe halten. Mir tut der Ranzen eh schon weh vom Reden." „Nein, nein, du bist ja nicht fertig mit deiner Reise, noch bist du dran." „Also gut. Weiter ging es Richtung Osten, nach Florida. Zusammen ist man weniger allein, aber alleine reist man besser, wird beim Autostoppen eindeutig bevorzugt, leichter mitgenommen. Ich badete im Atlantik, sah mir Schlachtfelder aus dem

Bürgerkrieg an und besuchte verschiedene Museen. Allerdings war ich jetzt schon über eine Woche allein, konnte mir daher von meinen Freunden kein Geld mehr leihen und musste jeden grünen Dollar mehrmals umdrehen, bis ich mich entschloss, ihn auszugeben. Dann ging es die Atlantikküste entlang nach Norden, ich kam nach Washington. Dort fand ich am späten Nachmittag Platz in einer Jugendherberge im Stadtzentrum. Während ich mein Stockbett belegte, unterhielt ich mich gemütlich mit einem älteren Tramp aus Seattle im äußersten Nordwesten der Staaten. Er erzählte Witze: „Eine *streetwalker*, nicht identisch mit *streetworker*, macht einem alten Herren ein Angebot: 'Do you want supersex?' Der denkt kurz nach, versteht soup *or* sex und antwortet knapp: 'I'll take the soup!' Er machte sich zum Ausgehen in die Stadt fertig. Ich fragte ihn: ‚Willst du nicht warten, gehen wir doch zusammen?' Er aber wollte noch schnell in ein Geschäft, hatte es eilig. Wenige Minuten später betrat ich die Straße, ging um eine Ecke, da lag er. Blut rann über sein Gesicht, benommen wollte er aufstehen. Ich riet ihm, liegen zu bleiben. Zwei stämmige farbige Buben, er schimpfte: *Two bastards!*, hatten ihn mit Steinen in den Fäusten niedergeschlagen. Und das am helllichten Tag! Sein Geld und die Travellerschecks waren weg, obwohl er sie vorsorglich an einem Band um den Hals, unter dem Hemd, getragen hatte. Ich wartete bei ihm, beruhigte ihn, so gut ich konnte, bis die Rettung kam und ihn in eine Notambulanz brachte.

Am nächsten Tag kam er mit einem Kopfverband zurück in die YMCA (Young Men's Christian Society, die Jugendherberge) und ließ einen Stapel von wüsten Beschimpfungen auf die *niggers* los. Dabei meinte er nicht nur die zwei Burschen, die ihm zwei Platzwunden am Kopf und die Nacht im Krankenhaus beschert hatten, nein, er verwünschte alle Farbigen. Er war so wütend, dass er in der Herberge eine wüste Anklage gegen alle *criminals and gangsters and bandits and crooks and bastards and culprits* vom Stapel ließ. Die *three strikes policy* einiger Staaten wollte er auf dem gesamten Bundesgebiet sehen: Nach dem dritten Delikt lebenslang! Na bravo. Vielleicht reicht ein Griff in die Handtasche nach zwei Einbrüchen dazu? Ich erkannte bald, dass ich keine Chance hatte, ihn zu mäßigen, zu beruhigen. Er wünschte sie alle *back to Africa* und wurde aggressiv, als ich einwandte, dass seine weißen Herrenmenschen diese armen Leute nach Amerika verschleppt hatten, unter unwürdigen, beschämenden Umständen, die allerdings – da und dort – noch weiterhin bestehen. Ich wollte lieber alleine gehen, als er vorschlug, gemeinsam *downtown* zu gehen.

Ich sah das *Weiße Haus*, das Capitol, die verschiedenen Memorials und Parks. Beeindruckt haben mich die vielen Museen in der Constitition Avenue. Sie sind ungewöhnlich weiträumig, großzügig angelegt. Der Besucher muss sich nicht wie in Europa seinen Weg durch die Menge zu einer kleinen Plakette bahnen, die – oft in dürren Worten – erklärt, was er hier zu sehen bekommt. Große Tafeln mit kurzen Erklärungen, Poster, Videovorführungen, Dia-Folgen, machen den Besuch informativ, gefällig, angenehm, leicht.

Nach New York sind es kaum 400 km. Dort gab es ein großes Hallooo, Ernst und Peter waren pünktlich zum Treffpunkt vor dem Empire State Building gekommen. Ich konnte mir von ihnen ein paar *greenbacks*, Dollars, ausborgen. Im Lincoln Center gab man *Fiddler on the Roof*. Das musste ich sehen. Ich zog mich so schön wie möglich an und eilte hin. „Niemals kriegst du eine Eintrittskarte, ist doch alles immer ausverkauft", war ich gewarnt worden. Wie groß war meine Überraschung, als ich einen schönen Platz im Parkett bekam. Das Theater war gar nicht voll besetzt. Eine alte Dame neben mir klärte mich auf: „Heute ist ein jüdischer Feiertag, da dürfen die Orthodoxen nicht zur Unterhaltung, zum Vergnügen, außer Haus", erklärte sie mir mit einem Anflug von Schadenfreude. Bald sprachen wir Deutsch, sie stammte aus Wien und war emigriert. Leise gab sie mir Kommentare zum Stück und zu den Hintergründen, besser als jeder Opernführer.

Wir sahen uns vieles in dieser riesigen Stadt an, Museen, Guggenheim, Empire State Building. Wenn wir am Abend in der YMCA beiläufig bemerkten, dass wir fast alles zu Fuß gemacht hatten, ernteten wir alle Reaktionen von Erstaunen über diese sportliche Leistung bis zum Hohn, nicht fähig zu sein, die öffentlichen Verkehrsmittel zu benutzen. Aber zu Fuß sahen wir viel mehr. Später erfuhren wir, dass der Durchschnitts-Amerikaner nicht einmal 300 Meter im Tag zu Fuß schafft.

28

„… als hätt mich der Blitz erschlagen"

Nach dem Heimflug nach Wien fand ich in einem Geheimfach meiner Reisetasche zu meiner Überraschung und zu meinem Entzücken ganze 200 Schillinge. Ich hatte auf diesen Notgroschen glatt vergessen. Ich stürzte in das erste Wiener Beissl und verdrückte drei Herrengulasch, ein paar Semmel und zwei Krügel Bier. Selten so satt gewesen. Wenige Tage blieb ich bei meinen Eltern und erzählte ihnen alles von der langen Zeit in Nordamerika. Meine Mutter, von Wirtschaftskrise und Krieg und Nachkriegszeit gebeutelt, hatte gelernt, mit einfachsten Mitteln und Zutaten die beste Hausmannskost herzuzaubern. Um zwei Löcher musste ich den Gürtel weiter machen. Mir ging es also viel besser als dem Burschen, der überraschend zu Hause anruft und sein Kommen ankündigt. Seine Mutter bedauert: „Ich kann dir – bin in Eile – nichts kochen." Er darauf: „Da hab ich ja noch einmal Glück gehabt."

Eine Postkarte rief mich eiligst nach Graz, unsere Dixie-Band sollte bei einem Stadtfest spielen. Das passte meinem alten Herrn aber gar nicht: „Fährst du eigentlich zum Studieren nach Graz oder zum Jazzen? Wirst du nicht fertig machen?", fragte er mit gerunzelter Stirne. Er hatte ja recht, es war Zeit, das Studium abzuschließen. Trotz Sommerjobs mussten sich meine Eltern finanziell einschränken, um mir das Medizinstudium zu ermöglichen. Ich war ja tatsächlich nicht so schnell mit meinen 14 Semestern, aber wenn man jeden Sommer – außer dem einen, den ich durchstrebern wollte – an die zehn Wochen arbeitet, kann man nicht der Schnellste sein. Der nämlich machte im Juli Badeferien und saß schon im August bei seinen Büchern und Skripten. Jetzt aber legte ich so richtig los. Ich machte mir einen Plan, wie ich drei Rigorosen in weniger als zehn Wochen, bis Weihnachten, bewältigen sollte. Und dann sah ich sie!

Ich war immer noch ausgehungert – drei Herrengulasch und die Marillenknödel meiner Mutter konnten den Gewichtsverlust von sieben Kilogramm nicht ganz ausgleichen – und ohne Geld. Vielmehr hatte ich Schulden bei meinen Freunden und meiner älteren Schwester. Ein alter Schulfreund, Fuzzy aus Villach, er wohnte zwei Zimmer weiter in unserer Wohngemeinschaft, hatte eine günstige Mensa empfohlen. Dort ging ich hungrig hin. Sie trug ein rotes Kleid. Es verbarg eine traumhafte Figur. Was heißt verbarg, es unterstrich. Sie sah gewaltig aus. Ich musste mich zu ihr an den Tisch setzen. Mein Mund war trocken, mein Herz schlug laut, ich wusste nicht, wie ich sie anreden sollte. Alles war so kompliziert. Ich brachte die Suppe kaum hinunter, eine Hauptspeise bestellte ich erst gar nicht. Zu ihrem Geburtstag vor ein paar Jahren sang ich ein Lied vor: „… es wår als hätt mi der Blitz erschlågen, fåst håben's mi müssen aussetrågen." Irgendwie schaffte ich es doch, sie anzureden und auf einen Kaffee einzuladen. Keine Details! Der Kavalier genießt und schweigt. Nach ein paar Wochen wurde mir klar: Die und keine andere, die *kauf ich mir!* Gut zwei Monate später bestand ich meine letzte Prüfung und begann meine Ausbildung im Krankenhaus. Ein Jahr danach haben wir geheiratet."

Fünfzehn Jahre später war ich auf Urlaub mit meiner Familie in Kenia. Ein paar wunderschöne Ausflüge, eine Fahrt mit einer *Dhau* bleiben uns in ewiger Erinnerung, Zuerst aber verbrachten wir viel Zeit am Strand, wo ich im Schatten der Palmen meine Übermüdung erst einmal mit viel Tagschlaf auskurierte. Ein paar Hundert Meter weiter draußen sahen wir ein Riff wie braungraue, scharfkantige Zähne aus dem Wasser drohen. Zähne? Ich fragte Shapani, den alten, gelassenen Vermieter der Surfbretter, ob es da wohl Haie gäbe? Wer fürchtet sich nicht vor den Tigerhaien im Indischen Ozean?

Shapani ließ sich Zeit. Erst am nächsten Tag, auf meine wohl fünfte hartnäckige Frage, sagte er, dass man dort nie einen Hai gesichtet hatte.

Das Material zum Windsurfen war gut, ich wählte das passende Segel und … draußen war ich. Die Flut deckte das bissige Riff zu, es ging flott dahin, mit dem herrlichen Monsun surfte ich auf runden Wellen von drei Meter Höhe weit hinaus, in Richtung Madagaskar. Weit draußen blickte ich immer wieder besorgt um mich, ob Shapani sich vielleicht doch geirrt hatte mit den Haien, fiel dabei ins Meer, und als ich wieder oben auf dem Brett war, kriegte ich fast Panik: Ich sah das Hotel nicht mehr! So weit war ich weg von der Küste. In meiner Begeisterung hatte ich Welle auf Welle abgeritten und war wohl drei Kilometer weit draußen. Ganz dünn konnte ich die flache Küste hinter der weißen Linie der Brandungswellen ausmachen. Der gleichmäßige Monsun brachte mich aber wieder näher zur Küste. Jetzt konnte ich unser leuchtend weißes Hotel zwischen den Palmen erkennen. Beim nächsten Mal wagte ich mich aber bewusst noch weiter hinaus, weil die Rückfahrt, auf einer Welle reitend wie die Wellenreiter in Hawaii, berauschend, das *Gelbe vom Ei*, war. Inzwischen war aber die Ebbe eingetreten, das Riff bleckte seine braunen, faulen Zähne aus den Wellentälern. Ich wartete auf eine höhere Welle, sie trug mich sicher darüber. Heute denke ich, dass ich ganz schön plemplem war, alleine so weit hinauszusegeln. Was, wenn sich doch irgendein Hai dorthin verirrt hätte? Für einen hungrigen Tigerhai eine klassische *Brettljause*. Was hätte meine Familie wohl dazu gesagt?

Unsere Töchter, besonders die jüngere, Ulla, teilten meine Sympathie und Freude an den schokoladenbraunen Mädels und Burschen und erlernten rasch eine Reihe von Worten aus dem Suaheli, der Verkehrssprache, der Lingua franca, die in weiten Teilen Ostafrikas und Zentralafrikas gesprochen wird: „Jambo, akuna matata …“ Aber die langen Tage mit zwei halbwüchsigen Töchtern und ihrer Mutter am Strand, ihre Gespräche über die Freundinnen, die todschicken Jerseys und die neuesten Lippenstifte, die Freundinnen, wurden mir doch zu viel. Ich stellte mich an die Straße und wartete auf den Bus nach Mombasa. Der Fahrer brachte die Türe erst auf, als er eine Schlinge aus Draht gelöst hatte. In der nächsten Station, nein, Haltestelle, stieg eine junge Mutter ein und setzte mir ihren kleinen Buben auf das Knie, dann erst holte sie ein paar Hühner herein. Der Kleine musterte mich mit seinen prachtvollen großen Augen (6–8 % größer als bei den Weißen) höchst interessiert, völlig ohne Furcht vor einem Fremden. Neugierig betastete er meinen Schnurrbart und lächelte mich an, zeigte seine blendend weißen Zähne. Er war wohl zwei Jahre alt. Meine Versuche zur Konversation waren erfolglos, seine Mutter erklärte: „He speaks only Suaheli!" In wenigen Jahren würde er seinen Stammesdialekt und dazu Englisch sprechen. Vielleicht noch etwas Hindi mit der indischen Minderheit? Was sagen die Europäer dazu, die meist nur Englisch als Zweitsprache sprechen, viele davon nicht viel mehr als „Last but not least“, „I love New York“, „Keep cool“ und sonst einen Blödsinn? Und die zwei großen ehemaligen Kolonialvölker, die gar nichts anderes können wollen als ihre Muttersprache?

Ich war der einzige Weiße im Bus und sah mit meinem Sonnenbrand, mit meinen Sommersprossen, mit meinen Haaren an den Unterarmen ziemlich blass aus, umgeben von gemütlichen *Schwarzen* in ihrer makellosen kaffeebraunen Haut. In Mombasa ging ich in einem Hintergarten auf ein Bier. Am einzigen Tisch richteten sich ein paar junge Frauen, wohl Liebesdienerinnen, für ihren abendlichen Einsatz her. In ihren knallbunten Kleidern sahen sie atemberaubend aus. Sie schienen leicht irritert, als ich mich nicht für sie interessierte. Dann ging ich zum Hafen und beobachtete eine Szene aus dem Mittelalter: Eine Dhau hatte an der Mole angelegt, zwei Dutzend kaffeebrauner Athleten schleppten schwere Säcke über schwankenden Brettern an den Kai. Die schwitzenden Männer glänzten in der prallen Spätnachmittagsssonne. Dazu sangen sie mit ihren kehligen Stimmen ein mehrstimmiges, rhythmisches Lied. Kein Kran, kein Förderband, kein Lastkraftwagen störte das Bild wie aus längst vergangener Zeit.

In einem Laden kaufte ich mir eine Schachtel Zigarren. Sie enthielt zehn Stück, so dick wie der Zeigefinger, aber etwas länger. Draußen zündete ich mir eine an, schon stand ein etwa gleichaltriger Mann da und schnorrte mich an. Ich gebe nicht jedem eine Zigarre ab, aber jedem, der sich mit Charme, Witz, Schmäh eine verdient. "The white gentleman does not enjoy smoking a cigar alone, yeah?" Ein anderer zeigte einen Handstand, der nächste intonierte „Smoke Gets in Your Eyes". So ging es weiter, bis ich in Windeseile meine Zigarren los war, bis auf eine, die ich heimlich im Hosensack versteckt hatte, damit ich die leere Schachtel herzeigen konnte. Der Spaß mit diesen einfallsreichen Kerlen war mir mehr wert als die Raucherei.

29

Emanzipation

Terje steht wie ein Wikinger am Steuerrad, der Wind fährt durch seine halblangen Haare, im Westen das graublaue Meer mit einzelnen Schaumkronen, rechts, im Osten, die ausgefranste Küste Rogalands. Er ist ein geduldiger Zuhörer. Ich nehme mir vor, ebenso geduldig zu sein, wenn er mit seiner Geschichte an der Reihe ist. Ich stehe am Gaskocher und mache einen starken Tee. „Hältst du meine elend langen Erzählungen eigentlich aus, oder kannst du mit offenen Augen schlafen?" „Ja, wir in Norwegen können so tun, als ob wir zuhörten, während die Schwätzer aus dem Süden dauerreden. Außerdem, so schön das Segeln auch ist, es wird ganz schön langweilig. Noch langweiliger als deine Geschichten." Ein echter Terje, jederzeit zu einer kleinen Gemeinheit bereit. Er reckt sich: „Wahrscheinlich wirst du dir einmal meine Erlebnisse anhören müssen. Wir im Norden sind nicht sehr gesprächig, aber wenn wir losgelassen sind, können wir stundenlang erzählen." Diesen Widerspruch klärt er gleich selbst auf: „Das kommt von unseren langen Wintern. Da sind wir um das Feuer gesessen und haben die Sagen und die Erzählungen der Alten angehört." „Da bist du vor dem Fernseher gesessen und hast dir …" „… nein, du Seppl, ich rede ja von …" „… schon gut, schon gut." Terje sagt dann: „Du kannst dir deinen Tee hierherstellen, meinen lass in der Kajüte. Ich stehe nämlich schon viel zu lange am Steuerrad. Du löst mich ab. Befehl vom Käpten." Ich holte mir meine Windjacke, setzte meinen Südwester auf und löste ihn ab. Terje stand noch da, schaute aufmerksam und kritisch, ob er sich auf mich verlassen konne, dann ging er in die Kajüte. „Ich hau mich in die Falle. Du rufst mich sofort, wenn nur das Geringste ..." „... ja, ja, Mami, sofort, ich weiß." Er haute sich hin. Wenige Minuten später hörte ich ihn schnarchen. Zum ersten Mal hatte er mich Seppl genannt. Das passt besser als Öhi. Das Segeln beansprucht mich nicht besonders, die Wellen kommen gleichmäßig von backbord, der Wind bläst stetig. Ich verfalle ins Sinnieren.

Warum fällt mir jetzt eine besondere Fernsehsendung ein, die ich spät in der Nacht sah? Wir wissen doch, dass uns Sachen eher in Erinnerung bleiben, die uns geärgert, aufgeregt, begeistert haben, also Emotionen ausgelöst haben. Darauf geht ja der entsetzliche Brauch zurück, den Hoferben an die Grundgrenzen zu führen und ihm bei jedem wichtigen Grenzstein eine zu *schallern*, eine Ohrfeige zu verpassen. Eine irrige, perverse Idee!

Es ging um Jazz. Eine junge Journalistin zeigt Jazzerinnen und jubelt jedes Mal, dass *Frauen die besseren Jazzer* sind. Ach ja, das war es, diese blöde Protzerei hat mich geärgert. Die Mädels sind wirklich gut an ihren Instrumenten, mit ihrem Gesang. Vielleicht sind sie so gut wie Männer, aber besser? Ich mag diesen dummen Triumph über andere nicht, nicht im Einzelfall, nicht im Kollektiv. Der Mensch, die Menschheit, hat die größten Leistungen vollbracht, Kriegszeiten, Naturkatstrophen, Hungersnöte, Seuchen und andere schlimme Ereignisse überstanden, Land erobert und urbar gemacht, sich überall behauptet, weil Männer und Frauen zueinandergestanden und einander geholfen haben. In einem Bericht der BBC London sahen wir vor Jahrzehnten, dass traditionell lebende Eskimos nicht alleine überleben: Der Mann, halb erfroren vom stundenlangen Warten am Eisloch, schleppt sich und die Robbe mit letzter Kraft zum Iglu zurück. Seine Frau zerrt ihn hinein und wärmt ihn mit heißer Suppe auf. Alleine kommt sie zu keiner Robbe. Also, alleine verhungert sie, er erfriert.

Von wegen bessere Jazzmusiker. Weiß sie denn nichts von Jelly Roll Morton, der kühn behauptet hatte, den Jazz erfunden zu haben, von Louis Armstrong, von Hoagie Carmichael, von Duke Ellington, Count Basie, Benny Goodman, Stan Getz, Dave Brubeck mit seinem berühmten *Take Five* und unzähligen anderen, denen wir himmlische Songs verdanken? Und wie kann die Journalistin den berühmten Leonard Bernstein mit seiner großartigen *West Side Story* übergehen? Ich kenne keine Frau, die etwas Vergleichbares komponiert hat. Unzählige Frauen haben allerdings diesen Liedern ihre Stimmen und gegeben, so Billie Holiday oder Bessie Smith oder Ella Fitzgerald.

Aber auch schöpferisch waren viele Frauen erfolgreich, als Schriftstellerinnen haben sich viele schon sehr früh hervorgetan, schon zuzeiten starker männlicher Dominanz. So Germaine de Staël, die Tochter des Finanzministers Jacques Necker des französischen Königs Louis XVI. Sie wird mit dem berühmten Bonmot: „Wer in jungen Jahren nicht links ist, hat kein Herz. Wer es im Alter noch immer ist, hat kein Hirn!", häufig zitiert. In jungen Jahren schrieb sie eine Komödie, beleuchtete J.-J. Rousseau kritisch, verfasste Dramen und Essays. Und wer denkt da nicht an Jane Austen mit *Stolz und Vorurteil* und *Emma*, Mary Shelley mit *Frankenstein*, Marie von Ebner-Eschenbach mit ihren Werken, Sophie von La Roche, bei der sich der junge Goethe ausweinte, als er bei Lotte Buff nicht gelandet war, mit ihrer *Geschichte des Fräuleins von Sternheim*, die ich einmal versucht habe zu lesen, Annette von Droste-Hülshoff, Hedwig Courths-Mahler, Sigrid Undset, Harriet Beecher Stowe mit *Onkel Toms Hütte*. Aber Frauen die besseren Jazzer? Wozu also dieses dumme Protzen?

Offensichtlich weiß diese frohlockende, aber unkundige Feministin vom deutschen Sender auch nichts von Marcel Prawy, einem jüdischen Adeligen, der die Ursprünge der Musik im Werben des jungen Mannes um seine Angebetete fand. In vielen Kulturen müssen junge Männer ihrer Auserwählten etwas auf der Flöte vorspielen oder vorträllern, erklärte er bei einer seiner vielen wunderbaren Sendungen. Marcello, wie er sich gerne nannte, ist vor ein paar Jahren, hochbetagt, gestorben. Bei seinen letzten Auftritten im Fernsehen tat er sich immer wieder schwer, hörte schlecht, verstand nicht alles, verwechselte allerhand, übersetzte aus den mehreren Sprachen, die dieser hochgebildete Mann sprach, ungenau, auch unrichtig, und wurde von seinem kultivierten Wiener Publikum höflich und freundlich und respektvoll korrigiert. Es gab köstliche Augenblicke, besser als jedes einstudierte Kabarett. Diesen Marcello haben wir sehr geschätzt. Viele seiner Sendungen über Opern hat unsere Familie gemeinsam angeschaut. Unsere jüngere Tochter sah ihn einmal in Wien in einem Kaffeehaus, ein, zwei seiner berühmten Plastiksackl'n vor den Füßen, und sprach ihn an: „Großer Meister, wir alle schätzen Sie sehr!" Er lächelte müde: „Schöne junge Frau, ich fürchte, Sie haben keinen guten Geschmack!"

Ich kann den emanzipatorischen Schwung, der viele Frauen in den entwickelten Ländern erfasst hat, wohl verstehen. Viel zu lange sind viel zu viele von ihnen im Schatten der Männer gestanden. Auch unter ihrer harten Faust, ihrer Knute. Selbst jetzt noch gibt es viele Völker und Kulturen, die die Unterordnung der Frau erzwingen. Das ist eine Schande. Eine Schande, ein Skandal ist es aber auch, dass sich besonders fortschrittlich gebende politische Gruppen die massenhafte Zuwanderung eben dieser (Un-)Kulturen fordern und unterstützen. Unterdrückung der Frauen, Gewalt an Frauen importieren?

Die Gleichstellung der Frauen war überfällig. Es ist inakzeptabel, völlig undenkbar, dass Frauen benachteiligt werden, von Männern grundsätzlich dominiert werden, nur weil sie Frauen sind. Nach dem Tod Adolf Schieles, des Vaters von Egon, dem großartigen Maler, im Jahre 1904, wurde der Onkel, Leopold Czihaczek, zum Vormund von Egon bestellt. Diese Bestellung bedeutete eine Entmündigung, eine Beleidigung seiner Mutter. Das reichte diesem feinen Herrn Vormund wohl nicht, er stemmte sich auch noch energisch gegen die Aufnahme des Jahrhunderttalents Egon in die Akademie der Bildenden Künste in Wien.

Dabei muss ein Mann schon ein Grobian, ein Sadist oder sonst noch was sein, will und kann er die vielfältigen Leistungen der Frauen nicht erkennen und hochschätzen. Nach ihrer ureigensten und wichtigsten Leistung, Kinder zu kriegen und sie aufzuziehen, waren sie es wohl gewesen, die in Urzeiten *erste Formen von Humanität gezeigt, verletzte, kranke, verkrüppelte Artgenossen versorgt, ihre Toten bestattet haben.* Und, schreibt E. P. Fischer weiter in seinem mächtigen Buch *Die andere Bildung*, sie haben Männer gewählt, bei denen sie ein Gefühl für Verantwortung, Menschlichkeit, Rücksicht wahrnahmen. Dieser große Schritt wird den Neandertalerinnen zugeschrieben.

Aber Grobiane, Sadisten hat es immer gegeben, gibt es noch heute, leider viel zu viele. Die Taliban schlugen Zettel an mit etwa einem Dutzend strenger Regeln. Männer haben Bärte zu tragen, Buben Turbane. Sonst setzt es Strafen. Das berüchtigte Handabsäbeln als Strafe für Diebstahl ist dabei. N a c h den Männern, ist doch klar, sind die Frauen an der Reihe. Sie haben sich an fast doppelt so viele Verbote und Gebote zu halten. Augenkontakt mit einem Mann, verboten. Schulbesuch für Mädchen? Verboten. Frauen außerhalb des Hauses? Nur in Begleitung eines männlichen Verwandten. Keine Kosmetika, kein Schmuck. „You will not speak unless spoken to!" Nicht lachen in der Öffentlichkeit. All das brav befolgen, sonst Prügel! Und die Steinigung im Fall von Ehebruch. Prügel für Frauen? Da halten sich diese hirnkranken Grobiane wohl an das alte englische Sprichwort: „A woman, a horse, a walnut tree, the more they are beaten the better they be." Mir stockt die Feder beim Übersetzen dieses dummen, sadistischen Satzes: Je mehr man eine Frau, ein Pferd, einen Nussbaum schlägt, umso besser werden sie!

Aber müssen wir wirklich Tausende Kilometer zu den Taliban nach Osten reisen, um beschämende Behandlungen von Frauen zu sehen? Hat nicht Karl Marx seine sehr vermögende Frau Jenny geheiratet, um finanziell versorgt zu sein – und die Köchin geschwängert? Hat nicht Albert Einstein bei seiner

Vermählung eine Reihe von Vorschriften für seine Frau verfasst? Darunter die, dass sie ihn nie ansprechen dürfte! Taliban Albert? Hat nicht J.-J. Rousseau, einer der Begründer der Pädagogik, auch Wegbereiter der Französischen Revolution, alle mit seiner Haushälterin gezeugten fünf Kinder gleich nach der Geburt im Waisenhaus abgegeben? Er wollte wohl beim Verfassen seines berühmten Romans *Emile oder über die Erziehung* nicht von diesen lästigen Bengels gestört werden. Eine Untat an den armen Kindern, aber auch an ihrer Mutter! Setzen, Jean-Jacques, du elender Heuchler! Dabei stammt von ihm der bemerkenswerte Satz, dass „die Familie die älteste aller Gemeinschaften ist, und die natürlichste!"

Ich kann mir doch so einigermaßen vorstellen, dass sich manche Frauen allerhand von ihrem *Herrn und Gebieter* bieten und gefallen haben lassen, der den Stier gebändigt, die Kinder aus dem brennenden Haus gerettet, die Räuber besiegt, die Wölfe vertrieben hat. Aber solche Heldentaten braucht es gottlob selten, und wir leben seit mehr als 70 Jahren im tiefsten Frieden, wenigstens hier, in unserem Land. Auch haben die Frauen in den beiden Weltkriegen gelernt, viele Arbeiten selbst, ohne die Männer zu erledigen. Immer mehr Frauen stellten sich gegen die Vorherrschaft der Männer. Das Wahlrecht der Frauen wurde erkämpft, in Frankreich allerdings erst vor siebzig Jahren, im Schweizer Halbkanton Appenzell gar erst 1990! Unser altes Familienrecht stammte in wesentlichen Teilen aus dem Jahr 1811! Es räumte dem Mann eine absolute Vormachtstellung ein: Er galt als das Haupt der Familie, er konnte seiner Frau verbieten, berufstätig zu sein, er hatte die *väterliche Gewalt* über die gemeinsamen Kinder, konnte Erziehungsziele und Berufswahl der Kinder bestimmen, die ihm zu Gehorsam verpflichtet waren. Die Frau musste ihm zu seinem Wohnsitz folgen und war für Haushalt und Erziehung der Kinder zuständig. Ihr war es nicht gestattet, einen Passantrag zu unterschreiben. (Eine ähnliche Aufzählung stammt aus einem Aufsatz über Katharina von Bora, die

Frau Martin Luthers, die er wegen ihrer Herrschaft im Haus gerne *Herr Käthe* nannte). In meinem Bekanntenkreis finde ich allerdings zeitgemäße Verhältnisse. Viele Paare benehmen sich sehr kultiviert, die Frauen selbstsicher. Die klugen, bodenständigen unter den Evastöchtern wollen ja auch nicht mehr als Gleichberechtigung, Partnerschaft: „Wir können alles, was die Männer können" auch. Stimmt ja, fast. Haben die Männer doch ihren Vorteil der größeren Kraft selbst aus der Hand gegeben, indem sie Maschinen, Geräte, Apparate herstellten, die die körperliche Kraft der Männer ersetzen. Es kommt eben nur mehr in Ausnahmefällen auf die Körperkraft an. Im Allgemeinen ist der Mann etwa um die Hälfte stärker als seine Frau. Ein Briefmarkensammler wird sich doch keine Gewichtheberin auserwählen. Aber müssen Frauen wirklich alle männlichen Bereiche erobern? Was halten wir vom Frauenboxen, vom Gewichtheben? Donna Leon meint dazu ganz schlicht: „Wenn ich im 8. Stock eines brennenden Hauses um mein Leben bange, will ich nicht, dass eine Frau versucht, mich zu retten. Das muss ein Mann sein!"

30

Das neue Weltbild ...

Kleiner Ausflug in die Endokrinologie, die Lehre von den Hormonen und ihren Regelungsmechanismen. Hormone sind Signalstoffe, die mit dem Blut zu ihren Erfolgsorganen gelangen und in extrem geringer Konzentration den Stoffwechsel und weitere Vorgänge beeinflussen. Ein elementares Beispiel: Bis zur etwa 8. Schwangerschaftswoche sind alle Embryonen weiblich! Aber schon bald nach der 6. Woche beginnen die Hoden Testosteron zu produzieren und dafür zu sorgen, dass männliche Geschlechtsteile wachsen, die Entwicklung weiblicher Organe unterdrückt wird.

Das Hormon der Männer, *Testosteron*, macht Muskelmasse und damit Kraft. In wenigen Jahren wird aus einem mageren Buben oft ein muskelstarker Mann. (Nur so nebenbei: Wenn man die flache Hand auf den Tisch drückt, ist bei Männern der Ringfinger, bei Frauen der Zeigefinger länger.) Das Hormon wird aus dem Cholesterin gebildet, das höchstens zu einem Drittel mit der Nahrung zugeführt, also vom Körper selbst produziert wird, und von dem so viele Menschen zu viel haben. Eine positive Stimmung, Lebensbejahung, Elan, Aktivität, führen zur gesteigerten Produktion von Testosteron. Diese ist aber nicht gleichmäßig, sondern sprunghaft und stark von äußerer Stimulation abhängig. Allein das Gespräch mit einer attraktiven Frau, also wenn der Mann Stielaugen bekommt, kann bereits zu einer messbaren Steigerung des Testosteronspiegels führen. Dazu fällt mir Mae West ein, ein Hollywoodstar der 1920er und -30er-Jahre. Sie war ihrer Zeit weit voraus, musste wegen obszöner Inhalte sogar ins Gefängnis. Ihre kesse Frage: „Ist das eine Pistole in deinem Hosensack, oder freust du dich, mich zu sehen?“, ist berühmt.

Schon die Erwartung, sich in einen Wettkampf zu begeben, lässt die Testosteronwerte nach oben schießen. Dadurch bleibt weniger Cholesterin übrig. Umgekehrt entsteht bei müder, unlustiger, ja depressiver Verstimmung zu wenig Testosteron, Cholesterin wird als Rohstoff, um die Produktion anzukurbeln, bereitgestellt und verengt und verstopft die Blutgefäße. Arteriosklerose, Herzinfarkt, Schlaganfall sind die weit verbreiteten Folgen. Allerdings ist das Testosteron das Hormon nicht nur der Männer, sondern auch der Frauen: Sie erzeugen in den Nebennieren, die auf den Nieren sitzen, mindestens so viel wie die Männer. Es kommt aber kaum zur Wirkung, weil es rasch mithilfe eines Enzyms, der *Aromatase*, in das weibliche Hormon Östradiol umgewandelt wird.

Und jetzt komme ich zu einem Punkt, der in unserer Zeit des intensiven Frauensports sehr wichtig wurde: Wenn Männer intensiv trainieren, also einige Stunden am Tag, dann werden sie meist stattlicher, attraktiver. Kantige, kräftige Schultern und Pobacken. Tatsächlich, nicht nur die Männer schauen bei den Frauen dort hin, auch umgekehrt. Und die Gesichtszüge werden attraktiver, männlicher. Kantiges statt Doppelkinn. Wenn sie nicht zu viel oder falsch trainieren, dient es ihrer Gesundheit.

Bei Frauen ist das allerdings anders. In einem Fachartikel in einer medizinischen Wochenzeitung drückt sich die Referentin um eine klare Aussage und meint, dass *Training an der Grenze der Belastbarkeit für Frauen problematischer zu sein scheint als für Männer*. Es scheint nicht, es ist: Ab etwa zehn Stunden intensiven Trainings pro Woche, und diese reichen bei den hohen Anforderungen im Leistungssport heutzutage nicht mehr aus, kommt es bei etwa der Hälfte der Sportlerinnen zur *Female Athlete Triad*: Menstruationsanomalien, Osteoporose und Störungen des Essverhaltens. Sie bauen ihre attraktiven Fettpolster ab, und wenn diese die kritische Masse von

17% des Körpergewichts unterschreiten, dann finden wichtige chemische Prozesse nicht mehr statt: Die Androgene (der Sammelbegriff für die männlichen Sexualhormone) werden nicht mehr in Östradiol umgewandelt. Dies sollte in den Fettpolstern geschehen, aber die haben sich ja verabschiedet, die Umfänge von Brust, Mitte und Hüften haben sich angenähert. Die Körpertemperatur steigt an und erhöht die Produktion von Testosteron. Zuckermangel im Gewebe steigert das Prolaktin, welches den Menstruationszyklus hemmt. Das follikelstimulierende Hormon sinkt, es soll die Menstruation regulieren. Folglich kommt die monatliche Blutung nicht mehr regelmäßig oder bleibt ganz aus.

Also, es bleibt zu viel Testosteron übrig. Dieses macht nicht nur das erwünschte Muskelwachstum der Athletinnen, sondern auch Akne, verstärkte Behaarung, eine tiefere Stimme und weitere Veränderungen. Einige dieser Veränderungen sind ja sinnvoll, damit in Zeiten großer Anstrengungen, Völkerwanderungen, Flucht, Krieg, Naturkatastrophen die Frau nicht durch eine Schwangerschaft behindert ist oder ein Kind verliert. In solchen schweren Zeiten haben Frauen Übermenschliches geleistet, die Stellung gehalten, die Kinder betreut, auf die Alten geschaut, die erschöpften oder verwundeten Männer wieder auf die Füße gestellt. Aber, das Schöne kommt noch: Wenn wieder so was wie Frieden, Ruhe, Normalität einkehren, gehen die hohen Testosteronwerte zurück, die weiblichen Hormone übernehmen die Herrschaft, die Frauen legen sich wieder ihre schönen Formen zu und kriegen Kinder. So hat die Menschheit ja die vielen schweren Zeiten überlebt.

Ich bleibe bei der Biologie, sie ist eine starke und unverzichtbare Orientierungshilfe in unserer Zeit, in der der *Zeitgeist* so viel Verwirrung gestiftet hat und sich bei so vielen modernen Menschen aus bequemem Desinteresse und folglich großer Unkenntnis unserer Natur immer mehr Ausritte in Irrationalität, Unvernunft, Maßlosigkeit zeigen. Haben wir nicht alle, mehr oder weniger, den Boden unter den Füßen verloren?

Kurt Kotrschal ist Professor an der Universität Wien, Biologe, Verhaltensforscher und Autor. Er ist Chef des einzigartigen *Wolf Science Center* in Ernstbrunn, Niederösterreich. Einzigartig, weil dort die kognitiven Fähigkeiten von Wölfen u n d Hunden erforscht und verglichen werden. Sein Buch *Wolf-Hund-Mensch* halte ich für eines der besten für Freunde der Tiere. Sein älteres Buch mit dem eigenartigen Titel: *Im Egoismus vereint? Tiere und Menschentiere – das neue Weltbild der Verhaltensforschung* hat mich schon vor bald zwanzig Jahren sehr beeindruckt. Darin setzt der Forscher menschliches Verhalten in Perspektive mit der restlichen Zoologie, wir sind eben Menschentiere! Die Grundregel des evolutionären Spiels laute, mehr Nachkommen zu hinterlassen als die Artgenossen. Dann stellt er fest, dass die Investitionen der Geschlechter in den Nachwuchs *asymmetrisch* seien, da das männliche Geschlecht nur die Erbsubstanz aus der Samenzelle beisteuert, während das weibliche ein Ei bereitstellt, das darüber hinaus noch die gesamten Ressourcen für den Start der Embryonalentwicklung in Form von Dotter enthält. Diese anfängliche Asymmetrie kann noch verstärkt werden, wenn die Weibchen die Eier in ihrem Körper erbrüten, Embryonen in der Gebärmutter und die bereits geborenen Jungen mit körpereigener Nahrung, Milch, ernähren und überhaupt die mühevolle Aufgabe der Aufzucht leisten, während der Papa das Weite sucht, desertiert.

Diese asymmetrische Grundinvestition der Geschlechter in ihre Nachkommen führt zu asymmetrischen Strategien im Fortpflanzungsverhalten und unmittelbar zu Konflikten zwischen den Geschlechtern: Das mehr investierende Geschlecht, meist das weibliche, wird zur wertvollen Ressource, um welche das weniger investierende, also das Männchen, konkurriert. Die Streubreite des weiblichen Fortpflanzungserfolges ist begrenzt, eine Russin brachte es auf 69 Kinder. Sie hätte Napoleon Bonaparte wohl gefallen, der auf die Frage, welche Frau er für die größte halte, militärisch knapp antwortete: „Die die meisten Kinder hat." Ein marokkanischer Despot hingegen war Vater von 888

Kindern. Diese Asymmetrie erklärt, warum Weibchen viel zu verlieren haben und bei ihren Entscheidungen recht wählerisch sein sollten. Männchen sollten eher Draufgänger sein.

Aufgrund der asymmetrischen Investition in die Nachkommen stehen, so Prof. Kotrschal weiter, die reproduktiven Strategiespiele, besonders beim Menschen, unter weiblicher Kontrolle. Durch Gewalt und List können Männer sich dieser Kontrolle entziehen: Die Kriminalstatistik belegt, dass Männer häufig gewalttätig sind und ihre Kopulationsziele gelegentlich mit großer Brutalität verfolgen: *Die Schwelle zur Vergewaltigung ist auch bei ganz normalen Männern sehr niedrig.* (Eine Feststellung, die angesichts der Massen junger Männer aus einem fremden Kulturkreis Sorgen bereitet, bereiten sollte). Seitensprünge erhöhen die Chancen der Männer auf mehr Nachkommen. Kotrschal geht allerdings nicht darauf ein, dass Nachkommen wohl kaum das Ziel von Seitensprüngen sind.

Die weibliche Grundstrategie verläuft komplizierter, nämlich über die Monogamie. Frauen versuchen, den Mann – er soll Ressourcen für Frauen und Kinder stellen – an sich zu binden. Dabei spielen die innerhalb der Primaten einmaligen permanent vorhandenen Brüste, die ständig den hohen reproduktiven Wert der Frau signalisieren, eine Rolle. Zweitens verheimlicht die Frau den Zeitpunkt des Östrus, des Eisprunges. Er bedeutet die höchste Empfängnisbereitschaft. Und so – ich zitiere Prof. Kotrschal auf diesem delikaten Feld – müssen Menschenmänner ständig ihre Frauen vor Rivalen abschirmen, und da sie den richtigen Zeitpunkt nicht kennen, müssen sie oft mit ihren Frauen kopulieren, was zu einer zusätzlichen Verstärkung der Bindung, der Liebe, führen kann. Und weiter geht es in diesem unterhaltsamen Kapitel: Ein *Hauch* von Prostitution gehöre daher zu jeder normalen Zweierbeziehung. Ich denke, ich habe ein Beispiel zur Hand: Männer, die im Haushalt mithelfen, haben mehr Sex als Muffel.

Dann kommt Kotrschal zu den weiblichen Alternativstrategien, also den evolutionären Ursachen für die weibliche

Bereitschaft zum Seitensprung. Was hat die Frau davon, Kinder auch von anderen Männern zu bekommen? Die Zahl der Nachkommen kann sie damit nicht steigern, aber sie erreicht ein reichhaltigeres Gen-Gemisch in ihren Nachkommen. Außerdem, und da schmunzelte der Herr Professor beim Schreiben wohl, soll es vorkommen, dass der eigene Mann nicht der schönste der Welt ist.

Diese Bereitschaft sei um den Eisprung besonders groß. Ein männlicher Sexualduftstoff (das Androstenon, ein Abbauprodukt des Testosterons, abhängig vom Rezeptor ein Stinkstoff oder auch ein Wohlgeruch) werde zu dieser Zeit nicht als unangenehm empfunden. Der Frau bleibt es unbenommen, sich die Gene für ihre Kinder von anderen Männern zu holen, solange der eigene Versorger nichts davon bemerkt. Das würde seinen Eifer bei der Versorgung der Kinder erheblich abkühlen. Männer eines westafrikanischen Volkes mit besonders hohem Promiskuitätsgrad unterstützen die Kinder ihrer Schwestern wesentlich intensiver als die Kinder ihrer eigenen Frau, mit denen sie ja möglicherweise gar nicht verwandt sind. Abschließend lese ich, dass quer durch alle Kulturen etwa 5 bis 10% aller Kinder in außerpartnerschaftlichen Kopulationen gezeugt werden.

Nach diesem schonungslos offenen, aber auch unterhaltsamen Ausflug in die Biologie geht es wieder zurück in unsere eigenartige, entwurzelte Zeit. Je höher der berufliche und soziale Aufstieg, umso weniger Kinder haben diese *Erfolgsmenschinnen*. Aber Kinder brauchen sehr viel Mutter, um sich zu gesunden, fröhlichen, erfolgreichen Erwachsenen zu entwickeln, sie sind darauf angewiesen, dass sich mindestens eine erwachsene Person, am besten eine Frau, in ihre Bedürfnisse einfühlt und diese befriedigt. So sieht nicht nur der bekannte Psychologe W. Schmidbauer aus München, auch der berühmte René Spitz und viele weitere Fachleute die Situation. Was sollen sie von und an einer Mutter haben, die irgendwann, nach ermüdenden Sitzungen und Konferenzen, endlich einmal etwas Zeit für ihr Kind abzweigt, unterbrochen von wichtigen Telefonaten. Die Karrierefrau wird sich schwerer tun, aus wilden, lauten Kindern und rauen Männern kultivierte Familienmitglieder zu machen, die ordentlich mit Messer und Gabel essen können, die das Essgeschirr in die Küche tragen, die mit Geschirrspüler und Staubsauger umgehen können. Wer will denn, dass immer mehr Männer im Unterhemd am Tisch oder beim Fernseher sitzen und den Mund nur aufmachen, wenn sie noch ein Bier wollen? Sie wird ihrem Nachwuchs kaum die Familientauglichkeit beibringen können, die dieser später als wertvolles Gut, als *Mitbringsel* in seine eigene Partnerschaft einbringen soll. Meine zwei Schwestern hatten ihre Aufgaben, ich selbst war der Brennholzträger, musste das Geschirr abtrocknen, die schwere Bodenbürste *schwingen*, nachdem die Mutter den Parkettboden eingelassen hatte, und, neben weiteren gelegentlichen Aufgaben, täglich mit unserem Hund eine Stunde ins Freie.

31

Gendermedizin

Die Karrierefrau *büßt* für ihre Erfolge, das große Geld, Ansehen und Macht mit harter Arbeit, wenig Freizeit und leider oft mit ihrer Gesundheit. *Wer sich abrackert wie die Männer, der, also sie, leidet wie die Männer!* Im Besonderen ist es der Anstieg der Herzinfarkte bei den schwer schuftenden Powerfrauen, der bei ihnen aber anders verläuft als bei den Männern: Die bei Männern typischen Zeichen, brutaler Schmerz, Engegefühl, Blutdruckabfall, Vernichtungsgefühl, kalte Extremitäten treten bei mindestens der Hälfte der Frauen nicht auf, sondern Atemnot, Schwindel, Übelkeit und Schmerzen im Oberbauch und Hals. Das führt leicht zur Fehldiagnose! Ärzte und Ärztinnen lernen erst allmählich, rasch die richtige Diagnose zu stellen und eiligst mit der Behandlung zu beginnen, denn jede Verzögerung schadet dem Herzmuskel. Und da gibt es ein weiteres Problem: Der Herzkatheter, der zur Erweiterung der Herzkranzgefäße vorgeschoben werden soll, kommt in den engeren und verzweigteren Gefäßen nicht weiter. Schlechte Ergebnisse dieser Notfallmaßnahmen sind die Folge. Das bekannte Digitalis, ein Medikament zur Stärkung des Herzens, verursacht bei Frauen eine höhere Sterblichkeit als bei Männern. Das Resultat: Auf sieben Männer, die den Herzinfarkt nicht überleben, kommen statistisch etwa elf Frauen! Gott sei Dank gibt es Fortschritte: Ein Bericht in einer beliebten medizinischen Wochenzeitung unter dem Titel *Gender wird ernst genommen* bringt Erfreuliches: Frau Dr. Kautzky-Willer von der Medizinischen Universität Wien wurde für ihre Arbeit als Gendermedizinerin zur Wissenschaftlerin des Jahres 2016 gekürt! Sie fordert, dass die unterschiedlichen Erscheinungsformen der Erkrankungen bei Frauen und Männern stärker berücksichtigt werden. Na also, es geht ja was weiter!

Ob sich da nicht rächt, dass Frauen, gebeten, aufgefordert, an Studien zur Erprobung von Medikamenten, Eingriffen, sonstigen medizinischen Neuigkeiten teilzunehmen, eher abwinken? Allerdings werden sie wegen der monatlichen hormonellen Veränderungen weniger zu solchen Studien eingeladen. Daher sind es viel eher männliche Probanden, Rekruten, Studenten, die da mitmachen, und so gibt es schlüssige Erkenntnisse, die zu besserem Wissen beitragen, fast nur bei Männern. Und die unterscheiden sich, ganz im Widerspruch zum Herzenswunsch der unwissenden Träumer, dass *wir eh alle gleich sind*, oft erheblich von den Frauen. Unter den vielen gut erkennbaren Unterschieden gibt es viele, die weniger bekannt sind: Die Frauen haben weniger Stäbchen in der Netzhaut der Augen, daher eine wesentlich schlechtere Sicht beim Dämmerungssehen. Hielten sich die Frauen doch jahrtausendelang besser im Haus auf, wenn es Nacht wurde, während Männer auch bei Büchsenlicht unterwegs waren. Wir sind eben nicht maßgeschneidert für unser modernes Leben, sondern wurden vor Tausenden von Generationen konstruiert.

Ein viel wichtigerer Unterschied zwischen den Geschlechtern entsteht während der ersten Schwangerschaft, wenn die werdende Mutter sich im besonderen Maß auf ihre einzigartige Aufgabe, d i e entscheidende, die hauptverantwortliche Person für ein kleines, völlig hilfloses, schutzbedürftiges Wesen zu sein, vorbereitet. Es sind in der Folge nicht nur die für jedermann erkennbaren körperlichen Veränderungen, die Gewichtszunahme von einem Kilogramm im ersten Trimeneon (den ersten drei Monaten der Schwangerschaft), etwa drei bis vier im zweiten und sieben bis acht im dritten, sondern besondere seelische und geistige Anpassungen. Ich denke, ein Beispiel ist der *Ammenschlaf*, der die Mutter bei kleinsten Geräuschen aus dem Kinderzimmer aufwachen lässt. Sie erkennt das Schreien i h r e s Kindes aus einem *Konzert* heraus, wie der britische Verhaltensforscher Desmond Morris erklärt. Auch erkennt die Mutter ihr Kind schon eine halbe Stunde nach der Geburt am Geruch! Die Mutter zu erkennen braucht das Neugeborene knapp zwei Tage.

Spricht *frau* gerne vom Bauchgefühl, so dürfte die moderne Hirnforschung die Erklärung für diese – längst bekannte – besondere Sensibilität der Mütter nachliefern: *Wie das erste Kind das Gehirn verändert* heißt der Bericht von Forscherinnen um Frau Dr. Elseline Hoekzema von der Uni Leiden. Während der ersten Schwangerschaft kommt es zu erheblichen *Umbauvorgängen* in der Hirnrinde. Die meisten davon betroffenen Hirnregionen spielen eine Rolle bei der Fähigkeit, unsere eigenen Bewusstseinsvorgänge sowie die Gefühle, Erwartungen und Absichten anderer zu erkennen. Die Forscherinnen meinen, die Veränderungen könnten dafür sorgen, dass die Frauen besser für die großen Anforderungen gewappnet sind, welche die Mutterrolle an sie stellt. Sie helfen ihnen, die Bedürfnisse ihres Babys deutlicher zu erkennen. Diese besondere Leistung hält mindestens zwei Jahre an, dann folgt ja oft das zweite Kind und verlängert den Effekt. (Ähnliche Umbauvorgänge geschehen im Gehirn des/der Pubertierenden, lese ich in einer anderen Veröffentlichung. Tausende – kindliche – Verbindungen werden abgebaut. Auch hier kommt es zu keinerlei Verlust der Intelligenz, sondern zu einer Anpassung an das Leben als Erwachsener.) Keine dieser wichtigen Veränderungen und Vorbereitungen an seine zukünftige Aufgabe wurde beim Kindesvater gefunden. Er wacht eher auf, wenn eine Autotüre laut zugeschlagen wird.

Es ist diese hohe Sensibilität, die ich Tausende Male an Müttern bewundert habe. Die gespürt, gefühlt haben, wenn *etwas nicht in Ordnung* war, und daher rechtzeitig etwas unternommen, geholfen haben. Sie waren weder zur Kinderärztin noch zur Psychologin ausgebildet, ihr *Riecher,* ihr *Bauchgefühl,* aber ließ sie Veränderungen früh erkennen, wenn manche Väter noch abwehrten: „Mein Kind hat doch nichts, ist nicht krank, nicht verrückt.“

Frauen haben ein um gut 100 Gramm leichteres Gehirn als Männer, aber bevor unverbesserliche Machos und weitere Spinner triumphieren: Von der Größe des Gehirns kann man nicht auf seine Leistungen schließen! Es kommt s e h r darauf an, was man mit den Hirnzellen macht, wie sehr man sie beansprucht, mit Wissen füllt. Mehr Frauen als Männer gewinnen bei der *Millionenshow*, nur zum Beispiel. Aber viele Intelligenztests beinhalten viele Fragen aus der Technik, der Mathematik, der Physik, der Chemie, wo die meisten Frauen einfach nicht gut sind, daher wohl schneiden Frauen um wenige Prozentpunkte schlechter ab. Jetzt haben aber John D. Mayer und Peter Salovey im Jahre 1990 eine weitere Qualität in die Intelligenztests eingeführt, die *emotionale Intelligenz*: Die Frau vermag schon seit dem Kindesalter eigene und fremde Gefühle und Stimmungen besser wahrzunehmen, zu verstehen, und zu beeinflussen. Bei den modernen Tests, die die emotionale Intelligenz einschließen, holt sie also auf. Außerdem legen Frauen viel mehr Wert auf Vielseitigkeit, während Männer mehr zum Spezialistentum neigen. *Gleich, aber verschieden*, sagt man dazu. Daher erübrigt sich das dumme Gerangel, wer wo und wie intelligenter sei, und es bleibt die erfreuliche Antwort: Beide Geschlechter ergänzen einander und bilden gemeinsam ein starkes Team. Nicht Rivalität bringt uns weiter, sondern Zusammenarbeit!

Die jungen Mütter sind also körperlich und geistig-psychisch bestens auf ihre Aufgabe vorbereitet, alles für ihr Kind so gut wie nur möglich zu machen. Jetzt werden sie aber in den Vollberuf gelockt, gedrängt. Jetzt können sie im Eisengeschäft Dachrinnen absägen, Nägel und Schrauben zählen, im Supermarkt Butter schichten und Tiefkühlgerichte sortieren, stundenlang auf die Schreibmaschine hämmern. Bei diesen hochinteressanten Tätigkeiten können sie sich ja endlich *verwirklichen*. Und das bis 19 Uhr und auch am Samstag. Der oft bescheidene Lohn geht wohl auf für das Auto, das sie für den Weg zum Arbeitsplatz brauchen, und für den Kindergarten.

Eine *Schande* für einen modernen Sozialstaat! Sicher gibt es auch anspruchsvollere Tätigkeiten für Frauen, aber wie viele kommen in ihren bevorzugten Berufen, Verkäuferin, Hebamme, Ärztin, Friseuse, Krankenschwester, Juristin, Wirtschaftswissenschaftlerin, Reporterin unter? Oder im hoch begehrten Beruf der Zahnarzthelferin.

Aber es kommt noch dicker: „Durch die Schaffung eines Überangebots von Krippenplätzen sollen Hunderttausende von Müttern kleiner Kinder dem Arbeitsmarkt zugeführt werden, damit die Löhne nicht steigen und die Unternehmen ihre Profite weiter steigern können“, zitiert Rudolf Kemmerich in seinem wichtigen Buch ‚Das Kind braucht die Familie‘ eine Frauensprecherin der Partei ‚Die Linke‘. Und „Noch schärfer drückt es die Journalistin Martina Salomon in der Wiener Tageszeitung ‚Die Presse‘ aus: ‚Weil die Frau als Arbeitskraft immer dringender gebraucht wird, ist es der Wirtschaft äußerst willkommen, wenn sie nicht von familiären Verpflichtungen abgelenkt wird.‘“

Viele Frauen freuen sich über die Selbstständigkeit, die Unabhängigkeit vom Partner, das eigene Geld. Niemand wird ihnen diese Entscheidung streitig machen, außer wohl ihre eigenen Kinder. Aber die sind noch zu klein und können sich gegen die Trennung von der Mutter nicht wehren. *Bis zur Grenze zur Verwahrlosung soll diese Vernachlässigung führen*, die allerdings in vielen – bedauerlichen – Fällen bereits erreicht ist. Mehr darüber in ein paar Seiten.

Die meisten Frauen wollen es mit Lebewesen, Menschen, Tieren und Pflanzen zu tun haben, nicht mit kalten, harten Materialien. Sie sind eher personenbezogen, während die Männer eher objektbezogen sind. Einer freundlichen, zarten Verkäuferin musste ich die Eisensäge aus der Hand nehmen und eine Dachrinne gerade absägen, was gar nicht so leicht geht, weil das Sägeblatt gerne nach einer Seite ausweichen will. Eine andere, sehr junge, riet mir zu einer besonderen Spezialfarbe, die aber bald abblätterte. Ich kann sehr gut verstehen, dass junge Mädchen andere Interessen haben als sich über Gebühr mit Spezialfarben abzugeben. Ungeachtet dieser Vorliebe der Frauen gibt es Aufrufe an Mädchen, doch Mechanikerinnen zu werden, unverdrossen drängt ein Direktor von Siemens: „Es gibt keinen Grund, warum Frauen nicht Technik studieren sollen!" Es scheint, die Kinder haben das Rennen um die Mütter verloren, die Arbeitgeber es gewonnen?

Das Kind sucht den Glanz in den Augen der Mutter, schreibt die bekannte Psychologin Rotraud Perner. Diese Hingabe, dieses Aufgehen im Kind, die kommen nur von der Mutter. Und genau das braucht das Kind, das macht es stark. Die *Bindung*, die Mutter und Kind zu einer Einheit, der *Mutter-Kind-Symbiose* macht. Sie gibt dem kleinen Kind das Gefühl der Sicherheit und noch vieles mehr, elementare Voraussetzungen für eine gesunde, normale Entwicklung. Das *Ich*, eine der drei Instanzen der Seele – Ich, Es, Über-Ich – (nach Sigmund Freud) bekommt das Kind wohl von seiner Mutter. Mangel an Mutter, ihrer Hingabe, ihrer Bemühungen um ihr Kind, ihrer Symbiose mit dem Kind, kann zur Ich-Schwäche führen, zur Schizophrenie.

32

Das verlorene Glück

Eine Geburtenstation in Kolumbien fiel mit einer derart schlechten Überlebensrate der Kinder auf, dass die Weltgesundheitsorganisation einen Gynäkologen und eine Krankenschwester zur Beurteilung hinschickte. (Pikanterweise kamen sie aus England, wo immer noch *bessere* Leute es als unschick ansehen, ihre Kinder selbst aufzuziehen, und sie in teure Internate schicken!) Sie mussten die elenden Ergebnisse bestätigen – die Hygiene war übel, das Wasser verseucht, viele Neugeborene überlebten Infektionen nicht – und empfahlen der Regierung, das Krankenhaus zu schließen. Eine einfache Lösung rettete die Anstalt: Westliche Methoden wurden aufgegeben, die Indiofrauen wurden sehr bald nach der Geburt aus dem Krankenhaus entlassen, ihr Neugeborenes ihnen an den Leib gebunden, mit dem Rat, diese innige Verbindung, die *Symbiose* von Mutter und Kind, nur kurz, zum Reinigen, zu lösen, und, ihr Kind ausschließlich zu stillen, was die Mütter vor der Einführung der *modernen Methoden* sowieso getan hatten. Ein paar Jahre später ergab eine Kontrolle ausgezeichnete Überlebensraten der kerngesunden Kinder. Warum war es den Babys unter der modernen, westlichen Behandlung und Betreuung im Krankenhaus viel schlechter gegangen? Was macht die Indianerin, ihr Stamm, ihre Kultur und unzählige Mütter in weiteren – naturnahen, niemals primitiven! – Kulturen besser?

Die Antwort dürfte die US-amerikanische Psychologin Jean Liedloff in ihrem Bestseller *Auf der Suche nach dem verlorenen Glück* (im Original *The Continuum Concept*) gefunden haben, erstmals erschienen 1977, inzwischen in Hunderttausenden Exemplaren wiederverlegt und verbreitet. Sie reiste mit zwei

Italienern in den Dschungel Venezuelas und erlebte bei den Strapazen einer Flussfahrt Erstaunliches: Während die Italiener „ununterbrochen fluchten, die Beherrschung verloren, stritten, jammerten, unterhielten sich die Indios prächtig. Sie lachten über die Schwerfälligkeit des Kanus und waren besonders erheitert, wenn das Kanu mal den einen, mal den anderen unter sich festnagelte. Der Betroffene lachte nach seiner Befreiung am lautesten." J. Liedloff erklärt das fröhliche, unbekümmerte Verhalten der Indios mit dem richtigen, naturgemäßen Umgang der Mutter mit ihrem Kind, die seine ursprünglichen Bedürfnisse stillt, mit der langen Zeit der Symbiose, die von den Kindern s e l b s t später einmal gelockert, gelöst wird, und nicht in viel zu frühem Alter von der Mutter in den entwickelten Ländern. Ihre Sicht, wie viele ‚westliche, moderne' Mütter mit ihren Neugeborenen umgehen, schreibe ich ab (stark gekürzt), weil es einer Unterlassungssünde gleichkäme, diese eindringliche Schilderung zu unterschlagen.

„Die junge Mutter bringt ihr Neugeborenes nach Hause. Sie hat sich entschlossen, ihr Kind zu stillen. Es fällt ihr schwer, es nach dem Füttern wieder hinzulegen, weil es so verzweifelt schreit, aber sie muss es tun, denn ihre Mutter hat ihr gesagt (und s i e muss es ja wissen), dass es später einmal verzogen sein wird, wenn sie ihm jetzt nachgibt." Dann schildert Jean L. detailliert das Kinderzimmer, die flauschigen Vorhänge, den Teppich in Form eines Riesenpanda, an der Wand Bilder von Tierkindern, angezogen wie Menschen. Nichts ist ausgelassen worden, um das Babyzimmer perfekt auszustatten, wenngleich sie und ihr junger Ehemann sich all die Möbel für die weiteren Zimmer noch nicht leisten können. „Sie beugt sich über den Säugling und küsst ihn auf die seidige Wange, dann geht sie zur Tür, während der erste Schrei seinen Körper durchschüttelt. Sacht schließt sie die Tür …sie hat ihm den Krieg erklärt. Sie zögert, doch sie widersteht. Er ist frisch gewickelt und gefüttert worden. Sie ist sicher, dass ihm in W i r k - l i c h k e i t nichts fehlt. Sie lässt ihn schreien, bis er erschöpft einschläft.“ Diese Schilderung ist vielleicht ein bisschen dick aufgetragen, aber durchaus dem Elend eines jungen Säuglings nachempfunden, dessen alles, dessen Universum bei der Mutter beginnt und endet und der ja in Einheit mit seiner Mutter, in *Symbiose* mit ihr lebt, jetzt aber, im perfekt gestalteten Kinderzimmer, sich unendlich allein und verlassen fühlt. In *Wirklichkeit* fehlt sie ihm mit ihrem Geruch, ihrer Wärme, ihren Berührungen, ihrer Stimme. Jean Liedloff meint eben, dass wir mit unserer modernen Kindererziehung den kleinen, hilflosen Kindern viel zu viel zumuten, die Mutter eintauschen gegen ein Kinderzimmer mit all dem blöden Schnickschnack, den ein Neugeborenes ja gar nicht erkennen kann. Und dass unsere Kinder einen Schaden erleiden (können), der nur bei den härteren, resilienten gering ausfällt, und dass dieser Schaden durch die Entfernung der Kinder aus der Familie in zu frühem Alter und die Betreuung in Krippen und Kindergärten fortgesetzt und verstärkt wird. Darunter versteht sie das verlorene Glück.

Das weitverbreitete Rooming-in vermeidet die Trennung gleich nach der Geburt, die Symbiose bleibt erhalten. Die Bedenken vieler Mütter, sich nach den Mühen der Schwangerschaft und der Geburt nicht erholen zu können, sind unbegründet: Im Körperkontakt mit der Mutter sind die Kinder ruhig und zufrieden. Auch das Tragetuch haben wir im Krankenhaus der Barmherzigen Brüder sehr empfohlen, es verlängert den intensiven Kontakt, und soll ja auch von weiteren vertrauten Menschen verwendet werden.

33

Die Frankfurter Schule

Ich gehe von der Feststellung aus, dass ein Kind der größte, der wichtigste Wunsch im Leben der meisten Frauen ist. (Als Kinderarzt mache ich es mir also viel leichter als Sigmund Freud, der in einem seiner letzten Aufsätze mit dem wohl eigenartigen Titel: *Was will das Weib?,* darauf einging, aber aufgab, resignierte: „Die Frage sei unbeantwortbar. Der Mann weiß nichts, die Frau sagt nichts." Dies dürfte die Frage Virginia Woolfs doch beantworten: „Warum sind Frauen so viel interessanter für Männer, als Männer für Frauen sind?"). Wie oft lesen wir doch vom *sehnsüchtigen Wunsch nach dem Kind!* Es zu versorgen, zu betreuen, es heranwachsen zu sehen, einfach, es zu lieben. Und einen Mann, der ihr bei dieser elementaren Aufgabe hilft. Eine Familie zu haben, mitgestalten zu können, das Zentrum dieser Familie zu sein – der Vater kann ruhig *das Haupt der Familie* sein, wenn man diesen antiquierten Begriff überhaupt noch anwenden will. Einer der zu Recht populärsten Österreicher bezeichnete seine Frau aber als *Anker*, sie managt die Kinder und das Zuhause, während er seine tollen Karrieren als Rennfahrer, Pilot und Gründer von Fluggesellschaften betrieb. Haben wir nicht bis vor zwei Jahrzehnten noch gelesen und gehört, *dass die Familie die kleinste Zelle des Staates ist?*

Der Chef eines Arbeitsamtes verplapperte sich vor ein paar Jahrzehnten in einem Zeitungsinterview und stellte fest, dass es *bevorzugt die jungen Mütter* seien, die zum Vollberuf zu vermitteln wären. Wie von der Tarantel gestochen fuhr ich auf und fragte bei der Redaktion zornig nach, warum gerade die jungen Mütter? Und nicht die vielen Männer, denen der Job nicht gefällt, die die ihnen zugewiesene Arbeit nicht annehmen wollen. Die damals bürgerliche Tageszeitung gab mir genug Platz zu einem schriftlichen Protest. So etwas gibt es schon lange nicht mehr. Damals dämmerte mir der ungeheuerliche Verdacht, dass die Familie nicht mehr die kleinste Zelle der Gesellschaft, nicht mehr zuständig sein darf für die Erziehung ihrer Kinder. Und, der Verdacht bestätigt sich: Eine Justizministerin (SPD) von Deutschland hat einen Gesetzesentwurf veröffentlicht, nach *dem Kinder nicht mehr Teil der Familie, sondern der staatlichen sozialen Gemeinschaft sind.* Damit setzt sie das *kommunistische Manifest* von Marx und Engels um, das im Jahre 1848 forderte, „die Kindeserziehung den Eltern zu *entreißen* und dem Staat zu überantworten!“ Und das, obwohl gemäß Art. 8 der Menschenrechtskonvention das Kind das Recht hat, den Schutz seiner Familie zu genießen!

Was ist heute so grundlegend anders geworden? Woher also kommt dieser familienfeindliche, kinderfeindliche Druck, die jungen Mütter viel zu viele Stunden am Tag außerhalb der Familie zu beschäftigen, die Kinder in einer Krippe abzuliefern und einfach zu wenig gemeinsame Zeit, nur an den Abenden und zum Wochenende, für den Nachwuchs zu haben? Ich wollte mich an die Empfehlung halten: Wer zu den Quellen will, muss gegen den Strom schwimmen, kam aber – vorerst – zu keiner Erklärung.

Da bin ich auf ein Zitat eines Herrn Max Horkheimer gestoßen: „Die bürgerliche Familie stellt die Grundvoraussetzung für den Faschismus dar!“ Was meinte er damit? Wohl, dass der despotische Vater seine Frau und die Kinder unterdrücken und damit – wie wir sagen – eine *Radlfahrermentalität* erzeugen würde: nach oben buckeln und nach unten treten. Horkheimer hatte ja sicher in einzelnen Fällen recht, aber wie kommt er dazu, alle Familienväter zu beschuldigen? Kleiner Schwenk in die Geschichte: Nach Jahrhunderten, in denen viele Herrscher aus dem Adel autoritär und diktatorisch mit den Untertanen umgegangen waren, erhofften sich viele

Menschen Gerechtigkeit, bessere Lebensumstände, ein Ende der Unterdrückung, der Willkür der Mächtigen, der Hungerzeiten, der Kriege. Der Erste Weltkrieg, der viele Millionen Opfer gefordert hatte, aber kaum unter den Hauptschuldigen, dem hohen Adel, hatte das Ende der drei Kaiserreiche Österreich-Ungarn, Deutschland und Russland gebracht. Es gab schon moderne Staatengebilde, so gab es in Skandinavien konstitutionelle Monarchien, Frankreich war sogar schon Republik. Von dieser Regierungsform erwarteten sich immer mehr Menschen ein besseres Leben. Eines der vielen Ziele Horkheimers Mitarbeiter, die inzwischen *Frankfurter Schule* genannt werden, war das durchaus edle einer vernünftigen Gesellschaft mündiger Menschen, seine Verwirklichung winkte am besten in einer Republik. Und die UdSSR hieß ja Sojus Sowjetskich Sozialistitskich *Respublik*, auf Zyrillisch CCCP. Sie sah ganz nach einem Vorbild für weitere Nationen aus. Daher waren viele marxistische Ideologen und ihre Anhänger enttäuscht, dass die ersehnte kommunistische Revolution nur in Ungarn (unter Bela Kuhn), in der Slowakei, in München (unter Kurt Eisner) und ein paar weiteren Plätzen verwirklicht wurde, um den Menschen zu einem besseren Leben zu verhelfen. Nicht aber in Österreich und Deutschland, wo die Mehrzahl der Menschen von den blutigen Ereignissen in Russland ausreichend Kenntnis hatte und ähnliche Umstürze ablehnte. (Graf Chojnicki in Joseph Roths *Kapuzinergruft* fällt mir ein, der feststellt: „Aber die Revolutionen von heute haben einen Fehler: Sie gelingen nicht!“ Wie er irrte!)

Die hochgebildeten marxistischen Philosophen und Soziologen der Frankfurter Schule erklärten sich „diese enttäuschende Fehlentwicklung aber damit, dass das Proletariat sein eigenes marxistisches Klasseninteresse niemals erkennen würde, solange es nicht von den repressiven Fesseln der westlichen Kultur und Religion befreit würde!“ Und wer legt diese *Fesseln* an? Es sind die Frauen, genauer, die Mütter, die ihre wertkonservative Rolle beibehalten – und in der Erziehung an ihre Kinder weitergeben. Sie wünschen ihren Sprösslingen den Aufstieg in ein besseres Leben, „ihre Kinder sollen es einmal besser haben" – das wollen die Väter wohl auch, aber die Mütter sind die besseren Erzieher – und führen und erziehen sie. Das heißt unter anderem, sie wecken sie rechtzeitig, setzen ihnen ein Frühstück vor, schicken sie in die Schule, beaufsichtigen sie bei ihren Aufgaben, sorgen für gutes Benehmen, ordentlich zu grüßen, Karriere zu machen … und in die Mittelschicht aufzusteigen. Dort angekommen, gehen ihre Sprösslinge sehr oft den revolutionären Bewegungen verloren, weil sie bürgerlich werden!

Das konnten die erfinderischen linken Philosophen natürlich nicht hinnehmen. Bald hatten sie darauf eine Antwort gefunden: Die Mütter sollen ihre traditionellen Werte nicht mehr an ihre Kinder weitergeben können, sie werden durch Vollarbeit außer Haus bis auf wenige Stunden in der Woche von ihren Kindern getrennt, die Kinder sollten vernachlässigt werden. Den Müttern müsse man die Freiheit, die Selbstständigkeit, das eigene Geld schmackhaft machen, die Unabhängigkeit vom Partner. Weltwirtschaftskrise, Nationalsozialismus, Krieg, Besatzungszeit, *in die Hände spucken* und Wiederaufbaustimmung hielten diese Ideen nieder, bis die Studentenrevolten 1968 sie wiederbelebten, ihnen zum Durchbruch, zum *Marsch durch die Institutionen* verhalfen. Die Frauen, die im Weltkrieg immer mehr ehemals vorwiegend männliche Arbeiten und Verantwortung übernommen hatten, wollten sich nicht mehr der Beschränkung durch den *Haushaltsvorstand* fügen, dem sie – dereinst – zum Wohnort folgen mussten und für den Haushalt und die Betreuung der Kinder zuständig waren. So etwa sah das Familienrecht aus, das seine Wurzeln im Jahre 1811 hatte, also zur Zeit der Napoleonischen Kriege! Zweifellos eine Bevormundung, eine Unterdrückung der Frauen! Für die Kinder aber war die permanent anwesende Mutter das Beste, in ihrer Betreuung und Kontrolle konnten sie sich am besten entwickeln. Die unverzichtbare

Familienrechtsreform in den 1970er-Jahren war zweifellos ein Fortschritt, die Frauen erhielten viele heute selbstverständliche Freiheiten. Allerdings schwang das Pendel zu weit, die vollberufstätige Mutter in ihrer Mehrfachbelastung muss bei den Schwächeren nachlassen, und das sind die Kinder. Und jetzt sind sie da, Lebensabschnittspartnerschaft, Fristenlösung, Kindermangel, Familienfeindlichkeit, Schlüsselkinder, *dein Essen ist im Kühlschrank*, und der wichtige Ansprechpartner, die Mutter, beim Heimkommen aus Kindergarten und Schule, nicht da!! Kinder sind s e h r spontan, sie wollen sofort damit herausplatzen, was sie im Kindergarten oder in der Schule beschäftigte, aufregte: „Mami, Mami, ich habe die schönste Zeichnung gemacht!“, oder „Der Rudi hat Nasenbluten gehabt!“ oder: „Die Lehrerin hat mit der Jutta geschimpft!“ Bis die Eltern am Abend nach Hause kommen, hat das Kind seine aufregenden Erlebnisse wohl vergessen, eine Verarbeitung mithilfe der Eltern bleibt aus. Und fehlt beiden. Denn wenn die Eltern müde sind oder im Stress stehen, gar keine Zeit haben, auf die Kinder einzugehen, ihre Bemühungen zu loben, auch, wenn es nicht anders geht, zu tadeln, dann plagen sich die lieben Kinderlein *umsonst, vergebens, ins Leere*. Sie machen ja all das für ihre Eltern! Schulkinder haben noch keine Übersicht, keine Vorstellung, dass all das mühsam Erlernte ihnen selbst zugutekommen wird. Ihnen fehlt der Blick in ihre eigene Zukunft, eine konkrete Vorstellung von der Zeit in 10, 20 Jahren und später können sie noch nicht haben. Ohne ausreichendes und angemessenes Lob kommen daher Unwillen, Langeweile, mangelhafte Disziplin auf, der Eifer ist dahin und die Erfolge auch. Erfolge, die das Kind zur seiner eigenen Zufriedenheit, zu seiner eigenen Selbsteinschätzung braucht, werden nicht ausreichend gewürdigt. Oder aber auch – *materiell* – zu hoch belohnt, weil viele doppeltverdienende Eltern es sich leisten können, großzügig mit dem Geld umzugehen. Sie geben also Geld statt Liebe. Ihr schlechtes Gewissen wegen der geringen gemeinsamen Zeit mit ihrem Nachwuchs macht sie *overprotective.* Alles ist – einmal mehr, einmal weniger – aus dem Lot.

Es gibt auch eine zustimmende Beschreibung dieses gesellschaftlichen Umsturzes durch die Frankfurter Schule und ihre Vollstrecker, die 68-er, und die geht so: „Mehr Emanzipation, die Überwindung traditioneller Rollenbilder, mehr Erwerbstätigkeit von Müttern und vor allem die staatliche Kinderbetreuung, wurden als Ausweg aus der demografischen Krise angepriesen." Überzeugt mich überhaupt nicht, weil die Doppelbelastung der Mütter eine Hauptursache der Kinderarmut, der demografischen Krise, ist und die staatliche Kinderbetreuung in viel zu großen Gruppen nicht das Richtige für die meisten Kinder! Die Mutter, die Eltern sind unverzichtbar! Außerdem ist nicht so wichtig, wer diese Entzauberung der Familie und die Betreuung der Kinder in Heimen verursacht hat, sie sind da, und sie schaden den Kindern!

Dazu fällt mir eine spätabendliche Diskussionsendung ein, in der eine von mir sehr geschätzte deutsche Schauspielerin gefragt wurde, welchen Rat sie ihrer halbwüchsigen Tochter gebe: „Unabhängigkeit, nur unabhängig sein!" Immer wieder derselbe, falsche Rat. Unabhängigkeit, genau das Falsche! Der Wiener Neurowissenschaftler Dr. Raphael M. Bonelli hat ein überzeugendes Buch geschrieben, dessen Titel schon alles sagt: „Frauen brauchen Männer und umgekehrt!" Wir müssen doch erkennen, dass wir einander brauchen, dass wir Kompromisse eingehen, oft nachgeben müssen, um gemeinsame Ziele zu erreichen. Frauen und Männer müssen sich ergänzen, wie Yin und Yang, nicht konkurrenzieren. Der kurzsichtige Genuss der Unabhängigkeit, der Freiheit schadet der Kompromissbereitschaft, fördert den Egoismus und bringt Einsamkeit, Frustration, Enttäuschungen. Diese werden nach ein paar unerfreulichen Erlebnissen mit Männern zur Verallgemeinerung führen (Alle Männer sind Schw...), zu aggressiven Formen des Feminismus. Wem nützt, wem hilft das? Wir werden die wachsenden Probleme, wenn überhaupt, nur bewältigen, wenn wir sie g e m e i n s a m anpacken, jeder Mensch gleich welchen Geschlechts mit seinen eigenen Fähigkeiten.

Viele aufmerksame Zeitgenossen kennen in ihrem weiteren Bekanntenkreis wahrscheinlich Leute, die sichtlich zu wenig Mutter, mangelhafte Bindung, zu wenig Glanz in den Augen der Mutter, erlebten und daran immer noch leiden. Sie zeigen Unsicherheit, die sie durch oft überhebliches, lautes Auftreten, markige Worte zu überdecken versuchen, zur Hektik neigen, sich eventuell sozial nicht ausreichend akzeptiert fühlen, zu depressiven Phasen, zur Angst, zur Somatisierung tendieren. Oft sind sie wachsam und intelligent und kommen trotz dieser Belastung gut durch das Leben. Ich denke, dass es Beispiele in den großen Dynastien gibt, wo ja die täglichen – und nächtlichen – liebevollen, ausdauernden Bemühungen der Mutter, der Familie, um ihr Kind nicht zum Bild dieser hochgestellten Damen passten und daher ausblieben. Ammen und weitere Frauen kümmerten sich um diese armen Kinder.

Kaiser Wilhelm II. folgte seinem Vater Friedrich III, der nach nur gut dreimonatiger Regierungszeit, im selben Jahr wie sein Vater, Wilhelm I., an Krebs starb, im daher sogenannten Drei-Kaiser-Jahr 1888, auf den deutschen Thron. Das nassforsche, schneidige, auch ungeschickte, oft taktlose Auftreten des jungen Wilhelm II. führte zur Verstimmung bei den Nachbarvölkern, zur zunehmenden Feindseligkeit gegen das junge Wilhelminische Reich und trug sicherlich in weiterer Folge zur Urkatastrophe des 20. Jahrhunderts, des Ersten Weltkriegs, bei. Warum komme ich auf diesen letzten deutschen Monarchen? Seine Geburt war aus Steißlage, besser sagt man Beckenendlage, erfolgt. Dem recht spät hinzugezogenen Geburtshelfer gelang es zwar, den drohenden Kaiserschnitt zu verhindern, nicht aber eine Überdehnung, eine schwere Schädigung der für den linken Arm zuständigen Nervenstränge, eine Plexuslähmung. Sie wurde erst nach Tagen erkannt. Die Behandlungsversuche waren abenteuerlich – unter anderem nähte man den schlaffen Arm in frisch geschlachtete Kaninchen ein – und dementsprechend erfolglos. Der sportlich, militärisch gedrillte Spross des Hauses Hohenzollern war eigentlich ein Krüppel, wie man damals ja recht leichtfertig urteilte. Und das in einer martialischen Epoche, in der die Söhne mit Zinnsoldaten spielten, in Uniform, selbstredend, in einer Welt voll Helden, Schlachten, Orden, Triumphbögen, Marschmusik. Bei allen späteren Auftritten ruhte Wilhelms um 15 Zentimeter kürzerer, schwacher linker Arm auf dem Griff des Säbels an der linken Hüfte, um diese schwere Behinderung zu verbergen. Seine persönliche Urkatastrophe bestand aber wohl darin, dass ihn seine Mutter, eine englische Prinzessin – schwer gekränkt von diesem, jetzt schreibe ich doch lieber, behinderten Thronfolger – ablehnte. Prinzessin hin, Prinzessin her, eine Mutter muss zu ihrem Kind stehen, aber genau das tat sie nicht. Unzählige Kinder haben distanzierte, überkritische Väter überstanden, weil ihre Mutter zu ihnen stand. Ich fürchte, sein unglückliches Verhalten kann man mit der Ablehnung durch seine Mutter erklären.

34

Bindung, Bindung!

„Der Homo sapiens ist von seiner genetischen Struktur her darauf angelegt, vom ersten Tag seines Lebens an eine enge *Bindung* zu einer Person aufzubauen. Säuglinge sind darauf angewiesen, bedingungslos akzeptiert zu werden und dass für die Erhaltung ihres Lebens so lange Sorge getragen wird, bis sie selbst die Verantwortung für ihr Leben übernehmen können", schreibt Prof. Dr. R. Michaelis aus Tübingen. Das *Kindchenschema*, das Konrad Lorenz 1943 beschrieben hat, hilft ihnen: Der große Kopf, die großen, runden Augen, die hohe, gewölbte Stirn, die runden Wangen, die kleinen Arme und Hände signalisieren den Großen evolutionsbiologisch Schwäche und Hilfsbedürftigkeit und bewegen und verpflichten sie zu Schutz und Hilfe. Das gilt ja nicht nur für Menschenkinder, auch für junge Hunde und Katzen und viele weitere Tiere. Sogar kleine Krokodile sehen putzig aus, bevor sie sich zu furchterregenden Monstern weiterentwickeln.

Bindung ist der erfüllte Anspruch eines Kindes, sich prinzipiell sicher, versorgt, akzeptiert und geliebt zu wissen. Sich im Urvertrauen zu sonnen, zu räkeln. Bei Kindern kennt man den Effekt der *sicheren Basis*: Demnach brauchen Kinder vertraute Bezugspersonen in ihrer unmittelbaren Nähe, um sich sicher und geborgen zu fühlen. Jetzt erst konzentrieren sie sich auf neues Spielzeug oder andere interessante Sachen. Sie haben ja so viel zu erkunden, auszuprobieren, erforschen, zerlegen, erlernen, begreifen. Viele Tests haben gezeigt, dass kleine Kinder sich oft nicht trauen, mit dem Spielzeug oder einer wenig vertrauten Person zu spielen, wenn Vater oder Mutter nicht im Raum sind, erklärt Studienleiterin Lisa Horn. Die

Bindung wird auch als reziproke, als gegenseitige, beschrieben, weil die Mutter, die Familie, nicht nur geben, sondern auch Lachen, Späße, drollige Szenen, Freude und Stolz an Fortschritten ihrer Kleinen zurückbekommen.

Bindung und Beziehung sind selbstverständlich bei Menschen aller Rassen, Kulturen, Religionen. Natürlich stellt auch die türkischstämmige Psychologin Dr. Erin fest: „Für die psychische Stabilität in späteren Lebensjahren ist es generell wichtig, in der Kindheit sichere emotionale Beziehungen zu entwickeln. Eine Trennung von Mutter und Kind gehört zu den schlimmsten Erfahrungen im Leben der Menschen."

Der große René Spitz, vor gut 130 Jahren in Wien geboren, stellte fest: „Die Wechselbeziehung zwischen Mutter und Kind ist der Prägestock zur Entwicklung der sozialen Beziehungen." Er hat Kinder untersucht, die in den ersten Lebensjahren zu wenig Mutterkontakt hatten. Ihr Urvertrauen war gestört. Später waren sie unglückliche, problematische Mütter, ihr Verhalten wechselte hin und her zwischen Ablehnung des Kindes und Überfürsorglichkeit. Das englische Wort für Letzteres, *overprotection,* hat sich schon längst in allen möglichen Sprachen eingebürgert. Diese beiden wechselnden, diametralen Einstellungen zum Kind, Ablehnung und Übervorsorglichkeit, führen zu einer massiven Verunsicherung des Kindes und zu psychischen und psychosomatischen Störungen. Männer waren nach solcher Deprivation völlig ungeeignet, ihren Kindern ein Vater zu sein.

Wir alle ahnen erst, wissen später, dass wir nur einmal leben und haben daher große Angst um dieses bisschen Leben. Die Mutter, die Familie, bemüht sich, uns diese Angst zu ersparen. In intensiver Bindung an ihr Kind gibt sie Nahrung, Schutz und Wärme, zuerst im Uterus, dann an ihrem weichen Körper. Beruhigt uns, stillt uns. Sie ist unzweifelhaft die wichtigste Person für ihr kleines Kind. Der Vater muss nicht, wie sie, immer da sein, aber doch so oft wie möglich. Und er stärkt die Bindung, verstärken er und weitere Menschen, die

Familie, die Freunde, die Sicherheit, die Geborgenheit, die Abwesenheit von Angst, die wir alle dringend brauchen, um uns entwickeln, entfalten zu können. Das können wir uns doch gut vorstellen: Lernen Sie doch eine Ballade, wenn Sie sich in einem Raum aufhalten müssen, in dem es von Klapperschlangen wimmelt, leiern Sie doch das große Einmaleins herunter, während hungrige Wölfe um das Lagerfeuer streichen.

„Dass es später einmal verzogen sein wird“, diese Sorge der jungen Mutter, der Eltern, ist völlig unbegründet. Einen Säugling kann man nicht verziehen! Vielmehr schaffen die Eltern ein intensives Urvertrauen, eine tiefe Bindung, die sichere Basis, die das ganze weitere Leben erleichtert. Ihre Kinder spüren, dass sie willkommen und wertvoll sind, dass sie die Erwartungen der Eltern erfüllen können, sie zeigen sich sozial und kooperativ und haben ein starkes Selbstvertrauen. Bei den jungen Migranten aus der Dritten Welt habe ich oft genau diesen Eindruck eines gesunden, starken Selbstbewusstseins gewonnen, das manchmal sogar präpotent wirkt; aber lieber zu viel Selbstvertrauen als zu wenig. Unser westliches, modernes Kind wurde jedoch – fast – alleine gelassen. Es *erlernt* Verlassensein, Angst, Misstrauen, also Empfindungen, Erfahrungen, die einem Winzling niemals zugemutet werden dürfen. Denn damit ist der Keim gelegt für viele Probleme, beginnend mit dem stundenlangen Schreien, mit unruhigen Nächten, mit der Überforderung besonders der bald wieder berufstätigen Mutter, die *niemals an ein weiteres Kind denken kann.*

Im Alter von zwei, eher drei Monaten zeigt der Säugling immer deutlicher, dass er seine Mutter erkennt, Reaktionen auf den Vater und weitere nahestehende Menschen folgen erst später. Er lächelt sie gezielt und bewusst an. In dieser liebevollen Atmosphäre wird er sich zu einem fröhlichen, gesunden, leistungsfähigen Menschen entwickeln. Um dieses schöne Ziel zu erreichen, wird er immer weitere Kreise um Mutter und Familie ziehen. Er ist auf dem richtigen, aber langen Weg zur Selbstständigkeit, wird später seine eigenen Wege gehen. Aber bis dahin hat er noch so viel zu lernen. Vergleichen wir doch, was ein Baby mit fünf Monaten kann, mit all dem, was ein Volksschüler kann. Wie weit ist doch der Weg von den ersten Versuchen eines Kleinkindes, auf glattem Eis zu stehen, bis zur Pirouette der Schülerin?

Nach den ungezielten Massenbewegungen der kleinen Säuglinge bewegen sie sich immer gezielter. Sie lernen ja durch Bewegung. Und Begreifen durch Greifen. Aber auch durch Nachahmung der Großen. Wie wertvoll ist da das Spiel mit älteren Geschwistern, Eltern, Großeltern. Oft nach dem Prinzip Versuch und Irrtum, auch schmerzliche Erfahrungen machen sie. Bei Gefahr, Kummer, Angst suchen wir Schutz bei Mutter, Vater und weiteren nahestehenden Menschen. Aber nicht nur Schutz und Trost wollen wir von ihnen erfahren. Anerkennung, Lob, Kritik stärken und festigen unser Ich-Gefühl, unser Selbstbewusstsein. Die kleinen Kinder wollen immer weitere Kreise um die schützende Familie ziehen, später immer selbstständiger, selbstbestimmter werden. Sie wollen aber doch nicht mit wenigen Monaten oder während des zweiten Lebenshalbjahres, der Zeit des *Fremdelns*, aus der Familie heraus in die verschiedenen Betreuungseinrichtungen gebracht werden, wie es seit einigen Jahrzehnten immer mehr *Mode* geworden ist!

Es dauert lang, an die zehn Jahre über die Einschulung hinaus, bis die Entwicklung des *Präfrontalen Cortex*, einer Ansammlung, einer Formation von Ganglien ganz vorne im Stirnhirn, dem jungen Menschen dazu verhilft, selbst Zielstrebigkeit, Lerneifer, Planung, Übersicht und Disziplin aufzubringen, die Lernziele zu erreichen. Bis dahin aber müssen die Eltern und weitere Erwachsene diese Ziele vorgeben, und das nennt man schlicht und einfach … Erziehung, den *ewigen Erziehungsauftrag der Älteren*, weil damit ja nicht ausschließlich die Eltern gemeint sind. Wenn also der Start ins Leben mangelhaft war, das heißt konkret, es an Mutter/Familie mangelte, kann die weitere Entwicklung mangelhaft sein, ein Leben, nicht so glücklich, wie wir es jedem Menschen wünschen.

Die jungen Leute reagieren auf ihre Art. Schlagzeilen in den Zeitungen fragen irritiert, aber ohne sich um die *eigentliche* Ursache zu bemühen: *Was ist denn mit den Kindern los ..., Lehrer verzweifeln ... Immer mehr Schüler und Schülerinnen brauchen Sonderbehandlung ... Jedes Jahr mehr Kinder im Vollrausch ... Drogenmissbrauch nimmt zu! ... Zwei 14-Jährige berauben Pensionistin!,* lesen wir, oft auf der ersten Seite der Zeitungen. Thomas Müller, der tüchtige Polizist aus Tirol, der sich zu einem führenden Kriminalpsychologen, einem *Profiler*, hochgearbeitet hat, erklärt diese unerfreuliche, ja bedrohliche Entwicklung mit wenigen Worten: Enttäuschungen, Zurücksetzungen, Kränkungen, Ängste, Gefühle des Verlassenseins und der Vernachlässigung werden gespeichert, nähren den Hass ... jetzt aber schießen die Hormone der Pubertät ein und bringen Kraft und Gewaltbereitschaft. *Fußtritte auf den Kopf* und *Gewalt auf den Skipisten!* und weitere alarmierende Berichte sind damit zu erklären.

In diesem jugendlichen Alter ist es normal, richtig und wichtig, sich aus der eigenen Familie zu lösen, flügge zu werden, die Bindung zu lockern. Freunde und Freundinnen in Schule und Verein werden wichtiger. Die aber hat manch junger Mensch im Frust, im Streit verlassen. Alleine sein entspricht nicht der Natur des Menschen, er sucht daher Anschluss an eine neue Gemeinschaft, die sie/ihn stark machen soll. Die besucht aber keine Schule, liest nicht, studiert nicht, trainiert nicht, lernt nicht ein Musikinstrument, sondern lungert herum, raucht, trinkt, spielt endlos auf dem Smartphone, nimmt Drogen. Woher das viele Geld dazu nehmen? Der Weg in die Beschaffungskriminalität ist nicht weit.

Terje reicht es, er protestiert: „Ich denke, dass du da kräftig übertreibst! In fast allen modernen Ländern gehen die Frauen arbeiten, finden Freude und Anerkennung im Beruf, verdienen sich ihr eigenes Geld, gewinnen Freiheit und Unabhängigkeit vom Mann. Und die Kinder kommen früher zu ihren Altersgenossen, lernen soziale Kontakte, werden selbstständiger."

Jetzt schnaube ich. Genau diese Argumente werden uns ständig serviert. Und das seit etwa dreißig Jahren: Ja, vielen Frauen geht es besser, aber ihren Kindern??

„Ich habe vor bald vierzig Jahren begonnen, alarmierende Zeitungsausschnitte zu sammeln, habe aber keine Lust, sie herunterzubeten", setze jedoch noch schnell nach „Siehst du nicht, dass viel zu viele Kinder, Gott sei Dank nicht alle, immer häufiger, immer deutlicher Anzeichen dieser Fehlentwicklung zeigen? Immer mehr Lernverweigerung, Aggressivität, Verwahrlosung, Bindungsschwäche, Hedonismus, Essstörungen, Leistungsverweigerung, Störungen des Sozialverhaltens, Zwangsstörungen, Panikzustände, Depression, sogar Selbstmord?" Terje schaut verdrossen in die Ferne. „Eine frische Untersuchung ergab Daten, die die sorglosesten Zeitgenossen beunruhigen müssen: In Österreich leiden Buben vier- bis fünfmal häufiger an ADHS und sechsmal häufiger an – nicht weiter beschriebenen – Verhaltensstörungen als Mädchen. Diese leiden aber doppelt so oft an Angststörungen und zehnmal so oft an Essstörungen!" Terje atmet hörbar durch. „Mangelnde Bindung, mangelnde Motivation, wenig Hilfe, wenig Ansporn, keine Kontrolle, Misserfolge, einer nach dem anderen, Schulschwänzen, Schulabbruch, Aufsässigkeit, schlechtes Benehmen, derbe Ausdrucksweise wie *lieber bekifft ficken als besoffen fahren!* Immer wieder Respektlosigkeit. Es gibt Ärger, wenn diese jungen Leute Kranken und Alten nicht Platz in der Straßenbahn oder im Bus anbieten, zu laut sind. Sie werden immer mehr abgelehnt. Daher kommt es zum Rückzug in die eigenen vier Wände und in die Gruppe der Gleichgesinnten. Jetzt aber brauchen diese jungen, unglücklichen Menschen Anleitung, Rat und Hilfe, auch etwas Druck, der Situation angepasst. „Dreimal so viel ADHS wie vor 10 Jahren! Immer mehr Gewalt gegen Polizisten!" Diese für ihre harte Arbeit und die vielen Überstunden eher schlecht bezahlten Beamten, auch die wichtigen Frauen in Uniform, werden in eine Disco oder eine Weinstube gerufen und müssen sich mit rauflustigem Pöbel herumschlagen. Natürlich kannst du einen Zusammenhang mit dem weitverbreiteten Mangel an Familien bestreiten. Aber wenn die Kinder zu wenig Familie erleben, sind sie arm, bedauernswert, können allerdings schwierig und gefährlich werden. Und wenn ..." Terje unterbricht mich: „Vor lauter Gequatsche stehe ich schon stundenlang am Rad." Ich frage schnell: „Soll ich dich ablösen?" „Das würde dir so passen, wie der große Sieger in Bergen einzulaufen. Nein, das mache schon ich. Außerdem fährst du die *Solveig* doch an die Kaimauer, wäre ja schade. Mach endlich einfach einmal Pause!"

Ein kleiner Ausflug in die Zoologie, der aber sehr gut herpasst. Die Ausbildung, die Dressur zum Drogenhund ist hart und aufwendig, umso mehr überrascht die Beobachtung, dass Welpen, die mit ihrer Mutter *gemeinsam* bei der Arbeit waren, genauso gut Drogen erschnüffelten wie ihre in vielen Monaten aufwendig dressierten *Kollegen*. Eben in dem Sinn, wie Prof. E. Federn schrieb: „Wozu erziehen, die Kinder machen uns ja alles nach!" Aber dazu müssen wir viel mehr Zeit *gemeinsam* mit unserem Nachwuchs verbringen.

35

Bewegung und gute Luft

Wir alle müssen uns bewegen, besonders aber die Kinder. Sie müssen ihre Fähigkeiten, ihre Gesundheit, ihre Zukunft erstrampeln er-krabbeln, er-laufen, er-klettern, er-schwimmen. Von selbst geschieht da nicht viel. Kinder, die monatelang im Gips oder sonst wie unbeweglich liegen müssen, entwickeln sich nicht weiter, ja verlernen sogar einige Bewegungsabläufe. Wir Großen aber rauben immer mehr Kindern ihren Platz zum Spielen, zum Erleben, zum Erfassen, zum Begreifen der Welt. Die Fläche von zwanzig Fußballfeldern verbauen wir in unserem kleinen Österreich j e d e n Tag! Wo gibt es noch Wiesen, Wälder, Hügel, wo Kinder in der Natur, an der frischen Luft, bei nahezu jedem Wetter, sich bewegen können? Sogar ein Hinterhof ist besser als keiner. Gott sei Dank gibt es viele kinderfreundliche Gemeinden oder Institutionen, die Kinderspielplätze erhalten. Aber unzähligen Kindern stehen solche Plätze nicht zur Verfügung. Die Folgen? Immer mehr Kinder können nicht mehr hopsen oder auf einem Bein stehen. Von Kopf- und Handstand oder Radschlagen reden wir lieber gar nicht, wohl aber von der positiven Energiebilanz, dem grassierenden Übergewicht. Auch der Hirnforscher Manfred Spitzer von der Uni Ulm setzt sich für körperliche Fitness ein: „Ein dickes Kind hat zeitlebens geringere Chancen als ein normalgewichtiges Kind, ein gesundes Leben zu führen, nicht zuletzt, weil aus dicken Kindern meist dicke Erwachsene werden. Wer nie das Glück erlebt hat, das sich bei körperlicher Bewegung einstellt, der wird seinen Körper zeitlebens buchstäblich als Last empfinden." Sogar die kognitiven Fähigkeiten leiden unter zu vielen Kilos: Mein geschätzter Fachkollege und engagierter Kämpfer gegen das Übergewicht bei Kindern, Prof. Dr. Kurt Widhalm aus Wien, berichtet von einer *verminderten Fähigkeit zu fokussierter Aufmerksamkeit und folglich schlechteren Ergebnissen in den Schulen.*

Mit drei gleichgesinnten Freunden verfolgten wir vor etwa zwanzig Jahren den Plan, den Kindern zu einem Abenteuerspielplatz zu verhelfen. Das war ja überhaupt keine neue Idee, solche Spielplätze gibt es schon weiß Gott wo, nur nicht in unserer Stadt mit ihren gut tausend Kindern. Diese Anlage sollte wohl einen viertel Hektar groß sein und viele Spielmöglichkeiten bieten, von der einfachen Schaukel und der Sandkiste über Kletterturm und Piratenschiff und BMX-Kurs bis zur Halfpipe für die Großen. Wir wollten den Kindern so attraktive Freizeitmöglichkeiten bieten, dass sie auf die dummen und dümmeren Verlockungen im Fernsehen und die weiteren elektronischen Verführer pfeifen würden. Wenn kleine Kinder oft klettern, hopsen, kraxeln, werden sie später ihre Kraft, Technik und Beweglichkeit beim Turnen, Paddeln, Eiskunstlaufen, Ringen, Skisport, Speerwerfen und den Mannschaftssportarten weiterentwickeln, vielleicht unsere eher bescheidene Bilanz bei sportlichen Wettkämpfen aufbessern und wohl ihr weiteres Leben lang Freude an der Bewegung, an ihren Fertigkeiten haben?

Das Echo auf unsere Bemühungen um einen Abenteuerspielplatz, die Freude, die Erwartung, bei den Kindern und den Eltern, war groß. An die 2300 Unterschriften befürworteten unsere Initiative. Sie prallten an den politischen Verantwortlichen aber förmlich ab: Bei der Präsentation dieser Initiative gab es noch die hoffnungsfrohe Ankündigung durch den Bürgermeister: „… volle Unterstützung!“, aber schon wenige Tage später hörten wir zu unserer Ernüchterung, dass wir „ein paar Chaoten wären, die irre Ideen hätten und gar kein Konzept. Andere, wichtigere Dinge gingen vor.“ Schade um die Chance. Auch mein Versuch, vor Jahren, als es noch sehr kalte Winter gab, die Stadtgemeinde zur Errichtung einiger kleiner Eislaufplätze zu bewegen, scheiterte. „Wer wird denn die Verantwortung übernehmen?"

Eine aktuelle Untersuchung der Bewegungsfreude unserer Kinder beschreibt unter dem flotten Titel *Kinder pfeifen auf Bewegung*, dass unsere Buben und Mädels sich lieber mit Handys, Fernsehen und Computerspielen abgeben als mit Sport. Im Turnunterricht sehen es Kinder schon als Strafe, wenn sie *ohne* Ball laufen sollen! Jetzt aber wird es ernst, todernst, denn wir alle, besonders jedoch Kinder, *müssen* uns bewegen, laufen, springen, turnen, schwimmen, tanzen, klettern. Unser Körper, unsere Muskulatur, unsere Gelenke, unsere Sinne brauchen diese Herausforderungen. Die Heranwachsenden müssen so viel lernen, sich Kraft, Schnelligkeit, Beweglichkeit, Geschicklichkeit und sogar Ausdauer aneignen, die sie alle im weiteren Leben brauchen werden, und die ihnen sehr viel Freude bereiten können und deren Fehlen oder auch Mängel ihnen später schmerzlich bewusst werden. Wird doch inzwischen fast jeder vierte oder gar dritte junge Mann bei der Musterung zum Militärdienst als untauglich befundet! Um fast fünf Kilogramm ist das Körpergewicht dieser Männer bei dieser Untersuchung höher als vor ein paar Jahren. Jetzt klagen Eltern, Lehrer, Ärzte immer mehr über den Haltungsverfall bei Kindern und Jugendlichen. Hängende Schultern, Hohlkreuz, Sitzbuckel, schlurfender Gang sind nicht zu übersehen. Orthopäden wissen, dass solche Haltungsschwächen den Weg zur häufigsten Ursache der Arbeitsunfähigkeit bahnen, dem Rückenschmerz. Immer mehr Kinder schaffen keinen Purzelbaum, was zu den bescheidenen Aufnahmebedingungen in unserer Sporthauptschule gehörte, hängen an den Ringen wie ein Sack, können keinen Schneeball werfen. Nun liegt es mir fern, die jungen Leute in den Spitzensport zu treiben, wie es Volksrepubliken machen, aber ist eine dermaßen ausgeprägte Unsportlichkeit nicht ein Schaden? Wundermittel Sport: Legasthenie, die Leseschwäche, können sich Astronauten nach längeren Aufenthalten im schwerelosen Zustand im All zuziehen. Wie wird sie behandelt? Überraschend mit Gymnastik und Trampolinspringen!

Beim Fortbildungskurs der Kinderärzte in Obergurgl in Tirol warnten die Fachleute schon vor dreißig Jahren, dass „die Verhaltensweisen der heutigen kindlichen Gesellschaft bewegungsfeindlich sind, es sich um eine Zeitbombe handle, die jetzt geladen und in nicht ferner Zukunft explodieren werde!" Beklagt wurden die A b nahme körperlicher Aktivitäten, der Ausdauer, der koordinativen Fähigkeiten, der Kraft, der Knochendichte, der Raumwahrnehmung und des eigenen Körpergefühls, der Frustrationstoleranz, also der psychischen Belastbarkeit. Schau, schau, eine Z u nahme kommt auch daher, aber es ist – leider – die des Gewichts! Auch die Feinmotorik leidet unter dieser *modernen* Lebensweise: Die Steuerung der Augen-Hand-Koordination, die räumliche Einordnung, das Gleichgewicht bleiben bescheiden. Ebenso das Zeit- und das Rhythmusgefühl. Stürze sind häufiger und führen zu übleren Verletzungen, vermerkt die Statistik.

Noch im letzten Jahrtausend war unsere Stadt mit der Idee, drei Kilometer südlich unserer Stadt eine Müllverbrennungsanlage zu errichten, an die Öffentlichkeit getreten. Abfall gibt es in unserer flotten *Kauf-und-wirf-weg-Gesellschaft* überreichlich, der Platz war da, die Zufahrten ebenso, große finanzielle Gewinne – „Unsere Stadt wird reich werden!" – waren zu erwarten: Die Unmengen an Müll, die wir bedenkenlos herstellen, müssen ja aus unseren Augen, unseren Sinnen verschwinden: Sie sollen sich in Rauch auflösen! Ein verantwortungsbewusster Gymnasialprofessor gründete eine Aktionsgruppe, den *Heißen Müll*. Er wollte mich dabei haben, kein weiterer Arzt in unserer Stadt war für den Protest gegen diese massive Luftverschmutzung zu haben, einer von ihnen äußerte sich sogar begeistert „zu dieser fortschrittlichen Idee!" Ich hatte eben an einem Fortbildungskurs für Ultraschalluntersuchungen auf der Stolzalpe bei Murau teilgenommen und dabei einen Kollegen aus dem Bayrischen Wald getroffen, der eben eine Müllverbrennungsanlage nahe Altötting verhindert hatte. Er hat mich förmlich aufmunitioniert. Sein Bündel an schriftlichen Unterlagen habe ich so verschlungen, dass ich bei den Informationsabenden den Verharmlosern der unzähligen Schadstoffe im Rauch der Verbrennungsanlage, darunter der hochgiftigen Dioxine und Furane, entschieden widersprechen konnte. Entscheidend für uns war die Tatsache, dass unsere schöne Stadt während der kalten Jahreszeit unter einer ausgeprägten Inversionswetterlage leidet: Ab November sehen wir die Sonne hinter dichtem Hochnebel oft bis in den Feber hinein nur selten. Es gibt keinen Wind, sodass wir die Luft mit den Schadstoffen des Hausbrands, der Kraftfahrzeuge, der Industrie u n d der Müllverbrennung, die unter dem *Deckel* des Hochnebels ja nicht entweichen kann, einatmen müssten. Die Lungen der über 15 000 unmittelbar betroffenen Menschen würden das sogenannte *Endlager* stellen müssen, also die Schadstoffe herausfiltern.

„Wie viele Menschen waren nun für oder gegen diese Verbrennungsanlage?“, wollte der Bürgermeister wissen und setzte eine Befragung an. Ein paar Wochen vorher vernahmen wir ungünstige Prognosen über ihren Ausgang. Es war gerade der bekannte Wiesenmarkt im Gange, da ging ich zwei freie Nachmittage als wandelnder Plakatständer mit eindringlichen Warnungen vor der geplanten Anlage durch die Menge am Wiesenmarkt. Was ich da zu hören bekam, war eigentlich erheiternd: „Schau dir doch den Heini an, der schmeißt seinen Abfall wohl in den Keller!“ Ein durstiger Bärenlackl setzte sein Bierglas kurz ab, wischte sich den Schaum vom Bart und meinte zu mir: „Du schiabst dir den Mist wohl in deinen A…?“ Unterstützt haben mich die Frauen. Einige Mütter begleiteten mich sogar und spielten so was wie eine Leibwache, ermutigten mich und bedankten sich für unseren Einsatz für saubere Luft. Ich kürze ab: Wir gewannen die Abstimmung, die Anlage wurde nicht gebaut. Wiederholten Vorwürfen, wir vom *Heißen Müll* hätten diese große Chance auf erheblichen Reichtum verbockt, konnten wir entgegnen, dass gesunde Luft wichtiger ist als Gewinn und dass haargenau die beiden Bautypen, die bei uns geplant waren, bei Fürth nie in Vollbetrieb gegangen beziehungsweise am Lago Maggiore inzwischen längst geschlossen worden sind.

Viele, nicht nur Kinder, aber besonders sie, verbringen zu wenig Zeit im Freien, wo in ihrer Haut unter Sonnenbestrahlung das *Vitamin D* gebildet wird. Sein Mangel führt zur Abwehrschwäche gegen Infekte, in den Krippen ist die Ansteckung groß, das noch unerfahrene Abwehrsystem der Kleinen ist überfordert, sie sind „immer krank!". Der Mangel an Vitamin D ist auch schuld daran, dass zu wenig Kalzium in die Knochen eingebaut wird. Kalzium? Woher nehmen? Das nehmen die Kinder ja gar nicht mehr ausreichend auf, weil sie immer weniger Milch, dafür aber süße Säfte trinken, und weil andere Voraussetzungen für gesunde Knochen, das Herumtollen, Hopsen, Springen immer seltener werden. Schwächere Knochen, mehr Knochenbrüche, mehr Gewicht vom Herumsitzen am Fernseher oder Computer, weniger Kraft, weniger Behändigkeit, schlechtere Reflexe durch zu wenig Aktivität. Die Osteoporose in früherem Alter winkt

36

Väter

Immer mehr Väter stellen sich mehr als früher (es war unüblich, dass ein Sigmund Freud oder ein Johann Strauß oder ein Theodor Storm seine Kinder wickelte oder mit ihnen spielte!) auf ihre Kinder ein und merken, wie viel Freude sie mit ihnen erleben. Wie viel sie ihnen geben können, wie viel sie zurückbekommen. Im Laufe ihrer Entwicklung werden wir Väter ja immer wichtiger für unsere Kinder: Sie sind *Traglinge*, sollen also viel getragen werden, und zwar möglichst aufrecht. Mutter, Vater, größere Geschwister und sonstige Vertraute, zeigen ihnen die Welt, erklären sie mit einfachen Worten. Kinder, die zu viel in der Horizontalen liegen, entwickeln sich langsamer und schlechter. Was haben sie denn davon, stundenlang die weiße Zimmerdecke über ihnen anzustarren?

Ein Psychologenteam von der Uni Regensburg bringt es auf den Punkt: „Die Mutter bildet die Versorgungs- und Kuschelbasis. In der ersten Lebensphase b i n d e t sich der Säugling stark an sie. Väter sind in der Folge eher die Spiel- und Förderpartner, sie spielen auch gefährlichere Spiele, sie lassen meist größere Kreise zu, die Umgebung zu erkunden, ermuntern eher zu kleinen *Mutproben* und greifen nicht sofort ein, wenn das Kind Schwierigkeiten hat oder Neues versucht. Kleine Kämpfe und Neckereien fördern Durchhaltevermögen, Problemlösungsfähigkeiten und Selbstvertrauen." Väter sollen also etwas flotter, sportlicher, mutiger, ja sogar risikobereiter mit den Kindern spielen als Mütter und Großmütter. Sie sind die idealen Spiel- und Turngefährten ihrer Sprösslinge. Mit ihrer Kraft können sie ihnen zu viel Freude an der Bewegung im Garten, im Wald, im Wasser, im Schnee verhelfen. Und, ihre Kinder haben das wichtige Vertrauen zu ihnen. Wie gerne haben sich unsere Töchter von mir in die Höhe werfen lassen und kicherten und feixten in luftiger Höhe im Vertrauen, sicher aufgefangen zu werden. Eine ältere Frau wollte einmal im Strandbad „dieses gefährliche Treiben abstellen“ und ließ uns erst weitermachen, als ich sie auf das fröhliche Gekicher und die ausgelassenen Gesten der Mädels hinwies. Kopfschüttelnd und überhaupt nicht überzeugt ging sie weg.

Flotter, sportlicher, das scheint es bei uns auf dem Land eher als in den Städten zu geben: Ich freute mich jedes Mal, wenn ein gut 5-jähriger Bub aus einem fernen Hochtal Anlauf nahm und auf die Untersuchungsliege stürmte. Er war nur ein paar Zentimeter größer als diese, die ich hatte spezialanfertigen lassen. Oben hinaufgekämpft, machte er eine Jubelgeste und zeigte seinen Bizeps. Oder der 10-jährige Schüler von der Sporthauptschule, der auf dem Tunturi-Fahrradergometer ganze 6,8 Watt/Kilogramm Körpergewicht schaffte! Das war um circa 40% mehr als seine Altersgenossen. Auch Mädchen berichteten stolz von ihren Erfolgen beim Turnen, der rhythmischen Sportgymnastik, Reiten oder Fechten. Ich habe diese Kinder leider aus den Augen verloren, würde mich aber freuen, wenn sie weiterhin viel Freude an der Bewegung hätten.

Unsere Nervenzellen warten, ja lauern förmlich darauf, mehr und mehr Verbindungen zu weiteren Ganglien herzustellen, sich vielfach zu vernetzen, wenn sie durch Sinnesreize dazu gebracht werden. Bleiben diese Reize aus, verkümmern Verästelungen und Zellen. Begeisterungsfähige, neugierige Kinder können bestimmte Hirnareale zu mehr Wachstum stimulieren, also besser lernen, gelangweilte, *coole* Kinder können das viel weniger. Daraus folgt, dass Lerninhalte, die langweilen, viel schlechter behalten werden.

Väterliches Verhalten soll sich – ein wenig – von dem der Mütter unterscheiden: Wir Männer bejahen nicht fast alles, was unsere Sprösslinge machen, so bedingungslos, wie es Mütter oft tun: Jean Liedloff schreibt in ihrem Bestseller *Auf der*

Suche nach dem verlorenen Glück, dass die bedingungslose Liebe der Mutter stetig bleibt, während es beim Vater eine Beimischung von Zustimmung gibt, die abhängig ist vom Betragen des Kindes. Auf diese Weise sichere die Natur sowohl Stabilität als auch Anreiz zu sozialem Verhalten.

Jean Le Camus konnte mit seiner Forschergruppe zeigen, dass „die für die soziale Entwicklung des Kindes günstigste Familienkonstellation diejenige ist, bei der die Erziehungsfunktion des Vaters sowohl ausreichend vorhanden ist als sich auch genügend von der der Mutter unterscheidet, aber nicht beschränkt ist auf die Lenkungsfunktion, die dem Vater – gerne – zugeschrieben wird und sich in Verboten, Ermahnung und Strafen erschöpft!“ Zwei andere Konstellationen, der Vater zu wenig da, und, zu ähnlich der Mutter, wurden als weniger günstig befunden. Ist doch erhellend in einer Zeit, in der viele junge Väter, verunsichert, aber gutmütig und bemüht, versuchen, die bessere Mutter zu sein. Viel zu oft finden Psychologen, dass Kinder heute *zwei Mütter*, aber keinen Vater haben.

Auch Kinder gleichgeschlechtlicher Paare wünschen sich ein leicht unterschiedliches Verhalten der Eltern. Die Kinder wollen eben – instinktiv – die besten Verhältnisse für ihre Entwicklung. Die Adoption kleiner Kinder durch Homosexuelle habe ich allerdings immer argwöhnisch beäugt, *weil ja Kinder ihren Eltern alles nachmachen*, wie mein hochgeschätzter jüdischer Lehrer Ernst Federn aus Wien feststellte. Nach der Lektüre des Buches *Jephtha's Children – the innocent casualties of same-sex parenting*, die Opfer gleichgeschlechtlicher Elternschaft, nahm meine Skepsis allerdings zu: „Aus welchem Blickwinkel auch immer gleichgeschlechtliche Verbindungen, Ehen, zivile Partnerschaften gesehen werden, sie sind für die betroffenen Kinder oft ein soziales Desaster!“, zitiere ich aus diesem Buch. Ich hoffe, dass es solche Zustände *wie drüben* bei uns nicht gibt. Ich denke da eher an lesbische Paare mit echten mütterlichen Gefühlen und Verhaltensweisen. (Zu solchen unfreundlichen und heiklen Aussagen verteidigt sich der berühmte britische

Verhaltensforscher Desmond Morris, „dass es wichtig ist, sich damit auseinanderzusetzen, statt es unter den Teppich politischer Korrektheit zu kehren.")

Und, gelegentlich müssen wir Männer schon strenger, energischer eingreifen. Bei den wilden Ausschreitungen in England im Sommer 2011 beklagte der britische Premier D. Cameron das Fehlen der Väter, die die halbwüchsigen Randalierer ins Haus und weg von den gewalttätigen Krawallen hätten holen sollen! Alles dürfen wir nicht dem Staat und seiner Polizei überlassen.

Der abwesende Vater kann kein Vorbild sein. Wenn dem Buben eine richtunggebende, positive Männlichkeit nicht vermittelt werden konnte, kann die Folge eine brüchige männliche Identität sein. Weniger Vorbild, weniger Selbstbewusstsein. Und je weniger der junge Mann davon hat, umso eher kann er zum Frauenhasser werden, schreibt Prof. Gerti Senger. Dazu meint der Männerforscher Alan White: „Woher weiß ein Junge, wie er zum richtigen Mann heranwachsen soll? Er unterlässt am besten alles, was Mädchen machen."

37

Lucy, Krippen und Mei-ling

So sind wir Menschen nun einmal konstruiert! So ticken wir seit – Zigtausenden Generationen. Erinnern wir uns doch an die Sensation in der Mitte der 70er-Jahre des vergangenen Jahrhunderts, als bei archäologischen Grabungen unter der Leitung von Donald Johanson in Ostafrika Knochen einer frühen Vorfahrin des Menschengeschlechts gefunden wurden, die, weil aus dem Kofferradio im Camp immer wieder das Lied der Beatles *Lucy in the Sky with Diamonds* klang, von ihren Entdeckern Lucy genannt wurde. Ihr Alter wurde mit etwa 3,2 Millionen Jahren datiert. Sie war zwischen 106 und 120 cm hoch und bewegte sich aufrecht, verwendete ihr Hände nicht oder kaum zur Fortbewegung. 3,2 Millionen Jahre? Wir können uns eine so gewaltige Zeitspanne ja nicht wirklich vorstellen! Den Neandertaler gab es bis vor 40.000 Jahren, die Bronzezeit bei uns in Mitteleuropa zwischen 1800 und 900 Jahren vor Christi Geburt. Und jetzt wollen ein paar Visionäre, Revolutionäre, Weltverbesserer, Fantasten uns in den vergangenen zwei Generationen völlig umkrempeln! Wir sollen eilig unsere uralten Strukturen im Gehirn ablegen, unser uraltes Erbe vergessen und *moderne* Menschen werden. Und das in wenigen Jahrzehnten? Dem großen Erich Kästner hätte diese Vorstellung wohl gar nicht gefallen. Er reimte:

„Einst haben die Kerle auf den Bäumen gehockt, behaart und mit böser Visage, dann hat man sie aus dem Urwald gelockt und die Welt asphaltiert und aufgestockt bis zur 30. Etage …“ Er endet mit der resignierenden Einsicht: „Im Lichte betrachtet sind sie im Grund noch immer dieselben Affen!“ Das hat aber eine feministische Autorin wohl nicht gelesen, denn sie macht sich unbeirrt Hoffnungen: „Psychologie und Feminismus lassen uns eher an Flexibilität glauben und dass im Grunde alles möglich wäre“, nachdem sie allerdings – klüger geworden? – eingelenkt hatte, dass wir uns nicht zu große Hoffnungen machen sollten, „denn alles sei weitgehend durch die Gene festgelegt.“ Je bescheidener Kenntnisse der Biologie in der Bevölkerung sind, umso leichter kann man irre und wirre Behauptungen unter die Leute bringen, zum Beispiel, dass Kinder im frühesten Alter außerhalb der Familie besser aufgezogen werden können, dass sie dort eher ein Gemeinschaftsgefühl entwickeln können und sich sozial besser entwickeln, dass es kaum Unterschiede zwischen Männern und Frauen gibt, dass die Familie auf den Müllhaufen gehört, dass *liberale* Formen, Lebensabschnittspartnerschaften besser seien. Wie viel an Mühen, wie viel Lernen könnten wir uns ersparen, wenn wir die vielen Unterschiede zwischen Männern und Frauen negierten, beseitigten, die Unterschiede der Rassen ignorierten. Wird doch alles so einfach, wenn alle gleich wären. Unterschiede sind aber da, unübersehbar, haben i m m e r einen Sinn, haben uns Menschen in Hunderten Generationen weitergebracht, uns schwierigen Lebensbedingungen angepasst, zur Lösung unzähliger Probleme verholfen, unser Überleben gesichert. Leider haben sie auch Probleme gebracht, schreckliche Irrwege, wenn die Unterschiede missbraucht wurden, wenn Menschen des anderen Geschlechts, meistens die Frauen, oder die Angehörigen anderer Rassen, meistens von den Weißen, unterdrückt, versklavt, misshandelt, ermordet wurden.

Obwohl wir *alle* wissen sollten, dass die Kinder zwei Drittel ihrer Lebensprägung innerhalb ihrer Familie erhalten, meint der Zeitgeist, dass die Aufzucht der kleinen Kinder in Krippen und Heimen die soziale Entwicklung fördere. Dass ich nicht lache! Da wird die Entwicklung auf den Kopf gestellt, Entwicklungsschritte übersprungen! Im Alter von einem Jahr ist die Bindung an die Mutter, den Vater und wenige – weitere – vertraute

Menschen noch sehr stark, ja übermächtig. Da *fremdeln* die Kinder doch noch. Jetzt brauchen sie noch so vieles, was sie nur zu Hause, in gewohnter, vertrauter Umgebung, bekommen können. Sicherheit, liebevolle, persönliche Betreuung, Geborgenheit, Trost bei den vielen Misserfolgen und schmerzhaften Begegnungen mit der Physik ihrer Umgebung. Die aber können Kleinkinder in den Betreuungseinrichtungen gegenseitig doch nicht vermitteln. Wie denn? In diesem frühen Alter können Kinder auf Schmerz und Kummer anderer nicht eingehen, nicht angemessen reagieren. Ihre empathischen Fähigkeiten sind noch beschränkt.

Nicht Instinkte führen uns, sondern Vorbilder, Erfahrungen, die wir mit ihnen machen, unzählige kleinere und größere Beobachtungen und Erinnerungen, die wir von der Mutter, dem Vater, weiteren nahestehenden und interessanten Menschen an- und übernehmen. Ein endloser Lernprozess. Die Zeit, in der die Eltern eine Vorbildfunktion haben, ist ja nicht lang, schon vor der Pubertät beginnen die jungen Leute, viel lieber auf ihre Freunde und sonstige Altersgenossen zu hören als auf Ältere.

In den Krippen und Heimen können die Frauen – wann gibt es endlich mindestens einen Mann in jeder Kinderbetreuungseinrichtung? – gut ausgebildet und noch so bemüht, sich plagen, sich zerreißen, sie werden aber mit den vielen Kindern doch nicht immer zurechtkommen. Was tun, wenn sieben Krabbler zur gleichen Zeit unglücklich sind, beruhigt werden wollen, Trost brauchen? Was tun mit den vielen Kindern, die noch nicht rein sind, noch nicht rein sein müssen? Das ist ja auch der Grund, warum wir den Tagesmüttern mit ihren maximal sechs Kindern den Vorzug geben! Da springt ja die Neunjährige immer wieder ein und füttert, wickelt, spielt, tröstet. So hat sich ja das Zusammenleben in den Sippen seit Jahrtausenden abgespielt, so sind wir sozial konstruiert. Und, was tun mit den in der sprachlichen Entwicklung unterbrochenen, gestörten Kindern? Was tun mit den Kindern, die zu früh aus dem Elternhaus herausgerissen worden waren und *sozial* nicht profitiert haben? Deren intensive, daher so wichtige Bindung an die Mutter und die Familie abrupt abgebrochen worden war und die in eine zu große Gruppe gebracht worden sind? Eine Gruppe, die aus 25 Kindern besteht und meist nur von einer Kindergärtnerin und einer halben Stützkraft geleitet wird! So sieht es die gesetzliche Regelung vor. Viel mehr als Beaufsichtigung ist da wohl nicht möglich. Manche Kindergärten bieten für jedes Kind nicht mehr Platz als 1,5 Quadratmeter!

Wie soll eine Bindung, eine Beziehung zur Betreuerin in der Krippe entstehen, wenn der Dienstplan einen ständigen Wechsel vorsieht? Und, ist die Bindung unseres Kindes an eine *fremde* Frau wirklich so erstrebenswert? Wollen nicht wir Eltern mit unseren Kindern die stärkste Bindung haben? Und, wollen wir Eltern nicht selbst dabei sein, wenn sie die ersten Schritte machen, ihre ersten Worte, Sätze sagen, zum ersten Mal singen? Wie viele Eltern müssen sich diese beglückenden Fortschritte ihrer Kinder, die Meilensteine ihrer Entwicklung von der Kindergärtnerin oder der Tagesmutter schildern lassen, sie konnten sie, im Vollberuf stehend, nicht selbst erleben.

Viele Kinder leiden unter diesen modernen, aber nicht kindgerechten Verhältnissen in den Krippen und Betreuungseinrichtungen und werden *schwierig*: Heimkinder lernen später zu krabbeln, aufzustehen, zu gehen und zu sprechen als Familienkinder. Sie brauchen länger, um rein zu werden, sind mit drei, ja vier Jahren meist noch nicht reif für den Kindergarten. Sie hatten in den Heimen keine individuelle Beziehung, keine ausreichende Bindung aufbauen können, haben nicht gut gelernt, zwischen vertrauten und fremden Menschen zu unterscheiden, und gehen kritiklos auf Fremde zu, lächeln sie undifferenziert an. Diese bedauernswerten Kinder lachen weniger als gesunde, fröhliche Kinder, die das bis zu 400-mal am Tag tun. (Zur Ernüchterung, die Erwachsenen lachen nur 15-mal am Tag, manche nicht einmal das). Mit sechs Jahren sind sie oft nicht reif für die Schule. Dort fallen sehr viele Heimkinder mit Konzentrationsmängeln, schwachem Lerneifer, Vergesslichkeit auf. Sie erfahren zu wenig Hilfe, Anleitung, Korrektur, Führung. Ihre Leistungen liegen meist unter dem Durchschnitt, sie werden keine höhere Schule besuchen. Traurig, ja! Aber fehlende Bindung führt zu mangelhafter Entwicklung, fehlender Motivation, geringem Lerneifer, weil Unterstützung, Führung, Förderung nicht ausreichen.

Prof. Dr. G. Neufeld aus Vancouver ist Entwicklungspsychologe mit 40-jähriger Erfahrung. Er erklärt, wie es weitergehen kann: „Bei diesen jungen Leuten trifft man vermehrt auf Unreife, auf Verarmung des Lernens, verfrühte und Hypersexualität, Drogenkonsum, Zunahme von aggressivem, tyrannisierenden Verhalten. Die Eltern erkennen bald, also früh, dass ihr Einfluss auf ihr Kind immer mehr schwindet. Dominierende Gleichaltrige übernehmen die Führung, ergreifen die Macht in der Gruppe, der Bande." Christa Meves schildert in ihrem Buch *Manipulierte Maßlosigkeit* schon 1971, mit welcher Gewalt und aggressiver, ja sadistischer Unnachgiebigkeit der Bandenführer – gar nicht selten ein Mädchen – die Einhaltung seines Bandenkodex erzwingt. Das Ergebnis ist eine Masse unreifer, konformistischer junger Erwachsener, die sich nicht in die Gesellschaft einfügen, da die Bindung zur älteren Generation zu schwach ist oder gänzlich fehlt. Der Kontakt ist verloren gegangen, die Brücken abgebrochen. Sie halten sich wohl an den bösartigen Rat der *68er*: „Traue keinem über dreißig!"

Jetzt aber, jetzt erst, scheinen diese Kinder besonderes Interesse zu wecken, jetzt erkennt man verbreitete Mängel, jetzt will man ihnen helfen: „Für die Therapie von Störungen der motorischen, sensorischen, sprachlichen und psychischen Entwicklung stehen besonders Physiotherapie, Ergotherapie, Logopädische Therapie und Psychotherapie zur Verfügung", wird großspurig versprochen. Immer mehr Schulpsychologen werden nötig! Aha, erst schauen wir zu, wie die lieben Kleinen sich unter dem Mangel an gemeinsamer Zeit mit den Eltern, mit der Familie, nicht richtig, nicht gut genug, nicht harmonisch, entwickeln, dann behandeln wir sie. Auch, wenn „die Warteliste elend lang ist, viele Bedürftige erst mit großer Verspätung, in einem Jahr – also viel zu spät – an die Reihe kommen und nicht a l l e Kinder die notwendigen Therapien erhalten", wie wir einer Broschüre entnehmen müssen. Da müssen eben Medikamente, Psychopharmaka, her, um Besserungen zu erzielen. Echte Besserungen? Oder gibt es jetzt *Pillen für den Störenfried?* Sind wir wirklich so weit mit unserem Nachwuchs, wie dieses Buch von Reinhard Voß schon 1990 fragt?

Immer mehr Schüler müssen besonders betreut und beraten werden. Tendenz stark steigend – und das bei sinkenden Schülerzahlen. Immer mehr Schulen werden zugesperrt. Und – stirbt die Schule, stirbt das Dorf? Zu wenig Mutter, zu wenig starke Familie. Und von den immer weniger verheirateten Paaren werden schon über die Hälfte geschieden. (Das geht mich als Kinderarzt nichts an, aber die Kinder leiden darunter!) In meiner Praxis sah ich Kinder, die den vierten *Papa* hatten!

Obwohl früher viele Frauen sich um die Familie und das Heim gekümmert haben, also *nicht gearbeitet* haben, haben einige doch sehr viel außerhalb der Familie erreicht. Selten mit Gewalt als Herrscherinnen, eher aber durch Klugheit und Diplomatie. Dafür gibt es ja unzählige Beispiele. Dass aber der bevölkerungsreichste Staat der Welt, China, nicht eine Demokratie, sondern eine kommunistische Volksrepublik wurde, hat mit einer Frau namens Mei-ling aus der Großfamilie der Sung zu tun.

Und das kam so: Die Qing-Dynastie, die immerhin seit 1644 (zur Orientierung also seit den letzten Jahren des Dreißigjährigen Krieges in Europa) regiert hatte, musste 1912 nach erfolglosen Reformversuchen und darauf folgenden Rebellionen abdanken. Der Arzt Sun Yat-sen bemühte sich, das Riesenreich in eine Republik zu führen. 1921 gründeten die Kommunisten in Shanghai die Kommunistische Partei. Sie stellten sich gegen Sun Yat-sen, weil sie keine Demokratie, sondern die Diktatur des Proletariats wollten. Nach seinem Tod 1925 übernahm General Tschiang-Kaischek diese Kuomindang-Bewegung. Ihre drei Grundsätze San-min-schu-i waren: Nationalismus, Demokratie, sozialer Fortschritt. (Mein chinesischer Kollege und Freund Dr. Wang bezeichnet sie als die *drei Volksdoktrinen.*) Sie erhielten Unterstützung sogar von der jungen Sowjetunion. Kuomindang und Kommunismus also marschierten gemeinsam, aber nicht lange. Denn im selben Kanton hauste ein aus Peking zugewanderter Hilfsbibliothekar in einem verfallenen Kung-fu-tse-Tempel und schwor eine Gruppe revolutionärer Leute auf die Ideen von Marx und Engels ein. Sie sahen aber nicht danach aus, die Auseinandersetzung mit der beliebten Kuomindang gewinnen zu können, weil sie zu wenige waren und wenig Mittel hatten. Da aber heiratete der General die Frau Mei-ling aus der Sung-Familie, einer unvorstellbar reichen Sippe! Sie setzte Tschiang-Kaischek zunehmend unter Druck, seine fairen sozialen Pläne, Bodenreform, soziale Gerechtigkeit, Unterstützung der Armen, aufzugeben. Dieser Kurswechsel sprach sich in Windeseile herum, Mao erkannte seine Chance und führte Bodenreformen und weitere Begünstigungen für die armen Menschen in den von ihm beherrschten Provinzen durch. In dem folgenden Chaos, Bürgerkrieg, Eroberungskrieg der Japaner im Norden, musste General Tschiang-Kaischek nach Formosa, heute Taiwan, fliehen, Mao Tse-Tung und Tschu En-lai wurden die Herren Chinas und machten aus dem jahrtausendealten Kaiserreich eine kommunistische Diktatur.

38

Die Sprache

Warum eigentlich besteht die englische Sprache etwa zur Hälfte aus germanischen und romanischen Worten? Warum wohl? Norwegische Wikinger segelten im 10. Jahrhundert jedes Frühjahr durch den Ärmelkanal in die Normandie, raubten und plünderten, erpressten Unsummen an Silber von den hilflosen Franzosen, bis sie auf die Idee kamen, im Herbst nicht mehr nach Hause zu segeln, sondern auf der Halbinsel zu überwintern. Einheimische Mädels wärmten ihr Nachtlager. Ihre Kinder erlernten natürlich die Sprache ihrer Mutter, weswegen kein Mensch in der Normandie, der großen Halbinsel im Nordwesten Frankreichs, mehr Norwegisch spricht. Nur mehr der Name erinnert an die Nordmänner.

Vor 80 000 bis 100 000 Jahren müssen sich die Sprachen aus Urlauten entwickelt und sehr rasch ausgebreitet haben, da ihr Nutzen für das Überleben alle Menschen wohl sofort überzeugte. Die Entwicklung der Sprache hat die Kommunikation der Urmenschen grundlegend verbessert, das Deuten, das Zeigen, das Grimassieren weitgehend ersetzt. Gedanken, Empfindungen, Pläne in Worte zu fassen ist den Menschen vorbehalten und ein gewaltiger Fortschritt. Begriffe steuern unser Denken. Das gesamte Erkennen und Verstehen hängt von den richtigen Begriffen ab, bezeichnet doch Volker Arzt *das Denken als Probehandeln in den inneren Welten*. Auf dem Chromosom Nr. 7 findet sich das FOXP2-Gen, das schwächer ausgebildet ist beim Schimpansen, weshalb er nicht sprechen kann. Das Gehör funktioniert bereits ab der 25. Schwangerschaftswoche, die Ungeborenen vernehmen immer mehr, werden musikalischer, wenn ihnen oft schöne, harmonische

Klänge angeboten werden. Feten (die Leibesfrucht nach der Ausbildung der Organe in den ersten zwei Schwangerschaftsmonaten, vorher spricht man vom Embryo) lernen, gewisse Geräusche zu erkennen und zu deuten. Neugeborene erkennen die Mutter an ihrer Stimme, nicht aber den Vater! Die Stimme einer fremden Frau wird sogar vor der des Vaters bevorzugt!

Die emotionelle Botschaft der Mutter – die Prosodie – wird vom Säugling bereits *verstanden* und gedeutet. Was versteht man unter Prosodie? „Du gehst jetzt?", ist nicht das Gleiche wie „Du gehst jetzt!". Typische Merkmale des Sprechens zu einem Säugling sind hohe Stimmlage, übertriebene Intonation, Pausen (zum Begreifen, zum Festigen der Neuigkeit), rhythmisch wiederholte Sprechphasen mit Wiederholung der Schlusslaute. Und, *das Kind bemüht sich, die mütterliche Ausdrucksweise nachzuahmen*, heißt es. Mütterlich? Wo bleibt da der Vater? Wo uns doch seit Jahren hartnäckig aufgedrängt wird, dass Vater und Mutter austauschbar sind, gleich sind, gleich zu sein haben. Nein, sind sie nicht, wir reden immer noch von der Mutter-, nicht Vatersprache! (Kleiner Scherz zur Entspannung: Warum sagt man Muttersprache? Weil der Vater nichts zu reden ...) Es kann kein Zufall sein, dass nicht nur die deutsche Sprache dieses Wort kennt. Auf Englisch ist es die *mother tongue*, auf Norwegisch *morsmål*, auf Kroatisch *materni jezik*, auf Italienisch *lingua materna*, bei den Franzosen *langue maternelle*, bei den Slowenen *materinscina*, *mitriki glosa* auf Griechisch, und so weiter. Unsere Sprache fällt ja nicht vom Himmel. Wir glauben Noam Chomsky gerne, wenn er meint, dass „Menschen mit einem angeborenen Sinn für Sprache und Grammatik zur Welt kommen. Sie lernen ihre erste Sprache nahezu automatisch." Aber eben nur n a h e z u automatisch, in Wirklichkeit recht mühsam. Dieses ständige Reden, Brabbeln, Wiederholen (Wiederholen ist die Mutter des Lernens!) stellt die Bemühungen des Kleinkindes dar, seine Sprache zu erlernen. Und der wichtigste Gesprächspartner ist die Mutter. Wie oft haben sich Mütter in der Ordination darüber ‚beklagt', dass sie am Abend fertig sind von dem Dauergespräch mit ihrem Kind. Und dass sie froh sind, wenn ihr kleiner Ritter oder die kleine Prinzessin im Bett sind. Aber sie klagten lachend, weil sie sich bewusst sind, dass sie der Ansprechpartner sind, die Lehrerin. Und dass es sich nur um eine kurze Zeit handelt, die ihr Kind so anstrengend ist.

Schon lange vor der Geburt trainiert das Kind seine Sprechwerkzeuge. Wenige Wochen auf der Welt, beginnt das Baby, die Laute zu variieren. Etwa ein halbes Jahr alt, gurrt, lallt und quietscht es oft vergnügt. Silben werden artikuliert, einzelne Wörter verstanden. Wieder ein halbes Jahr darauf bezeichnet der Säugling verschiedene Tiere mit Wau-Wau, spricht mit Einwortsätzen, bezeichnet Personen mit einem bestimmten Laut. Er kennt 10 bis 20 Wörter, versucht zu singen, besonders, oder besser, nur dann, wenn zu Hause gesungen wird, was bei der heutigen Dauerberieselung mit bescheidenem Liedmaterial immer seltener wird. Gegen Ende des 2. Lebensjahres sind es 20–50 Wörter, darunter schön, lieb, heiß, weich. Die Fantasienamen werden durch die richtigen ersetzt. Kurze Sätze, Warum-Fragen folgen, das Kind lernt, sich mit dem Personalpronomen *ich* zu bezeichnen. Der Wortschatz besteht im 5. Jahr aus 2000 Wörtern (oje, habe ich bei unseren Kinder versäumt zu zählen, bei den Enkeln auch!). Und jetzt sollte die richtige Grammatik erlernt werden.

Versäumnisse können später nur mit großem Aufwand oder gar nicht aufgeholt werden. Zum Vergleich: Bei Schuleintritt sollen unsere Kinder über etwa 5000 Wörter verfügen. Aaaaber, die vielstundenlange Abwesenheit der hauseigenen Sprachlehrerin zeigt schon ernste Folgen: Die Beherrschung unserer Sprache ist bei vielen jungen Leuten zurückgegangen, wie Pädagogen beklagen. Cool, geil, Oida plus einige Fäkalausdrücke dominieren ihren bescheidenen Wortschatz.

Und was las ich in einer Tageszeitung? „Jedes 7. Kind im Kindergarten weist Mängel in der Kenntnis der eigenen Muttersprache auf!" (In Berlin benötigt jedes 3. Kind logopädische

Hilfe!) Jetzt wird in den Kindergärten 5-mal/Woche eine Stunde lang geübt. Doch *seien vor allem die Eltern aufgefordert, ihr Kind zu unterstützen!* Ja, wie denn, *wenn eine Stunde am Tag genügt?* Diese unmenschliche (tatsächlich stammt sie von einer Unmenschin!) Behauptung lasen und hörten wir in gebetsmühlenartigen Wiederholungen, wurde uns energisch vorgehalten, wenn wir besorgt einwendeten, dass kleine Kinder nicht so viele Stunden weg von den Eltern sein dürfen! Sie ist unrichtig, wurde aber von verantwortungslosen selbst ernannten Expertinnen und Verfechtern der Aufzucht der Kinder durch staatliche Einrichtungen in allen Medien verbreitet. Kleine Kinder sind unglaublich lernfähig, brauchen aber immer wieder Pausen (große übrigens auch!), in denen sich neues Wissen festigt. Sie können daher niemals in 60 Minuten all das, was sie an einem langen Tag hätten lernen sollen/können, komprimiert aufnehmen. Da weiß also der eine *Fachmann* nichts vom Rat der anderen *Expertin,* und alle zusammen wollen nicht wahrhaben, dass die Sprache vorwiegend von der Mutter kommt. Und dass beide, Mutter und Kind, dazu viel gemeinsame Zeit und Geduld brauchen.

Spätestens jetzt zeigt sich, dass eine Stunde am Tag n i c h t genügt!

Die Vorstellung, dass Kinder von selbst, automatisch, ihre Fortschritte machen, alles das lernen, was sie brauchen und können müssen, ist weitverbreitet, aber f a l s c h . Kinder lernen nicht aus einem Instinkt heraus, sondern durch Anleitung, Anregung, Beispiel, Vorbild, Versuch und Irrtum, und diese Bemühungen im frühen Lebensalter werden vorwiegend von der Familie gefördert. Diese – ich fürchte, weitverbreitete Unkenntnis – erleichtert es *den Verführern,* die jungen Mütter der kleinen Kinder in den meist mäßig bezahlten Vollberuf zu schicken. Und zwar gegen ihre Bindung an ihr kleines Kind, gegen ihren Mutterinstinkt, gegen das mächtige Bindungshormon Oxytocin. Väter, Männer, tragen da nicht so viel zum Erlernen der Sprache bei. Im Allgemeinen reden Männer weniger, weniger gerne. Da gibt es doch den Mann, der, von seiner Frau aufgeweckt, weil er im Schlaf redete, mault: „Lass mich doch, die restlichen Stunden redest ja du!"

Terje ist aufgewacht, er schält sich aus dem Schlafsack, stellt seine nackten Füße auf den Boden, streckt sich und blickt um sich: „Alles klar? Wo sind wir?" „Ähh, ... auf dem Meer westlich von Norwegen." Er ärgert sich: „Also, du Seppl, so geht das nicht! Du musst schon wissen, wo wir sind. Einfach so blöd vor sich hinsegeln! Stell dir vor, ich schlafe einmal länger, dann donnerst du doch in das Packeis am Nordpol!" Nachdem er unsere Position festgestellt und sich beruhigt hat, sage ich: „Äh, der ist mir gerade eingefallen, er passt zur Mundfaulheit vieler Männer: Zwei Fischer stehen jeden Sonntag an einem Fluss. So richtig unterhalten sie sich eigentlich nicht. Alle paar Minuten gibt es ein paar Worte. Eines Sonntags fehlt der eine Fischer. Die Woche drauf ist er wieder da. Fragt ihn der andere: ‚Was hast du denn am letzten Sonntag gemacht?' ‚Geheiratet.' ‚Aha. Ich gratuliere. Ist sie schön?' ‚Nnnnnnnein!' ‚Ist sie reich?' ‚Nein!' ‚Ja, warum hast sie denn geheiratet?' ‚Würmer hat sie, Würmer!'" Terje lächelt müde, so toll hat ihm dieser Witz nicht gefallen. Vielleicht mag er Würmer nicht? Jetzt geht er vor zum Mast, belegt ein Tau.

Terje kam zurück und schaute mich kritisch an: „Was führst du da für Selbstgespräche? Immer noch dein Dauerthema? Tatsächlich? Hast du nichts anderes in deiner Birne?" Ich gebe ihm nicht recht, mich interessiert vieles, aber ... „Mir fällt eben eine grausliche Geschichte aus dem Hochmittelalter ein. Eine wahre: Da gab es doch diesen hochgebildeten, experimentierfreudigen deutschen Kaiser aus dem Geschlecht der Staufer, Friedrich II., der Enkel Friedrich Barbarossas. Er sprach mehrere Sprachen, war, neben europäischen, auch in Kontakt mit arabischen und jüdischen Geistesgrößen. Dieser Kaiser wollte sich nicht mit der üblichen Orientierung an der Bibel und an griechischen Philosophen begnügen, sondern selbst herausfinden, welche der Kultursprachen seiner Zeit, des Hochmittelalters, ein kleines Kind – unbeeinflusst von der Muttersprache – von selbst wählt und spricht. Er dachte an Hebräisch, Arabisch, Griechisch oder Latein. Neugeborene wurden ihren Müttern weggenommen und mit taubstummen Ammen in einem Turm eingesperrt. Sie erhielten nur Nahrung und Wasser, durften mit den Kindern in keiner Weise kommunizieren. Keines der bedauernswerten Kinder erlernte eine Sprache, keines, und …" Ich hob die Tasse mit dem kalten Kaffee aus der Halterung und nahm einen Schluck. „Und?", drängte Terje. „Die Kinder starben. Alle!" Terje verzog sein Gesicht zu einer Grimasse und blies die Luft hörbar aus: „Das tut weh. Aber weißt du, Seppl, darüber machen wir Männer uns ja kaum Gedanken. Wir kommen von der Arbeit heim und nehmen das Kind her und spielen und freuen uns, dass es lacht und wächst. All das, was du jetzt erzählst, höre ich zum ersten Mal. Auch wenn wir moderne Väter sein wollen, überlassen wir die kleinen Kinder vorwiegend den Frauen …" Er seufzte und setzte fort: „… und die machen die Sache ja gut, aber wir …" Ich starrte ihn erstaunt an. Das ist doch der Punkt: Die Mütter müssen mit den Kindern zurechtkommen, alles im Griff haben. Aber, zur Arbeit sollen sie auch noch gehen, außer Haus, den ganzen Tag! Und Geld heimbringen! Und mit dem *ewig schlechten Gewissen* leben.

Die Mehrzahl der Mütter will *halb*tags arbeiten. Da kommen sie heraus aus ihren *vier Wänden, machen etwas anderes*, bleiben auf dem Laufenden, verdienen ihr eigenes Geld, haben Kontakt zu Kolleginnen und Kollegen am Arbeitsplatz, Versicherung, Pensionsjahre. Auch den Kindern kann eine *Fremdbetreuung*, ein Szenewechsel, guttun, aber nur, wenn sie alt genug sind und wenn die Gruppe, in die sie kommen, klein ist. Doch aus einer Gewerkschaft kommt der zündende Vorschlag, Müttern, die den halben Tag arbeiten, weil sie mehr Zeit für ihr/e Kind/er haben wollen, eine Ganztagsbeschäftigung zu geben, damit sie später mehr Pension erhalten! Jetzt meine ich, die volle Pension steht ihnen sowieso zu, weil sie sich um ihren, um *unseren* Nachwuchs kümmern! Und nach maximal 5 Stunden Arbeit wäre die Mutter am Nachmittag noch voll bei Kräften, um Ideen, Schwung, Initiativen für die Kinder zu haben. Eine aktuelle Befragung ergab, dass gar 55% der jungen Frauen „gerne überhaupt zu Hause mit ihren Kindern bleiben wollten, wenn der Mann so viel verdiente, dass unser Lebensunterhalt gesichert wäre." Der Demograf, ganz dem Zeitgeist untertan, war *von diesem Ergebnis überrascht*. Eine weitere Untersuchung ergab, dass 56% ihre persönliche Bestätigung nicht im Beruf außer Haus, sondern in der Partnerschaft und Familie, besonders in der Betreuung ihrer kleinen Kinder, finden. Dass der Beruf Hausfrau so erfüllend sei wie jede andere Berufstätigkeit. Vor 10 Jahren dachten so noch 45%! Gibt es da einen interessanten Trend? Die Frauen sind halt doch nicht so gefügig, wie es der herrschende Trend gerne hätte. Er, der Trend, herrscht, diktiert, wobei er diese Entwicklung der Frauen weg von der Familie als Errungenschaft, als Befreiung, als Fortschritt, als Selbstverwirklichung hinstellt. Tatsächlich aber lockt er die Mütter von ihren Kindern weg.

Simone de Beauvoir, oft zur *Ikone* der Feministinnen gekürt, lockt nicht, sie erklärt mit brutaler Offenheit: „Keine Frau soll das Recht haben, zu Hause zu bleiben und die Kinder großzuziehen. Die Gesellschaft sollte völlig anders sein. Frauen sollten diese Wahl nicht haben, und zwar genau deshalb, weil, wenn es eine solche Möglichkeit gibt, zu viele Frauen sich dafür entscheiden würden!" Ja, mindestens 55% würden dies tun.

Zu weiteren harten, ja sogar groben Feststellungen und Ausdrücken ließ sie sich wohl gerne hinreißen. Stellte sie nicht auch fest, dass „der Fötus im Mutterleib nichts anderes als ein Klumpen Eselsfleisch" sei? Passt das zu einer Ikone? Ist doch eine Ikone ein ‚Kultbild der Ostkirchen, Christus, Maria, andere Heilige darstellend'. Ich habe nach der Lektüre ihres Buches ‚Das zweite Geschlecht' und einiger Aufsätze eher den

Eindruck, dass diese Frau verbittert war: Jean Paul Sartre, den großen Denker, hat die bewundert, geliebt. Er aber betrog sie mit vielen anderen Frauen. Sie sprach von der „Erniedrigung der Frau im Geschlechtsakt!“ Ihre – tatsächliche – Erniedrigung bestand wohl darin, dass sie junge Mädchen anwarb, *ausprobierte*, und dann dem Jean Paul weiterreichte.

Eine weitere Feministin, Elisabeth Badinter, bezeichnet in ihrem Buch *Der Konflikt: Die Frau und die Mutter* die süße Tyrannei der Mutterschaft, als Haupthindernis für die Emanzipation der Frau. Viele empfänden dieses Buch als seltsam nüchtern, fast kalt, lese ich. Man kommt auf den Gedanken, dass sie Kinder nicht liebe. Schwer vorstellbar bei einer Mutter von drei Kindern. (Ich würde allerdings gerne wissen, was aus ihren Kindern geworden ist.) Das Stillen bezeichnet sie als *verheerend* für die Bemühungen um die Emanzipation der Frau: Denn, Stillen können nur Frauen, es degradiere die Frau zum *Muttertier.*

Offensichtlich interessierte sich die gute Frau nicht für die lange Liste an Vorzügen, die das Stillen bringt. Die Hersteller der Säuglingsnahrungen bemühen sich mit allen modernen technischen Mitteln, ihre Formelnahrungen immer gehaltvoller, der Muttermilch ähnlicher, zu machen, allerdings ohne Erfolg: Denn sie beinhaltet Wachstumsfaktoren, Vitamine, das wertvolle Kolostrum, die Vormilch, Immunstoffe und viele andere, die die Industrie (noch) nicht herstellen kann. Sie gleichen die vorübergehende Abwehrschwäche des unerfahrenen Abwehrsystems aus und ersparen den gestillten Säuglingen Infektionen. Eine Überfütterung mit Muttermilch ist unmöglich, wohl aber mit der Flasche. Die Kiefermuskulatur wird besser trainiert, mehr Hirnnerven angeregt. Und, praktisch ist das Stillen ja auch. Und, die meisten Mütter halten ihren Säugling so, dass das rechte Ohr des Babys eng an die linke Brust gedrückt wird und es den beruhigenden Herzschlag der Mutter hört. Man kann, und soll, es jederzeit machen. Es muss ja nicht unbedingt im Parlament sein. Gestillte Kinder haben später weniger Allergien, Übergewicht, Diabetes und Herzkreislauferkrankungen.

Vorteile gibt es auch für die Mutter: Sie erlebt eine gehobene Stimmung durch das körpereigene Oxytocin. Sie nimmt leichter ab. Die Gebärmutter verkleinert sich rascher und vollständiger. Und, der gefürchtete Brustkrebs tritt seltener auf. Nachdem das Stillen nach dem Krieg *aus der Mode* gekommen war, werden in unserem Land wieder über 90% der Säuglinge gestillt. Europarekordler ist mein geliebtes Norwegen, mein ebenso geliebtes Irland enttäuscht mich mit dem letzten Platz.

39

Der Ernst des Lebens

Der Ernst des Lebens! Der Ernst …? Der brach doch, zu unserer Zeit, erst mit der Einschulung über uns herein! Aber jetzt ist er viel früher da, greift sich die Kinder mit einem Jahr oder gar noch früher und holt sie aus der Familie! Der Lebensmittelpunkt der kleinen Kinder, ihre Mutter, wird zu einer Arbeit außer Haus vermittelt, verpflichtet. Die finanzielle Unterstützung einer Frau, die uns bei unserem eklatanten Kindermangel mit einem Kind beglückt hat und sich bemüht, ihrem Kind den besten Start ins Leben zu geben, wird eingestellt.

Noch einmal, weil es so wichtig ist: Wenn sie weit genug sind in ihrer Entwicklung, dann ziehen die kleinen Kinder immer weitere Kreise weg von ihrer Familie, wollen frei sein, selbstbestimmt, auch *ihr Mütchen kühlen,* allerdings in der sicheren Gewissheit, immer zur Mutter, zur Familie zurückkehren zu können. Aber doch nicht im Säuglingsalter, wenn sie – als Zeichen ihrer intensiven Bindung an die Mutter und ein paar wenige vertraute Menschen – noch fremdeln! Wir sind doch ebenfalls Naturprodukte, die erkennen müssen, dass alle höheren Tiere ihren Nachwuchs l a n g e intensiv betreuen, die Nugalan (die Kälber) wie die Welpen, die Fohlen wie die Elefantenkinder. Bei einem unserer nächsten Verwandten, dem Orang-Utan (übersetzt: Mann des Waldes, zu etwa 98 % in genetischer Übereinstimmung mit den Menschen!), entlässt die Mutter ihr Kind erst im Alter von acht Jahren, Elefantenmütter ihren Nachwuchs gar erst mit zehn und später!

Wie geht es nun weiter? Das Ende der behaglichen Zeit zu Hause kann schmerzhaft sein, wenn das Kind zu jung ist, die Familie zu verlassen. So leicht und gerne Kinder im vierten, spätestens aber im sechsten Lebensjahr den Kindergarten besuchen, so wichtig er ist, so hart kann die Kleineren die Umstellung treffen. Eiliges Aufstehen, Anziehen, Frühstücken, Fahrt im kalten Auto oder gar auf dem Fahrrad. Mir erzählten Eltern von rührenden, auch verstörenden Szenen beim Abliefern des Kleinkindes in der Krippe oder im Kindergarten. Von aggressiven Wortgefechten und Fußtritten für die Mutter beim Abholen am Abend: „Warum warst du nicht mit mir zusammen? Wo bist du den ganzen langen Tag gewesen?" Oder aber von sich irritiert, gekränkt zurückziehenden Kleinen. Denn jetzt sind viele Mütter viele Stunden am Tag weg, nicht erreichbar, fort. Wird hier nicht gesät, was später zur Deprivationstrias: Angst, Aggressivität, Kontaktscheu führt?

Befragungen an jungen Schülern zeigen immer wieder, dass drei Viertel aller Schulkinder nach der Schule am liebsten nach Hause wollen, Mädchen mehr als Buben. Ein Bericht aus Schweden, das immer schon stolz auf seine Vorreiterrolle in diesem schneidigen, aber unabgesicherten Experiment mit Kindern war, sagt, „dass unsere Kindertagesstätten sich nach 25-jähriger Erfahrung als das größte soziale und wirtschaftliche Desaster entpuppen. Jedes dritte schwedische Kind leidet an einer psychischen Störung. Depressionen, Alkohol – und Drogenprobleme sind die Folgen."

Ich habe wieder Küchendienst und wasche und schrubbe und putze. Jetzt schaue ich aus der Kajütentüre hinaus und frage Terje: „Kennst du eigentlich Anna Wahlgren?" Terje schüttelt den Kopf. „Eine Mutter von sieben, oder sind es acht, Kindern." „Kenne ich nicht" mault er desinteressiert. „Brauchst du nicht, aber wissen sollst du, dass sie fordert, bittet: ‚Gebt ihnen doch wenigstens drei Jahre! Denn ein Drittel der schwedischen Kinder, früh in Krippen verbracht, ist gestört!' Auch ein italienisches Forscherteam fand heraus, dass Kleinkinder nach mehr als sieben Stunden am Tag in einer Krippe eher Verhaltensstörungen zeigen als Kinder, die weniger außer Haus sind. Denn Trennungstraumata können eine veränderte Einstellung zur Umgebung, zur Zukunft, zu den Mitmenschen zur Folge haben. Das kindliche Weltverständnis, das wichtige Vertrauen in die Bezugspersonen kann schwer erschüttert sein. All das hätte meiner Einschätzung nach zur Entwicklung der Millennials beigetragen."

Und der dänische Therapeut Jesper Juul berichtet von Forschungsergebnissen, die zeigen, dass die frühe Trennung von den Eltern bei zwanzig Prozent der Kinder schädlich für das Gehirn ist. Stress aus Trennungsangst kann uns Großen schwer zusetzen, für kleine Kinder aber unerträglich sein und bleibende Schäden hinterlassen. Am Gehirn. „Hast du überhaupt verstanden, Terje, bleibende Schäden am Gehirn!?" „Ähhh, trägst du nicht ein bisschen dick auf?" „Glaube ich nicht, eher, dass du nicht voll erfasst, wovon ich spreche. Und jetzt, alter Terje, jetzt muss ich dir etwas sagen, jetzt kriegst du Saures: Wie so viele Männer interessiert dich das Thema der Kinder weniger als die Frauen. Ihr wollt nur welche haben, wollt, dass sie gesund sind und wachsen und gedeihen. Ihr arbeitet viel und schwer, meist außer Haus, um der Familie ein Heim zu geben und so vieles mehr, was sie braucht. Ihr habt eine große Freude mit den Sprösslingen, eilt von der Arbeit flott nach Hause, spielt immer wieder mit ihnen. Ihr ballt die Fäuste und holt tief Luft, wenn jemand euer Kind schief ansieht, blöd anredet. Und wer es gar angreift, der hat Pech gehabt, der spuckt Blut! Aber so richtig betreuen, oft mit großer Mühe, zwölf, vierzehn Stunden am Tag, 365 Tage im Jahr, schon gar bei den sechs und mehr Infektionen im Jahr, die in den ersten Lebensjahren normal sind, das macht ihr mit den Kindern nicht. Das machen besonders die Mütter, die Großmütter, die Tanten. Dass die Kleinen aber viel zu früh aus der Familie herausgerissen werden und fern von Mutter und Vater und Geschwistern und Großeltern betreut werden, dass sie vielleicht Schäden davontragen, die sie ihr ganzes Leben beeinträchtigen, das kommt nicht ganz durch zu euch. Und wenn ihr euch dazu äußern müsst, dann stellt ihr fest, dass das schon o.k. ist."

Terje blickt mich finster an, weiß keine Antwort. Ich nütze seine Hilflosigkeit schonungslos aus und legte nach: „Erinnere dich doch an die vielen Male, die du in einer Männerrunde zusammengesessen bist, nach der Arbeit, nach dem Sport, wenn du auf ein Bier gingst, oder aus welchem Anlass auch immer. Und jetzt denk gut nach und sag mir, wie oft Männer über die eigenen Kinder geredet haben? Gib doch zu, sehr selten oder gar nicht. Wenn deinem Kind etwas Schlimmes geschehen ist, eine Ungerechtigkeit in der Schule, ein böser Streit, ein Unfall oder eine ernste Krankheit, ja dann kannst du Interesse, Mitgefühl, sogar Betroffenheit bei den Freunden antreffen. Ich gehe in meiner – harten und wohl nicht immer zutreffenden – Kritik sogar so weit, zu behaupten, dass ein Mann, der sich in einer Männerrunde länger mit dem Thema *Kinder* aufhält, kopfschüttelnd und missbilligend angeschaut wird. Daraus folgt, dass Männer, junge Männer wenig über Kinder wissen, ihre Bedürfnisse nur wenig kennen. Ihre Gedanken kreisen nicht so um die Kleinen wie die der Mütter. Die Männer wissen wenig, aber eines wissen sie: dass ihre Kinder bei den Frauen gut aufgehoben sind. Das gilt besonders für die ersten Lebensjahre. Doch der Vater gewinnt immer mehr Bedeutung für seine Sprösslinge, er muss – und will – sich immer mehr einbringen, spielen, füttern, betreuen, helfen. Und nicht nur der Vater ist wichtig für die kleinen Kinder, zu einer glücklichen Kindheit braucht es ja auch Großeltern, weitere Verwandte und viele vertraute Freunde und Bekannte. Man braucht doch ein ganzes Dorf, um ein Kind großzuziehen."

Eines Abends besuchte ich eine Diskussion, es ging um die Schwierigkeiten, die viele geschiedene Männer mit den Besuchsregelungen haben. Ein bedauernswerter Vater, dem seine Ex jeden Kontakt mit seinen Kindern verweigerte, berichtete, dass er nach längerem, erfolglosen Klingeln an der Haustüre die Weihnachtsgeschenke über den Zaun ins Grundstück geworfen … und sich eine Klage wegen Besitzstörung zugezogen hatte. Nach einer halben Stunde ziemlich heftigen Diskutierens wollte auch ich (als Nichtbetroffener) *meinen Senf dazugeben* und stellte fest, dass man die volle Berufstätigkeit der Mütter und die daher begrenzte Zeit für ihre Kinder als Teil des Problems sehen müsse. Weiter kam ich nicht: Der Diskussionsleiter, der Reporter einer damals noch bürgerlichen Tageszeitung, schaltete mir kurzerhand das Mikrofon ab und gab einer *grünen* Stadträtin das Wort. Und die gab mir Saures, glaub mir! Ich protestierte energisch, kam aber bei dem lauten Stimmengewirr der vielen Männer – einige gaben mir lautstark recht – ohne das Mikrofon nicht durch. Zu Ende des Diskussionsabends ging es vor der Türe in dieser Tonart weiter, ein paar Väter unterstützten meinen Standpunkt, einige warfen mir vor, *auf dem Mond* zu leben.

Nicht nur junge Männer wissen so wenig: Ein Wirtschaftsfachmann in meinem Alter empfahl den Frauen zur Besserung unserer Zukunftsaussichten, „mehr Kinder zu bekommen und sie früher in den Krippen abzugeben, um die Hände frei zu haben für die volle Berufstätigkeit, ja, die volle!" Jetzt meine ich, wer so danebenliegt mit seinem Wissen von den elementaren Bedürfnissen kleiner Kinder, der soll zu diesem Thema den Mund halten!

Ein Landeshauptmann versprach, „sein Bundesland zum kinderfreundlichsten zu machen, indem er weitere Kinderbetreuungseinrichtungen schaffen würde." Dem gibt es vieles entgegenzusetzen, zum Beispiel den erfahrenen Kinderarzt Prof. Theodor Hellbrügge in München in den vollbesetzten Saal donnernd: „Kinder wollen nicht in Heime!" Und meinen hochgeschätzten Lehrer Prof. Ernst Federn: „Die Mutter gehört zum Kind!" Jetzt stelle ich mich schon auf ein hitziges Wortgefecht ein, Terje aber verzieht sein Gesicht, kratzt sich am Hals und stellt sich an die Reling zum Pinkeln und sagt über die Schulter: „Ich will mich eigentlich nicht so lange und ausführlich damit befassen, lassen wir das." Zu meiner Überraschung fragt er, wohl um vom Thema wegzukommen: „Aber mir fallen gerade die Affenkinder ein, die ohne Mutter allein in Käfigen aufgezogen wurden. Weißt du mehr davon?" „Ja, das sind die Harlow-Affen." Ich erkläre: „Harry Harlow hat einzelne Affenkinder im Käfig mit einer Mutterattrappe aus Drahtgeflecht, die Milch aus einer Flasche gab, und einer weiteren Attrappe aus Tierfell eingesperrt. Die Jungtiere drängten sich, nach eiligem Trinken, wieder an die *Mutter* im Fell. Milch und Fell waren aber doch zu wenig. Sie waren in ihrer sozialen Entwicklung gestört und auch später, herangewachsen, ängstlicher, schwieriger, und oft nicht fähig, den eigenen Nachwuchs aufzuziehen. Es gehört eine gehörige Portion Unkenntnis der Biologie dazu, davon auszugehen, dass Menschenkinder mit Muttermangel besser zurechtkommen. Sind wir doch zu an die 98 % genetisch verwandt mit den Menschenaffen." Terje nickte, ermutigte mich, fortzusetzen: „Ich denke gerne an unseren Nobelpreisträger Konrad Lorenz, der die Bindung an das erste Lebewesen, das ein schlüpfendes Gänseküken erblickt, erforscht hat. Seine Graugans *Martina* band sich so an diesen mächtigen Mann mit dem Vollbart, folgte ihm unermüdlich auf Schritt und Tritt und wurde hektisch und hysterisch, wenn er aus ihrem Blickfeld entschwand. Er erkannte ihr elementares Bedürfnis nach Nähe, die Sicherheit verspricht, und blieb immer bei ihr. Die Entdeckung der Bindung war eine bahnbrechende Leistung und brachte ihm den Nobelpreis ein. Mit den Vögeln sind wir viel weitschichtiger verwandt als mit den Rhesusaffen, aber zum Verständnis dieses wichtigen Geschehens, der Bindung, hat er viel beigetragen. Also, Bindung wird erlernt, erfahren, genossen, genützt … und weitergegeben."

„Jaja, schon gut, du bist ja schwer abzustellen, inzwischen brummt mir der Schädel." Er hat recht, ich habe mich tatsächlich in einen Wirbel hineingeredet und mache eine Pause.

40

Niveaulimbo

Später wechselt Terje das Thema: „Was sagst du zu allen diesen Erfindungen unserer Zeit, also Wirtschaftskrise, Massenzuwanderung, Islamisierung, Globalisierung, Verschuldung, Arbeitslosigkeit, besonders der Jugend?“ Jetzt habe ich wenig Lust, mich mit diesem Bündel an Problemen herumzuschlagen, daher antworte ich zur Arbeitslosigkeit: „Wenn Väter, Eltern ihre Arbeit verlieren, äh, da fällt mir gerade ein, die erste wissenschaftliche Studie über die beklemmenden Folgen der Arbeitslosigkeit stammt übrigens von Österreichern. Und, ist doch lustig, zum ersten Mal habe ich darüber in einem norwegischen Aufsatz in *Nordisk Medisin*, einer skandinavischen Monatszeitung, gelesen. *Die Arbeitslosen von Marienthal* hieß sie. Und, einer der Autoren der Studie über Arbeitslose war Paul Lazarsfeld. Von ihm stammt eine gar nicht witzige Bemerkung: Er wäre immer auf der falschen Seite gestanden. In Europa, wo er in die Schule ging, hätten die Kinder Angst vor dem Lehrer (gehabt), drüben, in den USA, wohin er 1935 emigrierte und Kinder unterrichtete, hätten die Lehrer Angst vor den Schülern.“

Kinder leiden schwer unter wirtschaftlichen Rückschlägen. Schon wenn Mutter oder Vater später heimkommen, weil sie es weiß Gott wie weit zum Arbeitsplatz und zurück haben und es fast keine gemeinsame Zeit zum Essen, zum Spielen, zum Singen, zum Reden mehr gibt. Und wenn sie die Angst um den Arbeitsplatz zermürbt. Jetzt bekommen ihre Sprösslinge zu wenig Hinwendung, Liebe, Aufmerksamkeit, Hilfe, Rat, Kontrolle, auch Rüge. Auch Strafe. Auch die muss es geben, wenn Fehlverhalten, Gemeinheiten, böse Taten, Sühne erforderlich machen. Man kann nicht alles nur durch gutes Zureden erreichen, manchmal müssen auch Strafen folgen. Sie sollen, einfühlsam und folgerichtig erklärt, zur Reue, zur Besserung führen.

Nachdem wir fast alles, was *drüben* danebengeht, früher oder später nachmachen, schaut es bei uns in Mitteleuropa nicht viel besser aus: Der ehemalige Chefredakteur der *Presse*, Dr. Andreas Unterberger, beklagt „die Zunahme von physischen Aggressionen und Disziplinverfall. Zugleich sinken die Leistungsbereitschaft, das Wissensniveau, mathematische Denkfähigkeit sowie die Fähigkeit, einen halbwegs sinnvollen und fehlerfreien Text zu schreiben." Eine Zeitung berichtet von schweren Beleidigungen, Gewalt, Drogen- und Alkoholkonsum in einer Gesamtschule, dem erstrebten Allheilmittel zur Einebnung aller Talente, zur Gleichmacherei aller Kinder. Lehrpersonen müssen sich unter dem zustimmenden Gelächter der ganzen Klasse als *Crackmutter, Hurensohn, Wichser* beschimpfen lassen. Immer mehr, vorwiegend Lehrerinnen, haben Angst vor dem Unterricht in solchen Klassen. Ich hörte von Lehrpersonen, die am Sonntagabend aus Angst vor der neuen Woche ein Schlafmittel einnahmen! Erfahrene Profis bei der Polizei sind konsterniert, dass nicht nur die Zahl der Gewalttaten, sondern, und besonders, ihre Brutalität steigt! Auch die gegen unsere Ordnungshüter!

Mir fiel dieser Tage ein Gedicht des großen Inders Rabindranath Tagore ein, das meine Mutter so gerne zitierte: „Ich schlief und träumte, das Leben wäre Freude. Ich erwachte und sah, das Leben war Pflicht. Ich handelte, und siehe, die Pflicht war Freude." Jetzt müssen wir nicht bei Schiller oder Hölderlin oder Büchner nachblättern, um an romantisch überdrehte Texte und Schwärmereien zu geraten, denen wir modernen, nüchternen Menschen weder folgen wollen noch können. Aber bei diesem Text des Nobelpreisträgers von 1913 frage ich mich ernsthaft: „Hat der Mann jemals gearbeitet? Hat er jemals hart arbeiten müssen?"

Die US-amerikanische Journalistin Susan Jacoby hat in ihrem Buch „The Age of the American Unreason" also, das Zeitalter der amerikanischen Unvernunft, ein paar Zuckerln zusammengetragen: 25% der Jugendlichen setzen die Entdeckung ihres Kontinents durch Kolumbus nach 1750 an. 60% wissen nicht, wann der US-Bürgerkrieg war. 25% halten Adolf Hitler für einen Waffenhändler. Schade, war er nicht! Eine andere Befragung von 8000 Oberschülern zeigt, dass sie von Stalin und Churchill nichts wussten, mit den ‚Canterbury Tales' nichts anfingen, den Ersten Weltkrieg in das 19. Jahrhundert verlegten. 42% konnten kein einziges asiatisches Land nennen! Nicht einmal Vietnam, auf das ihre Luftwaffe mehr Bomben abgeworfen hat als im gesamten Zweiten Weltkrieg. Jetzt gibt es ein neues Wort bei *Langenscheidt*: Niveaulimbo. Es bezeichnet das ständige Absinken des Wissensniveaus.

Während wir vor einem halben Jahrhundert noch eine der besten, ergiebigsten Schulbildung genossen, dürfte sich eine ähnliche Ahnungslosigkeit auch bei uns weiter ausbreiten. Der hochgebildete Anglist Dietrich Schwanitz wunderte sich in seinem Bestseller ‚Bildung' nicht, dass geschichtliche Kenntnisse schwinden, wenn die zeitliche Einordnung nicht gelehrt wird. Die jungen Leute hören, erzählt er, im Unterricht am Montag vom Reisanbau in Südostasien, am Mittwoch vom Burgfried im Mittelalter, die Woche darauf vom Hellenismus, dann von Henri Dunant. Wie sollen sie da Zusammenhänge herstellen, Netzwerke bauen, in die zeitliche und geografische Inhalte eingehängt werden können? Ist doch das *Zeitalter der Entdeckungen* zum Beispiel notwendig geworden durch die Eroberung Konstantinopels durch die Türken im Jahre 1453. Schon ein Jahr zuvor hatten sich Gerüchte und Berichte von Angriffsplänen auf die Stadt verdichtet, Kaiser Konstantin XI. hatte die christliche Welt um Hilfe angefleht. Mit verschiedenen Erklärungen und Ausreden sagte diese aber ab. Allein Venedig entschloss sich zur Entsendung einer Flotte, die stach aber erst zwei Wochen nach dem Fall der Stadt in See. Sultan

Mehmet II. triumphierte, und mit ihm die wachsende islamische Macht. Er erhielt den Beinamen *fatih*, der Eroberer. Ist es wirklich Zufall, dass über fünfzig Moscheen in Europa ebenfalls Fatih als Zusatznamen tragen?

Die Landwege, die Seidenstraße, nach dem Osten, zu den Märkten in Indien und China mit ihren Köstlichkeiten, Schätzen, Gewürzen, Seide, waren schlagartig verlegt. Die Handelswege nach Süd- und Ostasien waren also eingerichtet. Jetzt musste Bartolomeu Diaz die Südspitze Afrikas erreichen und sie als *Cabo de tempestate*, also Cap der Stürme, erleben. Sein König Johann, auf sicherem, festen Boden aber fälschte die Bezeichnung zum Kap der Guten Hoffnung, *Cabo de boa esperanza*, um die abergläubischen Seeleute nicht zu entmutigen und von weiteren Erkundungsfahrten abzuhalten. Vasco da Gama musste nach Indien gelangen, dorthin wollte Cristoforo Colombo ebenfalls, aber nach Westen segelnd. Er nahm eine wesentlich kürzere Strecke an, und das kam so: 1700 Jahre vor Columbus hatte Eratosthenes von Kyrene originelle Berechnungen angestellt und den Umfang der Erde mit 45 000 km ermittelt. Damit lag er bei den dürftigen Hilfsmitteln seiner Zeit sensationell nahe den tatsächlichen gut 40 000 km. Der Historiker und Geograf Poseidonios von Rhodos kam etwa 150 Jahre später auf ähnliche Abmessungen. Es ist ungeklärt, warum Strabon sich mit etwa 29 000 km durchsetzte. Ermutigt durch die falsch kurze Distanz nach Indien machte sich Kolumbus auf die Fahrt. Allerdings ahnte er nicht, dass ihm bei seinem kühnen Versuch die beiden Amerikas im Weg standen. Um 1460 hatte der Florentiner Astronom Toscanelli eine Weltkarte gefertigt, die Indien bereits westlich von Zipangu (Japan) und Cathay (China) zeigte. Seit 20 Jahren baute Jan Karajeel in der Bretagne einen neuen, hochseetauglichen Schiffstyp, die Karavelle. Der Mathematiker Johann Müller aus Franken hatte astronomische Tabellen erstellt, mit denen man den geografischen Punkt der Messstelle definieren konnte. Dazu benötigte man allerdings die genaue Tageszeit, die aber lieferte Peter Henlein mit der Taschenuhr. Auf der Iberischen Halbinsel hatten Ferdinand von Aragon und Isabella von Kastilien eine große Machtkonzentration erreicht. Die letzten Mauren waren aus dem Land gefegt worden, die Halbinsel war wieder christlich! Die Freude über die Rückeroberung des gesamten spanischen Bodens verleitete die Regentin zu großzügiger Verteilung kostbarer Geschenke und Vergabe von Lehen. Jetzt endlich kam Christoph Kolumbus zu seiner *Santa Maria*, einem ausgedienten Transportschiff. Zwei freie Unternehmer, die Brüder Pinzon, schlossen sich mit der *Nina* und der *Pinta* an.

Rechtzeitig waren unzählige Künstler und Gelehrte vor den Muslimen aus dem bedrohten *Ostrom*, Konstantinopel, geflohen, bevorzugt in die reichen Städte Venedig, Florenz, Mailand, Mantua, Neapel. Sie sprachen Griechisch und brachten die Erinnerungen an die Antike mit. So kam es zum *rinascimento*, zur Renaissance, zur Wiedergeburt der Antike. Diese Ereignisse bedeuteten den Aufbruch zur Neuzeit, nicht ein einzelnes, nacktes Datum, wie die Eroberung Konstantinopels am 29. Mai 1453 oder Kolumbus' erste Schritte in der Neuen Welt am 12. Oktober 1492! Ist es nicht aufregend, die Erfindungen, die weiteren geistigen Errungenschaften und die abenteuerlichen Fahrten als Bausteine einer grandiosen Entwicklung zu verfolgen?

Ortswechsel, und dreihundert Jahre später. Der Freiheitskampf der Kolonien, *The American Revolution*, hat die Finanzen Frankreichs, das die abtrünnigen Amerikaner gegen die Briten unterstützte, endgültig ruiniert. Das Luxusleben des Adels hatte sich ja schon seit Längerem darum bemüht. Ein verregneter Sommer 1788 brachte Missernten, und der folgende kalte Winter ließ Tausende Franzosen verhungern und erfrieren. Die Verzweiflung der Menschen war groß. Auf die Klage der Hungernden, sie hätten kein Brot, fragte das verwöhnte Töchterlein Maria Theresias, die Königin Marie Antoinette, verwundert: *Warum essen sie denn keinen Kuchen?* Eine bezeichnende Frage, die allerdings historisch nicht abgesichert ist. In der Hitze des folgenden Sommers stürmten die empörten Massen die Bastille, das wuchtige Gefängnis in Paris, befreiten die – nur – sieben Häftlinge, meuchelten und köpften den greisen Kommandanten der Wache (ein Bäckergeselle spießte das blutige Haupt auf eine Pike und trug es triumphierend vor den johlenden Massen her) und forderten, was John Locke schon etwa 90 Jahre vorher niedergeschrieben und die US-Amerikaner in ihrer *Declaration of Independence* fünfzehn Jahre vor den Ereignissen in Paris formuliert hatten: „We hold these truths to be self evident: That all men are created equal; that they are endowed by their Creator with certain inalienable rights; that among these are life, liberty and the pursuit of happiness ...", also, dass alle Menschen gleich geschaffen sind; dass sie von ihrem Schöpfer mit bestimmten, unveräußerbaren Rechten ausgestattet wurden; dass unter ihnen das Recht auf Leben, Freiheit und das Streben nach Glück ist. Das Streben nach Glück!! Eine großartige Zielsetzung eines jungen Gemeinwesens, eine wunderbare Philosophie ... die allerdings für die *roten* Ureinwohner und die *schwarzen* Knechte nicht galt. Lehrt man die jungen Leute diese aufregenden Zusammenhänge? Was ihnen doch alles entgeht! Wie viel sie doch versäumen! Niveaulimbo! Reden sie sich doch ein, dass ein Blick in ihren Taschencomputer das fehlende Faktenwissen ersetzt. Was für ein Irrtum, was für eine Ahnungslosigkeit!

Die deutsche Journalistin Susanne Gaschke bringt einen weiteren Sichtwinkel: In ihrem Bestseller *Die Erziehungskatastrophe* stellt sie schon im Untertitel fest, dass Kinder s t a r k e E l t e r n brauchen. Nicht schwache, nicht hilflose, nicht abwesende! Und eine feste Bindung an sie! In e i n e r psychologischen Monatsschrift lese ich gleich z w e i Aufsätze, die, unabhängig voneinander, zeigen, wozu wenig Zuwendung, zu wenig Kontrolle häufig führt:

1. Kinder, die ohne Frühstück in die Schule gehen, leisten weniger, begreifen schlechter als jene, die kräftig zugelangt

hatten. Das Pausenbrot zwei Stunden später gleicht den Unterschied aus. Also, die ersten zwei Stunden des Schulvormittags vergeigt.

2. Unausgeschlafene Schüler lernen schlechter! Also „Licht aus!" um 20 Uhr für Volksschüler, um 21 Uhr für die Größeren. Der Vorschlag, mit dem Unterricht eine Stunde später zu beginnen, würde nur noch mehr Schüler und Schülerinnen zum Fernsehen bis 21 Uhr 45 verführen. Wollen wir das? In der Pubertät gibt es allerdings ein zusätzliches Problem mit dem Schlaf: Das Hormon Melatonin, das uns alle schläfrig macht, wird etwa zwei Stunden später als in der Kindheit ausgeschüttet, die Jugendlichen können zur gewohnten Zeit nicht einschlafen. Am Morgen aber ist es noch wirksam und lässt die jungen Leute nicht wach werden. Eine Schikane der Natur? Aber vernünftige Schüler stehen trotzdem früh auf, um vor Prüfungen den Lernstoff zu wiederholen oder zum Training zu gehen. Ich selbst stuckte manchmal ab 5 Uhr und zog meinen Kopf aus der Schlinge, entging so wiederholt Nachprüfungen und Flug.

41

Was, nur Hausfrau?

Eine Mutter, deren Lebensmittelpunkt die Familie ist, die diese Familie überblickt, ein Vater, der ihr zur Seite steht, Geschwister, die miteinander auf Augenhöhe kommunizieren und die wichtige soziale Anpassung ermöglichen, Großeltern, die mehr Zeit haben und die Verbindung zur jüngeren Vergangenheit herstellen, Freunde und Nachbarn, die allesamt da und dort etwas sagen und tun, stellen die besten Voraussetzungen für die gesunde soziale Entwicklung der Kinder dar. Der Kinder, die auch so etwas wie *Familientauglichkeit* erlernen, die sie später als wertvolles Gut in ihre eigene Familie einbringen.

Fast 80% der jungen Leute wünschen sich eine richtige Familie, ihren *Sehnsuchtsort*, mit mindestens zwei Kindern. Die Mühen, die Vollberuf und Kind besonders der jungen Frau abverlangen, lassen den Kinderwunsch schrumpfen. Trotz fünf und mehr Kindern bei den vielen Zugewanderten liegt unser schönes Land im Durchschnitt bei schwachen 1,3 Kindern pro Frau. Um sich die Folgen der zukunftbedrohenden Kinderarmut auszumalen, braucht man keine besonderen mathematischen oder seherischen Fähigkeiten. Wir müssen zu dem traurigen Schluss kommen: Wenn wir, voran unsere lahmen Politiker, uns nicht der griechischen Philosophie, dem römischen Rechtsverständnis, dem Christentum, der Aufklärung und weiteren Errungenschaften als Grundlage unserer Lebensweise in Europa besinnen und sie entschlossen verteidigen, machen wir Platz für die Zuwanderer, die zu über 95% aus den muslimischen Ländern kommen.

Die deutsche Journalistin Birgit Kelle, Mutter von vier Kindern, klagt pointiert moderne Missstände an: Früher wäre es für die meisten Frauen selbstverständlich gewesen, sich um die Kinder und den Haushalt und den Garten zu kümmern, jetzt sind es Frauen, die ihre Geschlechtsgenossinen drängen, sich doch um ihre Karriere zu bemühen! Und, sagt sie weiter, sie selbst möchte sich nicht immer wieder rechtfertigen müssen, dass sie nicht in einem Aufsichtsrat oder einer Chefetage residiert. (Dort brüsten sich Vorstandsvorsitzende schon damit, mehr zu verdienen als ihre männlichen Kollegen. Jetzt kriegen wir Männer wohl die Retourkutsche für männliche Protzerei und Dominanzstreben?) Jetzt dürfen Frauen alles machen und werden, „aber wollen wir das überhaupt?", fragt die flinke Diskutantin Birgit Kelle. Das deckt sich mit meinen eigenen Beobachtungen an Tausenden Frauen, die mit ihren Kindern, in der Stadt, am Land oft mit einem kleinen Garten, auch einer Mitarbeit im Betrieb ihres Mannes oder in einer Selbsthilfegruppe, einem Gesangs- oder Kulturverein oder sonst wo, voll beschäftigt und sehr zufrieden sind. Aber den Griff nach den Kindern – auch getarnt als Verbesserung der Rechte der Kinder – gibt es, fast überall gibt es den ahnungs- und verantwortungslosen Ruf nach mehr Kinderbetreuungs-Einrichtungen, blüht und gedeiht die Idee, Kinder frühzeitig aus der Familie zu entfernen und in zu frühem Alter, zu viele Stunden am Tag, in viel zu großen Gruppen unterzubringen. Die Schäden werden ungern oder gar nicht zugegeben. Das Übel aber an der Wurzel zu packen, die Fehler einzugestehen, das Steuer herumzureißen und die Familien tatsächlich zu unterstützen, wird viel zu wenig *gespielt*. Die verbissenen Vertreter des *gesellschaftlichen Fortschritts* wettern hartnäckig gegen das Schreckensbild der Frau am Herd und überzeichnen dieses Bild schamlos. Dabei wäre das Ziel die Freistellung der Mütter, bis ihre Kinder mit drei, besser vier Jahren halbtags in die Kindergärten kommen, die Halbtagsbeschäftigung der jungen Mütter, wenn sie sie, nach eingehender Beratung, wünschen. Ein finanzieller Ausgleich und eine großzügige Pensionsregelung müssen folgen. Ist nicht so leicht zu arrangieren und kostet wohl allerhand, kommt aber mit gesunden, aktiven Menschen, die lern- und leistungswillig sind, uns später voll ersetzen, ihre Berufe tüchtig ausüben und ihre Steuern zahlen, leicht wieder herein. Und dann hätte Frau Prof. Leibovici-Mühlberger keinen Grund, *nicht auf die nächste Generation zählen zu können*, wie sie in ihrem Buch *Wenn Tyrannenkinder erwachsen werden* befürchten muss. Ich denke, zu Recht.

In einem Buch *Cowgirls in the West* lese ich fasziniert von tüchtigen, tapferen Frauen, die mit ihrem Mann die viele Arbeit bewältigen – oder gar nach dem Tod von Vater oder Mann die Ranch a l l e i n e weiterführen. Was da manche Frauen leisten!! Mich beeindruckt eine tüchtige Farmerin, die beim Einschlafen bemerkt, dass ein gewaltiger Schneesturm aufkommt, der ihre Pferde schutzlos der Kälte auf der Prärie aussetzen würde. Sie kämpft sich entschlossen weit über einen Kilometer gegen den Sturm durch den bald hüfthohen Schnee, beruhigt die verängstigten Pferde, besteigt ihre Old Annie und führt die kleine Herde zurück in den Stall. Bietet ihnen reichlich Heu, schließt die Türen. Sanftere Töne schlägt Mrs Carol Horn an: Im Kapitel *Partners on the Range* beschreibt sie schön und wohltuend, wie sie ihre Position sieht: „I'm a little western, and I like to see the man hold the reins … and I think a woman has to be keenly with her husband to make it successful. I'm not the head of the family. I'm just the helpmate … in a lot of ways, if it comes right down to it the hand that rocks the cradle still rules the world" … die Hand, die die Wiege schaukelt, regiert die Welt.

42

Die neue Schule

Was habe ich vor Kurzem in einer Tageszeitung gelesen? „Immer mehr Schüler brechen die Schule ab!“ Einige beginnen eine Lehre. Dort werden sie aber nach wenigen Schnuppertagen im Geschäft bald heimgeschickt, weil sie nicht wissen, wie viel sie für drei Wurstsemmeln verrechnen müssen, deren eine 1,40 kostet. Die einfache Frage nach der Fläche eines Tisches von 1 m x 2,50 m beantworteten junge Leute mit 3 bis 24 m^2! Fast jeder fünfte Lehrling fiel bei der Lehrabschlussprüfung durch! In manchen Fächern scheiterten sogar 30 %! Das Schlimme kommt aber noch: Nicht einmal die Hälfte der Durchgefallenen versuchte es noch einmal! Noch schlimmer sei es bei den beim AMS (Arbeitsmarktservice) gemeldeten Jugendlichen mit Migrationshintergrund: 81 % hätten ihre Lehre abgebrochen. Sie erhielten zu wenig Führung und Hilfe durch ihre Eltern. Doch! Viele moslemische Buben erhielten von ihren Vätern und Onkeln einen Rat, den einzigen, nämlich sich von der Lehrerin – einer Frau! – nichts sagen zu lassen.

Gutmütige – oder hilflose – Lehrpersonen (kann es wahr sein, dass es Empfehlungen von Schulbehörden gibt, keine schlechten Noten zu geben?) ließen Schülerinnen und Schüler trotz schwacher Leistungen weiterkommen, was sich später natürlich rächte: Sie konnten einen Winkel von 60° nicht zeichnen oder wussten nicht, wie viel Holz man braucht, um acht Latten zu je 140 Zentimeter zu schneiden. Das berichtete nicht irgendein Senior, der seine Frustration auf die jungen Menschen auslässt, sondern Herr Ali Ordubadi, der aus dem Iran stammt und seit über 20 Jahren für das AMS arbeitet. Sein Interview absolvierte er übrigens in fließendem Deutsch.

Wer hat denn etwas gegen solche tüchtigen, eingebürgerten Menschen aus Asien, die sich problemlos integrierten und gute Arbeit leisten?

Dr. Tassilo Wallentin, der engagierte Rechtsanwalt aus Wien, berichtet über ein Gerangel zwischen den pädagogischen Ideologien um Schulnoten, das Lachstürme auslösen müsste, wenn, ja wenn es sich nicht um unsere österreichischen Kinder handelte: Weil wieder die wohl altbewährten Schulnoten eingeführt werden, fürchtet eine verflossene Bildungsministerin, dass Österreich *zu einem internationalen Schlusslicht werden könnte.* Ihre Furcht sei unbegründet: Wir sind es schon! Unsere Schulen schneiden seit mindestens einem Jahrzehnt elend schlecht ab. Jetzt sollte man sich hinsetzen und alles Mögliche unternehmen, um diesen beschämenden Absturz eines ehemals ausgezeichneten Schulsystems zu verhindern, ursächliche Fehler zu korrigieren, falsche *Fortschritte* zurückzunehmen. Man wählte aber, um die dazu notwendigen Anstrengungen zu vermeiden, sie den ‚überlasteten' Kindern zu ersparen, den Weg der Verschleierung und schaffte die Schulnoten ab. „Das ist so", schreibt der einfallsreiche Jurist, „als wollte man eine Krankheit dadurch heilen, indem man das Fieberthermometer wegwirft!"

Eine Beurteilung der Leistungen der Schüler und Schülerinnen ist aber unumgänglich, sie selbst wollen sie! Sie soll aber verbal erfolgen. Und da komme ich an einigen Blüten einfach nicht vorbei:

Wer nicht gut lesen und schreiben kann, der/die kann gut zuhören und versteht so manches.

Wer von anderen abschreibt, der/die delegiert seine/ihre Hausaufgaben erfolgreich.

Wer schwänzt und von der Schule fliegt, ist originell, widmet sich erfolgreich außerschulischen Aktivitäten und verlässt die Schule auf eigenen Wunsch, um sich neuen Herausforderungen zu stellen.

Wer verharmlost schlechte Schulleistungen, wer idealisiert Fehlverhalten von Schülern und Schülerinnen dermaßen?

Haben diese *Experten*, die Beamten und Beamtinnen in den Schulräten denn die Narrenfreiheit, so etwas zu erfinden?

Um den Rang unserer Schulen als *Schlusslicht* zu belegen, liefert der Mann ein paar Zahlen: In Österreich sind es über 30% der Schüler und Schülerinnen, die bei der Ausschulung im Alter von 15 Jahren nicht sinnerfassend lesen und schreiben können, in Tunesien 25%, in Ruanda 27%, in Eritrea 35%, in Burundi 42% und in Burkina Faso 71%! Aber halt! Die gewesene Unterrichtsministerin hat ja doch recht: G a n z Schlusslicht sind wir doch nicht.

Gerne würde ich den kompletten Aufsatz über *hochtrabende Leerformeln* vom engagierten Philosophen Konrad P. Lissmann (ebenfalls Absolvent des Gymnasiums in Villach) einfügen, weil er – wie gewohnt – scharfsinnig, wortgewaltig ist, aber er ist eine ganze Seite lang, ich kürze daher ab. Er findet zwei Konzepte, die die Köpfe der Bildungsrevolutionäre dominieren. Erstens, „Alles werde besser, wenn endlich die Digitalisierung in den Klassenzimmern Einzug gehalten hat. Also, das Vertrauen in eine digitale Welt, in der niemand mehr etwas wissen muss, weil sich alles im Internet findet." Aber, wer nicht genug weiß, weiß ja nicht, wonach er suchen muss.

Es ist schon erstaunlich, wie hartnäckig wissenschaftliche Studien von Prof. Manfred Spitzer und weiteren Forschern über die S c h ä d e n durch viel zu frühe Umstellung auf digitale Lernmethoden ignoriert werden!

Das andere u n vernünftige Konzept nennt er *Erlösung durch Infantilisierung*: Lehrer und weitere Erwachsene sollten endlich aufhören, Kinder und Jugendliche zu belehren, diese sollen – selbstbestimmt und ihren Interessen folgend – machen können, was sie wollen. Die OECD habe das autonome Lernen durchgesetzt, die Kinder durften machen, was sie wollten, sollten in der Schule sich möglichst viel *selbst* beibringen. Diese Vorstellungen wurden nie auf ihre Wirksamkeit hin untersucht. (Ich rede schon seit vielen Jahren von diesen völlig unabgesicherten, schneidigen Experimenten mit unseren Kindern!). Lissmann spricht sich auch glatt für einen spannenden Frontalunterricht aus! Auch meint er, dass die Herausbildung von Interessen selbst das Resultat eines Lernprozesses ist. Die Schule sei jene Institution, die die Aufgabe habe, junge Menschen mit Dingen bekannt zu machen, die sie nicht kennen und für die sie sich (noch) nicht interessieren. Unsinnig sei die Vorstellung, in den Schulen nur zu vermitteln, was später gebraucht würde. „Kultur bedeutet schlechthin, mehr zu wissen und auch alles andere zu tun als das Notwendige." Er schließt: „Phrasen und hochtrabende Leerformeln kosten nichts. Diese billige Bildung, setzt sie sich einmal in den Köpfen von Entscheidungsträgern und Lehrpersonen fest, wird uns aber noch einmal teuer zu stehen kommen." Ich meine, sie tut es schon.

Die Journalistin Susanne Gaschke erklärt in ihrer *Erziehungskatastrophe*, wie es zu diesen Zuständen in den Schulen kommen konnte: „Da hat man, im Namen der nicht autoritären Erziehung den Lehrern nahezu sämtliche Disziplinierungsmittel aus der Hand genommen, um sie nun, denn die Disziplinprobleme haben – erstaunlicherweise – nicht aufgehört zu existieren, in manipulativen Psychotechniken zu schulen, damit sie mit ihren Schülern zurande kommen. Vom Neurolinguistischen Programmieren zur Kinesiologie, bieten die Programme der Lehrerfortbildung die erstaunlichsten esoterischen Methoden an. Kommt es dem Unterricht tatsächlich zugute, wenn erwachsene Studienräte einander Wollknäuel zuwerfen, um ‚ein Beziehungsgeflecht zueinander aufzubauen'?"

Wir vermuteten schon lange, dass es Ziel der vielen Schulversuche war, möglichst alle Schüler auf das gleiche Niveau zu bringen. Dazu aber musste man das Niveau senken, weil schwächere Schüler und Schülerinnen – zum Beispiel von der Familie zu wenig unterstützt, zum Lernen angehalten und auch kontrolliert – ein höheres nicht erreichen. Und jetzt sind wir mit unseren Schulabgängern zwischen Ruanda und Eritrea gelandet! Seit Jahren weist die PISA-Studie (Program for International Student Assessment) die bescheidenen Lernerfolge unserer Schüler und Schülerinnen aus, wir sind bestenfalls im Mittelfeld. Und da frage ich, ganz *direkt*: Was ist denn aus dem tatsächlich sozialen, *anständigen* Ziel der Sozialdemokraten geworden, den Schwächeren, Benachteiligten, Erfolglosen zu einem Aufstieg in ein besseres Leben zu verhelfen, wenn die Schulversuche und -reformen während der langen Jahre sozialistischer Dominanz zu einer Verschlechterung der Leistungsfähigkeit und damit der Chancen ihrer Schutzbefohlenen geführt haben?

Wir müssen verlangen, dass die jungen Leute sich bemühen! Oft hören wir den hilflosen Einwand: „Man kann sie doch nicht zwingen!" Natürlich muss nicht alles Spaß machen, natürlich müssen sie lernen, mit Druck umzugehen. Wir müssen uns dazu durchringen, doch wieder erziehen zu wollen. Dass Kinder Ordnung brauchen, dass Kinder zum Erwachsenen aufblicken und keine Partner auf Augenhöhe sind, gilt doch immer, ist doch keiner Mode unterworfen. Und dass es um die Wiederentdeckung der Grenze geht, die von außen kommen muss: Kinder können sich nicht ihre eigenen Grenzen setzen. Gute Grenzen sind nicht Schikane, sondern auch Schutz, und zwar so lange, bis das Kind in scheinbar grenzenlosen Situationen lernt, sich selber Grenzen zu setzen, und zwar mithilfe des oben genannten *präfrontalen Cortex*. Die große Geschwisterschar, die Ferienlager, in denen sich Kinder gegenseitig weiterbringen, gibt es ja nur selten, viel zu selten. Sie würden den Kindern helfen, zu reifen. Eltern sollen immer und verlässlich als seelisches Auffangnetz da sein, aber das Kind loslassen, damit es seine Grenzen erkennen lernt.

So günstige, glückliche Umstände wie in unserer eigenen Kindheit gab es ja früher auch nicht oft, aber jetzt, in Zeiten weitverbreiteten Wohlstandes, eines Sozialstaates, in Friedenszeiten, sollten wir doch alles tun, um sie für a l l e unsere Kinder zu schaffen.

Ob wir nicht am Ende sind mit unserem schneidigen Experiment, die Kinder von der Mutter, der Familie zu trennen, im frühesten Alter, viel zu viele Stunden am Tag? Und auch, wie Dr. Martina Leibovici-Mühlberger aus Wien beklagt, die Eltern von ihrem ewigen Erziehungsauftrag abzuhalten. Erziehung in der eigenen Familie ist unverzichtbar, und sie lohnt sich. Der Kinder- und Jugendpsychiater Dr. Michael Winterhoff findet bei den Schulabgängern „eine mangelnde Arbeitshaltung, keinen Sinn für Pünktlichkeit, fehlende Grundkenntnisse in Deutsch und Mathematik." Und er legt noch einen drauf: „Unsere Kinder wachsen zu *Narzissten* (nur auf sich selbst bezogene Menschen) und Egozentrikern heran, die nicht auf andere achten, ... und lustorientiert in den Tag leben." Jetzt aber im Klartext: Schuld daran sind n i e m a l s die jungen Leute, sondern unvernünftige Erwachsene, die ihnen nach vielen Schulversuchen solche schlechten Verhältnisse zumuten!

Ein Fehler ist es, dass Frauen früher in Pension gehen dürfen als Männer, wo sie doch eine um fünf bis sechs Jahre längere Lebenserwartung haben. Inzwischen bemüht man sich um Korrekturen. Ich meine aber, dass die Trennlinie grundsätzlich nicht zwischen den Geschlechtern verlaufen soll, sondern dass Mütter früher in die – bezahlte – Pension gehen dürfen, alle anderen später. Sind sie es doch, die unter der Mehrfachbelastung stehen, oft unter dem schlechten Gewissen leiden, weil sie fühlen, wissen, zu wenig bei ihren Kindern zu sein. Und weil sie uns den totalen Absturz in die kinderlose Gesellschaft ersparen, die Stephan Baier in seinem Buch: *Kinderlos, Europa in der demografischen Falle*, ausführlich beschreibt. Sind sie es doch, die uns nicht nur mit Nachwuchs versorgen, sondern ihn auch so erziehen, dass er uns möglichst gut ersetzt. Und sie sind später die besten Betreuerinnen ihrer Enkelkinder. Und zwar unbezahlt.

43

Elektronische Verführer

„Ist das nicht ein Anblick, schau doch!" Ich stand auf, zog mir meinen Parka über und trat an die Reling. Die Einfahrt nach Bergen ist grandios! Dreihundert Meter vor uns, von der Sonne mit rötlichem Schein übergossen, die imposante Front der ‚brygge'. Ich stellte mir, bei meinem Hang zu und meiner Freude über historische Ereignisse, vor, wie die schweren Koggen der Hanse in den Naturhafen eingelaufen sind, festgemacht wurden, die Güter von Hunderten schwieligen Händen entladen und in den Speichern, die die eindrucksvolle Häuserfront stellen, gelagert wurden. Diese hochgiebeligen Speicher aus den Zeiten der Hanse leuchteten uns in allen Farben entgegen. Die großbuchstabige Aufschrift Knut Skurveit auf einem rotbraunen Haus kam mir bekannt vor. Über allem ein hellblauer Himmel mit Wolken, die es eilig haben, nach Osten zu ziehen. Terje zog eine Schleife in die Bucht, die *vågen* genannt wird. Ganz nahe kamen wir den Ständen, wo die Fischer ihre Ware anbieten. Dann bargen wir das Segel und motorten wieder hinaus. In einem kleinen Hafen südlich der Stadt legten wir an. „Geh du voraus zum *Sjøboden*, einem großen – und lauten – Bierlokal, ich gehe zur Post und rufe meine Frau an." Gabi ist gut heimgekommen, war bei den Kindern in Wien und ist jetzt in Graz. Auch die Hündin hat sich erholt und frisst wieder normal. Also alles paletti. Sie, meine Frau – nicht die Hündin –, hat zwar keine große Freude mit unseren weiteren Reiseplänen, hält ihre Sorgen aber tapfer im Zaum und wünscht uns gute Fahrt.

Im Sjøboden zischte das Bier nur so die Kehle hinunter. Terje unterhielt sich mit ein paar alten Bekannten auf *Bergensk*, der dritten Sprache in Norwegen. Ich genoss die laute, fröhliche Atmosphäre. Auf brüllendes Gelächter hinter mir drehte ich mich zu Terje hin. Ein rothaariger Norweger neben ihm erklärte mir: „Diese Witz müssen Sie hören! Ein Mann, sein Firma bankrott, haben kein Geld mehr, will seine Frau auf Strich schicken. Sehr ungern." Ich half aus: „Widerwillig." Er nickte: „Machen die Frau sich schön und gehen abend los. Früh nächste Tag kommen sie heim und legen 105 Euro auf den Tisch. Er, empört: ‚Wer gibt dir nur 5 Euro?' Sie ‚Alle.'" Ich lächelte widerwillig. Kein feiner Witz. Ein schäbiger Witz. Jetzt musste auch ich einen erzählen, so zur Wiederherstellung der Sitten: „Die junge Frau wirft ihrem Mann vor: ‚Sieh doch, der Nachbar verabschiedet sich von seiner Frau immer mit Küsschen! Und du?' Er, irritiert: ‚Ich kenne die Frau doch gar nicht!' Und noch einen: Ein Mann fragt seine Frau: ‚Möchtest du nicht einmal Mann sein?' Sie fragt zurück: ‚Und du?'"

Irgendetwas ist los mit Terje. Jetzt steht er am kleinen Kartentisch rechts vom Eingang in die Kajüte, im nächsten Augenblick geht er hinaus, beobachtet den Himmel, kommt zurück, murmelt etwas, liest vom Bordcomputer etwas ab. Ich schaue ihm leicht belustigt zu, bevor ich aber etwas bemerken kann, dreht er sich zu mir und sagt: „Die Wettervorhersage ist derart gut, dass ich dir dringend rate, weiter nach Norden zu segeln. Das Wetter ist warm, es gibt idealen Wind von Westen, was willst du mehr? Ich habe mit Thorbjørn telefoniert, er gibt mir die paar zusätzlichen Tage frei." Er erklärt mir ausführlich und an Hand der Karte, dass wir ein paar Tage nach Norden segeln und schöne Plätze sehen werden. Ja, da ist was dran. „Weißt du, was wir alles sehen werden? Wir haben etwa 135 Seemeilen bis nach Ålesund, der Stadt, die 1904 abgebrannt war und mit kräftiger Unterstützung des deutschen Kaisers Wilhelm II. im Jugendstil wiederaufgebaut wurde. Er war ein großer Freund Norwegens, verbrachte jeden Sommer auf seiner Motorjacht in den norwegischen Gewässern. Wir Norweger erwiderten seine Sympathie und Freundschaft. Deutschland, mit Berlin, aber auch Dresden und Düsseldorf, war vielen Norwegern das Tor zur großen Welt. Knut Hamsun, Edvard Munch und viele andere Künstler verbrachten Jahre im Zweiten, im Wilhelminischen Deutschen Reich. Das Dritte Reich ruinierte diese schöne Freundschaft zwischen den zwei Völkern allerdings gründlich. Im April 1940 landeten deutsche Truppen in Norwegen, wenige Stunden vor den Briten, die ebenso an das schwedische Erz aus Kiruna und Gällivare heranwollten. Die verbitterten Norweger brachen nach dem Krieg sämtliche freundschaftlichen Beziehungen zu den Deutschen ab. Die ‚Tyske Bryggen' an der Bucht ‚vågen' in Bergen, die alte Häuserzeile aus der Hansezeit, nennt man nur mehr ‚Bryggen'. Kein Deutscher darf in Norwegen Haus und Grund erwerben. Mir ist allerdings eine Ausnahme bekannt. *Derrick*, die Krimiserie, war in Norwegen sehr populär. Horst Tappert, der Hauptdarsteller, durfte sich eine Insel – nahe den Lofoten – kaufen und ein Haus errichten."

Wir stehen im Cockpit und schmauchen noch eine Zigarre und genießen einen kleinen Schlummertrunk. Jetzt aber schmeißt Terje seine ins Meer, was längst streng verboten ist, weil Tabak das Wasser vergiftet, rennt hin und her, bleibt stehen, greift sich an den Kopf, so als hätte er irgendetwas vergessen, und murmelt, wie geistesabwesend: „Ich muss noch einmal weg." Er zieht Parka und Schuhe an und ist schon weg. „Was hat er denn vergessen?", frage ich mich noch. Und, wird er morgen wieder schweigen oder aber erzählen: „Tolle Nacht erlebt. Fünf Frauen gehabt, zwei beinahe, drei gar nicht!" Aber, das ist ja wohl nicht mein Problem. Es ist zwar Schlafenszeit, aber die Helligkeit hält mich wach. Jetzt kann ich ungestört von diesem unruhigen Burschen meine Gedanken weiterspinnen.

Stundenlanges Fernsehen, endlose Stunden im Internet: Pathologischer Internetgebrauch bei Jugendlichen ist ein Thema, dem immer mehr Forscher Beachtung schenken, lese ich da. Zur Eigenkontrolle gibt es einen *Young Diagnostic Questionnaire*:

Beschäftigen Sie sich nahezu ausschließlich mit dem Internet?

Benützen Sie es immer länger?

Haben Sie schon wiederholt den Internetgebrauch zu vermindern versucht, waren aber erfolglos?

Sind Sie ruhelos, reizbar, wenn Sie den Internetgebrauch zu reduzieren versuchen?

Und einige weitere Fragen.

Die Computerspiele werden immer schneller, brutaler. Sie erfreuen sich leider nach wie vor großer Beliebtheit. Was heißt Beliebtheit? Sie machen süchtig! Der Psychologe und Neurowissenschaftler Lutz Jäncke an der Uni Zürich erklärt, „dass Kinder mit viel Zeit am Computer nicht mehr ausreichend lernen, sich zu konzentrieren und die notwendige Arbeitshaltung aufzubringen." Sie üben ja, was ihnen Spaß macht! Ähnlich drückt sich auch der Psychiater M. Winterhoff aus, wenn er meint, *dass durch die permanente Lustbefriedigung durch das Internet die Kinder in ihrem Kleinkind-Weltbild bestätigt werden.* Er will weder Smartphones noch Tablets in den Händen von unter zehn Jahren sehen! Erst in der Pubertät sorgt der präfrontale Cortex für die unverzichtbare Disziplin, Ausdauer, Zielstrebigkeit. Bis dahin müssen Eltern und Lehrpersonen diese wichtigen Tugenden ersetzen. Und das nennt man schlicht … Erziehung. Aber ein Vater, der selbst dauernd mit seinem iPhone spielt und stundenlang fernsieht, kann seinem Kind schwer sagen, es solle doch lieber lernen oder ein Buch lesen.

Die Angst, dass sich die Jugendlichen das Gehirn *wegklicken*, ist unbegründet. Es geht vielmehr um das Was, das Wann und die Dosis. Schlaf – und Essstörungen, soziale Abkapselung und falsche Prägemuster drohen. Im extrem digitalisierten Südkorea gibt es viele Jugendliche, fast nur Burschen, die bis an die 16 Stunden pro Tag am elektronischen Gerät sitzen, sich schlecht ernähren, kaum pflegen, verwahrlosen, mailte mir der Hirnforscher Prof. Manfred Spitzer aus Ulm. In seinem wichtigen Buch *Digitale Demenz* (*dementia* ist Lateinisch und kann mit Schwachsinn übersetzt werden), warnt er eindringlich vor der

Überschätzung der Computer beim Lernen. Einige Wissenschaftler wollen die Kinder nach dem zweiten Geburtstag langsam an die PC und Spielkonsolen heranführen, ist das nicht viel zu früh? Auch sehe ich reichliche Konflikte in der Familie beim Versuch, diese Begrenzungen durchzusetzen, besonders in der Pubertät, in der die jungen Menschen sich immer wieder gegen ihre *Alten* durchsetzen (müssen) und in der es aber um Disziplin im besonderen Maß geht (der Königsweg zum Erfolg ist die Disziplin, sagt Bernhard Bueb, der jahrelang mit Konsequenz das renommierte Internat Schloss Salem leitete).

Auch für die Nervenzellen gilt: „Use it or lose it", sagt Prof. Manfred Spitzer, also, je mehr der PC leistet, umso weniger bleibt dem Gehirn zu tun, ähnlich, wie Auto und Aufzug zu einer Vernachlässigung unserer körperlichen Leistungsfähigkeit führen können. Daneben kann die Überflutung mit digitalen Reizen zu einem Schrumpfen in bestimmten Arealen des Gehirns führen! Und zu psychischen Veränderungen: Bei Buben und Männern, die ja die bevorzugte Zielgruppe der Hersteller sind und die regelmäßig am Rechner ballern, geht die Kontrolle von Gefühlen und von impulsivem Verhalten zurück. Die Neigung zur Empathie sinkt, die zur Aggression steigt! Na bravo: Aggessivität hinauf, Mitgefühl herunter! Prof. Spitzer kämpft energisch gegen die Einführung von Computern in unteren Klassen, wo bald kein Bleistift mehr gebraucht werden soll. Alles soll elektronisch geschrieben und gezeichnet werden! Sicher ein schwerer Fehler. Leider gibt es wenig Einsicht unter den Bildungspolitikern.

44

Schulschwänzen

Trotz dieser Grauslichkeiten muss ich wohl eingepennt sein. Irgendwann in der Nacht, die Sonne steht irgendwo hinter den Bergen nordöstlich der Stadt, muss ich an die Reling und erleichtere mich. So schlaftrunken ich auch bin, sehe ich doch, das Terjes Bett leer ist. Jetzt will ich es wissen und mache Licht, es ist halb drei. Ich bin schon verwundert und frage mich, ob ich mir Sorgen machen oder mich ärgern soll. Was macht der Mann nur? Wenn er sich ein Mädel geangelt hat, o.k. Vielleicht erzählt er begeistert: „Tolle Nacht erlebt, fünf Frauen gehabt, zwei beinahe, drei gar nicht!“ Aber im Ernst, wenn ihm etwas passiert ist und ich alleine …? Was soll's, ich zerbreche mir nicht seinen Kopf, bald schlafe ich wieder ein.

Ein paar Stunden später, es ist schon längst hell, wache ich auf. Mein erster Blick geht zu Terjes Mulde. Da liegt er und schläft tief. Ich denke mir, wenn er schon anstrengende nächtliche Ausflüge unternimmt und zu wenig Schlaf kommt, soll er doch wenigstens gut essen. Da kommt Butter in die Pfanne, dann Speckscheiben, ein paar Eier, und los geht es, dass es nur so brutzelt. Gemein, wie ich nun einmal bin, halte ich ihm die dampfende Pfanne unter die Nase. Belustigt beobachte ich die Wirkung: Tatsächlich schnuppert er im Aufwachen ein paar Male, rümpft die Nase, blinzelt und reißt die Augen auf. Wir setzen uns an den Tisch und tafeln. „Was ist dir denn da passiert?“ Von seinem linken Ohr bis unter das Kinn hat er eine Kratzspur, belegt mit blutigen Krusten, daneben, parallel, eine schwächere zweite. „Ach ja, da fährt mich ein blöder *sykklist* an, und das auf dem *fotgjengerovergang!*“ Also ein Radfahrer auf dem Zebrastreifen. Ein blöder. „Ich habe ihn zu spät gesehen.

Er mich auch, wollte mir ausweichen, ist aber zuerst in mich und dann in die Ampel gekracht. Hat sich eine kleine Platzwunde an der Stirne geholt. Da hat er geblutet wie ein … na, du weißt schon. Ich habe ihm geholfen und das Blut gestillt, mit meinem Hemd. Wenn er davon nur keine Blutvergiftung bekommt", lacht er. Das kann schon sein, so wahnsinnig hygienisch rein sind wir ja nicht, wechseln die Hemden nicht jeden Tag, riechen ziemlich männlich. Aber der Wind trägt ja den Mief fort. Außerdem schaltet unser Riechhirn nach etwa einer Viertelstunde ab, also, wir riechen nichts Übles. Jetzt erst sehe ich sein Hemd an der Reling zum Trocknen aufgehängt. Gut gewaschen hat er es nicht, da und dort schimmert es noch rosa. „Ich wollte ihn ins Krankenhaus begleiten, er hat sich aber energisch und unverständig, wie Besoffene oft sind, dagegen gewehrt." Doch schlagartig kippt seine Laune. Barsch und unfreundlich sagt er: „Ich werde jetzt aus dem Hafen hinausfahren, du lässt mich gefälligst mit deinen aufdringlichen Fragen in Ruhe!" Verwundert mustere ich ihn, merke, dass er es ernst meint, und drücke ein ironisches „Aye, aye, Sir!" heraus. Sein starrer Blick geht über mich und die Kajüte nach vorne. „Spinnt der Mann?", frage ich mich. Und wie holt man sich beim Zusammenstoß mit einem Radfahrer zwei Kratzer am Hals, die viel eher nach den langen Fingernägeln einer Frau aussehen??

Wir motoren aus dem Hafen hinaus und den Byfjord nach Westsüdwest, dann setzen wir Segel und fahren Nordnordwest, durch den Hjeltefjord-Nordnordwest. Der *sjef* kommandiert auf einmal barsch, blickt mich nicht an, signalisiert Distanz. „Was war denn los vergangene Nacht, hat er sich bei seiner Herzallerliebsten eine Abfuhr geholt, oder ist gar etwas Schlimmeres geschehen?", frage ich mich. Ihn frage ich lieber nicht. Da der Wind in diesem natürlichen Kanal mit seiner Breite zwischen 3 und 6 Kilometer kaum Wellen macht, ziehen wir dahin wie auf Schienen. Es geht wunderbar voran, rechts Askøy, links Toftøy, bald danach Blomøy. Nördlich von Hopøy (-øy heißt allemal Insel) wird der Blick frei zum offenen Meer im Westen.

Ich werfe einen weiteren verwunderten Blick auf den völlig verwandelten Mann am Ruder. Dem gehe ich lieber aus dem Weg, denke ich und mache es mir in meiner Mulde gemütlich und schmökere. Ach ja, da gibt es ja noch das *Schulschwänzen.* Ein Magazin übertitelt einen Bericht mit der witzigen Zeile: „Die klassenlose Gesellschaft“. Originelle Überschrift, ich gratuliere. Aber der Spaß hält nicht an: Lange fernsehen, lange schlafen … Geringschätzige Bemerkungen der Lehrpersonen kränken dünnhäutige junge Leute, beleidigt gehen sie nicht mehr in die Schule. Der Bericht ortet auch die Eltern als richtungsentscheidend. Eine starke Familie hätte die Schüler *abgehärtet*, dass sie auf diese harmlosen Schmähungen hin locker gegrinst hätten – so wie wir, die wir uns vor über 60 Jahren ganz andere Sachen anhören mussten! Zum Beispiel: „Wenn du so groß wärst, wie du blöd bist, könntest du aus der Dachrinne trinken.“

Eine Tageszeitung schlagzeilt sogar von Rekordzahlen: Bereits 1800 Problemfälle österreichweit, es geht um hartnäckige Schulschwänzer! Die Androhung hoher Geldstrafen soll die Eltern zwingen, ihre Kinder konsequenter zu erziehen! Jetzt auf einmal, unter Druck, sollen die Altvordern erfolgreiche Erzieher werden, sollen auf einmal ihren Halbwüchsigen so etwas wie Disziplin beibringen! Wie soll das denn funktionieren? Und diese verordnete Disziplin soll noch bei den jungen Leuten, den Alten entwachsen, zur Selbstdisziplin mutieren.

Einen kurzen Aufsatz zu dieser wichtigen Tugend habe ich doch vor Kurzem gelesen: Bei Menschen mit wenig Selbstdisziplin zögen sich geringe Frustrationstoleranz, wenig Durchhaltevermögen, schwache Konzentration auf eine Aufgabe, aber Impulsivität und Ungeduld wie ein roter Faden durch das ganze Leben. Sogar bei der Zahnhygiene zeige sich diese Grundeinstellung, wie in der Schule, bei den Finanzen, bei der Pünktlichkeit, im Beruf, bei den Schulden. Nikotin- und Alkoholmissbrauch und weitere Drogen kämen häufiger vor.

Zur Früherkennung dieser Ungeduld gibt es einen Test mit Gummibärchen, ich kenne ihn aus englischsprachigen Büchern schon lange als *Marshmellow Test*: Den Kindern wird die Süßigkeit, ähnlich dem Türkischen Honig, vor die Nase auf den Tisch gelegt, mit der Erklärung, sie bekämen eine zweite Portion, wenn sie einige Minuten (bei kleineren Kindern) oder eine Viertelstunde (bei Schülern) sich gedulden und sie nicht aufessen würden. Die flotte Elke nascht sofort, Clara aber nicht und bekommt eine zweite Portion. Im Alter von dreißig Jahren ist die Ungeduldige noch immer Aushilfskraft, während die Geduldige es zur Anwältin gebracht hat.

Starke Eltern, eine starke Familie, vertraute Lehrer und Lehrerinnen, würden solche Fehlentwicklungen frühzeitig erkennen und gegensteuern. Aber die Bindung dieser bedauernswerten Problemkinder an die Eltern ist schwach und mit unzähligen unglücklichen, unerfreulichen Erinnerungen belastet. Die beschwörende Beteuerung „Ich bin doch deine Mutter! Dein Vater!“ hat wenig Gewicht, das bisschen Vertrautheit reicht nicht aus, *über die Stürme der Pubertät zu kommen.* Wer hilft den jungen Leuten jetzt? War es nicht die Familie, die die Aggressivität senkte? Die raue Männer kultivierte? Hat doch eine hochgebildete Freundin einmal spitzbübisch angemerkt, dass *die Ehe die Domestikation des Mannes bedeute.* Wird nicht eine ganz wichtige soziale Qualität, die Familientauglichkeit, immer seltener anzutreffen sein?

Bei Sigmund Freud kann man die Empfehlung lesen, „bei den Dichtern nachzuschlagen, sie wissen mehr über die Seele als die Wissenschaft!“ Sicher dachte er da auch an einen der feinfühligsten Poeten, den größten Lyriker deutscher Sprache, Rainer Maria Rilke:

„Ich sehne oft nach einer Mutter mich, in ihrer Liebe blühte erst mein Ich/Sie könnte jenen wilden Hass vereiteln, der eisig sich in meine Seele schlich.“

Das *blühte* steht nicht im Imperfekt, sondern im Konjunktiv. Mein *Ich* könnte also blühen, warum tut es das nicht? Und der wilde Hass kommt von der Angst der Kinder, ihn haben sie erlernt, wenn sie zu wenig Schutz und Geborgenheit in der Familie und zu viele Enttäuschungen ohne ihre Hilfe, ihren Trost erlebten. Zehn Kilometer nördlich von unserem Haus wuchs Jack Unterweger auf, der seine Mutter, die in Salzburg kellnerte, vermisste und später seinen Hass an vielen Frauen ausließ, sie erwürgte!

45

Fernsehen und Leseschwäche

Ich blättere noch in einer dieser Psycho-Monatsschriften und lese: „Immer häufiger übernimmt das Fernsehgerät die Aufgabe der Kinderbetreuung.“ Dazu fällt mir das Bonmot eines wortgewaltigen Literaturkritikers ein: „Das Fernsehen macht die Dummen dümmer und die Klugen klüger.“ Es bezeichnet leider die Kinder als die Dummen, das ist übel, das ist falsch! Kinder sind doch nicht dumm, sie sind aber noch ungebildet, müssen noch viel lernen. Doch sehen Kinder Beiträge, die sie klüger machen? Sehen sie Berichte über den Golfstrom (im Wörterbuch als Gulf Stream übersetzt, obwohl auch Caribbean Drift gebräuchlich ist), die berühmten Geigen von Stradivari, Guarneri, Amati, das Goldfieber in Alaska, die Große Mauer? Interessieren sie die Heiratspolitik der Habsburger, wie man Zement herstellt, oder Seide, Brüsseler Spitzen, nahtlose Strümpfe? Vielleicht die aufwendige Herstellung eines Samurai-Schwerts? Sicher nicht. Ich könnte mir allerdings viele Sendungen für Kinder vorstellen, die kindgerecht, lustig und ansprechend und lehrreich sind. Warum gibt es viel zu viele Filme mit *Sex & Crime?* Mir gehen die vielen Filme, in denen es nur um Mord, oft an Frauen, geht, längst auf die Nerven! Es gibt doch unzählige Ereignisse, die, interessant und spannend verfilmt, den jungen Leuten zu besseren Kenntnissen der Geschichte verhelfen können. Von der Antike bis zur Gegenwart auf unserem Kontinent, aber auch auf allen weiteren, kann ich mir aufregende und interessante Lehrfilme vorstellen. Den Kindern mit ihrer natürlichen Neugierde wird aber viel Mist geboten, Comicfiguren, die inzwischen oft hässlich aussehen, nicht mehr so gemütlich und sympathisch wie Micky

Maus, Donald und Pluto. Die Diktatur des Hässlichen auch hier, bei den Kindern?

Haben wir Erwachsenen mithilfe des Fernsehens nicht mehr über fremde Länder, Völker, Kulturen, über Reisen, über Tiere in freier Widbahn, über Abenteuer gelernt als jemals zuvor? Aber, interessiert das die Kinder? Kaum. Sie sehen Comics, für Kinder natürlich. Einige sind ja tatsächlich kindergerecht. Viele aber nicht. Sogar der gute alte *Popeye* kann schaden. Er greift sich die Dose, verschlingt den Spinat und gibt seinem Rivalen, Bluto, einen Kinnhaken, dass der Ärmste über die Häuser fliegt. Allerdings, Bluto kommt umgehend, und ohne Schaden, zurück. In der Wirklichkeit kann ein solcher Kinnhaken dem Opfer eine schwere Verletzung, eine Gehirnerschütterung, einen Kieferbruch bescheren. Und dem Schläger wohl eine geschwollene Schlaghand. Vielleicht auch ein Verfahren wegen Körperverletzung.

Da wir alle zur Blutbildung Eisen brauchen, hat man in den USA den Kindern Spinat aufgedrängt, aufgehalst. Aber auch dort mögen die meisten Kinder Spinat nicht. Um ihn attraktiv zu machen, erfand man die Geschichte von *Popeye, the Sailor.* Er verdankt seine Existenz allerdings einem Rechenfehler: Chemiker ermittelten den Eisengehalt des Spinats um das Zehnfache zu hoch. Auch liegt das Eisen im Gemüse in der 3-wertigen Form vor, die seine Aufnahme erschwert. Also war die ganze Geschichte um das Eisen im Spinat ein Flop.

Aber zurück zum Kinnhaken. Bekommen da unsere Kinder nicht ein völlig falsches, verharmlosendes Bild von Gewaltanwendung? "I shot a man in Reno, just to watch him die", sang der unvergessene Johnny Cash. Ich habe einen Mann erschossen, nur um ihm beim Sterben zuzuschauen. Wenn junge Leute in Nordamerika, inzwischen aber auch bei uns, Tausende Morde und sonstige Gewalttaten am Bildschirm sehen, warum sollen sie so was nicht auch einmal in natura erleben wollen? Folgerichtig hat die 15-jährige Alyssa in Missouri der

9-jährigen Elisabeth die Kehle durchgeschnitten, „um auszuprobieren, wie es sich anfühlt, jemanden zu töten!"

Ein leider viel zu früh verstorbener Grazer Kinderarzt schrieb ein erschreckend wahres Buch über die *Beta-Kinder*, die nicht Alpha-Kinder sind, nicht die Welt erleben, ergreifen, erfahren, schmecken, riechen, erfassen. In unzähligen Stunden am Bildschirm erfahren sie eine zweidimensionale Scheinwelt. Wer hat noch keinen Krabbler gesehen, der, die Hände auf dem Bildschirm, ratlos, irritiert und fragend zu den Großen geschaut hat. Gibt es nicht Kinder, die glauben, dass unsere bunten Kühe blau sind? Manfred Spitzer, Hirnforscher aus Ulm, resümiert kurz, und wohl recht streng: „Fernsehen macht Kinder dick, dumm, aggressiv." Und der Kinderarzt Rudolf Kennerich überzeugt in seinem aufrüttelnden Buch *Das Kind braucht die Familie – Verhaltensstörungen und ihre Ursachen*, dass Kinder mit hohem Fernsehkonsum später eine niedrige Schulbildung, vermehrt Schulabbruch, häufig keine qualifizierte Berufsausbildung und eine hohe Rate an Arbeitslosigkeit aufweisen. Sie halten sich auch weniger im Freien auf, treiben weniger Sport, lesen schlechter, sind weniger kreativ, weniger kritisch – *wer nichts weiß, muss alles glauben* – und ernähren sich schlecht.

1492 wurden Kinder in einer Langzeitstudie beobachtet, sie sahen täglich über zwei Stunden fern. Ihre feinen Blutgefäße in der Netzhaut, die Arteriolen der Retina, wurden als verengt befundet, was eine schlechte Prognose in Hinblick auf ihre Herzkranzgefäße, also Verschlüsse in Sicht, bedeutet. Sie spielten im Schnitt nur 36 Minuten am Tag im Freien! Wozu gibt es eigentlich ein Kinderprogramm ab 6 Uhr? Wozu bringen viele TV-Kanäle besonders verführerische Filme für Kinder an Sonn- und Feiertagen schon am *Vormittag?* Wohl, um sie von der gesunden Bewegung im Freien abzuhalten und zu fernsehsüchtigen Zeitgenossen zu (v)erziehen?

Der Nutzeffekt am Fernsehen, also etwas zu lernen, wird überschätzt: Die Sender machen keine Pausen, da die Sendezeit zu teuer ist. Also lassen sie dem Gehirn zu wenig Zeit, Inhalte zu speichern. Das attraktive Fernsehen nimmt uns die Motivation zum Lesen, die Notwendigkeit, diese wichtige Kulturtechnik zu erlernen und auszuüben. Ein Finalist eines Talentwettbewerbs antwortete im Interview locker und entwaffnend auf die Frage: „Was liest du am liebsten!“ „Ich lese gar nicht!“ Nun leben wir Gott sei Dank in einem freien Land, niemand prügelt den Burschen zu Eichendorff oder Shakespeare oder Balzac. Es muss ja auch nicht *Anna Karenina* sein oder *Der Mann ohne Eigenschaften*, den ich gar nicht versucht habe, oder *Der Untergang des Abendlandes*, an dem ich mich vor wohl dreißig Jahren abmühte. Die Prophezeihungen, soweit ich mich entsinne, dieses Oswald Spengler haben mich aber sehr beeindruckt: Sie treffen fast ausnahmslos zu! „Der Wiegen sind wenige, der Särge viele, Autos verdrängen die Kinder!“ (Beim Neubau eines Wohnhauses müssen ausreichend Parkplätze für die Fahrzeuge, nicht aber Spielplätze für Kinder vorhanden sein!) Theodor Storm, Wilhelm Raabe und E. T. A. Hofmann habe ich allerdings genossen. Und Joseph Roth, der im Roman *Die Kapuzinergruft* den alten Jadlowker, einen silberbärtigen Juden, ergreifend beschreibt: „Er glich einem Winter, der noch die letzten schönen Tage des Herbstes genießen und mitnehmen möchte in jene so nahe Ewigkeit, in der es gar keine Jahreszeiten mehr gibt.“ Und, zählt nicht *Robinson Crusoe* zur Weltliteratur, und was ist mit *Papillon* und *Der Pate?* Da rinnt doch genug Blut heraus, langweilig wird einem beim Lesen dieser Bücher wirklich nicht. Oder einige der vielen Bücher von Karl May? Mit ihm lernt man *richtig* lesen, nämlich dicke Bücher mit kleiner Schrift, ohne Bilder! Wer solche Bücher liest, greift nie wieder zu *Trixie rettet sieben Kätzchen* oder *Der tapfere Ritter Heribert*, wie es Christiane Zschirnt in ihrem tollen Band *Bücher* treffend formuliert.

Stellen wir uns vor, ein Gepard jagt eine Gazelle. Diese Großkatze schafft an die hundert Kilometer in der Stunde auf kurzen Strecken. Sie pirscht sich möglichst nahe heran, tief geduckt schleicht sie durch das hohe Gras, dem Wind entgegen, um nicht gewittert zu werden. Nahe genug an ihrer Beute, sprintet sie los. Diese erkennt die tödliche Gefahr zu spät, schreckt auf, rennt um ihr Leben, fast hat sie die rettende Distanz geschafft, doch die Raubkatze holt sie ein, schlägt sie mit der Pranke aus dem Gleichgewicht, um im nächsten Augenblick an ihre Kehle zu gelangen. Tödlicher Biss. Außer Atem blickt die Großkatze um sich, besorgt, ob sich vielleicht Hyänen, Leoparden, Löwen nähern, um ihr die Beute abzujagen. Mit etwas Fantasie kann diese dramatische Szene eine halbe, vielleicht eine ganze Buchseite füllen.

Ein Schulkind braucht zum Lesen eines solchen Absatzes hübsch einige Minuten, das sind für einen Anfänger sehr anstrengende Minuten. Warum soll er sich das antun, sich mit dieser *Tempodrosselung* plagen? Wozu soll er da lesen lernen? (Ich schreibe absichtlich *er*, weil Buben mehr Schwierigkeiten beim Lesen haben und machen als Mädchen). Wozu Fantasie entwickeln, sich die Gazelle, den Geparden, die Savanne in der Maasai Mara auszumalen? Wozu die Geduld aufbringen, Buchstabe auf Buchstabe, Wort für Wort zu entziffern? Wo doch die ganze aufregende Geschichte im Fernsehen fertig, in Farbe, mit Kommentar, untermalt mit dramatischer Musik, vorgeführt wird. Mit Wiederholungen, vielleicht sogar in Zeitlupe. Wir müssen aber lesen lernen! Es muss nicht alles, was wir machen sollen und müssen, Spaß machen. „Kein Mensch muss müssen", singt Gilbert Bécaud in einem seiner schönsten Chansons. Aber er fügt hinzu „ … doch der lügt!" Es ist nicht wahr, dass wir nur machen können, was wir wollen. Wir müssen das Lesen erlernen!

Wir müssen Geduld aufbringen, Geduld erlernen! Wir brauchen sie in der Schule und natürlich auch später. Zuerst einmal beim Lesen. Alle Erzieher, die Eltern, die Großeltern, die Lehrpersonen, müssen sich durchsetzen, müssen den Kindern diese wichtige, elementare Kulturtechnik beibringen. Wenn das nicht gelingt, nicht erreicht wird, werden sie nicht nur beim Lesen, sondern in allen anderen Fächern nicht weit kommen. Die Aussteiger sind die Verlierer. Sie werden alles hinschmeißen, werden keine Prüfungen bestehen, ja, zu ihnen gar nicht antreten, keine Schulabschlüsse schaffen. Einem *coolen*, eher aber gelangweilten Buben – T-Shirt, Basecap, Hosenboden auf Kniehöhe, offene Schuhbänder – redete ich in meiner Ordination am späten Nachmittag, der Zeit für die großen Patienten, zu wie einem kranken Pferd, sich doch hinzusetzen und zu lernen. So nach der Devise: *No pain, no gain*, bei uns sagt man doch: *Ohne Fleiß kein Preis!* Ich wollte ihn mit dem Beispiel meiner eigenen, oft gar nicht grandiosen Schulzeit ermutigen: „Glaub ja nicht, dass ich nicht oft genug im Gymnasium an der Kippe war, Flugkandidat. Mich hat so vieles interessiert, da gab es oft keinen Platz und keine Zeit für die Schule. In der großen Tischlade baute ich Flugzeugmodelle, auf dem Tisch lagen, zurechtgerichtet, die Hefte und das Buch. Wenn sich die elterliche Kontrolle die Stiege herauf näherte, schob ich die Lade zu und *lernte*. Diskuswerfen war viel interessanter als Latein. Und erst meine selbst gebastelte Armbrust. Und das Akkordeon, und die vielen Bücher! Und Tormann in unserer Eishockeymannschaft war ich auch, und mit welcher Begeisterung!" Das erzählte ich ihm haarklein. Diese Beichte half ihm überhaupt nicht. Ich ging ihm wohl auf die Nerven, er kam nicht mehr in die Ordination. Ein paar Jahre später sah ich ihn wieder und erkannte ihn sofort. Er stand im Schlamm, in einem Graben, und grub mit der Spitzhacke so vor sich hin. Über dem gebeugten Rücken eine ausgefranste Pellerine. Es nieselte, wurde dunkel. Fast hätte ich ihn angesprochen, um wie viel es ihm besser gehen würde, hätte er gelernt und die paar Prüfungen bestanden, die Schule abgeschlossen. Betroffen ging ich weiter.

Leider aber gibt es immer mehr junge Leute, die nur in der Schule gelesen haben, sonst aber nicht, und sie lassen es in der Folge überhaupt bleiben, das Lesen wird für sie zu mühselig. In wenigen Jahren haben sie fast alles verlernt, es strengt sie zu sehr an, einen Artikel in der Tageszeitung zu erfassen. Bald lesen sie nur noch die Überschriften, blättern von einem Bild zum nächsten. Dietrich Schwanitz schreibt: „Sie sinken zurück in eine schriftlose Bilderkultur." Sie bevölkern das Heer der Analphabeten, und zwar der sekundären, weil sie dereinst lesen konnten. Über eine Viertelmillion sollen es sein in unserer Kulturnation.

46

Auf nach Ålesund

Jetzt meldet sich der Hunger. Über einer Untiefe nahe einer *holme*, diesen flachen Inseln, werfen wir Anker und bereiten uns ein feines Essen. An der Bordwand kann man einen kleinen Griller anklemmen, es gibt ein paar saftige Steaks und Pommes. Die mache ich selber. Erstens, das Schälen der Erdäpfel tu ich mir gar nicht an. Zweitens, feiner aufschneiden als üblich, nicht dicker als fünf Millimeter. Drittens, in wenig Öl, kaum mehr als drei Millimeter hoch in der Pfanne, herausbraten. Teile der Pommes ragen aus dem heißen Öl heraus und werden braun und knackig. Köstlich. Terje schmatzt und genießt. Ich möchte meinen üblichen Mittagsschlaf halten und genießen, aber der blutige Kratzer an Terjes Hals hindert mich daran. Ich finde keine Ruhe, bin angespannt. Wie holt man sich beim Zusammenstoß mit einem betrunkenen Radfahrer die zwei Kratzer am Hals, die sehr an die Fingernägel eines verzweifelten Mädchens erinnert? Ich muss mich mit einer Zeitschrift ablenken.

„Was liest du jetzt, jetzt gerade?", fragt Terje. Er steht wieder am Steuerrad, wie ein knorriger Wikinger vor tausend Jahren, der Wind fährt ihm durch die Haare. Er hat meinen Vorschlag, ihn abzulösen, abgeschlagen. Vor uns das rotbraune Segel. Über uns wölbt sich der blaue ... nein, ziehen immer mehr dichte, tief hängende Wolken auf. Terje gähnt, kein Wunder, hat er doch nicht viel geschlafen vergangene Nacht. Er bemüht sich gar nicht, dieses deutliche Zeichen von Müdigkeit zu unterdrücken. In einem meiner schlauen Hefte habe ich doch vor Kurzem gelesen, dass wir noch immer nicht wissen, warum und wozu wir gähnen. Antworten gibt es reichlich: Der griechische Arzt Hippokrates glaubte vor 2400 Jahren, dass Gähnen die schlechte Luft aus den Lungen entferne. Falsch, setzen! Zweitens, Gähnen mache munter. Stimmt nicht. Es wird zwar durch Schläfrigkeit ausgelöst, macht jedoch nicht munter. Eine antiquiert anmutende These meint, Gähnen kühle das Hirn! Tatsächlich gähnen Versuchspersonen seltener, wenn sie eine kalte Kompresse an die Stirne drücken. Oder, Gähnen schützt das Innenohr. Es gleicht den Druck im Innenohr an den Luftdruck der Umgebung an. Diese Idee stammt aus den 50er-Jahren des vergangenen Jahrhunderts. Oder verhindert das Gähnen, dass Teile der Lunge zusammenfallen? Oder aktiviert es die Kopfmuskulatur? Oder reinigt es die Rachenmandeln?

Die Beobachtung, dass Gähnen in fast allen Kulturen als unhöflich gilt, führt auf das Feld der Soziologie: 1958 stellte aber der Pariser Neurologe Jacques Barbizet fest, dass herzhaftes Gähnen den anderen signalisiere, dass man zu Bett gehen sollte. Da ist doch was dran! Menschen, Affen und Hunde, Spezies mit hohem Sozialstatus, werden vom Gähnen angesteckt. Ja, Mitgähnen spricht für soziale Kompetenz! Einfühlsame Menschen lassen sich leicht, Schizophrene und Autisten schwer anstecken. Gähnen sei folglich ein soziales Signal. Aber, würde ich zaghaft einwerfen, man gähnt ja auch, wenn man alleine ist.

Der leider früh verstorbene deutsche Journalist Frank Schirrmacher beschreibt in einem seiner klugen Bücher, dass es die Frauen, besonders die Mütter, sind, die einen viel zu wenig beachteten, aber großartigen Erfolg für sich und ihre Familien verbuchen können: Viel mehr Mitglieder ihrer Familien, auch schwache Kinder und Senioren, überlebten Katastrophen besser als alleinstehende, junge kraftstrotzende Männer und Frauen. Er bringt zwei Beispiele, das erste war mir schon längst aus meinen Pioniergeschichten und Survivalbüchern bekannt:

1846 waren ein paar Auswandererfamilien aus Illinois nach Kalifornien aufgebrochen, weitere Familien und Einzelpersonen hatten sich angeschlossen. Insgesamt waren es 89 Menschen, die, unter der Führung von George Donner, sich im *Golden State*, in Kalifornien, eine bessere Zukunft erarbeiten wollten. Sie sollten im Juni von St. Louis aus starten, eine Reihe von Missgeschicken, Unfällen, Krankheiten kosteten sie viele Wochen, sie kamen zu spät in die Berge, in die Sierra Nevada, die ihrem Namen alle Ehre machte: Mächtige Schneefälle bis zu drei Metern Höhe machten ein Weiterkommen unmöglich. Ich erspare uns die traurigen Details: Nur 47 Menschen überlebten den Winter am Donner Pass, seither so bezeichnet. Davon waren es aber weit überzufällig Mitglieder der Familien, die von den Müttern und Großmüttern energisch und beinhart an verzweifelten Einzelgängen, Ausbrüchen und sonstigen *Heldentaten* gehindert wurden. Die 42 Männer und Frauen, die sich gegen den Rat der Großmütter durch den hohen Schnee auf den Weg machten, verhungerten, erfroren oder verunglückten bei verzweifelten Alleingängen. Das zweite Beispiel ist der tragische Hotelbrand auf der Isle of Man, den 2 Buben beim heimlichen Zigarettenrauchen ausgelöst haben. Auch hier kamen viel mehr starke, junge Menschen um als welche aus den Familien. Herr Schirrmacher verwendet dabei den ungewöhnlichen Begriff *Wagenburg*, um die Schutzwirkung dieser Institution zu beschreiben.

„Da drüben!“ Terje zeigt nach Nordosten, zur zerklüfteten Küste hin. „Da ist Sula. Und dort geht es in den Sognefjord! Wir aber zischen an Gjerdnes vorbei nach Norden.“ Der Wind wird stärker, viel stärker, wie wir aus dem Windschatten der Inseln kommen.

„Sollen wir das Segel reffen?“, frage ich, aber Terje winkt ab. „Ich kenne die *Solveig* gut, das schafft sie locker.“ Jetzt kommen Wellen dazu, lange, runde Wellen. Sie heben uns auf und senken uns wieder. Das ist ein Traum. Dieses Segeln ist das Wahre, das ist das Paradies auf dem Wasser, viel zu selten habe ich es auf dem Surfbrett genossen. „Lass mich an das Gerät“, bitte ich ihn. Er versteht nicht gleich, ich zeige auf das

Steuerrad. Er instruiert mich streng, besorgt, dass die Landratte vielleicht etwas falsch macht. Einige lange Minuten steht er neben mir, bereit, einzugreifen. Ich habe als Windsurfer schon sehr viel erlebt mit Wellen und Wind, mit ihrer Masse, ihrer Wucht. Und dass man nur mit ihnen segeln kann, nicht gegen sie. Ich versuche, die Wellen abzusurfen – das kenne ich vom Windsurfen –, muss aber immer wieder die Welle links erklimmen, da wir sonst zu stark nach Osten abdriften würden. Und dort gibt es Inseln, Holme und Riffe. Ausgefranstes Urgestein. „Nur Fliegen ist schöner!“, jubelt Terje. Er sieht nun doch, dass ich nicht so hilflos und ahnungslos am Steuerruder bin und überlässt mir das Rad. Er geht nach vorne in die Kajüte, zum Kartentisch. Er sucht einen Hafen, bis Ålesund ist es zu weit. Er denkt an Flora. Flora? Mir fällt ein, dass wir als Studenten, ausgelassen, ideenreich darüber fantasierten, eine Zeitung zu gründen. Ihren Namen hatten wir schon: „Deflora, die Zeitung für junge Liebende.“ Weiter kamen wir aber nicht.

Ich erkenne inzwischen, dass ich nicht der ideale Segler bin: Mir wird bald langweilig. Es geht nämlich stundenlang so dahin, links das Meer, das Terje stolz als das *Norskehavet*, das norwegische Meer, bezeichnet. Rechts und vor uns die ausgefranste Küstenlinie. „Diese Häuser sind Holevika“, erklärt er. Jetzt, eine Stunde später, fahren wir zwischen Valvika und Svanøy durch. Nach weiteren zwei eher faden Stunden stemmt sich Terje ächzend aus dem Sessel hinter mir und geht zur Kajüte. Dann kommt er mit dem Feldstecher zurück und sucht im Osten den Horizont ab. „Da, siehst du die paar Häuser, das ist Florø. Rechts ist ein kleiner Hafen, da werden wir pausieren.“ Zur Einfahrt in den Hafen übernimmt Terje wieder das Steuerruder, mehr als geradeaus zu segeln, traut er mir offensichtlich doch nicht zu.

Kurzer Spaziergang und Einkauf: „Hvordan ser det ut med været?“, fragt Terje ein paar alte Seebären. „Det bler verre.“ Das Wetter wird schlechter. Ein alter Fischer, Stoppelbart, kalte

Pfeife im Mundwinkel, strenger Fischgeruch, hat uns kritisch gemustert und gemurrt, dass wir nicht bis Ålesund kommen werden. Zurück an Bord befragt Terje alle Instrumente, die ihm, dem ausgebildeten Meteorologen, Daten zur Wettervorhersage geben. Es gibt alle zwei Stunden einen Wetterbericht *Vaer* im Fernsehen, und einen Wetterdienst über Funk.

„Wenn wir morgen gut segeln, kommen wir leicht bis Ålesund. Da leben meine Eltern. Ich werde doch nicht ein paar Seemeilen vorher umdrehen, schlappmachen." Ich war mit meiner Frau vor ein paar Jahren dort und möchte diese schöne Stadt mit ihren Jugendstilhäusern wiedersehen, im Hafen warten, bis das Wetter besser ist. Danach weiter nach Molde, die Rosenstadt, und nach Trondheim. Dort leben Tore und Karin. Wir haben uns schon lange nicht mehr gesehen. Vor Jahren waren sie bei uns zu Gast, inzwischen haben wir sie in Venedig getroffen. Wäre doch schön, unsere eingeschlafenen Kontakte wieder aufzufrischen. Wir gehen zurück zum Boot. Terje ist unruhig, setzt sich hin, steht wieder auf, sieht nach dem Segel, kontrolliert die Armaturen, trommelt mit den Fingern auf den Tisch, setzt sich wieder. Ich frage mich, was ist denn schon wieder los mit dem Kerl? Aber was geht mich das an? Er aber zieht seine Schuhe wieder an, nimmt seinen Parka vom Haken, steckt seine Geldtasche ein und sagt: „Mach es dir gemütlich, ich habe noch etwas zu erledigen. Ich komme rechtzeitig zurück. Wie heißt es da bei euch: Urlaub bis zum Wecken?" Und schon ist er weg.

47

Ceauçescu

Jetzt nehme ich mir meine Zeitschriften und lese. Mich fesselt ein Titel: *Die sensiblen Jahre.* Ich weiß, dass damit die wenigen ersten Lebensjahre gemeint sind, die die Mütter, die ganze Familie nützen sollen, ihrem Kind in vertrauter Atmosphäre den besten Start ins Leben zu ermöglichen. Und jetzt lese ich, *dass mit vielen Nachteilen ins Leben startet, wer in einem Kinderheim aufwächst!* Ein Team aus Kinderärzten, Psychiatern, Neurowissenschaftlern und Psychotherapeuten von der Harvard Medical School of Boston, von der University of Maryland und der Tulane University in New Orleans nahm sich dieser Frage an. Sie testeten Kinder zu Beginn der Studie, dann wieder mit zweieinhalb und abschließend mit dreieinhalb Jahren. Heimkinder schnitten wesentlich schlechter ab: Sowohl der DQ, der Developmental Quotient (ein Maß der Entwicklung) wie auch der Intelligenzquotient lagen im unteren Bereich. Kinder, bei ihren Familien aufgewachsen, lagen allesamt höher, im Normbereich! Auch emotionelle Mängel fand das Team bei den bedauernswerten Heimkindern: In einem Test mit ängstlichen oder wütenden oder glücklichen oder traurigen Gesichtern konfrontiert, reagierten sie verzögert und schwächer als Kinder aus Familien. Und jetzt kommt es: Einige Heimkinder konnten zu Pflegeeltern gebracht werden. Sie holten auf, ihr IQ war bald besser als der der in Heimen verbliebenen Kinder: 81 gegen 74. Die Kinder in den Familien allerdings erreichten gesunde 109!

Das geschah in großem Umfang in Osteuropas kommunistischen Diktaturen. Schon im Säuglingsalter kamen die bedauernswerten Kleinen in Krippen, dann in Heime, wobei die

Betreuungspersonen wechselten! Aber der Widerstand gegen die Trennung der Kinder von ihren Eltern wuchs. Er wurde in der Tschechoslowakei vom Kinderarzt Dunovsky und den Psychologen Irina Prekop und Zdenek Matejcek betrieben. Letzterer stellte klar: „Was ein kleines Kind am Nötigsten braucht, ist die intensive und dauerhafte Gefühlsbindung zur Mutter. Wird dieser Kontakt abgebrochen und erhält das Kind keine Ersatzperson, zu der es ähnliche Beziehungen aufnehmen kann, stellen sich seelische Schädigungen ein!“ Sie hatten die viel zu frühe Entfernung der kleinen Kinder aus den Familien und die *Betreuung* in staatlichen Heimen in der kommunistischen CSSR massiv kritisiert und ihren Protest und die Argumente auf Videos in Kellern heimlich verbreitet. Alle drei traf ich bei verschiedenen Kongressen, konnte mit diesen großartigen Menschen Gespräche führen und ihnen meinen Respekt erweisen.

Besonders schlimm ging es vielen Kindern in Rumänien. Dort hatte der größenwahnsinnige (er ließ sich als das Genie der Karpaten, Sohn der Sonne, Honig der Welt bezeichnen) Diktator N. Ceauçescu, der Conducator, sowohl Verhütung als auch Abtreibung verboten und sogar Sondersteuern für Paare mit weniger als fünf Kindern eingeführt. Sein Ziel war ein *Großrumänien.* Wie – und ob – die Eltern mit den vielen Kindern zurechtkamen, kümmerte ihn wenig. Er brauchte, verbrauchte ja alles Geld zum Bau des *Palastes des Volkes,* des zweitgrößten Gebäudes der Welt – nach dem Pentagon in Washington! Verzweifelte Eltern mussten sich von einem oder gar mehreren ihrer Kindern trennen, weil sie nicht genug Mittel hatten – man stelle sich diese Tragödie einmal vor! –, schoben sie in Heime ab. Dort vegetierten diese Kinder unter elenden Verhältnissen, schlechter Hygiene, Mangelernährung und schlecht ausgebildeten, überforderten, ständig wechselnden Betreuerinnen. Viele Kinder lebten gar in armseligen Hütten, in Parks, in aufgelassenen Häusern in Gruppen und rauften mit den vielen herrenlosen Hunden um ihr Essen!

Da Ceauçescus Pläne und Untaten immer ärger wurden und die revolutionäre Stimmung in Osteuropa an den Grenzen zu Rumänien nicht haltmachte, kam es im Herbst 1989 zur Revolution, anfangs von einem Pfarrer in Temesvar/Timisoara angeführt. Als sich alle Menschen, auch seine Soldaten, gegen ihn stellten, verschanzte sich der Diktator in seinem Regierungspalast. Er musste vor den aufgebrachten Massen aufs Dach flüchten. Von dort floh er in einem Hubschrauber, dem aber bald der Treibstoff ausging. Binnen Kurzem eingefangen wie ein Hühnerdieb, wurde ihm und seiner Frau Elena der Prozess gemacht, ein kurzer Prozess. In einem Hinterhof wurden die beiden erschossen. Die Bilder gingen um die Welt. Empörung gab es über diese archaische, unmenschliche Behandlung des Paares. Aber auch Genugtuung und Zustimmung war zu vernehmen, mehr in privaten Äußerungen als öffentlich. Dass aber der ostdeutsche Diktator Erich Honecker mit seiner Frau nach Chile ausgeflogen und ihm seine Rente jeden Monat überwiesen wurde, das wurde in meinem Freundeskreis entschieden verurteilt.

48

Frauenmörder?

Ich hatte länger nicht einschlafen können. Meine Fantasie trieb es mit mir, ließ mich nicht in Ruhe. Das blutige Hemd. Die Kratzspuren, von den langen Fingernägeln eines Mädchens? Die schlechte Laune, die Unruhe? Wieder war Terje nicht da, als ich nachts aufwachte. Ich bemühte mich zu der Einsicht, dass es mich nichts angeht, wenn er nachts unterwegs ist. Aber es fiel mir nicht leicht, mich zu beruhigen. Die Kratzer am Hals, das blutige Hemd. Wenn ich nicht zu meiner gewohnten Zeit, etwa Mitternacht, einschlafe, schlafe ich unruhig, wache oft auf. Es war schon längst hell, als ich ihn in seinem Bett sah, auf dem Rücken liegend, mittellaut schnarchend. Ich steckte mir ein Ohropax in das rechte Ohr und legte mich auf das andere. Bald danach muss er aber aufgewacht sein. Polternd kündigte er an: „Heute mache ich das Frühstück, warte nur, es wird besser als das, das du gestern gemacht hast. Und gerne würde ich wieder einmal in einer Zeitung blättern." Ich schlief dann doch noch ein, dann setzte ich mich auf und sah ihn in seiner Mulde, leise säuselnd schnarchend. Da wird wohl nichts mit dem angekündigten Frühstück! Jetzt stand ich auf, beugte mich leise über ihn und suchte nach frischen Wunden, Ein- und Ausschusslöchern, blauen Flecken, Hieb- oder Stichverletzungen, Frakturen, fand aber nichts. „Was wird mit dem Frühstück, Herr Chefkoch?", erinnerte ich ihn an seine großspurige Ankündigung. Er aber drehte sich zur Wand, brummte etwas im Schlaf. „Wenn der Mann jemals ein Frühstück macht, das heutige ist es nicht", sagte ich mir, zog mich an, verließ den Hafen und fand auf dem Vorplatz einen Kiosk. Schau her, hier kennt man sogar das Wort *semmel.* Sonst heißt es oft *rundstykke.* Dazu ein Paket Knäckebrot. Und ein Lokalblatt. Auf der Titelseite, groß aufgemacht, mit Riesenlettern, ein Foto von einem hübschen Mädchen unter der Schlagzeile: „JENTA VOLDTATT OG DREPT MED MURSTEN!" Ein Mädchen wurde vergewaltigt und mit einem Ziegelstein erschlagen! Auch die Seiten 2 und 3 sind beherrscht von dem Bericht über den brutalen Mord an einer 17-Jährigen. Vorgestern, in Bergen! Mich trifft der Schlag: Terje nachts weg, die blutigen Schrammen, hat sich das Opfer gewehrt? Das blutige Hemd. Und, dass Terje sichtlich unbeweibt ist. Ich bleibe wie angewurzelt stehen. Mir zittern die Knie. Bin ich mit einem Mörder unterwegs? Ich versuche, ruhig zu bleiben, denke noch einmal alles durch: Er war die vergangene Nacht doch schon wieder weg. Hatte er nicht genug? Und seine Unruhe, seine Hektik. Und, wie war der Mond? Kann er unter der Wirkung des Mondes zum Killer werden? Verdammt, gab es Vollmond? Da beobachtet man den Himmel, die Sonne, den Wind, die Wolken, weil man mehr als sonst von der Natur und ihren Gewalten abhängig ist, und dann weiß man nicht einmal, ob Vollmond war! Aber was, es war doch bewölkt. Also kein Mond zu sehen. Ich blättere in dem Käseblatt und finde auf der Seite 7 unter *Vaer* nicht nur Wetterbericht und -aussichten, und die Zeiten von Sonnenaufgang und -untergang, sondern auch … ein Symbol für Vollmond! Ich muss mich an einem Stiegengeländer anlehnen, sonst falle ich um. Terje nachts weg, blutige Schrammen am Hals, blutiges Hemd!

Kann ich überhaupt zurück auf das Boot? Fieberhaft denke ich an eine Ausrede, die Reise abzubrechen, mit dem Bus oder sonst wie abzuhauen. Aber wie? Dass ich plötzlich krank geworden bin? Ja, ich muss krank sein und die Fahrt abbrechen. Hauptsache, ich komme nicht mehr zurück auf das Boot. Ich muss mir ein Leiden einfallen lassen und mit dem Zug wegfahren, nur weg. Weg von diesem unheimlichen Mann, weg von diesem Mörder!

„Wo bleibst du?“ Terje ist mir nachgekommen, winkt. „Na, willst du heute ohne Frühstück auskommen? Komm doch, der Tee wird kalt!“ Jetzt muss ich an Bord gehen. Prüfend schaut er mich an. „Ist alles in Ordnung mit dir?“ Überhaupt nichts ist in Ordnung mit mir! Aber ich muss mich an den Tisch setzen. Ein paar Brote mit Wurst liegen auf dem Tisch, Terje packt seine Geheimwaffe aus, den *geitost*: Das ist ein etwa blassgelber Ziegenkäse, der einen eigenartig süßlichen Geschmack hat. Mit dem *osthovel*, einem Käsehobel, auf dessen Erfindung die Norweger so stolz sind, schneiden wir dünne Scheiben ab und legen sie auf ein Knäckebrot. Ich schmelze selber nur so vor mich hin, wenn dieser Käse in meinem Mund schmilzt. Aber nicht heute. Mein Mund ist trocken vor Aufregung, Anspannung, Angst! Ich bringe keinen Bissen hinunter! Um nicht aufzufallen, schwemme ich die Bissen mit dem Tee hinunter. Einmal gehe ich sogar hinaus und spucke einen Mundvoll ins Meer. Terje hat da kein Problem. Ihm schmeckt es.

Ich muss auf andere Gedanken kommen. Ich reiße mich zusammen und versuche, mir eine kleine Geschichte einfallen zu lassen. Aber ich bin viel zu verkrampft, sitze steif da und starre auf Terje wie die Maus auf die Schlange. Hilflos blicke ich um mich, hinaus kann ich nicht flüchten, ein böiger Wind peitscht Regenschauer gegen das Kabinenfenster. Jetzt endlich fällt mir eine Begebenheit ein, die wohl an die zwanzig Jahre zurückliegt. „Horch her, alter Wikinger, eine kleine Geschichte zum Verdauen gefällig? Ja? Unsere jüngere Tochter Ulla brauchte Hilfe beim Einrichten ihrer Studentenbude in Graz. Meine Frau war schon am Donnerstag vorausgefahren und hatte die beiden schweren Koffer, voll mit Werkzeug, nämlich eine elektrische Bohrmaschine, eine Stichsäge, einen Akkuschrauber, Zwingen, Nägel und Haken und Schrauben, im Vorzimmer stehen gelassen. Auch Geschirr und Besteck waren drinnen.“ Ich musste eine kleine Pause einlegen, mir war die Luft ausgegangen, so sehr hatte ich mich in einen Wirbel hineingeredet. Mein Mund war trocken, die Zunge klebte beinahe am Gaumen, jetzt nahm ich einen großen Schluck vom Tee, verschluckte mich natürlich. Ein jämmerliches Bild, das ich bot. Terje schaute mich prüfend an, konnte sich wohl nicht erklären, warum ich so angespannt war. Nach ein paar tiefen Atemzügen machte ich weiter: „Ich brauchte das Werkzeug aber in Graz. So schleppte ich die beiden schweren Koffer und fuhr am Freitag spätnachmittags mit dem Zug nach. Dort kam ich gegenüber einer uneleganten, stockigen, robusten Frau mittleren Alters mit hochgesteckten Haaren und getönter Brille in einem ungünstigen, giftgrünen, viel zu engen Kostüm, zu sitzen. Wir waren alleine im Abteil. Leider, wie sich bald herausstellte. Sie sprach mich bald an: ‚Mit zwei so schweren Trümmern, wie werden Sie die denn durch den ganzen Bahnhof …‘ Ich winkte ab, das mache ich schon, und meine Frau würde mich mit unserem Auto abholen. Ihre Fettpolster drückten sich aufdringlich durch das Giftgrüne, aufdringlich war auch ihr Parfum. Wir kamen in kurzer Zeit zu dem Punkt, dass unsere Töchter studieren.

‚Ja, das ist richtig, das muss sie tun!‘, sprang sie so richtig an. ‚Studieren, einen guten Beruf haben, ihr eigenes Geld verdienen, selbstständig sein, da kann sie jeden Mann haben, niemals Sekretärin oder Helferin oder Assistentin sein, um einem Mann zu dienen. Haben Sie nicht eben gesagt, dass Ihnen Ihre Frau helfen wird mit den beiden Koffern? Haben Sie das nicht gesagt? Na eben! Die Frauen helfen, warten mit dem Essen, unterstützen … Die Männer verdienen das nicht, ihr nützt sie aus, allemal und überall …‘, wurde sie persönlich. Ich starrte sie erstaunt an, wollte protestieren und fragte sie, wie ich dazu käme, mir solche Vorwürfe anhören zu müssen. Und stellte fest, dass ich seit über zwanzig Jahren mit meiner Frau verheiratet bin und mehr als meine Frau arbeiten muss. ‚Quatsch!‘, fuhr sie mich nieder, ‚noch nie etwas von der Mehrfachbelastung der Frau gehört? Da sitzt der Mann schon längst beim Fernseher und schaut sich Fußball oder einen Kriegsfilm an, oder einen Pornofilm!‘ Wann immer ich zu Wort kam, selten und nur kurz, versuchte ich zu widersprechen, zum Beispiel, dass ich abends immer wieder ins Krankenhaus muss oder zu Hausbesuchen ausfahren. Ich schnupperte, ob sie nach Alkohol roch, aber das billige, aufdringliche Parfum beherrschte das Abteil.

‚Hausbesuche, sind Sie …?' Ich nickte, ja. Sie verhielt ein paar Sekunden, ich dachte schon hoffnungsvoll an eine Art Ärztebonus, aber rasch hatte sie sich von dieser leichten Schwäche erholt und legte wieder los: ‚Egal, das ändert nichts', zeigte sie sich unerbittlich, ‚die Frauen stehen als Erste auf und heizen ein und machen das Frühstück und die Jause, da drehen sich die Männer noch einmal um im Bett und schlafen noch eine Runde. Und am Abend, ja, wie gesagt, da steht sie noch am Herd oder beim Abwaschen, und er sitzt schon beim Fernseher.' Und so ging es weiter, ich fragte mich, womit ich, als hart arbeitender Kinderarzt, am Freitagabend so etwas verdient hatte. Ich kam zuerst gar nicht zu Wort, etwas zu erwidern. Bald wollte ich gar nicht mehr. Ich lehnte mich zurück und zeigte damit, dass ich ein wenig schlafen wollte. Jetzt redete sie eigentlich mit sich, aber immer noch laut genug, dass ich zuhören musste, dass die Männer den halben Tag verschlafen – sie irrt, Männer schlafen in 24 Stunden knapp eine Stunde weniger als Frauen –, dann, sie hatte eben gemault, dass die Männer nichts zusammenbringen, hatte ich wirklich genug und überließ ihr das Feld, das heißt, das Abteil und ging auf den Gang. Was hat diese Frau erlebt? Was haben ihr Männer angetan, dass sie uns so hasst? Eigentlich konnte sie mir leidtun. Nach ein paar Minuten hoffte ich, dass sie sich beruhigt hatte und setzte mich wieder auf meinen Platz. Ich war, wie immer nach einer vollen Woche, so müde, dass ich bald in einen erholsamen Kurzschlaf fiel.

Als der Zug in Graz einfuhr und kreischend bremste, wachte ich auf und wuchtete meine schweren Koffer aus der Ablage. Als die im Giftgrünen aufstand, ihren auch nicht kleinen Koffer herunterzuheben, stand ich, der immer wieder gute Erziehung nicht unterdrücken kann, auf, um ihr diese Arbeit abzunehmen. Mit einem vernichtenden Blick schickte sie mich wieder zurück auf meinen Sitz. Von dort musste ich allerdings zusehen, wie ihr das Gepäckstück auf die Schulter krachte, ihre hochgesteckte Frisur zerlegte, die Brille herunterschlug und auf den Boden donnerte. Eisern blickte ich nach draußen und fixierte hoch interessiert den gegenüberliegenden Bahnsteig. Sie klaubte ihren Koffer und die Brille auf, stellte ihre Turmfrisur so einigermaßen wieder her, drückte ein knappes „Guten Tag" heraus und war auf dem Bahnsteig bald außer Sicht. Ich holte tief Luft, erstens, weil ich sie los war, wie ich glaubte, und zweitens, weil ich Kraft brauchte, die beiden Koffer bis zum Bahnhofvorplatz zu schleppen. Die Bahnhofshalle verließ man damals durch dicke, schwere Doppeltüren, die, voll im Schwung, einen Ochsen erschlagen konnten. Wie erfreut war ich da, als eine der Türen offen stand, offen gehalten von einem freundlichen Menschen. Ich eilte hin, schaute suchend nach der guten Seele, mich zu bedanken, da krachte die Türe auf mich wie ein Ochse, der Stahlrahmen schlug gegen meine Schulter, gottlob bremste der schwere Koffer den Aufprall. Ich konnte mich eben noch auf den Beinen halten, suchte nach dem Übeltäter, und … sah ein giftgrünes Kostüm unter einer Turmfrisur in Richtung der Taxistände verschwinden. Cherchez la femme. Meine Frau lehnte lächelnd an unserem Auto, bedauerte meine Schlepperei und half mir die schweren Dinger in den Kofferraum und auf die Rückbank zu bugsieren. Wie schön, dass es gute Frauen gibt (die überwältigende Mehrheit).

Terje nickte und meinte: „Etwas ganz Ähnliches habe auch ich erlebt. Aber es waren gleich vier Mädels, und gegen diese Mehrheit! Mir brannte nach endlosen Vorwürfen die Sicherung durch, und ich stellte fest, dass die Frauen noch immer auf den Bäumen sitzen würden, wenn wir Männer ihnen nicht heruntergeholfen hätten. Du weißt ja, damals. Na, den Aufstand kannst du dir ja wohl vorstellen." Ich nickte, steif vor Schrecken über das, was sich Terje da geleistet hatte. „Aber was wurde aus deinen, euren Töchtern?" „Unsere Töchter haben uns sehr viel Freude gemacht. Sie sangen wie die Lerchen, spielten gut Klavier, Ulla auch Banjo, waren brav in den Schulen und im Sport. Bärbl ging zweimal die Woche zum Ballett. Für den Weg in die Stadt brauchte sie eine Viertelstunde. Wir waren froh, dass sie unseren Hund, Alex, einen Boxer, mitnahm, und beruhigt, weil es beim Heimweg schon finster war. Während der Ballettstunde lag Alex ruhig in einer Ecke des Saales. Beim ersten Takt der Melodie, die das Ende der Stunde ankündigte, stand er aber auf und ging zur Türe. Hat da jemand gesagt, dass Hunde unmusikalisch sind? Wir wollten ihn zum Chorgesang anmelden, er wurde aber nicht angenommen." Der Krampf hatte sich gelöst, ich genehmigte mir noch ein paar Knäcke mit dem Geitost.

„Inzwischen sind beide verheiratet und haben zwei bzw. drei Kinder. Beide arbeiten tüchtig und fleißig, konzentriert, meist nur bis um etwa 14 Uhr, um Zeit für ihre Kinder zu haben." „Aha, sie gehorchen wohl dem Papa?" „Hast du eine Ahnung, dem Papa gehorchen? Sie geben ihren Kinder weiter, was sie selbst bekommen haben. Und zwar besonders von ihrer Mutter. Sie ist das Zentrum unserer Familie, der Anker. Die Familie, die Kinder sind das Wichtigste in ihrem Leben. Sie machten ihr viel Arbeit, Verantwortung, Freude. Und die Töchter kommen nach der Mutter. Jetzt sind sie aus eigener Überzeugung viel mit den Kindern zusammen. Sie wollen mit ihren Kindern leben, ihre ersten Schritte sehen, ihre Schwimmversuche, ihr Singen, ihr Skifahren. Die Zeit fliegt dahin, man kann so viel versäumen." Wir räumten das Frühstücksgeschirr weg und machten uns zum Ablegen fertig.

„Sooo schlecht sieht es ja auch nicht aus. Wird eben eine Starkwindfahrt, so was musst du Bergmensch, Landratte auch einmal erleben." Er warf den Diesel an, wir tuckerten aus dem kleinen Hafen hinaus, der steife Wind schlug uns ins Gesicht. Die Wellen waren noch nieder, da wir noch eine kleine, flache Insel zwischen uns und dem Nordmeer als Wellenbrecher hatten. Wir setzten ein kleineres, rotbraunes Segel. Es sah großartig aus. Damit zischten wir förmlich, hart am Wind, nach NNO. Es war ein großartiges Gefühl, wir segelten nicht, wir flogen über die graue See. „Schau, dass du ja nicht über Bord gehst, es ist sehr schwer, einen Mann aus dem Meer zu holen“, schrie Terje her. Davor fürchteten wir uns alle. In wenigen Minuten in dem kalten Wasser ist man so schwach, apathisch, dass man zur Rettung nichts beitragen kann.“ Er wurde ernst und sehr bestimmt: „Pass auf, du bist der *foredeckguy*, bist für das Vorschiff zuständig. Bei solchen Starkwindfahrten müssen wir alle Manöver flott und richtig durchführen, Fehler und Verzögerungen sollen nicht sein.“ Und er rügte mich: „Als Hilfskraft, eigentlich als überalteter Schiffsjunge, auf diesem Boot sehe ich, dass ein paar Taue nicht ordentlich aufgerollt und versorgt sind. Da kann man gut ausrutschen, ja? Also …!“

Immer wieder ertappte ich mich dabei, Terje länger als üblich anzusehen, anzustarren. Hat er die junge Frau umgebracht? Alles in mir wehrte sich gegen diesen schrecklichen Vorwurf, diese grausliche Vorstellung. Aber, er war … er hatte kein Alibi. Jetzt war es so weit, dass ich die Freude an einer solchen Fahrt verloren hatte, mich vor diesem Unwetter zu fürchten begann. Das alles wurde mir einfach zu viel. Auf so einer Nussschale in einem Sturm, und das mit einem Mörder. Ich hätte abhauen müssen, in Florø. Aber es ging alles zu schnell, auf einmal war Terje da und holte mich zurück auf das Boot.

49

Sturmfahrt

Der Wind wurde stärker, böiger. Eisregen kam dazu. Wie Nadeln stach er in unsere Gesichter. Die Wellen rollten immer höher, ganze Berge wälzten sich von links auf uns her, immer wieder verschwanden wir in einem Wellental, die Sicht war elend, wieder verschwand die Felsenküste steuerbords, um für kurze Augenblicke zwischen Wolkenfetzen aufzutauchen, beunruhigend nahe, weil uns der Sturm und die Wellen nach Südosten drückten. Ich hielt mich gut an Haltetauen fest und mühte mich zu Terje hin: „Sollen wir nicht besser zurück, umdrehen?“ Zu meiner Überraschung nickte er. Diese Reaktion beruhigte mich gar nicht. Es schaute also gar nicht so gut aus. „Übernimm das Rad, ich sehe mir an, wo wir uns in Sicherheit bringen können.“ Ich hielt das Steuerrad fest, hielt unsere *Solveig* auf Kurs, wich Wellenbergen aus, so gut ich konnte. Hat Terje nicht eben etwas von ‚in Sicherheit bringen‘ gesagt? Na bravo! Terje kam zurück aus der Kajüte und übernahm das Rad. „Weißt du eigentlich, was ein … Polarsturm … ist? Ein Polar…sturm“, wiederholte er laut schreiend, „ein *arctic blizzard?*“ Kaum brachte er das Wort heraus. Ich schaute ihn an. Seine Augen weit aufgerissen, sein Mund verkrampft, jetzt biss er die Zähne zusammen, mir kam der Gedanke, dass die gemütliche Segeltour ihr abruptes Ende gefunden hatte. Aber gleich hatte er sich in der Hand und erklärte: „Da kommt ein Sturm mit Eisregen und Nebel … innerhalb einer Stunde, hohe Wellen … schlechte Sicht.“ „Aber jetzt, mitten im Sommer?“, protestierte ich irritiert. „Und, hast du nicht von einem herrlichen Segelwetter, warmem Westwind und so weiter geschwärmt, gestern noch?“ Terje murrte etwas

Unverständliches und schickte mich zum Bug, ein schlagendes Tau festzumachen. „Mach dir keine Sorgen, alles funktioniert, der Funk ist o. k., die Akkus sind voll. Aber, zurück kommen wir nicht mehr, der Sturm wird zu stark. Wir müssten hart am Wind aufkreuzen, und das kann die *Solveig* schlecht. Sie hat ja kein Focksegel. Wir reffen das Segel und lassen uns, vorwind, also den Wind im Rücken, in den kleinen Sund drücken." „Welchen Sund?", schrie ich gegen den Sturm. Er zeigte nach rechts, also nach Südosten. Ich sah nichts, Sturmböen, Eisregen, Nebel. Wie wollen wir den kleinen Sund finden? Die Idee ist ja grandios, aber …

Eine Bö krachte von links her auf uns wie ein Hammer, brachte das Boot zum Krängen, dass das Schothorn kurz ins Meer tauchte; ich stand am Eingang zur Kajüte, konnte mich eben noch festhalten, Terje hielt sich am Steuerrad fest. Die *Solveig* richtete sich brav wieder auf, Terje löste mit einer Hand das Reep und fierte das Segel. Ich half ihm dabei, belegte es wieder an der Klemme. Er starrte voraus, aus zusammengepressten Lippen brachte er ein „Na bravo!" heraus. Er blickte kurz her zu mir: „Wir haben zu viel Segelfläche, du wirst reffen müssen!" Wir pfeilten mit hoher Fahrt nach Nordosten, Terje suchte angespannt nach dem Sund rechts, also steuerbord. Ich wusste zwar nicht, wie man einen kleinen Sund, besser die Einfahrt zu ihm, in mehreren Hundert Meter Entfernung bei dieser Höllenfahrt und bei diesen schlechten Sichtverhältnissen findet, starrte aber auch dort hin. Da unterbrach etwas das Muster der Wellen und Schaumkronen, ich sah es vor dem Bug: „Terje, da!", schrie ich. Er hatte das große Stück Treibholz selbst schon ausgemacht und das Steuerrad herumgewirbelt, wir machten eine scharfe Halse nach rechts, kamen gerade noch an dem schweren Baumstamm vorbei. Wie ein toter Wal wälzte sich das ölig schwarze Holz nahe der Bordwand nach achtern. Aber jetzt kam der Wind nicht mehr von links, sondern vom Heck! Er donnerte von hinten her und traf die volle Segelfläche. Der Druck im Segel wurde zu groß. Wir schossen ein Wellental hinunter, waren erheblich schneller als die Welle, auf dem Surfbrett ein tolles Gefühl, allerdings nicht hier und jetzt. Der Wellenberg vor uns aber bremste das Boot, der Wind fuhr voll in das Segel! Der Mast und die Wanten ächzten unter dieser extremen Belastung. „Kapp das Fall! Schnell!", schrie Terje. Ich turnte vor zum Mast, hielt mich mit der linken Hand fest – eiserne Regel aller Segler: Eine Hand für den Mann, eine für das Boot! –, nahm mein Klappmesser, griff nach dem Fall, einer bleistiftdicken Reepschnur, und säbelte es durch. Nichts tat sich, das Segel kam nicht herunter, der Druck brachte das Boot zum Krängen nach Steuerbord. „Du musst das ... Segel bergen oder ... alles kappen und ins Meer damit!", hörte ich Terje brüllen. Ich griff an das Vorliek und riss und zerrte. Ganz herunter kriegte ich das Segel nicht, aber Terje zeigte, dass etwas Segelfläche bleiben kann, ja bleiben muss, damit das Boot manövrierfähig bleibt. Jetzt kämpfte ich mich zur Kajüte zurück, hielt mich an der Reling fest. „Der ist mindestens drei Meter lang und ... hätte unsere Reise sehr plötzlich beendet", schrie Terje. So ein schwerer, nasser Baumstamm reißt dir ein großes Loch in das Boot, da geht nichts mehr! Wenn er so wild agierte, so grimmig dreinsah, konnte ich mir den Gewaltmenschen schon vorstellen. Jetzt stemmte er sich mit aller Kraft gegen das Steuerrad, sah wild und gewaltig aus. Ich konnte meine Augen nicht von ihm lösen.

Ich stand am Eingang zur Kajüte und hielt mich mit einer Hand fest, als mir eine wilde Bö den Südwester fast vom Kopf riss. Ich setzte ihn mit beiden Händen wieder fest auf, rutschte aus und knallte auf den Boden. Ich rollte, rutschte nach vorne, auf dem nassen Deck zum Bug. Nur nicht ins eiskalte Meer stürzen, war alles, was mich beherrschte! Mit verzweifelt rudernden Bewegungen suchte ich nach einem Halt, einem Tau, einem Griff. Jetzt schlug mein linker Ellenbogen an einem Relingständer an, ich griff verbissen und grimmig zu und hielt mich mit dem Oberkörper an Bord, meine Beine im Wasser. „Halt dich ... fest ... so ... hole ... dich!", hörte ich Terje brüllen, immer wieder übertönt vom Heulen des Sturms. „Nein, … ich komm … ich komm!“, brüllte ich gegen den Sturm zurück. Ich fasste auch mit der rechten Hand zu und mühte mich, hebelte mich irgendwie über die Kante an Bord. Da blieb ich erst einmal liegen, war – vor Schreck und Anstrengung – am Ende. Ich robbte zum Cockpit zurück, stand nicht auf, in blanker Furcht, noch einmal herzufallen. Dann ließ ich mich in die Kajüte fallen, lag erst eine Weile, atmete schwer. Das wäre kein schöner Tod, abgesehen davon, dass ich noch nicht abtreten wollte, noch lange nicht. Aber im Eiswasser, von den Brechern immer wieder unter Wasser gedrückt, ist man in wenigen Minuten kraftlos und apathisch.

Ich stand bald wieder auf, hielt mich mit beiden Händen an Griffen am Eingang zur Kajüte fest, sehr fest. Schaute nach vorne. Immer wieder, für kurze Augenblicke, erkannte ich Felsen und Holmen, das sind die kleinen, flachen, abgeschliffenen Inseln, aber im nächsten Augenblick sah ich nur diese blassgraue Suppe, Eisregen, Sturm, Nebel. Terje hat inzwischen den Dieselmotor angeworfen, jetzt fuhren wir mit Motorkraft wieder einigermaßen parallel zur Küste und suchten den Sund. „Wie schaut er aus?“ Er überhörte mich, starrte in die weißgraue Wand vor uns.

Ein Sund ist eine Meeresstraße um eine kleine Insel, also keine Sackgasse wie ein Fjord. An der einen Seite donnert das Wasser hinein, an der anderen wieder hinaus. Nachdem unser Sund genau in Richtung des Sturmes offen war, würde es eine kräftige Strömung geben, so wie in einem Fluss. Wir mussten so nahe an das Land herankommen, dass wir die Lücke, die Einfahrt zum Sund, erkannten, wenn wir aber zu nahe waren, drückten uns Sturm und Brecher an die Klippen. „Da!“, schrie er und zeigte mit der rechten Hand zum Land „Da, da ist er!“ Die Einfahrt zum Sund war an die 50 m breit, da mussten wir hinein. „Jetzt wird es spannend, da müssen wir erst hineinkommen“, kühlte er die Aufregung etwas ab. Und grinste. Grinste er wirklich, oder verzog er sein Gesicht aus

Anspannung und Angst? Retourgang, etwas mehr Gas. Wir dürfen nicht dieselbe Geschwindigkeit haben wie das Wasser um uns, denn dann, ohne Druck auf dem Ruderblatt, kann er das Boot nicht steuern. Terje drehte sich um und beobachtete die Wellenberge achteraus. Als alter Surfer ahnte ich, worauf er aus war: Nach vier, fünf, auch mehr hohen Seen folgen ein paar kleinere, bevor sich wieder ein paar große Trümmer aufbauen. Das hatte schon der alte *Papillon* beobachtet und ausgenützt. Um auf seinem Floß aus Kokosnüssen mitgenommen zu werden, musste er die höchste Welle abwarten. Sie trug ihn dann weg von seiner Gefängnisinsel – Île du Diable – nach Venezuela, in die Freiheit. Inzwischen gibt es Beweise, dass er nie auf der Teufelsinsel war, auch dürfte er eine Reihe von aufregenden Erlebnissen und Heldentaten seiner Mithäftlinge als eigene ausgegeben haben. Wir waren aber nicht in der warmen Karibik, sondern im grauen, eiskalten Nordmeer. Als die großen Wogen an uns vorbeigerauscht waren, kommandierte er sich selbst: „Jetzt … los!“ Auf einer Reihe flacherer Wellen legte er den Vorwärtsgang ein und gab Gas. Wir schossen in den Sund hinein, vorbei an den Klippen, die ihn begrenzen. Sofort Rückwärtsgang, bremsen, da das Wasser in dem Sund kochte wie in einem Wildbach. Das hat der Bursche gut hingekriegt, dachte ich mir noch. Jetzt hatte er die Hand am Gashebel und fuhr, langsamer als die Strömung, weiter in den Sund.

Ich nahm den Bootshaken und kroch vor zum Bug, in der kühnen Hoffnung, einen Aufprall vielleicht doch abschwächen zu können, bei mehreren Tonnen Gewicht unseres Boots wohl vermessen und sinnlos. Geschickt dosierte Terje die Fahrt mit dem Gashebel, Brecher und Böen allerdings warfen uns zwischen die Felswände. In diesem Kanal von inzwischen dreißig Meter suchte Terje vorsichtig weiterzukommen, in den Windschutz der Felsblöcke. Ich stand am Bug, hielt mich an der Wante fest, deutete mit den Händen und zeigte ihm den Weg an. Nach zweihundert Metern hatte die Dünung nachgelassen, und der Wind heulte jetzt um einen Felsblock, groß wie ein Haus. „Wo willst du das Boot festmachen?", schrie ich ihm zu. „Willst du ankern?" „Suche eine Nase, einen Haken, irgendwas, woran du das Bugtau festmachen kannst."

Ich hielt mich mit der linken Hand am Mast fest und richtete das Tau her, machte eine Schlinge, hielt sie in der rechten Hand. „Das schaut gut aus", schrie Terje und zeigte nach vorne. In drei Meter Höhe stand ein spitzer Zacken weg, wie eine Fiale an einer gotischen Kathedrale, der müsste uns halten. Terje steuerte die *Solveig* ganz nahe heran. Ich warf die Schlinge über diesen Zacken, aber eine Bö warf sie weit voraus. Ich holte sie eiligst ein und hörte Terje schreien: „Da vorne, da ist wieder …!" Er steuerte das Boot ganz nahe an eine Klippe, diesmal gelang mir das Manöver, das Boot hing am Tau. Ganz von selbst drehte es sich langsam und schaute mit dem Bug nach Nordwest. Jetzt schwoite es wie in einem Fluss. Nach rechts, also nach Nordost, hatten wir an die zwanzig Meter Abstand zu den Felsen, nach links etwa drei. „Wir müssen noch Taue festmachen, eines reicht nicht aus." Terjes erklärte: „Wir stehen mit dem Bug zum Wind und zur Strömung und können mit dem Propeller Strom erzeugen. So ein Sturm", erklärte er noch schwer atmend, „kann einige Tage dauern." Und das bei einem Wettereinbruch aus dem Eismeer mit Temperaturen unter null. Mitten im Sommer.

Er stellte den Dieselmotor ab. Reckte sich, streckte sich. Breitete die Arme aus wie ein Sieger auf dem Podest. Atmete tief durch, freute sich sichtlich erleichtert, dass wir in Sicherheit waren. Alle Manöver hat er makellos hingekriegt, und alles in Ruhe, ohne Aufregung. Geschrien hat er nur, um den Sturm zu übertönen. Ich nickte ihm anerkennend zu, drückte seine Hand, fest, kräftig. Nickte wieder, lobte ihn: „Das hast du großartig gemacht, das war eine Meisterleistung, bravo, ich gratuliere!" Dabei sah ich ihm natürlich geradewegs in die Augen. Er lächelte, fast verlegen. Die Sturmfahrt hatte mich beschäftigt und abgelenkt, aber jetzt sah ich wieder den Mann, den Mörder, vor mir. Jetzt war sie wieder da, die Angst. Wenn er der Mörder war? Ich konnte ihn nicht länger ansehen und sagte: „Ich geh zum Bug vor und schau, was mit dem Segel los war, ja?"

„Das ist ein ausgewachsener ... Polarsturm, und ...", seine Lippen zitterten, er brachte dieses einfache Wort kaum heraus. Schaute mit hochgezogenen Brauen und aufgerissenen Augen starr vor sich hin. Was geht in ihm vor, was beschäftigt ihn so sehr, dass er den Faden verliert und ins Leere starrt? „... und?", fragte ich. „Ach ja, den gibt es mehrere Male im Jahr. Nicht immer so stark wie dieser, und nur selten jetzt, im Sommer. Auch frage ich mich, warum die Sturmwarnungen nicht rechtzeitig gekommen sind." Dabei nickte er grimmig und stellte fest: „Wir werden es uns ein paar Tage gemütlich machen. Dabei brauchen wir Radar und Funk nicht. Wenn uns langweilig wird, können wir einen kleinen Fernseher anwerfen. Jetzt aber, bei diesem Wetter, haben wir sicher einen elenden Empfang." „Ähhh, sagtest du nicht eben Empfang? Was ist mit einem Notsignal, kannst du nicht den *sjøredningstjeneste* anrufen, die Seerettung?" „He, he, das ist aber gar keine gute Idee: Wir sind doch nicht in Seenot! Wenn wir uns abholen lassen, dann bin ich für den Rest meiner Tage blamiert. Dann muss ich auswandern." „Bist du irre? Hat doch der Thorbjørn stolz von allem möglichen technischen Zeugs, modernsten Apparaten geredet ... und jetzt brauchen wir sie, und du spielst den Hagestolz und ...!" Ich rege mich richtig auf. Da sind wir einem wilden Sturm gerade noch entkommen, mit allerhand Glück und seinen beachtlichen Fähigkeiten an Bord in diesen Sund, und sollen jetzt warten, bis der blöde Sturm mitten im Sommer nachlässt. „Wie kannst du da so locker feststellen, dass wir es uns so ein paar Tage gemütlich machen werden?" Er zieht die Schultern hoch, macht ein bedauerndes Gesicht, steht auf. „Reg dich ab. Diese Sturmfahrt war ja auch nicht ohne. Du wirst dich im Alter mit wohligen Schauern daran erinnern, wenn du auf der Ofenbank sitzt und eine Pfeife rauchst und ein Glas Wein …" Ich lasse nicht locker: „Und was ist mit dem Handy, falls es ernst, ernster wird?" Er grinst überlegen: „Da gibt es kein Netz, da ist es finster." „Ja, aber so geht es doch nicht …!" Jetzt reicht es ihm aber doch: „He, bist wo ång'rennt?" Das war unnötig unfreundlich. Er lenkt ab: „Hast du – *landlubber* sagen die Engländer, vi sier *landkrabbe*, her i Norge – jemals etwas von diesen Stürmen bei uns gehört?" Ich musste eingestehen, dass ich von diesen Polarstürmen nichts weiß. Doch, jetzt fiel mir die Tragödie bei der Finsehytta ein, von der ich in der norwegischen Alpenvereinszeitung *Fjell og Vidde*, also Berg und Hochebene, gelesen hatte. Beim Aufstieg zu dieser Hütte waren ein paar Bergsteiger von so einem Sturm überrascht worden und kamen in den Schneemassen um. Der vorderste wenige Dutzend Meter vor der rettenden Hütte. Irgendwann mitten im Sommer. Das muss so ein Polarsturm gewesen sein.

„Wo hast du diese derbe Frage her, ‚bist wo ång'rennt'?" (Das ist ostösterreichische Vulgärsprache, meint, dass er mit dem Kopf irgendwo hineingerannt wäre, sich angeschlagen hätte) will ich wissen. „Ja, da schaust wohl. Ich habe es einmal in Bergen nicht mehr ausgehalten, mir fiel die Decke auf den Kopf. Da bin ich durch Europa getrampt und schließlich in der Nähe von Wien bei einer Wetterstation gelandet. Dort blieb ich aber nur ein paar Monate, bis ich wieder festen Boden unter den Füßen hatte. Dann zog es mich wieder nach Hause, nach Bergen, zum Meer."

Es ist erst zwei Uhr am Nachmittag, aber die Sicht fast null, Eisnadeln und feinste Schneeflocken um uns, der Sturm heult und zerrt am Mast und den Wanten. Es wird kalt. Das Außenthermometer zeigt vier Grad unter null, das in der Kajüte drei Grad über null. Terje kontrolliert das Amperemeter. Es zeigt an, dass wir mit der Schiffsschraube in der Strömung des Sunds Strom produzieren. Nicht genug, um die Kajüte zu heizen, aber er reicht für die Instrumente, die Lampen und den Teekocher. Reicht der Strom auch für den kleinen

Fernsehapparat? Bis jetzt hat er uns nicht interessiert, aber jetzt ... Ich möchte, ich muss mehr vom Mord an dem Mädchen wissen. Vielleicht haben sie den Killer schon erwischt, dann wäre ich meine Sorgen los, meine Verkrampfung, meine Verklemmung, meine Angst.

Terje schraubt umständlich einen kleinen Kachelofen fest und steckt ein Ofenrohr durch ein Loch im Dach der Kajüte. Wir werden also wohl nicht erfrieren. „Die Sache hat einen Haken, herr overlege (Herr Oberarzt)", sagt er dann zu mir. Mir schwant Unheil. „Und der wäre?" „Wir haben nicht genug Holz an Bord." „Und das holen wir drüben beim Baumarkt?", frage ich, und ahne, was kommt. Terje hat darauf nur gewartet. „Schau her." Er deutet durch das kleine Bullauge der Kajütentüre zum Land, das irgendwo dort sein muss, im Grau der vom Nordsturm gepeitschten Eisnadeln und Schneeflocken aber nicht zu sehen ist. „Dort gibt es einen Holzhändler, ein netter Kerl, aber er ist selten da." Er grinst mich an und schaut prüfend, ob ich diesen Scherz wohl verstanden habe. Habe ich, denn hier, in dieser Wildnis, werde ich mich wohl um das Brennholz kümmern müssen. „Der Sund macht einen kleinen Knick, da sammelt sich auf einer Sandbank Treibholz an. Ich denke, an Land bist du besser unterwegs als auf dem Wasser."

50

In der Wildnis

Ich ziehe meine festen Schuhe an, die ich zu Wanderungen in Norwegens Bergwelt mitgenommen habe, nehme die Handschuhe und gehe hinaus. Der Wind schmeißt mir die Eisnadeln nur so um die Ohren, sie dringen überallhin an die Haut. „Da wird nichts daraus, Terje, alter Leuteschinder, Sklaventreiber, lieber frieren als ertrinken!" Wie soll ich denn ans Ufer kommen? Es sind gute drei Meter bis zum einen Ufer, dem westlichen, auf der anderen Seite wohl zwanzig oder mehr. „Warte, das lässt sich machen, ich bringe das Boot näher ans Ufer." Tatsächlich dreht er am Steuerrad und zwingt das Heck näher an das Land. Das besteht hier aus groben Granitblöcken. Ich springe, und schon liege ich da, ausgerutscht, auf einer glatten Steinplatte unter dem Schnee. „Hast du nicht eben gemeint, ich wäre an Land besser unterwegs als auf dem Wasser?", übe ich mich in Humor.

Der Sturm heult und drückt, schiebt mich brutal voran. Ich drehe mich um, um mich zu überzeugen, dass ich den Weg zurück schaffen werde. Bei diesem Sturm und Schnee möchte ich mich wirklich nicht verirren. Auf einem Packen von verklaustem Treibholz hat sich der Schnee nicht gehalten, ich sehe die dürren Äste gut. Noch einmal drehe ich mich um in der bangen Sorge, wohl zurückzufinden. Meine Fußspuren sind schon verblasen, die *Solveig* erkenne ich gerade noch. Aber Holz gibt es reichlich. Da ist ein großer Baum, eine Birke, gelandet und hat weiteres Geäst an der Weiterreise gehindert. Staubtrockenes Brennholz! Mit meiner kleinen Klappsäge schneide ich große Äste ab und lege sie auf zwei Reepschnüre. Die ziehe ich dann durch die Ösen am anderen Ende, spanne alles stramm fest und mühe mich ab, den Packen auf den Rücken zu bekommen. Dann stapfe ich durch den hoch angewehten Schnee zurück zum Boot. Zum Boot? Ich sehe keines.

Mir schlägt der Sturm ins Gesicht, die Eisnadeln brennen auf der Haut, ich kann meine Augen nicht offen halten. Die Schneebrille, die habe ich vergessen. Die liegt im Schapp ober dem Bullauge an der Backbordseite. Meine Spuren im Schnee sind nach dieser halben Stunde Holzarbeit völlig verweht. Rechts von mir schießt mir das Wasser im Sund entgegen. Also muss ich in diese Richtung gehen. Gehen? Der Sturm wirft mich beinahe um. Ich habe keinen sicheren Stand, viele Steine stehen schräg unter dem Schnee, ich stolpere immer wieder. Aber ich muss weiter. Da sehe ich ein Blinken, voraus, Terje hat den Scheinwerfer am Kajütendach eingeschaltet. Das beflügelt. Ich reiße mich zusammen und setze Fuß auf Fuß, in sehr kleinen Schritten. Terje manövriert das Heck wieder näher ans Ufer, ich schmeiße den Packen Brennholz in das Cockpit und klettere mühsam an Bord. „Gar nicht so schlecht für den Anfang, nur …", vermerkt der Kapitän. „… nur?" „Wir werden diese Ausflüge öfter machen müssen, mit diesem Holz kommen wir nicht weit." „Wir, hast du wir gesagt?", zweifle ich. Terje weicht wieder aus: „Du hast ja ganz gut reagiert, ich sah dich ja schon im Wasser!"

Ich habe mich immer viel bewegt, wir waren alle in unserem Turnverein, da gab es zweimal die Woche Geräteturnen im Winter und Leichtathletik im Sommer. Da erwirbst du dir Kraft, Schnelligkeit, Ausdauer, Geschicklichkeit und kannst viele weitere Sportarten sehr schnell und leicht erlernen. Aber auch abseits vom Sport können diese Fähigkeiten nützlich sein.

Im ersten Sommer in Schweden, in der Gemüsefabrik, hantierten ein paar Elektriker an Leitungen und wiesen uns streng an, vom *starkström* genügend Abstand zu halten. Während wir weiter Salatgurken verarbeiteten, gab es ein Geschrei. Ein junger Elektriker hielt zwei Kabelenden in den Händen und schrie und wand sich. Er stand voll in der Salzessiglauge, einem guten elektrischen Leiter. Es ist erstaunlich, was mir da in einer halben Sekunde durch den Kopf schoss: helfen, aber nicht selbst unter Strom geraten. Ich rannte die paar Schritte hin, sprang aber in die Höhe, riss dem Burschen ein Kabelende aus der Hand, wollte in der Luft sein und nicht auch in der Salzsuppe geerdet stehen, während ich den Stromkreis unterbrach. Der junge Bursche bricht zusammen, liegt benommen, schwer atmend, auf dem nassen Fließenboden, wird von der Rettung ins nächste Krankenhaus gebracht. Dort kommt er auf die *Intensivvårdsavdelning,* die Intensivstation. Schweden war uns damals medizinisch voraus und verfügte über modernste Intensivstationen. Ohne mich kränken zu wollen, erklärte mir Ecke später, dass ein älterer Elektriker rechtzeitig den Hauptschalter umgelegt und den Stromkreis unterbrochen hatte. So war meine *Heldentat* wohl überflüssig. Aber eine Woche später, ich schlichtete schwere Dosen mit Gurken in den Sterilisator, tippte mir jemand auf die Schulter. Ich drehte mich um, vor mir stand der junge Elektriker, drückte ein verlegenes „Tack så mycket" heraus. Und war schon wieder weg.

Zwei Wochen später waren wir immer noch bei den Gurken, jetzt waren es Salzgurken. Da wurde ein riesiger Bottich von sieben Meter Durchmesser mit Salzlake gefüllt. Er stand im Freien auf einem Stahlskelett zweieinhalb Meter über dem Asphalt. Rundherum hatten die Arbeiter ihre Autos geparkt. Der zehn Zentimeter dicke Schlauch hatte sich aber gelöst und schüttete die Lake auf die nächsten Autos. Und das in pendelnden, schlängelnden Bewegungen wie ein loser Gartenschlauch. Einige Pkws hatten die Fenster heruntergekurbelt, weil es sommerlich warm war und der Autodiebstahl in Schweden noch unbekannt. Da hinein schoss die Salzlake. Ich sprang aus den Holzschuhen und rannte die zwanzig Meter hin, jumpte hoch, hielt mich an der Eisenkonstruktion fest, mit einer schlampigen Kippe war ich oben. Schob, zerrte den Schlauch zurück in seine Halterung. Es tat einfach gut, jung und fit zu sein. Ist es nicht schlimm, dass heute sehr viele Jugendliche die Möglichkeiten, sich körperlich ein hohes Maß an Fitness zu erwerben, nicht nützen?

Männer haben einfach erheblich mehr Kraft in den Schultern, in den Armen, in den Händen als Frauen. So was zu behaupten wage ich kühn und verwegen, auch unter dem Druck der zeitgeistigen Behauptung der erhofften Geschlechtergleichheit. Eine Expertin aber, die sachlich und korrekt über die Geschlechtsunterschiede berichtete, musste sich die Frage, eigentlich eine Rüge, gefallen lassen, ob sich die Feststellung der größeren Kraft der Männer nicht gegen die Frauenbewegung richte? Da frage ich mich doch, leicht irritiert: „Mit welchen Methoden arbeitet die Frauenbewegung denn eigentlich?" Zu welchem Zweck sollten Fakten unterschlagen werden? Muss man nicht die Offiziersanwärterin auf der *Gorch Fock*, die im Herbst 2010 vom Großbramsegel aus 27 Meter Höhe in den Tod stürzte, als Opfer des Gleichheitswahns sehen? Hätte ein Mann sich nicht eher festhalten können? Sogar die härtesten Verfechter der Gleichheit geben doch zu, dass von den vielen Unterschieden der Geschlechter, die sie nicht gerne gelten lassen, wenigstens die Körperkraft übrig bleibt. Und singt nicht Eliza Doolittles Vater im Musical ‚My Fair Lady': „Der Herrgott schuf den Männerarm wie Eisen?" Jetzt scheinen unter dem Druck der verordneten Gleichheit die letzten Rücksichten auf Frauen, so etwas wie Kavaliersverhalten, über Bord gegangen zu sein, da sie auf ihren Einwand, nicht ganz fit zu sein, den barschen Befehl erhielt: „Machen Sie keine Umstände! Hinauf!"

Die Verantwortlichen für das Hahnenkammrennen in Kitzbühel, der wohl brutalsten Skiabfahrt überhaupt, haben hingegen Verantwortungsgefühl bewiesen und lassen Frauen nicht an den Start. Es ist schlimm genug, zuzusehen, wenn die jungen Burschen weggetragen werden. So was wollen wir mit den tüchtigen Mädels nicht!

Mir fällt ein, dass Thorbjørn etwas von einem Fernsehgerät gesagt hatte. Jetzt, jetzt ist es Zeit, danach zu fragen. „Wo wir doch da im Sund festsitzen, tagelang, was sagst du zu ein wenig *Fjernsyn?* Ich werde doch nicht den ganzen Tag Holz holen müssen, oder?" Erstaunt schaut er mich an: „Fernsehen will der feine Herr Doktor? Und was wird aus den medizinischen Zeitschriften, und den Pflichten?" Terje ist fröhlich und aufgekratzt, redet mehr als sonst, er passt überhaupt nicht zu meiner gedrückten Stimmung. Er steht auf und geht die paar Schritte zur Instrumentenkonsole: „Wenn wir die Heizmatratzen ausschalten und auch sonst keinen Strom brauchen, könnte es gehen. Aber, du wirst sehen, ohne Heizmatratzen wird es da so kalt werden, dass du ständig Holz holen wirst müssen. Dabei wird dir allerdings schön warm. Aber was ist mit mir? Dir bleibt also keine Zeit zum Fernsehen, ich werde aber dabei frieren. Hast du das richtig mitgekriegt, Seppl?" Terje hat mich wieder einmal auf der Schaufel. „Aber der große, wichtige Kapitän wird sich alles ansehen und dir gelegentlich kurze Berichte liefern. Nur, das Bild wird schlecht sein. Ich versuch es einmal." Mich reitet der Teufel, und ich sage so beiläufig: „Ich möchte wissen, ob es etwas Neues gibt über den Mord in Bergen." Dabei schaue ich ihm kerzengerade ins Gesicht. Aber, ist der Bursche so abgebrüht, so kaltblütig, ich erkenne keine verräterische Reaktion. Er öffnet ein Schapp unter seinem Bett und holt einen kleinen TV-Empfänger hervor, gut eingeschlagen in einen Plastiksack. Das kleine Kastl stellen wir auf den Tisch und machen es uns auf unseren Pritschen bequem. Das Bild ist trüb, der Ton schwindet immer wieder.

Terje findet einen Kanal mit einem Fußballspiel, sucht aber weiter. Eine Männerstimme spricht, ich verstehe gerade noch: „... eine traurige Serie, junge Menschen um das Leben gekommen ... *den andre jenta, denne gang i Florø ...*" Dann schwindet der Ton, wird von atmosphärischem Kreischen abgelöst. Kreischen könnte auch ich: Ein weiteres Mädchen tot, diesmal in Florø! Dort, wo wir gestern ankerten. Und dort, wo Terje wieder nachts unterwegs war! Mir zittern die Knie. Terje rührt keine Miene. „Hast du ... das gehört, das ... von einem weiteren ... toten Mädchen?", bringe ich stoßend heraus. Hat er den Sprecher absichtlich verschwinden lassen, damit wir nichts Weiteres von den Mädchenmorden hören? Unwillig dreht er sich herum, wir kommen wieder zu dem Kanal und hören gerade noch, wie eine Frauenstimme sich von einem Polizeikommissar verabschiedet.

Jetzt hat er noch die Unverschämtheit und macht eine witzig gemeinte, aber geschmacklose Bemerkung: „Eine Tote in Bergen, eine in Florø! Da waren wir doch in der fraglichen Zeit. Also gehören wir zum Kreis der Verdächtigen. Zwei Männer, die trotz Sturmwarnung weitersegeln, also, das Weite suchen!" Ist er so abgebrüht, oder ist er doch unschuldig? „Wer hat denn, außer uns, noch das blutige Hemd gesehen? Und wie soll ich den blöden Radfahrer finden? Ich wollte ja, dass er in die *ambulanse* geht, er aber wollte nicht. Sagte, dass man dort seine Alkoholfahne riecht und ihm wegen Teilnahme am Straßenverkehr im alkoholisierten Zustand Schwierigkeiten macht!" Er grinst dazu und macht eine hilflose Geste: „Stell dir vor, die *politi* hat uns auf dem Kieker und stellt uns blöde Fragen! Was sagen wir dann?" Das Rauschen im Apparat wird stärker, Terje schaltet das Gerät ab. Er gähnt so ungeniert, dass ich seine Rachenmandeln sehen kann. „Ich denke, ich haue mich hin. Hörst du, der Sturm scheint einzuschlafen, er kommt nur mehr in Böen, und das mit immer größeren Pausen! Wir sollten es ihm nachmachen!" „Was, das mit den Böen und den Pausen?", missverstand ich ihn absichtlich. „Nein, du Seppl, das mit dem Einschlafen. Morgen werden wir unser unfreiwilliges Asyl verlassen. Ich für meinen Teil habe genug, kein Ålesund, kein Molde, kein Trondheim. Ich schlage vor, wir segeln zurück nach dem Süden. Ja?" Das war mir sogar sehr recht, ich hatte genug von Schneesturm und Sauwetter mitten im Sommer. Und von dem gemeinsamen Gefängnis mit einem Mädchenmörder.

51

Hüttenkoller

Die Ungewissheit nagte schon an meinen Nerven. Kleinste Kleinigkeiten regten mich auf. Auch Terje neigte zu gereizten Aktionen. Einmal war der Tee zu heiß, das Brot zu hart, der Wind blöd, das Essen ein Fraß. Ich kann mich nicht an all die lächerlichen Anlässe erinnern, die uns gegeneinander aufbrachten. An diesem Nachmittag hatte Terje geschlafen und sich maßlos aufgeregt, als er aufwachte, weil ich ein Kochgeschirr fallen lassen hatte. Es machte wirklich Lärm und rollte dann noch scheppernd unter sein Bett. Mit einem Fluch funkelte er mich aus vom Schlaf roten Augen an, kriegte den Kochtopf und warf ihn verärgert her, zu mir, der ich in der Küche stand und Ordnung machte. Er traf mich damit am Kopf, neben dem linken Auge. Jeder weiß, dass Treffer auf der Augenumrandung besonders wehtun. Ich blaffte ihn empört an:

„Ja hallo, spinnst du, was fällt dir ein?" Er maulte etwas von todmüde und dass ich nicht ausgerechnet jetzt das blöde Geschirr waschen müsse. Ich spürte das Blut herunterrinnen, schaute in den kleinen Spiegel und hielt ein Papiertaschentuch auf die kleine Wunde. Dann ging ich hinaus an die frische Luft, paffte eine Zigarre. Als ich dann mit dem Zigarrenstummel zurück in die Kajüte kam, weil mir draußen zu kalt geworden war, kläffte er mich an, dass ich mit dem Stinkkraut draußen zu bleiben habe! Ich protestierte: „Spiel du doch nicht den großen Kapitän, lass …", da sprang er ruckartig von seiner Mulde auf, und mit den Worten: „Weg da, du kleiner Schluchtenscheißer!" drängte er zum Ausgang, gab sich aber keine Mühe, an mir vorbeizukommen. Vielmehr ging er mitten durch die Leute. Es war ein grober *bodycheck*. Ich flog nur so in die Küche, das zum Trocknen gestapelte Geschirr schepperte durch die Kajüte. Plötzlich stand er vor mir, die Hände, nein, die Fäuste vor dem Gesicht wie im Boxring. Mir schoss die Angst wie ein Blitz durch den Kopf: Jetzt bin ich dran! Seine sonst ruhigen Augen blitzten, und schon hatte ich einen rechten Schwinger an der linken Schulter. Ich wollte es nicht glauben, aber der Kerl wollte mit mir *schlägern!* Da ich einem Boxkampf mit diesem drahtigen Burschen bei seiner großen Reichweite lieber auswich, sprang ich ihn an und nahm ihn in den *Schwitzkasten*: Ich hatte seinen Hals in der rechten Armbeuge und drückte fest zu. Er wollte sich freiwinden, ich aber hielt eisern fest. Er stöhnte und schnaufte schwer und krachte seinen linken Ellenbogen ein paar Male gegen meinen Bauch, hatte aber zu wenig Spielraum. Das tat nicht weh. Dann, um freizukommen, warf er sich nach vorne. Da ich ihn nicht losließ, fiel ich mit und krachte gegen den kleinen Tisch. Und zwar mit der linken Schläfe. Ziemlich genau dorthin, wo ich vor wenigen Minuten den kleinen Cut ausgefangen hatte. Ich ließ aber noch immer nicht los, wir lagen auf dem Boden, ich spürte Blut aus der Wunde rinnen und erkannte schadenfroh, dass es auf ihn tropfte. Das brachte ihn zur Vernunft. „Das ist Blut! Wer …?" „Na und, mit solchen Kleinigkeiten muss man rechnen, wenn …", keuchte ich. „aber ich lasse dich erst aus, wenn wir uns wieder vertragen." „Jaja, schon gut, schon gut, mir reicht es!" Jetzt erst lockerte ich meinen Schwitzkasten und stand mühsam, schwer atmend, auf. Schnell trat ich zwei, drei Schritte zurück, durch die Türe hinaus aus der Kajüte, um Abstand zu gewinnen. War er wirklich wieder friedfertig, oder? Terje war aber wieder der Alte, besorgt sah er sich meine Platzwunde an der Schläfe an. Sie schweißte stark. Aber eine Kompresse stillte die Blutung bald.

Wir standen uns gegenüber und grinsten uns kopfschüttelnd an. „Was war das denn, haben wir so was nötig?", brach ich die Stille aus Verlegenheit. Terje schüttelte den Kopf und schwieg. Dann maulte er irgendwas von blödem Sturm und den öden Tagen in der winzigen Kajüte, soweit ich sein Norwegisch verstand. Er drehte sich weg. Aber auf einmal standen zwei Gläser mit einer wasserklaren Flüssigkeit vor uns. „Wir lassen uns den Aquavit schmecken und vergessen den Rappel, o.k.?" Na, das war ein Wort. „Wo hast du den Ausdruck *Schluchtenscheißer* her? So wahnsinnig bekannt ist er ja nicht. Und von mir hast du ihn nicht." „Ja, das würdest du wohl gerne wissen. Aber du bist ja nicht der erste und einzige Alpenmensch, mit dem ich zu tun hatte. Thorbjörn hat immer wieder seine Segelboote an Leute auch aus der Schweiz verkauft. Und von denen habe ich solche tollen Worte gelernt. So was muss man sich merken."

„Mir ist ein Witz durch den Kopf geschossen, als du hinauswolltest, mich aber niedergerannt hast: Da sucht der Graf Bobby den Grafen Rudi im Zug und findet ihn endlich, in einem schlecht abgesperrten Abteil, allerdings intensivst beschäftigt mit einer Dame!

‚Aber Rudi, du wolltest doch mit mir nach Brünn fahren.' Der Rudi ächzt:

‚Tu ich doch, tu ich doch!' Darauf der Bobby: ‚Ja aber doch nicht mitten durch die Leut!'"

52

Terje erzählt

Am nächsten Morgen begann Terje auf einmal zu erzählen, ganz von selber. So, als hätte er einen kleinen Schalter unter seiner Frisur von *Schweigen* auf *Erzählen* umgelegt:

„Ich habe gerne auf der Wetterstation in Bergen gearbeitet. Wir mussten verlässliche Wetterprognosen erstellen, die Fischerei, die Segler, sogar die Küstenschiffahrt mussten wir rechtzeitig warnen, wenn sich ein Sturm zusammenbraute. Du wirst verstehen, wir hatten eine hohe Verantwortung. Wenn die Fischer nicht ausliefen, weil wir sie vor einem Sturm warnten, der dann nicht kam, hatten wir erhebliche Probleme. Ein verlorener Tag im Hafen bedeutet ja Fangverluste. Noch schlimmer war es natürlich, wenn sie alle draußen waren, wenn ein Unwetter über sie kam, vor dem wir sie nicht gewarnt hatten."

Terje starrte mit unbewegtem Gesicht in die Ecke der Kajüte. Oder erkannte ich nicht doch einen düsteren Ausdruck auf seinen Zügen? Sein linker Augenwinkel zuckte. Es entstand eine ungewöhnlich lange Pause. „Was weiter!", drängte ich. Er aber schüttelte unwillig den Kopf, sagte nichts. Was war dort geschehen, auf der meteorologischen Station in Bergen? Wann immer das Gespräch darauf kam, wurde Terje stumm, verschlossen, und kämpfte mit seiner Fassung. Er wechselte das Thema. „Wie machen wir das mit dem Heizen, heute Nacht? Es wird sehr kalt, vergiss nicht den Windchill-Effekt. Den vergaß ich sicher nicht, den kennen wir zur Genüge vom Skifahren bei 20 °C unter null. Diese Kälte wirkt mit dem Fahrtwind zusammen auf unsere Haut wie etwa 40 °C bei Windstille. Draußen heulte der Sturm mit siebzig bis neunzig Kilometer in der Stunde, das Thermometer zeigte vier Grad unter null. Und das im Juli! Den Sommer in Norwegen hatte ich mir anders, ganz anders vorgestellt. „Holz haben wir ja genug", stellte ich zufrieden fest. Denn ich war es ja gewesen, der mehrmals den Weg in die kleine Bucht gemacht hatte und mit einem Packen Treibholz zurückgekommen war. Gerne würde ich Terje auffordern, selbst einmal, oder gar öfter, den beschwerlichen Weg zu machen. Er ist aber der Kapitän, der Chef, er kennt sich aus mit der Maschine, mit den Geräten, den Instrumenten. Da kann er mir leicht die simplen, mühsamen Arbeiten zuschanzen. Wir wollten uns auf abwechselndes Aufstehen einigen. Aber, wie macht man das, abwechselnd? Ganz einfach: Aufstehen muss der, der früher friert. Und das war eindeutig ich! Mir wurde so kalt, dass ich mich gerne im Schlafsack aufsetzte, um nachzulegen Und, so wahnsinnig gut schläft man nicht in Reichweite eines Doppelmörders. Ich zermarterte mein Hirn mit einer Frage: Wiederholt hatte ich heimlich in die Karte – Sør-Norge – Norr – (nördliches Südnorwegen) geschaut und festgestellt, dass ich nicht abhauen konnte. Unwegsames Gelände, Sturm, Schneetreiben, da traute ich mich nicht drüber. Aber immer wieder konnte ich mir nicht vorstellen, dass dieser tüchtige, vernünftige Kerl ein Doppelmörder war.

„Wir werden doch noch einen Tag aushalten müssen, der Sturm hält noch an", verkündete Terje, als er von draußen hereinkam. „Wir haben aber alles, verhungern oder erfrieren, oder beides, werden wir wohl nicht. Essen gibt es reichlich, der Wassertank ist drei viertel voll. Ein paar Flaschen Wein, ein paar Zigarren werden uns das harte Los erträglich machen", beruhigt mich der Käpten. „Aber nicht vergessen, du bist der große Spezialist für das Brennholz!"

Nach dem Frühstück erzählt Terje von seiner Zeit in Nordamerika. Er studierte zwei Semester Meteorologie an einer Universität in New England. Dort hatte er eine junge, schlanke, langbeinige Studentin gesehen. An einem der ersten Frühlingstage schmiss irgendjemand ein Fest, eine *outdoor cooking party.* Terje half beim Grillen. Sie wollte ihr Steak ziemlich durch, er tat sein Bestes. Aber, mit hochgezogenen Brauen, stellte sie schnippisch, streng fest: „Not medium rare! Medium! Got it?" Er konnte damals nicht gut *rare* von *medium rare* und *medium* und *done* auseinanderhalten. "Do you understand me at all?" Sie provozierte ihn. Er sprach nämlich sehr gut Englisch, fließend, wie sehr viele seiner Landsleute, allerdings mit dem unüberhörbaren singenden skandinavischen Akzent. Er gab sich alle Mühe, aber erst beim dritten Steak war sie zufrieden und prostete ihm vom Tisch her zu: „Good job, thanks!" Immer wieder musste er zu ihr hinstarren, passte beim Grillen nicht auf, verbrannte ein paar Steaks. Der Gastgeber übernahm selbst das Grillen, um weitere Verluste zu verhindern. Terje musste sie zum Tanzen holen, wie sonst kam er an die Schönheit heran? Tanzen? Das war nicht seines. Er machte einige wenige tapsige Schritte, trat ihr ein paar Male auf die Füße und musste sie bald wieder zu ihrem Tisch zurückführen. Dort aber saß ihr *sweetheart* und machte ein saures Gesicht. Sie hieß Naomi.

Er sah sie immer wieder, bei Vorlesungen, bei Übungen. Eigentlich sah er sie überall. Er brannte lichterloh! Einmal lud er sie auf einen *coffee* in der Mensa im Keller ein. So richtig in Schwung kam ihre Unterhaltung nicht. Er quälte sich eine witzige Bemerkung nach der anderen heraus, wollte sie unterhalten, beeindrucken, aber sie reagierte gelangweilt. "Thanks for the coffee!", sagte sie knapp, als sie aufstand. Nach ein paar Schritten drehte sie sich um, fixierte ihn zwei Sekunden lang, kam zurück. Legte ihm ihre schlanke Hand an den Unterarm, dass ihm kurz die Luft wegblieb, beugte sich zu ihm herunter, als wollte sie ihn küssen, hauchte ihm ins Ohr: „Aus uns wird nichts. Ich bin verlobt, mit Chuck!" Das war ihr *sweetheart*, der mit dem sauren Gesicht. Peng! Volltreffer! Er schluckte so einige Male, aber so was muss man aushalten, sprach er sich Mut zu. Wenn er sie sah, und das geschah oft, viel zu oft, versuchte er ihr auszuweichen. Oder eher, sie zu treffen. Eigentlich wollte er sie nicht sehen, um seine Ruhe zu haben. Und seinen Seelenfrieden. Und die Konzentration auf das Studium. Aber Ruhe hatte er nicht.

53

Zuckerkrankheit

Er war als drahtiger Mann schon erstaunt über die weitverbreitete Fettsucht in Nordamerika. Diese Vielesser müssen die Produktion des Insulins steigern, das den Blutzucker im gesunden Bereich halten soll, aber auch Hunger meldet. Da sie dadurch zu viel von dem Hormon haben, haben sie ständig Hunger. Die andauernde Überlastung der Bauchspeicheldrüse kann so zu ihrer Erschöpfung und zur Minderproduktion des Insulins und zum Anstieg des Blutzuckers führen, und zu großem Durst und erheblichen Trinkmengen, Netzhautschäden bis zur Erblindung kommen dazu, Schäden an der Niere und den Nerven, den Gefäßen bis zum Herzinfarkt. Störungen im Fettstoffwechsel, gesteigerten Eiweißabbau, Schwäche bis zum Koma. Die Behandlung der Zuckerkrankheit ist – im Frühstadium – einfach: weniger Essen und mehr Bewegung. Diese Form des Diabetes mellitus kannte man früher nur bei Erwachsenen. Inzwischen gibt es immer mehr Kinder, die zu viel essen und sich zu wenig bewegen und sich diesen Diabetes vom Erwachsenentyp zulegen, besser gesagt, anfressen.

Seit zwei Jahrtausenden ist die Zuckerkrankheit bekannt, wurde von arabischen und – später – europäischen Ärzten beschrieben. „Die Zuckerkranken führen ein elendes Leben und sterben nach gar nicht langer Zeit, denn der Durst quält wie ein loderndes Feuer“, schrieb Aretaios von Kappadokien 100 n. Chr. Jahrhundertelang erkannte kein Arzt, dass der Urin süß war. Warum hat denn keiner auf der Suche nach Erkenntnis einen herzhaften Schluck genommen? Wo doch die Harnschau, die Uroskopie, eine der wichtigsten diagnostischen Maßnahmen des Arztes war, vom Mittelalter bis zum

Ende des 18. Jahrhunderts. Er wurde deshalb vom Volk abfällig und derb *Brunzdoktor* genannt. Nicht das Stethoskop oder der Stirnspiegel, sondern das bauchige Glas zur Beurteilung des Harns war sein Statussymbol.

Erst 1674 fiel dem Engländer Thomas Willis der honigartige Geschmack des Harns der Diabetiker auf. Vor 150 Jahren fand der deutsche Pathologe Paul Langerhans unter dem Mikroskop besondere Zellen in der Bauchspeicheldrüse, die etwa zwei Prozent der Masse dieses Organs ausmachen, erkannte aber die Bedeutung, die Funktion dieser Langerhans'schen Inseln nicht. Das taten zwei Straßburger Ärzte, Joseph von Mering und Oskar Minkowski. Versuchstiere wurden durch Entfernung der Bauchspeicheldrüse zu Diabetikern gemacht, die Symptome gingen aber wieder zurück, nachdem sie Teile der Drüse den Tieren unter die Haut implantiert hatten.

In Toronto kam es, nach dem Ersten Weltkrieg, zum Durchbruch: Dr. Frederik Banting erbat sich von seinem Vorgesetzten, McLeod, ein kleines Labor, einen Assistenten, den Medizinstudenten Charles Herbert Best und ein paar Hunde. Sie konnten das Hormon *Insulin* aus dem Pankreas extrahieren und die Entgleisungen der Zuckerkrankheit behandeln. Die Hündin, die als Versuchstier allerhand zu erdulden hatte, hieß – wenn ich mich recht erinnere – Majoree. Den Nobelpreis erhielten nur zwei der vier Hauptakteure: F. G. Banting und J. J. R. McLeod. Sie waren empört darüber, dass ihre Mitarbeiter Ch. H. Best und J. B. Collip übergangen worden waren, und teilten das Preisgeld mit ihnen. Eine noble Art, mit dem Nobelpreis umzugehen.

Gesunde Bewegung vermindert den *oxidativen stress*, der mit den *freien Radikalen* die Desoxyribonukleinsäure, DNS, schädigt. Diese freien Radikale entstehen bei der Umwandlung des eingeatmeten Sauerstoffs in Wasser. Sie vernichten mithilfe von Blutzellen Bakterien, Pilze und Parasiten. Ein Zuviel – schon Paracelsus sagte: *Die Dosis macht das Gift* – an diesen freien Radikalen ist aber schlecht, sie schädigen die

Auskleidung der Blutgefäße und begünstigen die Entstehung von Verkalkungen. Wir können das Übermaß an diesen freien Radikalen reduzieren, indem wir Antioxidanzien zu uns nehmen. Und zwar in Form von Obst und Gemüse. Dies erklärt den – auf den ersten Blick unverständlichen – Rat der Ernährungsexperten, mindestens fünfmal am Tag Obst und Gemüse zu essen. Fünfmal? Aber es geht: Ein paar Kirschen oder eine Marille zum Frühstück, ein Apfel am Vormittag, zu Mittag Gemüse und so weiter. Und zwar solche mit intensiver Färbung, rote Paprika, Kirschen und Tomaten, gelbe Marillen und grüne Paprika. Und nicht rauchen. Eine Zigarette nämlich beschert den Rauchern mehr freie Radikale als sie mit Obst und Gemüse ausgleichen können.

Auch Terje konnte, wie viele schlanke Männer, beachtliche Mengen essen. Aber, er dachte und sprach nicht so oft und so gerne vom Essen. Und, seine sportliche Natur, sein schlank-athletischer Body legte kein Fett zu. Wer für eine gute muskuläre Ausstattung sorgt, also mindestens drei, besser mehr Stunden in der Woche in gesunder Bewegung ist, hat einige Vorteile gegenüber bequemen, bewegungsarmen Zeitgenossen, also *couch potatoes*. Erstens verbrennt, verbraucht er in der Woche leicht tausend, aber auch viel mehr Kalorien beim Sport. Die werden also nicht als Fett gespeichert. Folglich bleibt er schlank und in Form. Dazu verbrennt die Muskulatur auch in Ruhe, also vierundzwanzig Stunden am Tag, weitere Kalorien. Verbrennt, der Begriff stimmt. Sportliche Leute frieren weniger, weil ihre Muskeln wie ein Pullover wärmen. Ein eindrucksvolles Beispiel sah ich einmal, als ich am Abend von einem Hausbesuch heimfuhr. Es war schon längst dunkel, es gab leichten Schneefall. Ich fuhr langsam an einem jungen Paar vorbei. Ein zartes Mädel im Wintermantel fror sichtlich, ein junger Bursche mit beachtlichen Muskelpaketen im T-Shirt hielt sie im Arm. Im T-Shirt.

„Normalerweise rede ich nicht so viel von so persönlichem Zeug, Doc. Aber jetzt, wo wir im Sund festsitzen, du erzählst von dir, da möchte ich auch nicht schweigen wie eine Auster. Es tut mir ja ganz gut, darüber zu reden. Und … es gab ja ein *happy end* … vorerst …, ob du's glaubst oder nicht. Und zwar für mich und Naomi, nicht für ihn. Ihr Sweetheart Chuck zeigte sich immer mehr von einer ganz neuen Seite. Er war ein Macho, wie es ihn in Nordamerika, im Land der Suffragetten, der *Women's Liberation*, nicht oft gibt. Wenn er seine paar Scotch oder Bourbon intus hatte, und das geschah fast jeden Abend, wurde er grob, unverschämt. Schon ein paar Wochen später sah ich Naomi wieder. Sie sah ziemlich angegriffen aus, trug große, dunkle Brillen, auch abends und bei schlechtem Wetter. Auch Chuck sah ich gelegentlich, unfreundlich und abweisend blickte er von unten auf mich herab. Er war nämlich um einiges kleiner als ich. Nie mehr aber sah ich die beiden gemeinsam." Ich räumte den kleinen Tisch ab, goss aber jedem noch vom Kaffee ein. Terje richtete sich ein gemütliches Platzl ein und lehnte sich zurück. „Und?", fragte ich. „Hörst du eigentlich immer auf, wenn es spannend wird? Wie ging es weiter mit dir und Naomi?" Terje schaute mich prüfend an, überlegte wohl, wie er weitererzählen sollte, und ob überhaupt. Nach einem Schluck aus dem Kaffeebecher begann er:

„Du bist wieder einmal neugierig wie meine Tante Nora. Aber du kriegst eine Minimalinformation, mehr geht dich nicht an! Kurz, ein paar Monate später war meine Zeit in den Staaten vorbei, ich packte meine Sachen und buchte den Flug nach Hause. Gab aber noch eine kleine Farewell-Party auf meiner Bude. Im Supermarkt kaufte ich die Getränke und das Knabberzeug ein, plötzlich stand Naomi da, machte große Augen und fragte, wer das alles saufen soll? Sie war ja ein gebranntes Kind nach den vielen Bourbons, die ihr Ex Chuck geschluckt hatte. „Ich gebe eine kleine Abschiedsparty, weil ich übermorgen dahin bin." „Was, du fahrst weg?", platzte sie heraus, erschrak und hielt ihre weiße Hand vor den Mund. „Sorry", murmelte sie verlegen und wollte sich an mir vorbeidrängen. Und jetzt, so nach dem Motto: „It's now or never!" hielt ich sie einfach fest, blickte ihr in ihr schönes Gesicht und küsste sie. Sie wehrte sich erst nach hübsch einigen Sekunden, fand ihre Fassung wieder und lachte: „Doch nicht hier, du Unhold, vor all den Leuten!“ Ich wollte sie hinter einen Stapel mit Küchenrollen schieben und weitermachen, aber sie wollte doch nicht. „Die Party beginnt um acht, aber komm doch früher.“ Als sie bereits kurz nach halb acht an meiner Türe klingelte, klingelte es auch bei mir. Schluss mit diesen Einzelheiten! Der Kavalier genießt und schweigt. Wir blieben in Kontakt, ich flog bald, sehr bald wieder zu ihr, alles Weitere kannst du dir ja wohl selbst denken!“

Jetzt zeigt er mir überzeugend, dass er nicht weitererzählen wollte. Kein Problem, ich blätterte in einem US-amerikanischen Magazin und las: Martin Bryant war als Kind oft misshandelt worden, hatte auch viele weitere Frustrationen erlitten. Sein IQ war nieder, er verhielt sich häufig unsozial seinen Mitmenschen gegenüber. Gerne quälte er Tiere. Der Verdacht auf eine Form der Schizophrenie wurde wieder fallen gelassen. Dafür wurde ein Asperger-Syndrom festgestellt, eine leichte Form des Autismus. Immer wieder spielte Martin mit Feuer, verletzte sich damit. Dann kamen Waffen dazu, begünstigt durch ein laxes Waffengesetz. Als er bei einer begüterten älteren Frau als Gärtner Beschäftigung fand, und von ihr Anerkennung bekam, besserte sich seine Situation erheblich. Akzeptanz, Anerkennung, eine sinnvolle Tätigkeit kann solche labilen, explosiven Männer entschärfen, stabilisieren. Diese gute Frau kam aber bald bei einem Verkehrsunfall ums Leben, und als sich Martins Vater kurz darauf das Leben nahm, kippte Martin um: Er bereitete einen Ausbruch an Gewalt vor, indem er sich in einem Café aufhielt und Fotos machte. Seine Tat war also nicht impulsiv, sondern geplant und vorsätzlich. Am 28.4.96 erschoss er 20 Menschen im Café und einige auf dem Parkplatz. Total 35. Zog sich zurück, zündete sein Versteck an und verbrannte fast darin. Bekam „lebenslänglich“ wegen Mordes, unternahm mehrere Selbstmordversuche.

Das war ja nicht gerade die aufbauende Lektüre, ich legte das Magazin beiseite und erklärte bestimmt: „Morgen gehst du zur Kohlehandlung um die Ecke und kommst mit einem Sack Kohle her. Ich trage auch einen. Damit ich mir die blöden Expeditionen zum Treibholz sparen kann. Die gehen mir nämlich ganz schön auf die Nerven!" Genüsslich ließ Terje den Rotwein in die Kehle rinnen und grinste: „Wenn du etwas Ordentliches gelernt hättest, wärst du jetzt nicht der Hilfsmatrose. Du bist eben ein bisschen alt und verbraucht und mit zwei linken Händen, und deshalb nur für die gewöhnlichen Arbeiten zu haben. Sei froh, dass wir ein modernes, pflegeleichtes WC an Bord haben, sei froh!"

Die Nacht war kein Vergnügen. Der Sturm flaute oft kurz ab, um wenige Minuten später mit wilden Böen wiederzukehren. Wir mussten mehrmals aus den warmen Schlafsäcken, um, in Pyjama und Haube und Moonboots, nachzuschauen, ob die Vertäuung und sonst alles in Ordnung war. Terje meinte, dass dieser Wechsel ein leises Zeichen vom Ende des Sturms sein konnte. Sein Wort in Gottes Ohr. „Ich werde nicht weiter in den Norden fahren. Also nicht nach Ålesund, nicht nach Trondheim. Ich hoffe, du bist einverstanden." Das war ich gerne. Sehr gerne sogar. Mir hatte das Abenteuer gereicht. Polarsturm im Sommer, nein danke!

54

Bären

„Zur Abwechslung möchte ich dir ein paar Gruselstorys von den Begegnungen mit Bären servieren, ja? Ich lebte ja im Nordosten der USA, an den nördlichen Ausläufern der Appalachian Mountains. Du weißt ja, die über 3000 Kilometer lange Bergkette, die bis Georgia im Süden reicht, ist Heimat Tausender Schwarzbären, aber auch einiger großer Brüder, Grizzlys." Jetzt, bei Tageslicht, waren mir diese Schocker recht, wir saßen in der Kajüte, es hatte 9 °C, wir konnten uns allerdings in die Wärmedecken hüllen. Es gab viel Rum mit etwas Tee drin und Kekse. Da konnte Terje erzählen, was er wollte.

Aber es kam knüppeldick. Da hatte der zwölfjährige David sich an seiner Lieblingskost, nämlich Hamburgern, gütlich getan. Zur Steigerung des Genusses hatte er die Dinger in eine Pfanne getan und über dem Gaskocher angewärmt. Jeder kennt den üppigen, aufdringlichen Geruch warmer Hamburger. Wohl auch ein Bär, der mit zwei, drei Schlägen seiner Pranken das Zelt aufmachte und den armen Buben in den Wald schleifte. Seine Freunde in den Nachbarzelten schreckten auf, öffneten mit zitternden Händen die Reißverschlüsse ihrer Schlafsäcke, dann ihrer Zelte, ergriffen irgendeine Waffe, einen Spaten, Feuerholz, und rannten dem unfreiwilligen Paar nach. In dem Geschrei ließ der Bär seine Beute los. Zu spät, David war schon tot. Ich brauchte einen großen Schluck aus der Teetasse.

Terje war wieder einmal eingeschlafen. Das war nicht ungewöhnlich, das leichte Schaukeln des Bootes, die Langeweile ließen uns immer wieder einnicken. Er aber schnarchte laut! Was die Menschen, die solche Schnarchgeräusche aushalten müssen, erdulden, ist beachtlich. Meistens sind es die Frauen, die neben solchen Schnarchern liegen und keine Erholung im Schlaf finden. Immer noch sind es die Männer, die mehr rauchen und mehr trinken. Beides trocknet das Gaumensegel aus. Und das flottiert im Atemstrom, es knattert wie eine Flagge im Starkwind. Als er nach einer guten Stunde aufwachte, streckte und reckte er sich und stellte fest: „Ich werde alt und steif. In der winzigen Kajüte kann ich mich nicht ausreichend bewegen." Jetzt sagte ich schnell: „Halt! Halt! Bevor du nun um die Insel schwimmst oder joggst, hätte ich einen Vorschlag!" „Ja?" „In etwa zweihundert Meter gibt es Holz." „Du hast recht, ich muss mir das einmal ansehen, um abschätzen zu können, was du geleistet hast." Jetzt grinste er her zu mir: „Oder aber, um festzustellen, dass das Holzholen eine Lappalie ist und du nur viel Theater gemacht hast." Er zog sich an, holte sich Beil, Säge und die Schnüre zum Zusammenbinden, ich musste das Heck des Bootes an das Ufer heranmanövrieren, und … schon war er weg. Ich wusste, dass er mindestens eine Viertelstunde, eher eine halbe, weg sein würde. Und schon war ich am Fernsehgerät, schaltete es ein, drehte an der Feineinstellung und, mit der anderen Hand, an der Antenne. Ich setzte mich so, dass ich ihn rechtzeitig sehen konnte, wenn er zurückkam.

Es gab den üblichen Schwachsinn im Spätnachmittag-TV: eine Kochshow, Werbung, aber keine *Nyheter.* Klar, die gibt es erst um sechs am Abend. Uch … es war 17:42 Uhr, was, wenn Terje da schon zurück ist? Ich holte mir den Feldstecher aus dem Schapp ober der Türe und suchte ihn. Das Schneetreiben hatte aufgehört, die Sicht war gar nicht so schlecht. Etwa zweihundert Meter in Richtung Südosten, rechts vom Ufer, stand er und schnitt und schlug Holz. Der Stapel war schon recht ansehnlich, verdammt, er wird ihn bald schultern und herstapfen. Jetzt aber unterbricht er seine Arbeit, dreht sich zum Wasser und pinkelt in den Sund. Gut so, sage ich mir, vielleicht lässt du die Hose herunter und setzt noch einen Haufen, das kostet ja mehr Zeit. Vielleicht bist du von der Bewegungsarmut an Bord sogar verstopft und hockst dort eine halbe Stunde. Jetzt ist es schon 17:58 Uhr, hoffentlich finde ich den Sender mit den Nachrichten! Terje macht die Hose zu, bückt sich, zieht an den zwei Reep-schnüren und zurrt das Holz fest. Jetzt müht er sich, den Packen auf die Schultern zu kriegen.

„Det er NRK med nyheterne“, hörten wir eine klangvolle Stimme aus dem Radio sagen.

Das, das sind die Nachrichten! Terje hat schon die Böschung geschafft und ist auf dem Weg her. Er kommt viel besser voran, da ich ja mit meinen vielen Gängen einen schönen Steig ausgetreten habe. Ich höre und verstehe lückenhaft, aber jetzt kommt irgendetwas von der UNO, dann eine Meldung von einem Minister. Terje ist nur noch hundert Meter weg. Dafür braucht er kaum mehr als zwei Minuten, so fit wie der Bursche ist. Der Sender schwindet, reichlich Störgeräusche, und kommt wieder: „… jenten, som hadde hatt bilulykke i Florø i …, avled i går natt i sykehuset …“ Und schon wieder Gekreische, ich höre nichts, dann kommt die Stimme wieder mit einem Resultat aus dem Sport, 17:12, wohl Handball. „Lässt du mich an Bord, oder soll ich schwimmen?“, keucht Terje. Ich drehe am Steuerrad und bringe das Heck ganz an das Ufer. Terje wuchtet das Holz her und springt nach. Er streckt sich und renkt seine verkrampften Gelenke wieder ein, und sieht den Fernsehapparat. „Du kommst alleine damit zurecht, gut! Was gibt es Neues? So ohne war dieses blöde Holzholen ja nicht, muss ich anerkennend vermerken. Bin ich froh, dass ich der große Käpten bin und mich mit so was nicht abgeben musste.“ Ich meine, möglichst beilaufig, dass ich wieder einmal etwas von der weiten Welt wissen wollte. Da werde nicht so viel zu sehen sein, bei dem schlechten Empfang hier im Sund, bei diesem Wetter, meint er, während er sich den nassen Anorak auszieht. Aber ich solle ihm Zeit lassen, sich umzuziehen und die Hände zu waschen, dann können wir ja sehen. Ich erzähle recht aufgeregt, dass das Mädchen, das in Florø einen

Verkehrsunfall hatte, in der vergangenen Nacht im Krankenhaus gestorben ist. Terje nickt, eher desinteressiert, teilnahmslos. Etwas wenig beim Tod einer jungen Frau. Aber wenigstens ist er kein Doppelmörder.

Ich wachte als Erster auf. Sofort fiel mir auf, dass kein Sturmgeheul zu vernehmen war. Also nur Pausen. Keine Böen. Leise schälte ich mich aus dem Schlafsack und schlich zur Kajütentüre. Ein nahezu wolkenloser hellblauer Himmel spannte sich über uns, das Meer zeigte sich endlich wieder mit Blautönen, die Klippen und die Felsen weiß vom Schnee. „Aus lauter Erleichterung serviere ich dem Käpten glatt ein fertiges Frühstück", sagte ich mir und stellte den Gaskocher an. Ich war noch lange nicht fertig, da öffnete Terje den Schlafsack und setzte sich auf. „Weißt du, was jung und frisch und gesund erhält? Nein, weißt du nicht, du verweichlichter *sydlenning*. Ich gehe baden, jawoll!" Stieg aus seinem Pyjama, stellte sich auf das Heck und jumpte in das Nordmeer. Kopfüber! Ich griff mir den Bootshaken, um die Wasserleiche aus dem Meer zu bergen. „Was ist los mit dir … komm ins Wasser … es ist herrlich!" Ganz so herrlich sah er nicht aus, die Kälte raubte ihm die Luft, einen längeren Satz hätte er nicht geschafft. Ich legte den Bootshaken zurück, behielt ihn aber im Auge, während ich langsam, Schritt für Schritt, die Bootsleiter hinunter ins Wasser stieg. Terje ging es immer noch erstaunlich gut. Mir nicht, denn noch nie war ich in einem so eisigen Badewasser gestanden. So eine plötzliche Abkühlung kann zu verschiedenen Formen des Herzversagens führen, zu Kammerflimmern, das bei der hohen Frequenz der Schläge keine Pumpleistung bringt, auch zu Flattern, oder auch zum Stillstand. Also, daran kann man leicht sterben. Nur sofortige und kompetente Hilfe kann dich ins Leben zurückholen. Die konnte ich mir von diesem wilden Nordmenschen aber nicht erwarten. So tauchte ich nur einmal, und sehr kurz, bis die Platzwunde an der Schläfe vom Salzwasser brannte, unter, das reichte. Und schon war ich wieder an Deck und in meinen Bademantel.

Inzwischen hatte der Tee lange genug gezogen, wir kleideten uns an und schlüpften wieder in die Schlafsäcke.

„Es geht also zurück in den Süden, ja?" wollte ich wissen. Dort konnte ich diesem Mordgesellen entwischen, nichts wie weg von ihm, weit weg. „Segel setzen, Befehl vom Käpten! Nimm das rotbraune Segel." „Wird es nicht zu klein sein, können wir nicht das größere setzen?" „Wir warten ab, wenn die Wind- und Wellenverhältnisse es erlauben, kannst du dein größeres Segel haben."

Die Verhältnisse waren gesittet, runde Wellen, stetiger Wind aus dem Westen. So verging der erste Tag unserer Rückfahrt nach Bergen. In einer Bucht ankerten wir, speisten fein, rauchten eine Zigarre und genossen ein paar Gläser, weil uns die letzte Weinflasche unverschämt angelacht hatte.

„Was war mit deiner Heirat? Du hast es doch einmal versucht? Oder hast du es gemacht wie einer meiner Freunde, der beteuert, dass er nie geheiratet – und sich dadurch drei teure Scheidungen erspart hat?" Terje lacht: „Das ist ja recht lustig. Aber mir ist das Lachen bald vergangen. Das wird eine kurze Geschichte. Ist schnell erzählt. Nach einigen Monaten, die wir durch den Atlantik getrennt und mit vielen Telefonaten und E-Mails überstanden hatten, heirateten wir in ihrer Kleinstadt und zogen nach Bergen. Ich hatte einen guten Job bei der Wetterstation, sie fand einen in einem großen Reisebüro. Dort brauchte man gerade sie, damit sie gezielt Angloamerikaner zu Reisen nach Norwegen, besonders nach Oslo, Bergen, zu den Lofoten und Vesterålen, und natürlich zum Nordkap gewann. Norwegisch lernen wollte sie nie. So hatten wir mehr Zeit für wichtigere Sachen … bald war sie schwanger. Wir waren sehr glücklich. Ein kleines Haus am Hang zum Fløyen, also in einer recht teuren Gegend, konnten wir uns leisten. Dann kam Tabea. Wir waren eine richtige Familie.

55

Gideon

Es war eine wunderbare Zeit. Tabea machte uns viel Freude. Sie war ein fröhliches, liebes Kind. Nach zwei Jahren eröffnete mir Naomi, dass sie abermals schwanger war. Das war der Himmel auf Erden für mich. Nicht aber für sie. Aus mir unerklärlichen Gründen freute sie sich nicht so wie beim ersten Mal. Hatte erhebliche Schwierigkeiten, fürchterliches Erbrechen am Morgen, musste viel im Bett bleiben. Musste den geliebten Job im Reisebüro aufgeben. Litt auch unter der Isolation, der Einsamkeit im Haus. Ich hatte ja viel zu tun. Bald stellte der Frauenarzt fest, dass eine Frühgeburt drohte. Mit Bettruhe und Medikamenten gelang es, die Geburt bis zur 27. Woche hinauszuzögern. Der Bub hatte gerade an die 600 Gramm, war unreif, sehr unreif. Naomi kam mit diesem Problem nur mühsam zurecht. Oder, eigentlich kam sie nicht zurecht. Irgendetwas stimmte da nicht. Wir saßen stundenlang an seinem Inkubator, hielten seine Hand, streichelten ihn. Die Auskunft der Ärztin am nächsten Tag war ein Schock: „Ihr Sohn hat eine Infektion. Er bekommt alle paar Stunden ein Antibiotikum. Übermorgen erst werden wir wissen, ob er durchkommt." Das war schon brutal. Gideon in Lebensgefahr! Wir gingen und saßen wie ferngesteuert herum, konnten uns schlecht konzentrieren, aßen kaum, schliefen schlecht. Naomi war entsetzt, ein Antibiotikum wollte sie nie. Wir hatten schon früher gelegentlich darüber diskutiert, ich teilte ihre Ablehnung nicht. Rechtzeitig und richtig eingesetzt, retteten die vielen Antibiotika seit 75 Jahren unzählige Lebewesen. Und jetzt bekam Gideon ein sehr starkes, sogar alle 6 Stunden. Naomi erwartete schwere Schäden, verlangte immer wieder, dass „man dieses Gift nicht weiter verabreichte". Immer wieder rastete sie aus, schimpfte auf die Ärzte, auf das rückständige Norwegen, wie sie meinte. In den USA hätte sie moderne Ärzte gefunden, die ihm mit natürlichen, pflanzlichen Mitteln geholfen hätten. Aber doch nicht mit so einem Gift!

Da geschah die Katastrophe: Mein Chef hatte mich schon mehrmals zu sich geholt und von mir verlangt, die Dienstzeiten besser einzuhalten und nicht bei jeder Kleinigkeit – er sagte wirklich Kleinigkeit – auf der Wetterstation alles liegen und stehen zu lassen und auf die Intensivstation zu Gideon zu eilen: „Ich verstehe deine Sorgen, deinen Kummer, aber wir sind für die Wetterprognosen an der südlichen Westküste verantwortlich. Du musst deine Arbeit machen. Jetzt bist du immer wieder weg, und, wenn du da bist, bist du übermüdet, gereizt." „Es geht doch um das Leben von Gideon, verstehst du das denn nicht?", protestierte ich, leider gereizt, er aber ließ nicht locker: „Dafür stehen die Ärzte und die Schwestern auf der Neonatologie, deine Frau ist dort, du musst hier deine Leistung bringen!" Er argumentierte „Immerhin hast du großzügig erklärt, die Stellung zu halten, als Britt und Ole gemeinsam verreisen wollten. Jetzt musst du sie ersetzen!" Das stimmte. Die beiden hatten leise, zaghaft angefragt, ob sie ganze vier Wochen auf Urlaub gehen könnten. Sie waren seit Kurzem ein Paar und flitterten irgendwo im Süden. Aber zum errechneten Geburtstermin, drei Monate später, wären sie schon längst wieder da gewesen.

„Ich verzog mich in unser Büro, zum Computer, den E-Mails, Satellitenfotos, all das, was um mich herum surrte, brummte und blinkte. Und dann kam der Hammer. Am Tag darauf, Gideon schien sich gut zu erholen, schlug ein fürchterliches Unwetter zu. Aus Nordnordwesten. Kennst du so was? Weißt du, wovon ich rede?" Ich nickte und dachte an den Polarsturm. Terje machte eine Pause. Leicht fiel es ihm nicht, über diese schweren Zeiten zu reden. Um ihm Zeit zu geben, stand ich auf und holte zwei Zigarren aus der Kiste. Er winkte ab, ich rauchte mir eine an. „Ich sah das Unwetter kommen, schätzte aber seine Geschwindigkeit falsch ein und gab den vielen Fischern, die eben noch vorher auslaufen wollten, grünes Licht. Du weißt ja schon, wenn sie nicht auslaufen und nichts fangen, obwohl das Unwetter ausblieb, dann gibt es Wirbel und Vorwürfe und Forderungen nach Schadenersatz usw. Du kennst die Wettersendungen, da stellt man sich hin und zeigt auf die Tafel und redet seine Sprüche herunter." Ich staunte: „Du warst im Fernsehen?" „Was ist daran so besonders? Wir waren drei, oft nur zwei, und wechselten uns ab. Rechtzeitig zum Sender, ordentlich gewaschen und geschneuzt, ein wenig Make-up und den Salat über das Wetter und die Prognose heruntergeratscht. Wenn möglich, mit einem kleinen Witzchen."

Er setzte fort: „Also ich stehe da, weiß der Kuckuck, welcher Teufel mich da reitet, und erzähle, dass der Sturm erst am folgenden Morgen in unsere Gewässer kommt. Wie ich mich abschminke und umziehe, ruft mich der Chef an und schreit mit mir, was ich mir da zutraue und so und ob ich diese Auskunft allein verantworten kann. Ich habe die Daten noch einmal durchgesehen und bin dabei geblieben: Der Sturm kommt nicht vor dem Morgen, und da sind die Burschen längst bei Muttern. Er hat gebellt, dass er seinen Sanctus dazu nicht gegeben hätte und den Hörer draufgeknallt." Terje suchte nach dem Plastikbecher mit dem Kaffee, fand ihn in der kreisrunden Vertiefung an der Halterung des Steuerrades, nahm einen kleinen Schluck und setzte fort. „Um es kurz zu machen, der Sturm kam schneller, noch in der Nacht, als über 40 Boote draußen waren." Du hast dich wohl auch damals verschätzt, so wie bei *unserem* Sturm, dachte ich mir, behielt aber diese Erkenntnis für mich. „Ich blieb auf der Wetterstation und funkte alle an und rief sie zurück. Trotzdem kamen drei Boote in Seenot. Der *sjøredningstjeneste* hatte Hochbetrieb, brachte alle in Sicherheit, wir verloren keinen Mann, kein Boot. Aber ich meine Reputation, und, und meinen Job. Der Chef brüllte diesmal gar nicht mit mir, sondern sprach ganz ruhig und leise meine Suspendierung aus. „Du wirst nach Hause gehen, gleich! Du bist suspendiert!" Terje schüttelt müde den Kopf, blickt düster vor sich hin.

„Und dann, ich war eben zu Hause angekommen, da rief sie an, aus dem Krankenhaus, sie brachte es nicht heraus, schluchzte, es schüttelte sie so sehr, so sehr, dass ich sie nicht verstand. Eine Krankenschwester nahm ihr den Hörer und die schwere Aufgabe ab und sagte, dass es der kleine Bub nicht geschafft hatte." Terje machte eine Pause. Diese schrecklichen Ereignisse lagen zwar fast zwanzig Jahre zurück, nahmen ihm aber die Fassung. Er kämpfte mit den Tränen. Seine Hände krampften sich um die waldhonigfarbenen Griffe am Steuerrad, seine Fingerknöchel wurden weiß. Eigentlich war er jetzt nicht fahrtauglich. Ich stand auf, um freie Sicht voraus zu haben. Aber wir segelten immer noch Kurs SW, reichlich Wasser an Backbord und Steuerbord, auch unter dem Kiel.

„Es waren schlimme Zeiten. Kind tot, Job weg, und am Tag darauf später war auch die Frau weg. Und mit ihr die Tochter. Meine Tabea. Ich komme von der *fagforening*, der Gewerkschaft, zurück, die mir helfen wollte, meinen Job zurückzuerstreiten, und finde das Haus leer! Ich stürmte durch alle Zimmer, hinauf in den ersten Stock, hinunter in den Keller … leer. Ziemlich schnell kam mir der fürchterliche Gedanke, dass Naomi mich verlassen hatte. Ich stürmte noch einmal in den ersten Stock und fand ihren Kleiderkasten ausgeräumt, viele Sachen lagen auf dem Boden und auf dem Bett. So sah es auch in Tabeas Zimmer aus. Und das leere Gitterbett, das wir schon für Gideon hergerichtet hatten! Auf dem Küchentisch fand ich den schlimmsten Brief meines Lebens. Naomi hatte unsere gemeinsame Tochter mitgenommen und saß schon längst im Flugzeug nach Oslo. Ich rief dort, am Flugplatz Gardermoen, an und wollte erreichen, dass man sie nicht weiterfliegen ließ. Die Boden-Stewardess zweifelte, wollte einen Beweis, dass ich das Recht hätte, Naomi am Abflug zu hindern. Gab das Gespräch weiter, ich klingelte dort eine Ewigkeit, dann flog ich aus der Leitung. Mit diesem blöden Telefonat verlor ich wertvolle Zeit. Jetzt rief ich die Flughafen-Polizei an und bat sie, Karen aufzuhalten. Der Mann dort hatte eher Verständnis und so was wie Mitleid mit mir und schickte zwei Polizistinnen zum Gate. Kurz danach rief er zurück und bedauerte: Das Flugzeug war vor den Augen der Beamtinnen gestartet." Ich atmete selbst einmal tief durch. Der Mann hatte schon allerhand zu ertragen gehabt. Auf einmal wusste ich, warum Terje damals, im Sund, beim Wort *Polarsturm* einige Sekunden den Faden verloren hatte und vor sich, ins Leere, gestarrt hatte.

Dieser verfluchte Sturm hatte seine Familie zerstört! Terje zog ein paar Male an der Zigarre, dann schaute er her zu mir: „Willst du der Tragödie letzter Teil hören?" Ich hatte eigentlich genug von diesem Drama, ahnte, wie es weiterging, nickte aber. Wohl mehr, um meine Anteilnahme zu zeigen und ihn nicht vor den Kopf zu stoßen. „Ich saß im leeren Haus herum und stierte vor mich hin. Mir fiel ein, wie energisch Naomi sich gegen einen norwegischen Namen für unseren Sohn gewehrt hatte. Richtig wütend wurde sie, als ich vorschlug, nach dem biblischen Namen Tabea für unsere Tochter doch Ragnar, Kjetil oder gar Terje zu nehmen.

Aber dann kämpfte ich um meine Familie. Ich rief Freunde an, um mir Rat und Hilfe zu holen, rechnete mir aus, wann etwa sie bei ihren Eltern ankommen würde. Dann rief ich bei ihren Eltern an. Ich stellte mir vor, sie würden vermitteln, helfen. Denkste. Sie waren überhaupt keine Hilfe. Ganz im Gegenteil. Schroff, knapp, ließ Schwiegervater Benjamin mich wissen, dass Naomi *endlich wieder zu Hause* war! Ja, zu Hause! Hast du gehört? Zu Hause! Um endlich wieder in einem ordentlichen Land zu leben, in den *USA, God's own Country!*, er sagte tatsächlich, in Gottes eigenem Land. Zu Hause! Ich protestierte: „Zu Hause ist hier, bei mir und Tabea!" Jetzt explodierte er und wurde laut: „Dort, in diesem kalten, gottlosen Land war sie nie zu Hause, nie!" Weiter ging es in dieser Tonart, und wenn ihm manchmal die Luft ausging, hörte ich die Stimme seiner Alten, die giftig nachlegte. Zum Beispiel, dass ihre gute Tochter schon seit Monaten – ohne mir etwas zu sagen – geklagt hätte, wie schwer sie es in Bergen hätte, wie einsam sie war. Er schien sich zu mäßigen: Jetzt würde es ihr wieder gut gehen. Und dass ich mir überhaupt keine Sorgen um sie machen müsste. Also alles in bester Ordnung! Und das ich nicht mehr anrufen sollte! Einfach so, nicht mehr anrufen! Und schon war das Gespräch beendet. Klack, aufgelegt.

Als ich wieder anrief, gingen sie einfach nicht ran. An ihrem altmodischen Telefon aber sahen sie nicht, wer anrief, deshalb hob Naomis Mutter ahnungslos ab, als ich es eine Stunde später wieder versuchte. Mit einem kurzen Schrei der Überraschung rief sie ihren Mann: „Benjamin, Benjamiiiin!" Und der gab es mir, dass ich froh war, dass das Gespräch zu Ende war. Es war ja gar kein Gespräch, sondern eine Verurteilung, ein vernichtender Urteilsspruch. Ich war gar nicht zu Wort gekommen. Mit schneidend scharfer Stimme machte er mir Vorwürfe, beschuldigte mich, Naomi vernachlässigt zu haben, unterstellte mir Kälte und Lieblosigkeit in diesem *gottlosen Land!* Und legte auf." Terje schüttelte den Kopf. Er lächelte bitter: „Weißt du, inzwischen kann ich darüber blöd, hilflos grinsen. Aber damals dachte ich mir, steig in ein Flugzeug, flieg über den Teich, kauf dir eine Knarre, tritt die billige Türe ihrer billigen Bretterbude ein, und hol dir Naomi und Tabea! Und schieß dem alten Grobian die Eier weg, wenn er sich dazwischenstellt. Ja, das war mein erster Gedanke."

Ein paar Möwen zeigten ihre großartigen Flugeigenschaften, turnten um uns herum, schielten nach Futter. Ich ging in die Kombüse und holte die Reste vom Abendessen. Einige dieser tüchtigen Flieger holten sich im Flug ihre Portion.

„Ja, gut, ich bin dann wirklich hinübergeflogen und habe Naomi aufgesucht. Natürlich ohne Knarre. Der Alte wollte mich zuerst am Gartentor abfertigen, mir kerzengerade ins Gesicht lügen, dass Naomi und Tabea nicht da wären. Dabei wurde er von seiner Tochter blamiert, die auf der Terrasse auftauchte.

Und mein Engel Tabea lief, ja flog, flatterte mir fröhlich mit ausgebreiteten Armen entgegen. 'Daddy, my Daddy, I'm so glad to see you again! Please, stay with us, please! Don't go away! Stay with us!' Sie sprang mir in die Arme und schmiegte sich an mich. Da schaute der Alte und brachte sein derbes Maul nicht mehr zu, auch der Drachen hinter ihm machte große Augen. Ich muss die Geschichte abkürzen, sie geht mir ganz schön an die Nieren." Er atmete tief durch. „Die Wiedersehensfreude von Naomi und Tabea hat überhaupt nichts bewirkt, oder doch. Sie hat mir geschadet, hat die Fronten verhärtet. Die Stimmung war höchst feindselig, ja aggressiv. Sie boten mir weder einen Platz noch ein Getränk an, ließen mich im Vorzimmer stehen. Wohl, damit die Nachbarn die scharfen, harten, schrillen Worte der beiden Alten nicht mitkriegten. Bald schickten sie Naomi und Tabea weg, ins Bett, weil sie Kopfweh hatten. Stell dir vor, sie befanden, dass beide Kopfweh hatten. Dann wurde ich regelrecht hinausgeschmissen. Da stand ich, in der glühenden Sonne Georgias. Mehr als von der Sonne allerdings brannte mein Hirn vor Wut über diese Behandlung. Ob ich mir nicht doch noch eine Knarre zulegen sollte?"

Die Sonne war im Nordwesten untergegangen. Terje fuhr fort: „Ich fuhr mit dem schäbigen Leihwagen in die Stadt, stoppte vor der Polizeistation und ging die paar Stufen hinauf ins Büro. Dort fragte ich einen jungen Officer nach dem Marshal. Das war nicht klug, denn der musste seinen Mittagsschlaf unterbrechen, und das wegen einem Fremden aus Norwegen. Er kannte Naomi und ihre Eltern, dachte nicht daran, mir zu helfen. Er wollte weiterpennen und gähnte so unverschämt, dass ich aufstand und ging. Den jungen Officer fragte ich noch nach der Adresse eines guten Anwalts. Er dachte kurz nach und sagte: 'Why don't you see Chuck, a good man. Chuck Sorensen.' Da keimte in mir Hoffnung, Sørensen ist ein norwegischer Name, der Sohn von Søren."

Terje schaute um sich: „Wir sind da, jetzt müssen wir gut aufpassen. Hertland ist hinter uns, wir suchen die Durchfahrt zwischen Sula und Ytre Sula. Hier gibt es gefährliche Untiefen". Der Wind kam herrlich von rechts, die Wellen waren rund und hoben uns in herrlichem Rhythmus alle paar Sekunden. Das Meer braucht noch seine Zeit, sich zu beruhigen." Na, bravo, dachte ich mir, ob ich da nicht endlich einmal seekrank werde? Zum ersten Mal in meinem Leben. Und das auf meine alten Tage. Ich wusste, mitsegeln, aktiv bleiben, den Horizont im Auge behalten. Aktiv bleiben, deswegen wird ja einem Autolenker nicht schlecht.

„Und wie ging es dir mit deinem norwegischen Rechtanwalt?" Terje lachte verhalten auf: „Der war der Allergrößte. Er stand gar nicht auf, als ich in seine Kanzlei kam. Nahm seine Füße nicht vom Tisch. Interessierte sich kaum für mein Problem, kürzte seine Fingernägel, kaute an einem Zahnstocher. Meine kleine Zwischenfrage, von wo in Norwegen seine Vorfahren gekommen waren, verstand er nicht. Offensichtlich wusste er nicht, dass er einen häufigen norwegischen Namen trug. Er nahm seine Füße erst vom Tisch und beugte sich vor, als er mich eine Vollmacht unterschreiben ließ. Jetzt hatte er es plötzlich eilig und drängte mich, zu signieren. Ich las sie aber zu seinem Ärger hartnäckig genau durch und fand ganz unten eine Zeile, die mich zu einem Vorschuss von 3000 Dollar verpflichtete. Jetzt stand ich auf und wollte gehen, er aber wollte ein Honorar für die paar Minuten, die er mir soeben vorgelümmelt hatte. Es gab einen lauten Streit, natürlich gab ich ihm keinen Cent. Ich war völlig entmutigt und flog heim. Wollte mich einmal erholen und dann erst weitermachen."

Terje machte eine kleine Pause, fuhr sich mit dem Handrücken über die Stirne, wie um seine Falten zu glätten oder diese trüben Erinnerungen wegzuwischen. „Daheim war ich nicht zu Hause. Ich kämpfte einen endlosen, teuren Rechtsstreit gegen meine Gegner drüben in Georgia, verlor aber endgültig. Schluss, darüber mag ich gar nicht reden, es war zum Kotzen! Ich hielt es in unserem gemütlichen Haus nicht aus, in dem noch vor ein paar Tagen Tabea gespielt und gesungen hatte. Überall lagen ihre Sachen herum und erinnerten mich an diesen Verlust. Auch Naomi fehlte mir. Ich hatte kleine, vorübergehende Probleme, Spannungen, die sich in kurzen Streitereien entluden, als im grünen Bereich liegend eingeordnet und grübelte, dachte jetzt nach, sinnierte, woran ich die extreme Entfremdung hätte erkennen können. Schon damals ging mir die moderne Feststellung, dass Männer und Frauen gleich seien, auf die Nerven. Das ist der reinste Blödsinn. Ich war mit meiner Frau sehr zufrieden, war in meiner Ehe sehr glücklich. Wenn ich zweimal am Tag mit den Mädels zusammen war, beim Essen, am Abend und an freien Tagen einen Ausflug machte, mit ihnen eine kleine Segeltour unternahm, meinte ich, alles wäre in Ordnung. Zweimal die Woche ging ich auf zwei Stunden in den Fitnessklub, und dann sofort heim, und nicht mit den Kumpeln auf ein paar Biere. Weggehen, schick essen, ins Kino, Tanzen, das ging selten aus. Daran war aber Naomi schuld. Wir hatten kaum Freunde. Sie konnte mit meinen Leuten nicht warm werden. So hatten wir es schwer, jemanden für Tabea zu finden, für ein paar Stunden. Die Sprache konnte nicht das Hindernis sein. Du weißt, hier in Norwegen spricht man verbreitet gut Englisch.“ Er starrte trüb vor sich hin, in unerfreulichen Erinnerungen gefangen.

56

Schnuller

„Bis zum Abend sind wir in Bergen, wenn dem Seppl das recht ist.“ Das war mir sogar sehr recht. Abstand und Bewegungsfreiheit von diesem bedauernswerten, aber unheimlichen Burschen zu bekommen. Dann fiel mir plötzlich ein: „Wird er abends wieder seines Weges gehen? Soll ich ihn darauf anreden? Soll ich ihn daran hindern? Mit irgendeinem Vorwand? Vielleicht rette ich damit ein junges Leben?“

Ein paar Stunden später legten wir im kleinen Jachthafen an, Terje ging zielstrebig zu einem *Kro*, einer Kneipe, ich zur Post. Es gelang mir, meine Frau zu beruhigen. Ich erzählte ihr in wenigen Sätzen die ganze Fahrt und versprach, flott heimzukommen. Dann folgte ich Terje in den Kro. Warum ging er diesmal nicht in den *Sjøboden?* Ich war wohl überreizt und vermutete überall einen Hinweis auf seine Untat. Hat dieser Wechsel des Lokals mit seiner Mordtat zu tun? Ich versuchte mir einen Reim darauf zu machen: Terje war damals in den Sjøboden gegangen, hatte dort irgendein Erlebnis, ein Treffen, einen Konflikt, eine Demütigung. Ging dann mit mir zurück zum Boot, rannte verwirrt herum, verließ dann die *Solveig* und tötete? Aber das ging selbst mir mit meiner überdrehten Fantasie zu weit. Es blieb bei einem Bier, denn mehr als siebzig Norwegische Kronen, das sind neun oder zehn Euro, verderben mir den Durst.

Terje war einsilbig, es kam zu keiner Unterhaltung. Muss ja auch nicht sein. Dann aber sagte er, ohne mich anzusehen: „Hör her, ich habe etwas Wichtiges zu erledigen. Du weißt, ich war ein paar Jahre in dieser Stadt, ich … ich muss allerhand regeln … so von früher … äh … du verstehst.“ Um Himmels willen, geht das schon wieder los? Hat der Kerl denn nie genug? Wie viele Mörder müssen zurück an die Stelle ihrer Untat, an die Stätte des Grauens? Aber, was, wenn ich ihm unrecht tat? Das Mädchen von Florø war ja nicht sein Opfer gewesen, sondern das eines Autounfalls! Vielleicht bilde ich mir das alles nur ein, beruhigte ich mich. „Ich werde bis morgen weg sein, wenn es Kummer oder Ärger gibt, rufst du mich an. Schau, dass du dein Handy immer bei dir hast! Aufgeladen!" Ich protestierte, wie lange sollte ich noch unterwegs sein mit ihm. Ein kurzer Ausflug nach Bergen war es, worum ich ihn gebeten hatte! Aber er hatte schon seine Jacke in der Hand und war dahin. Ich zahlte. Auch sein Bier.

Auf dem Weg zurück zur *Solveig* machte ich mir meine Gedanken. Vielleicht gab es eine einfache Erklärung, dass er da alte Freunde hatte, eine kleine Wohnung, vielleicht viel Geld auf der Bank, ein paar Goldklumpen im Garten vergraben. Wahrscheinlich aber handelte es sich bei der Geheimnistuerei um eine langbeinige Schönheit. Aber schuld war schon er an meiner blühenden Fantasie, weil er einfach wegging, ohne zu sagen, wohin und wozu. Ich sperrte die *Solveig* auf, warf den Gaskocher an, machte mir einen Humpen Tee, vergaß den Rum nicht, legte ein paar Kekse dazu und warf mich in meine gemütliche Mulde. Terje konnte ruhig wegbleiben.

Ein paar Seiten über Hochstapler fesseln mich. Eine Sonderform, der Beziehungsschwindler, arbeitet unter anderem mit *Sympathieauslösern*: Gleicher Geburtstag, gleicher Geburtsort, gleiches Sternzeichen – kann ja alles gelogen sein, schafft aber rasch etwas wie Nähe und Vertrautheit mit dem Opfer. Dabei muss dieser Bursche eloquent, intelligent, charmant und sensibel sein. Er muss sich ja alle Lügen merken, sich auf jede Situation gut vorbereiten und einstellen. Durchschaut, hat er meist einige Asse im Ärmel: Empörung über diese Zweifel können das Opfer vor weiteren Fragen und Zweifeln abhalten. Oder es folgt eine Ablenkung, ein Flirten, eine Erkrankung. Oder er gibt Teile zu, überlässt der Zweiflerin Nebensächliches.

Nicht nur Einzelpersonen, einsame Frauen, sondern auch Institutionen werden Opfer dieser Menschen: Besonders der Arztberuf ist das Ziel. Wie viele Medizinstudenten haben sich die schweren Staatsprüfungen erspart und sind zum erfolgreichen Chirurgen aufgestiegen? Waren es früher Grafen und Offiziere, sind es heute eher Banker, Ärzte, Psychologen, in deren Rolle der Schwindler schlüpft. Und noch etwas Interessantes verrät die interessante Zusammenfassung des Buches von Ch. Saehrendt: Die klassische Ehe, das Leben im Dorf oder in seinem Stadtteil, die lebenslange Arbeit an ein und demselben Arbeitsplatz erschwerte dem Schwindler seinen Auftritt. In unserer Zeit mit der großen Mobilität gelingt es viel leichter, in einer anderen Stadt ein zweites Leben zu erfinden.

Ich habe ein wichtiges Beispiel, wo die Wissenschaft meinem Instinkt und meinem Wissen als Kinderarzt recht gibt: Beim Schnuller. Im frühesten Kindesalter ist er wichtig, das Kleinkind durchlebt seine *orale Phase*: Alles, aber schon alles nimmt es in den Mund, weil sein Trieb, die Welt zu entdecken so stark ist. Der Tastsinn ist besser ausgebildet als seine Fähigkeiten zu sehen, zu hören, zu schmecken. Wissenschaftler konnten beweisen, dass Säuglinge die Form von Gegenständen, die sie zuvor ausschließlich mit dem Mund untersucht hatten, visuell wiedererkannten. Viele Eltern fürchten sich vor zu viel Dreck. Verbote sind aber falsch, da dieses *orale Erkunden* einem tiefen inneren Bedürfnis des Kindes entspricht. Ein gewisses Quantum Schmutz schadet auch nicht, das Kind will sein Immunsystem auftrainieren. Übertriebene Hygiene schadet, der Anstieg der allergischen Krankheiten wird – neben weiteren Ursachen – auf zu viel Sauberkeit zurückgeführt. Kinder, die am Land aufwachsen, auf Bauernhöfen, wo man ja nicht so hygienisch rein leben kann, haben ein besseres Immunsystem, leiden weniger an Allergien.

Es kommt leider immer wieder vor, dass *Klein*kinder, den Schnuller im Mund, auf Fotos in Zeitungen gezeigt werden. Das sieht ja nach Schleichwerbung aus. Aber Sprachentwicklung,

Zahnstand, Kieferentwicklung leiden unter der immer mächtiger werdenden Gewohnheit, den Schnuller viele Stunden am Tag und die ganze Nacht im Mund zu haben. Was tun wir dagegen? Im dritten Lebensjahr sagen wir dem Kind immer wieder, bei jeder sich bietenden Gelegenheit, wie gut es aussieht, wie groß es ist, was es alles kann, wie tüchtig es ist und dass der Schnuller zu einem so großen und tüchtigen Kind einfach nicht mehr passt. Den brauchen nur die kleinen Babys. Der große Papi und die große Mami und die weiteren Großen haben ja auch keinen. So wichtig der Schnuller während der ersten Lebensjahre also ist, so schlecht passt er zu einem Kind im dritten Lebensjahr und später. Und wenn das Kind dann mit dem Schnuller im Mund undeutlich spricht, verstehen wir es einfach nicht, ohne Schnuller aber schon. Keinesfalls nehmen wir dem Kind den Schnuller weg. Wir vermiesen ihn hartnäckig und warten geduldig, bis es ihn selbst nicht mehr mag. Die erfahrene Mutter von sieben Kindern, Anna Wahlgren, will ihn (in ihrem „Das Kinderbuch", „Barnaboken" im schwedischen Original) mit 6 Monaten radikal loswerden. Da ist die gute Frau schlecht beraten. Das ist entschieden zu früh!

Weiters mein Unbehagen beim nicht Grüßen. Es ist schon wahr, es hat sich etwas ändern müssen. Mussten wir doch, bald nach dem Krieg, alle möglichen Leute grüßen, ob wir sie kannten oder nicht, ob wir wollten oder nicht. „Kannst du nicht grüßen??", wurden wir immer wieder angeschnauzt, und zwar auch von fremden Leuten. Aber dass inzwischen viele Kinder uns Alte, Bekannte, kerzengrade anstarren und kein Wort herausbringen (wollen), ist sicher nicht richtig. Ein kleines Wort, gar mit einem Lächeln, überbrückt doch Distanzen, Barrieren und lässt uns Alte schmelzen. Meine Frau und ich haben sehr oft Freunde in unser Haus eingeladen, sie kamen um 20 Uhr, oft erst später. Da waren unsere Töchter schon oben in ihren Zimmern. Sie wollten aber unsere Gäste sehen und wuselten die Stiege herunter ins Wohnzimmer. Die Große, im bunten Schlafrock, war die erste, reichte die

Hand und sagte lächelnd: „Guten Abend, ich bin die Bärbl!" Ulla, im marineblauen Schlafrock, machte es ihr nach. Unsere Gäste schmolzen nur so dahin, unterhielten sich mit ihnen oft länger, als es uns recht war. Aber alle freuten sich. Ich denke, wir Großen müssen den Kindern zeigen, wie es geht. Das geschieht inzwischen offensichtlich weniger, denn immer mehr Kinder grüßten nicht, wenn sie zu mir in die Ordination kamen. Da stand ich, der alte Doktor, und sagte freundlich „servus" zu so einem Schulbuben, doch der brachte den Mund nicht auf. Und immer weniger Eltern griffen ein und ermahnten den Sprössling, doch etwas von sich zu geben. Und, immer häufiger grüßten die Erwachsenen selber nicht! Was steht auf der Karte, die mir der hochverehrte alte Prof. E. Federn einmal schickte? „Wozu erziehen, die Kinder machen uns doch alles nach!"

Und weiter: Wir können Kinder bei Licht einschlafen lassen, müssen es aber bald danach abschalten: Unsere Sinnesorgane – und die zuständigen Hirnareale – brauchen viel Zeit, sich zu erholen, im Schlaf. Bei völliger Dunkelheit. Dasselbe gilt für Gutenachtmusik, auch die Sinneszellen im Innenohr wollen pausieren. „Mami, darf ich noch lesen, bis ich einschlafe?" „Ja, aber keine Minute länger!"

Gehen, Laufen, Herumtollen fördern die Durchblutung des Gehirns. Schon vor Jahrzehnten hatten Forscher der Wiener Uni festgestellt, dass wir besser lernen, aufnehmen, nachdem wir uns bewegt hatten. Edi, Direktor eines Gymnasiums bei St. Veit, führte folgerichtig das *Kurzturnen* ein: Wenn der Unterricht schlauchte, wenn die Schüler sich nicht mehr gut konzentrieren konnten, durften sie aufzeigen und um eine kleine Unterbrechung bitten. Dann übernahm ein Schüler, eine Schülerin, das Kommando, die Klasse sprang, hopste, lachte und kicherte ein paar Minuten und erholte sich. Dann ging der Unterricht besser weiter.

Allerdings, schwere Anstrengung kann Erinnerungen *löschen*: Eine Gruppe von Testpersonen, die sich bis nahe an die

Erschöpfung verausgabt hatten, konnte sich viel schlechter an Ereignisse zuvor erinnern als die ausgeruhte Kontrollgruppe. „Also, Polizisten, mal herhören: Den Einbrecher nicht zu Fuß, sondern im Auto verfolgen, denn nach erschöpfenden Verfolgungsjagden wisst ihr vielleicht nicht mehr, warum ihr ihm nachgerannt seid!"

Da, auf Seite elf, lese ich die Überschrift: *Geld, Macht und Liebe*. Das verspricht interessant zu werden. Eine Frau, es kann eigentlich nur eine Frau sein, die munter und unbefangen berichtet, dass immer mehr junge Frauen fleißig, tüchtig und erfolgreich an ihrer Karriere arbeiten und für das finanzielle Auskommen der Familie sorgen: „Der Mann macht den Haushalt und all das, was seit Generationen die Frau gemacht hat." Also Rollentausch. „Doch diese Familienaufteilung funktioniert, selbst im 21. Jahrhundert, meist nicht", klagt die Referentin der Studie. Ich frage mich jetzt: Was hat das mit dem 21. Jahrhundert zu tun? Weiß sie nicht, dass es uns Menschen seit Tausenden Generationen gibt und wir uns nicht schlagartig, in einer oder zwei Generationen, entscheidend ändern können? Ich frage mich bei diesen optimistischen Erwartungen der Weltverbessererinnen, wann sie sich endlich einmal Kenntnisse über die Natur der Menschen zulegen werden. Offensichtlich wollen sie sich mit Fakten über die unterschiedliche Ausstattung von Frauen und Männern nicht belasten. Wir sind eben nicht so, wie wir gerne wären oder wie ein paar Träumer uns gerne hätten, sondern das Ergebnis einer Evolution von Jahrhunderttausenden. Und da haben sich in unseren Hirnstrukturen Abläufe eingeprägt, die unser Verhalten beeinflussen, und nur recht langsam geändert werden können.

Erwartungsgemäß wird von der Autorin der entscheidende Einfluss der tradierten Frauenrolle beklagt, die zur Selbstverleugnung der eigenen Persönlichkeit führe. Stichwort: *Die dummen alten Rollenklischees*. Daraus entstünden Selbstzweifel und niedriges Selbstvertrauen, die zu einer deutlich reduzierten Nutzung der eigenen Potenziale führen. Diese geschwollene

Ausdrucksweise kann mich nicht blenden und davon abhalten, die tüchtige, mit beiden Beinen auf dem Boden stehende Frau zu loben, die *den Laden schaukelt* und nicht mit aller Gewalt und verkrampft ihrem Mann und überhaupt allen Männern zeigt, dass Frauen alles können, und das besser als die Männer.

Unter der Überschrift *Frauen hören Männerstärke* lese ich, dass Frauen der Stimme eines Mannes – auch wenn er einer anderen Kultur oder auch Sprachregion entstammt – entnehmen können, wie stark und erfolgreich er bei Konflikten sein kann. Ist doch grandios, diese Sensibilität! Und wieder ein kleiner Beweis, dass wir verschieden sind und oft verschiedene Aufgaben lösen müssen. Und dass wir Verhaltensmuster aus Urzeiten nicht in ein, zwei Generationen ablegen können. Ist doch der Schutz der Kinder und Frauen eine elementare Aufgabe, der sich Männer stellen müssen.

57

Alfred Adler und Sigmund Freud

Mir reicht die Lektüre wieder einmal, ich denke, ich werde in die Stadt gehen. Jetzt suche ich ein Kaffeehaus. Da werde ich mir einen Kaffee und den grünen Marzipankuchen bestellen, hoffentlich ist er diesmal frisch. Da ist eines, ich setze mich in eine Ecke. Am Nebentisch sitzt ein alter Mann und liest in einer Tageszeitung. Es ist eine *VG*, was das Akronym von *Verdens Gang* ist, also der Lauf der Welt etwa. Ich sehe keine weitere freie Zeitung, also soll ich ihn anreden, ob er etwas von dem armen Mädchen weiß? Ich zähme meine Ungeduld, mühsam, will ihn nicht bei seiner Lektüre stören, denn dann würde er dazu noch länger brauchen. Er liest schwerfällig, seine Lippen bewegen sich mit. Bei der PISA-Studie würde er schlecht abschneiden und den guten norwegischen Durchschnitt drücken. Jetzt hebt er die Zeitung auf vom Tisch, um sie umzublättern, ich sehe die Titelseite und glaube, eine Sekunde lang die Schlagzeile: MØRDEREN BLE TATT! gelesen zu haben.

Habe ich richtig gelesen, habe ich die Worte wohl verstanden? Mir bleibt wieder einmal die Luft weg. Der Mörder gefasst! Ich starre hin zu der Zeitung, die muss ich in meine Hände bekommen. Der Alte hat sie ordentlich gefaltet und auf den Tisch gelegt, jetzt steht er mühsam auf, geht ein paar schleppende Schritte in Richtung Kassa, dreht sich um, geht zurück zum Tisch, ergreift die Zeitung, um sie zurückzutragen. Ich stehe, nein, springe auf und frage, frage etwas zu laut und hektisch: „Kan jeg få avisen, den her? Takk!“ Er nickt, leicht überrascht von meiner Eile, meiner Gier, zu der Zeitung zu kommen. Noch im Stehen suche ich die Schlagzeile, finde das Bild des Mörders: Es ist nicht Terje!!!! Ein unappetitlicher, schäbiger, dreckiger Mann blickt mir entgegen. Welchen Eindruck sonst könnte ein Mädchenmörder machen? Ich lese in fieberhafter Eile, dass der 43-jährige Egil S. ausgeforscht worden war und nach anfänglichem Leugnen ... Die alte Leier.

Das arme Mädchen, die arme Familie, die traurigen Freunde.

Welche Gefühle über mich herfallen. Das Mitleid mit dem Opfer und den Angehörigen. Der Hass auf den ekelhaften Typen, den ich in den übelsten Kerker werfen könnte, zusammen mit Ungeziefer, Ratten, Schlangen. Stattdessen wird er in einem skandinavischen Nobelappartment untergebracht werden, mit Fernsehen, Fitnessraum, täglich dreimal gutem Essen. Nur Hotel wird es nicht heißen, sondern *fengsel*, Gefängnis oder Korrekturanstalt.

Und Terje. Wie leichtfertig habe ich ihn schuldiggesprochen, verurteilt, als Vergewaltiger und Doppelmörder. Tut man so was mit einem Weggefährten und Freund? Nein, so was tut man nicht. Aber haben ihn nicht alle möglichen Umstände verdächtig gemacht? Fieberhaft suche ich, zu meiner Rechtfertigung, die Indizien zusammen, die mich misstrauisch gemacht hatten: Er war beide Male weg, als die beiden Frauen ums Leben kamen. Er sagte kein Wort, wo und wozu er unterwegs war. Die Schrammen am Hals, das blutige Hemd, seine Verstimmung und, und, und, der Vollmond ... Ich brauche diese Liste, ich brauche sie für mich, für meine eigene Verteidigung, zu meiner Rechtfertigung.

Es fängt wieder an zu regnen, ich eile auf unser Boot zurück. Da liegen meine Hefte und Bücher, ich glaube aber nicht, dass ich mich jetzt darauf konzentrieren kann. Ich ziehe meine Badehose an und steige die Leiter hinunter ins Meer. Das kühlt. Und lenkt ab. Aber nur kurz. Jetzt lege ich mich trotzdem hin und schlage ein Heft auf, der Artikel fesselt mich.

Von Alfred Adler lesen hilft weiter, gerade in unserer Zeit, „da Minderwertigkeitsgefühle und deren Kompensation einen ganz besonders hohen Stellenwert in der Gesellschaft haben“, wie ein Leserbriefschreiber meint. Vierzehn Jahre jünger als Freud, fiel Adler ihm durch sein großes soziales Engagement und seinen Ruf, meisterlich zu diagnostizieren, auf. Freud schrieb ihm eine Postkarte und lud ihn zu den wöchentlichen Diskussionsabenden in die Psychologische Mittwoch-Gesellschaft in sein Haus, Berggasse 13 im 9. Bezirk in Wien, ein. Adler nahm an. Allerdings wurden sie nie Freunde, und Freuds Schüler zu sein, bestritt Adler immer. Zu unterschiedlich waren sie in Charakter und politischen Ansichten. Bald auch stellte Adler das Bedürfnis nach Macht (das Vermögen, seinen Willen gegen Widerstand durchzusetzen) über die Sexualität, die Freud im Vordergrund sah. Das frühe, das kindliche Minderwertigkeitsgefühl zu überwinden sei die treibende Kraft, Macht zu erlangen, Macht auszuüben, nicht die Libido. Ein verärgerter und gekränkter Freud drängte Adler immer mehr aus seinem Umfeld, aus der Wiener Psychoanalytischen Vereinigung, und streute das Gerücht, Adler sei geisteskrank, verrückt geworden aus Ehrgeiz. Adler arbeitete weiter an seiner *Individualpsychologie*, wurde berühmt, machte große Vortragsreisen und zog sich mit seinen Erfolgen endgültig den Hass des alten Meisters zu, der zum plötzlichen Tod Adlers auf einer Vortragsreise in Schottland bösartig, schäbig, bemerkte: „Für einen Judenbuben aus einem Wiener Vorort – heute Rudolfsheim, XV. Bezirk – ist ein Tod in Aberdeen, Schottland, eine unerhörte Karriere und ein Beweis, wie weit er es gebracht hat. Wirklich hat ihn die Welt für sein Verdienst, der Analyse (Freuds) widersprochen zu haben, reichlich belohnt."

Aber an Sigmund Freud kommen wir niemals vorbei: Verdrängung, Sublimierung, Ödipuskomplex, viele inzwischen alltägliche, wichtige Begriffe hat er in unser Denken eingeführt, einer Religion gleich hat seine Psychoanalyse unsere Kultur bereichert. Dass, was an der Oberfläche des Seelenlebens zum Vorschein kommt, nur ein dürftiger und häufig irreführender Reflex der Gesamtheit der psychischen Kräfte ist, dass wir verdrängen, sublimieren, dass wir uns gewohnheitsmäßig selbst täuschen. Dass wir nicht Herr im eigenen Haus sind (dass wir von unseren Trieben mehr gesteuert werden als vom freien Willen) wurde von ihm als die dritte Kränkung der Menschheit bezeichnet. Die erste hatte uns N. Kopernikus mit der Feststellung versetzt, dass wir auf unserer Erde nicht im Mittelpunkt des Alls stehen, sondern ganz am Rande unserer Galaxie. Die zweite stammt von Ch. Darwin und seiner Erkenntnis, dass wir eine gemeinsame Wurzel mit den Affen haben.

Schon seit dreißig Jahren ist bekannt, dass zwischen Bewegung, Ernährung und Krebs ein Zusammenhang besteht. Dass also Sport gegen die Entstehung von Krebs hilft, haben Studien aus East Anglia, Heidelberg und Cleveland belegt: Fettleibige Menschen sind ja besonders krebsgefährdet. Da körperliche Aktivität eine Schutzwirkung gegen Darmkrebs, Krebs der Gebärmutterschleimhaut und Brustkrebs nach der Menopause entfaltet (vor den Wechseljahren scheint leichtes Übergewicht eher schützend gegen Brustkrebs zu sein!), sollen Energiezufuhr durch Kalorienaufnahme und Energieverbrauch durch Bewegung sich die Waage halten. Nathan Berger von der Case Western Reserve University in Cleveland, Ohio, züchtete Mäuse mit einem unersättlichen Bewegungsdrang. Sie flitzten wie besessen und blieben trotz gesteigerter Futtermengen schlank, wurden älter als gewöhnliche Artgenossen und entwickelten seltener Tumore. Mit Tumorzellen im Experiment infiziert, überlebten sie länger als ihre bequemen Artgenossen.

Eine kleine Notiz aus der Uni Bremen ermuntert zum *Sport im Alter.* Krafttraining ist kaum sinnvoll, und gefährlich, Dehnübungen sind gut, aber wenig ergiebig. Ein paar Alterssportlern hatten nach einem Jahr Dehn- und Entspannungsübungen wenig gebracht, Koordinations- und Gleichgewichtstraining aber bessere Kognition und räumliche Vorstellung. Am besten sei Nordic Walking, es bringe eine erhebliche Steigerung von Kognition und Aufmerksamkeit.

Zehn bis zwanzig Prozent der Bevölkerung leiden am Tinnitus. Ohrgeräusche können aus verschiedensten Ursachen auftreten. Sausen, Brummen, Rauschen, Klingeln können Ohrentzündungen, Verknöcherung der Ohrpyramide, und Tubenkatarrh begleiten. Arsenvergiftungen, Hörsturz, Nervenwucherungen können zu zischenden und pfeifenden Geräuschen führen. Wenn diese Geräusche synchron mit dem Puls erscheinen, gehören sie wohl zu Durchblutungsstörungen. Verengungen, aber auch Aneurysmen (Erweiterungen) der Blutgefäße, Gewächse, auch Bluthochdruck können daran schuld sein. An alle diese Möglichkeiten muss ein gewissenhafter Ohrenspezialist denken und entsprechende Untersuchungen vornehmen und veranlassen, bis andere Ursachen ausgeschlossen werden können und die Diagnose Tinnitus steht. Aber jetzt kommt der Hammer: Wer länger als zehn Minuten täglich das Handy am Ohr hat, steigert sein Risiko, einen Tinnitus zu bekommen, auf 71 Prozent. Diese Horroraussicht erhöht sich bei jahrelangem Handygebrauch.

Zu unserem Glück ist unser Geruchsinn so gestaltet, dass er vorwiegend Veränderungen wahrnimmt. Nach ungefähr fünfzehn Minuten haben wir uns an fast jeden Gestank gewöhnt. Das werden Menschen, die bei Papierfabriken oder chemischen Werken oder sonstigen Gestankschleudern leben, wohl bestätigen. Den vorletzten Sommer meiner Studentenzeit blieb ich in Graz, um ungestört Pathologie zu lernen. Dazu famulierte ich einige Wochen am Pathologischen Institut. Dorthin, in den Seziersaal, kommen die im Krankenhaus Verstorbenen. Sie werden obduziert, aufgeschnitten, um letztlich zu wissen, warum und woran der Mann oder die Frau verstorben ist. Träger bringen den Leichnam in die Halle, legen ihn auf diesen großen Tisch aus Nirosta-Stahl, den Freunde von TV-Krimis gut kennen. Der Prosektor schneidet den Bauch auf, vom Schlüssel – bis herunter zum Schambein. Dann werden sämtliche Organe hervorgeholt und begutachtet. Der Darm wird in seiner ganzen Länge aus dem Bauch geholt und genau untersucht. Der Skalp wird gelöst, das Schädeldach abgesägt, das Gehirn herausgenommen, auf eine Tasse gelegt und in feine

Scheiben geschnitten. Man sucht nach Blutungen, Tumoren, Gefäßanomalien, sonstigen Besonderheiten.

Leider war dieser Sommer der heißeste seit Jahren. Wochenlang überstieg die Mittagstemperatur die 35 °C! Die drückend heiße, schwüle Hitze hatte an den Leichen ganze Arbeit geleistet. Sie rochen entsetzlich! Der Gestank, der uns an der Eingangstüre entgegenschlug, hinderte uns, den Seziersaal zu betreten. Hilflos, um Fassung, Überwindung ringend, standen wir im Vorraum. Sich in Zigarettenrauch einzuhüllen half etwas, wir Nichtraucher standen ganz nahe bei den Rauchern und sogen gierig ihre Abgase ein. Aber nach einigen Minuten war das Ärgste überstanden, wir stellten uns zum Tisch und machten unsere Arbeit. Um mir als Student das Geld für Fahrscheine mit dem Zug oder Bus zu ersparen, habe ich mich oft zum Autostoppen an die Straße gestellt. Auf der Hälfte der Strecke zu meinen Eltern plagte uns ein penetranter Gestank. Um peinliche Fehldeutungen zu vermeiden, musste ich wie ein Fremdenführer erklären, dass dafür eine Papierfabrik anzuschuldigen war. Was aber, wenn ich eingenickt war?

Eigentlich gehöre auch ich jetzt in die Mulde, jetzt ist meine Schlafenszeit. Probleme mit dem Schlafen hatte ich nie, weil ich fast immer zu wenig Schlaf bekommen hatte. Um halb zwölf ging ich ins Bett, nach ein paar Seiten in einem Buch oder einer Zeitschrift war ich schnell weg. Eine Studie gab mir eine wertvolle Orientierung: Man ist umso gesünder, je näher man an etwa 7 Stunden Schlaf in 24 Stunden kommt. Der Hauptschlaf nachts soll sechs Stunden nicht unterschreiten. Da komme ich gut hin. Gute sechs in der Nacht, eine halbe zu Mittag. Aber bald darauf las ich in einem ebenfalls wissenschaftlichen Bericht, dass Menschen, die zwischen 7 und 8 Stunden schlafen, am gesündesten sind und am längsten leben. Das ist wohl das Kreuz mit den wissenschaftlichen Studien: Man braucht gar nicht lange zu warten, bis die nächste daherkommt und etwas anderes sagt als die vorhergehende. Und schon ist sie da: „Alles zwischen 4 und 9 Stunden Schlaf ist normal." Ich selbst meine ganz schlicht, wenn man frisch und munter morgens aufwacht, dann hat man genug geschlafen.

Ich höre Terje schon kommen, er donnert auf der hölzernen Brücke her. „Wir müssen nach Schottland!" Ich bin völlig überrascht, verstehe kein Wort. „He, du Seppl, hör doch her: Es gibt einen Wind aus dem Südosten, der uns in zwei Tagen nach Schottland bringt. So was darfst du dir nicht entgehen lassen, so was gibt es nicht alle Tage!" Ich fange mich und brauche nicht lange, abzulehnen. „Wir wollten ein paar Tage nach Bergen segeln, inzwischen sind es neun lange Tage geworden. So schön und aufregend und interessant es war, ich will nach Hause! Ich glaube nicht, dass ich meine Meinung ändere." Er mault noch, dass so ein Wind ein Riesenerlebnis sei, sieht aber ein, dass ich wieder nach Hause will.

Ich suche eine Ablenkung, um die Pause zu überbrücken. „Hör zu, Terje, jetzt kommt ein Witz! Ein reiferer Mann herrscht einen Burschen an: „Ich könnte Ihr Vater sein!" Der antwortet aber flott: „Da kennen Sie aber meine Mutter schlecht!"

Dieser Witz ist ein überzeugendes Beispiel dafür, dass Freud nicht recht hatte, wenn er meinte: „Die sexuellen Witze sind immer die besten!" Ich habe noch einen, der Freud widerlegt: „Wütend kommt der Professor in die Klasse und knallt die Schularbeiten aus Mathe auf den Tisch: ‚Diese Klasse ist elend, 80% haben die Arbeit verhaut!' Fritze in der letzten Bank stellt richtig: ‚Herr Professor, das geht nicht!' ‚Warum?' ‚So viele sind wir ja gar nicht!'" Terje lacht müde, matter Witz, meint er. Ich möchte mich weiter über Witze unterhalten: „Jetzt fällt mir der *fröhliche Tabubruch* ein, über den du mit mir reden wolltest. Er besagt, dass die Spannung, die auf die Erwähnung mit einem Tabu belegter Begriffe folgt, in einer Pointe gelöst werden soll. Gelächter oder Schmunzeln folgen. Der Witz ist angekommen. Und über die Sexualität zu sprechen ist verpönt, wird tabuisiert, schafft also reichlich Spannung." „Ja, das ist mir klar, aber hast du ein Beispiel?" Jetzt erzähle ich einen Witz, der hart an die Grenze des Erträglichen geht, den man beileibe nicht überall erzählen kann, der aber eine lehrreiche Pointe hat.

„Ein Mann geht zum Arzt. Er zieht eine junge Frau hinter sich her, die ihm, misslaunig und unwillig, folgt. Dem neuen Arzt, frisch von der Universität, hervorragender Ruf, klagt er: ‚Doc, diese Frau war bis vor ein paar Wochen das tollste Weib auf Erden, jetzt ist mit ihr nichts mehr zu machen. Immer launisch, müde, unlustig. Was sie wohl hat?' Der junge Doc untersucht die junge Frau gründlich, hört sie über Herz und Lungen ab. Tastet sie gewissenhaft ab, schaut in Rachen und Ohren. Dann bittet er sie auf den gynäkologischen Stuhl und untersucht sie dort. Und, wie sie so da liegt, macht er seinen Hosenschlitz auf und … Wie er damit fertig ist, macht er die Hose wieder zu, dreht sich zu dem Mann hin und erklärt ihm: ‚Das braucht deine Frau zwei-, dreimal die Woche, dann ist wieder alles o. k.!' Der Mann nickt und sagt: ‚Danke, Doc. Aber muss ich da jedes Mal mitkommen?'" Gott sei Dank, Terje lacht. Nach hübsch einigen Sekunden versucht er, sein Lachen anzuhalten. Wer zu solchen harten Witzen lacht, hat sie akzeptiert, hat zugestimmt, kann sie nicht verurteilen. Und wieder muss er lachen.

„Diesen Witz erzähle ich selten und nur gezielt, weil er recht weit geht und vielen Leuten nicht zuzumuten ist. Aber ich halte ihn für ein gutes Beispiel, wie das strenge Tabu des sexuellen Akts zu einer Spannung führt. Die Pointe ist stark." Terje schmunzelt abermals und sagt: „Ich sehe das genauso wie du! Die Pointe rechtfertigt den Tabubruch."

„Ich habe noch einen, harmlosen, der dem Sigi, dem Freud widerspricht. Erinnerst du dich, Freud sprach von den sexuellen Witzen. Aber nicht nur sexuelle Belange sind tabuisiert, sondern auch, zum Beispiel, die Organe unserer Ausscheidungen." „Lass hören, lass hören!" Terje grinst erwartungsvoll.

„Der Chefarzt macht Visite. Er hat keine Ahnung von den Leiden seiner Patienten. Den ersten Mann fragt er jovial, gut gelaunt: ‚Wie geht's, Herr Pospisil, was hamma denn?'

‚Hämorrhoiden, Herr Primar!' ‚Na, und was g'schieht damit?' ‚Pinseln, Herr Primar!' ‚Und der Herr Nachbar, was …?' ‚Auch Häemorrhoiden, Herr Primar.' ‚Und …?' ‚Pinseln, Herr Primar.' ‚Und der dritte Herr, was …?', ‚Eitrige Mandelentzündung, Herr Primar.' ‚Und was g'schieht?' ‚Pinseln, Herr Primar.' Zufrieden wendet sich der Herr Chefarzt der Türe zu. Stoppt, dreht sich schwungvoll um und fragt: ‚Haben Sie Wünsche, Bitten, Anregungen?' Zeigt der mit der Mandelentzündung auf. Der Chef blickt ihn fragend an: ‚Ja?' ‚Kann ich, bitte, als *Erster* gepinselt werden?'"

Terje zeigt auf einen Bericht in einer norwegischen Zeitung: „Menschen haben immer wieder, sehr zum Nachteil aller, in den Lauf der Natur eingegriffen. Kennst du die Geschichte von diesem Thomas Austin, der vierundzwanzig Kaninchen aus England nach Australien brachte und im *outback* freiließ? Er wollte sein Jagdvergnügen und seine Ausbeute steigern. Aber in wenigen Jahren hatten die Tiere sich vermehrt wie, ja eben wie die Karnickel, und waren eine Landplage geworden. Sie fraßen alles ratzeputz leer. Schafe und andere Nutztiere mussten andere Weidegründe suchen, was zur weiteren Zerstörung des Grünlandes beitrug. Eine Hitzeperiode trug zur Versteppung des Landes weiter bei. Mehr als die Hälfte des Bestandes an Schafen verdursteten und verhungerten."

58

Lorna

Eine Neuigkeit hat es gestern gegeben: Terje hat seinen Notizblock auf dem Tisch offen liegen gelassen, da stand eine Telefonnummer 0044 … Diese Vorwahl kenne ich von Telefonaten mit Craig in Ayr und Alan in Glasgow. Das ist Großbritannien. Ein Foto lag daneben, es zeigte eine rothaarige Schönheit mit verliebtem Lächeln. Auf der Rückseite eine Widmung mit Herz …Your Lorna. Darauf kann sich ja sogar ein Mann seinen Reim machen. Jetzt habe ich Terje ganz scheinheilig gefragt, ob es nicht doch einen weiteren Grund außer dem Jahrhundertwind gäbe, nach Schottland zu segeln. Da spielte er den Überraschten und fragte, ob er nicht schon erzählt hätte, dass seine Tochter Tabea in Aberdeen studieren wollte. (Hatte er nicht.) Sie war sich nicht nur ihrer europäischen Wurzeln bewusst geworden, sondern war einem intensiven Wunsch gefolgt, ihren Vater besser kennenzulernen. Mit ein paar Briefen und einigen Telefonaten hatten Vater und Tochter den anfangs holprigen Kontakt aufgefrischt. Vor einem Jahr hatte sie ihn sogar überraschend besucht. Naomi hatte von Ragnhild ja von Briefen, die sie mit Terje eine kurze Zeit gewechselt hatten, gewusst. Die hatte ihr geholfen. Auf einmal stand Tabea in Thorbjørns Bootshaus, Terje überholte gerade einen Dieselmotor und war bis zur Frisur voll von Schmieröl. Sie lachte fröhlich und überbrückte die anfängliche Beklommenheit. Immerhin hatten sie einander mehr als 15 Jahre nicht gesehen. Sie war unternehmungslustig, bald hatten beide eine unbefangene Freundschaft und Vertrautheit entwickelt. Er fuhr mit ihr nach Bergen, wo es – was sonst? – regnete. Er nahm die Gelegenheit beim Schopf und erklärte den Regen als Hauptschuldigen an Naomis verzweifelter Abreise, der Flucht nach Georgia. Tabea lachte und sagte: „Meine Mutter hat mir das alles zwar ganz anders erzählt, aber das ist so lange her, und so weit weg. Ich möchte beide Eltern haben!“ Trotz Dauerregens hatten sie allerhand unternommen. Er konnte ihr ihre Geburtsstadt zeigen, an die sie natürlich keine Erinnerung hatte. Sie ließ ihn wissen, dass sie anschließend nach Aberdeen fahren wollte, um sich dort umzusehen, dort zu studieren. Er ließ gar keine peinliche Pause aufkommen und sagte ihr, dass sie mit einem monatlichen Scheck rechnen könnte.

Über Naomi gab es nicht viel zu reden. Tabea erzählte, dass sie mit einem jüngeren Mann zusammenlebte, was zu erheblichen Verstimmungen mit ihren Eltern geführt hatte. Die, strenggläubige Christen aus dem *Bible Belt*, dem südöstlichen Viertel der USA, verurteilten die wilde Ehe auf das Schärfste. Ich fragte: „Hast du ein Foto von Tabea da?“ Er lachte: „Eines? Ha, da, schau her!“ Er stand auf und öffnete ein Schapp über seinem Bett. Ein Dutzend Bilder fiel auf den Boden. Er klaubte sie auf, griff dann ins Schapp hinein und holte noch ein paar Bilder und Briefe heraus. Mir fielen die Augen aus dem Kopf. Eine nordische Schönheit, für die ein Mann leicht Haus und Hof verlassen kann, lachte von jedem Bild, lächelte, blickte fröhlich, spitzbübisch und vergnügt. „Sie lacht gerne, blödelt gerne, ich habe sie nie misslaunig oder unfreundlich erlebt. Sie ist ein Sonnenschein.“ Was mich aber beeindruckte, war ihre Ähnlichkeit mit ihrem Vater! Diese Ähnlichkeit dürfte eine meiner Beobachtungen als Kinderarzt bestätigen: Das erste Kind gleicht dem Vater öfter als der Mutter.

Jetzt war er im Schwung und ich neugierig: „Und wer ist die Schönheit mit der rostigen Frisur?“ „Du bist ja tatsächlich neugierig wie meine Tante Nora. Aber gut, das ist Lorna. Ganz einfach. Ich besuchte Tabea vor drei Wochen, besorgte mir ein Mietauto, wollte mit ihr an die Westküste Schottlands, auch nach Skye. Tabea hatte sich aber am Vortag einen Knöchel verstaucht, lag im Bett. Der gute Papi saß den ganzen Tag bei ihr im Zimmer und unterhielt sich mit ihr, ging aber am Abend ein paar Häuser weiter zu einem *Scottish Dance*. Und dort sah ich Lorna. Und aus war es mit mir." Er schmunzelte: „Ich weiß, dass ich total blöd bin. Da geht Norwegen über vor lauter schönen Weibern, aber ich muss einer Schottin auf den Leim gehen. Sie sieht gut aus, aber ihre Fröhlichkeit, ihre Herzlichkeit ... sie ist umwerfend. Du siehst, ich segle nicht nur wegen des tollen Wetters über die Nordsee." „Das hätte ich dir auch nicht abgenommen. Aber dass du gleich zu zwei Prachtstücken fährst und mich vom Wiedersehen mit meinem guten Weibe abhalten willst ...?" Das Wort *Weib* ist, wenn bös gemeint, absolut unmöglich. Es kann aber das größte Kompliment bedeuten, als Superweib, als Traumweib, als Weltweib. Klar?

Ich wiederholte, dass nichts aus dem Trip nach Schottland würde. Er war gar nicht überrascht: „Das habe ich bald gemerkt, du hast einfach nicht angebissen, aber ich verstehe dich gut. Wir sind schon viel länger unterwegs, als für die Fahrt nach Bergen geplant war. Ich versuche, Vegard zu erreichen, aber sein Handy ist abgeschaltet. Er wird mitmachen, bin ich mir ziemlich sicher." Ich wünschte ihm alles Gute mit den zwei Mädels. Dass er viel Freude mit seiner bezaubernden Tochter hätte, dass er sein Glück mit dieser fröhlichen Schottin macht. Umgeben, ja umzingelt von fröhlichen Mädels sollte es ihm gut gehen. Ich weiß, wovon ich rede, so geht es mir ja selber seit Jahrzehnten. Wir werden in Kontakt bleiben. Sicher werden wir wieder einmal nach Norwegen fahren, er uns in Kärnten besuchen. Wir haben uns sehr gut vertragen, einander schätzen gelernt. Über das, was er in den Nächten in Bergen, Florø und wieder in Bergen gemacht hat, hat er allerdings geschwiegen wie eine Auster. Ich bin nicht neugierig. Mir genügt, dass er niemanden umgebracht hat. Auch mit den Larsens werden wir im Kontakt bleiben.

Ich werde mich weiterhin bemühen, auf die unglücklichen *Lebensumstände* viel zu vieler Kinder hinzuweisen. Meine

Möglichkeiten sind allerdings begrenzt. Die Tageszeitungen nehmen meine Leserbriefe schon lange nicht mehr an. Zur Großfamilie, zur *Sippe* mit zwanzig und mehr Familienmitgliedern wie in früheren Zeiten werden wir wohl nicht zurückfinden. In ihr gab es wohl immer jemanden, der das richtige Wort, die richtige Antwort für ein unglückliches Kind fand und helfen konnte.

Froh, dass wir die Reise glücklich überstanden hatten, saß ich im ersten und flottesten Flieger, der mich heim zu meiner Frau brachte. Ich freute mich auf unser gemeinsames Leben, auf die Begrüßung am Morgen, auf das gemeinsame Frühstück, auf den Rest der Familie in Wien und in Graz, auf unsere Lotta, die fröhliche Labradorhündin, die Ausflüge in unsere herrliche Umgebung, sogar auf die gemeinsame Arbeit im Garten, die mir überhaupt keine Freude macht, aber sein muss. Dass ich wieder daheim sein werde. Einfach daheim. In Kärnten. Denn Heimat ist nicht Enge, Heimat ist Tiefe. Dass ich wieder, wie vor dieser Reise, frei sein würde, zufrieden in unserem gemütlichen Haus leben würde, im Liegestuhl mit einem interessanten Buch, oder, die Wolken über uns zählend, auch die vielen Kondensstreifen, die Flugzeugen folgen, die Menschen weg von ihren Lieben und wohl wieder zurückbringen …

Immer wieder werde ich an diese bewegten Wochen denken, an die farbigen Häuser an der Küste, an die Birken, an die vielen Boote, an die liebenswerten Menschen, an den Regen in Bergen, an die guten Mehlspeisen, an die Sturmfahrt … denn die Erinnerung ist das einzige Paradies, aus dem wir nicht vertrieben werden können.

ENDE

DER AUTOR

Gerd Seyerl besuchte die Volksschule in Velden am Wörthersee, wo er privilegiert zwischen Wald und Wiesen, See und Bergen mit viel Sport und ohne Fernseher aufwuchs. Nach der Matura in Villach und dem Wehrdienst absolvierte er von 1963 bis 1970 ein Medizinstudium in Graz mit Turnusausbildung von 1971 bis 1973. Von 1974 bis 1977 ließ sich Seyerl im LKH Klagenfurt zum Facharzt für Kinder-und Jugendheilkunde ausbilden. Ein Balintkurs sowie eine Tätigkeit als Sportarzt schlossen sich an. Bis zur Pensionierung unterhielt er eine eigene Praxis in St. Veit an der Glan mit Konsiliartätigkeit am dortigen Krankenhaus der Barmherzigen Brüder. Zu Seyerls Interessen zählen Lesen, Geschichte, Völkerkunde, Psychologie und Musik; er selbst spielt Banjo, Gitarre und Mandoline. Sein Talent im Schreiben bewies der Autor zunächst mit Aufsätzen zum Thema Kinder und Familie sowie Leserbriefen. Seyerl ist seit 1972 verheiratet, hat 2 Töchter und 5 Enkelkinder.

DER VERLAG

VINDOBONA
VERLAG SEIT 1946

ein Verlag mit Geschichte

Bereits seit 1946 steht der Vindobona Verlag im Dienst seiner Bücher und Autoren. Ursprünglich im Bereich periodisch erscheinender Journale tätig, präsentiert sich der Verlag heute als kompetenter Partner für Neuautoren am deutschen, österreichischen und schweizerischen Buchmarkt. Engagement, Verlässlichkeit und Sachverstand – das sind die Grundpfeiler, auf denen der Verlag seit jeher sicher steht.

Sie möchten mit Ihrem Werk das vielseitige Verlagsprogramm bereichern? Der Vindobona Verlag garantiert Ihnen eine professionelle Prüfung Ihres Manuskriptes durch das Lektorat sowie eine zeitnahe Rückmeldung.

Genauere Informationen zum Verlag
finden Sie im Internet unter:

www.vindobonaverlag.com